Que veut
une femme ?

Serge André

Que veut une femme ?

Éditions du Seuil

La première édition de cet ouvrage
a été publiée aux Éditions Navarin en 1986.

ISBN : 2-02-025314-3
(ISBN 1ʳᵉ publication : 2-86827-040 -8)

© Éditions du Seuil, octobre 1995

à celle qui sait me mentir…

Avant-propos

Cet ouvrage, qui était épuisé depuis plusieurs années, présente la version écrite et abrégée d'un séminaire que j'ai tenu à Bruxelles, à la Fondation Universitaire, durant l'année 1982-1983. Je n'y ai rien modifié pour la présente édition.

Depuis sa première publication, chez Navarin en 1986, plusieurs auteurs se sont essayés à traiter le même sujet. Aucun n'a toutefois relevé le défi que j'ai lancé dans le dernier chapitre de ce livre en proposant la réponse qui me paraît s'imposer à la question initiale : que veut une femme ?

Cette réponse, pour énigmatique qu'elle soit, n'est pas autre chose que le constat de l'éternelle virginité de la femme. Virginité qui n'a rien à voir avec l'existence de la membrane anatomique de l'hymen. Il s'agit plutôt d'un voile immatériel, mais non point irréel pour autant, qui s'interpose entre la femme et elle-même, entre son identité et son corps, entre la parole où dérive son désir et le silence où se perpétue sa jouissance.

Qu'il me soit permis de rendre ici hommage à celle qui, bien mieux que les psychanalystes, a su faire résonner ce silence : Giulia Sissa, dont le livre *Le Corps virginal* (Vrin, 1987), rappelle indirectement l'analyse à son devoir de bien-dire et, s'appuyant sur l'exemple fameux de la pythie, rend éclatante la différence, sinon l'opposition, entre deux modes de proclamation de la vérité : l'oracle et le verdict.

Serge André, juin 1994.

I

Que puis-je en savoir?

Qu'est-ce qui assure la pertinence de l'intervention du psychanalyste? C'est, nous dit Lacan, un savoir mis en position de vérité. L'apparente abstraction de cette formule ne doit pas nous cacher ce qu'elle comporte d'inouï, soit la promesse d'un rapport nouveau au savoir – au savoir tel qu'il se déchiffre de l'inconscient – qui se caractérise habituellement par son absence d'effet de vérité. Peut-être le remarque-t-on mieux aujourd'hui : alors que le savoir s'accumule, disponible, débordant et accessible à chacun, ce savoir n'a plus aucun effet sur personne. Le dispositif psychanalytique comporte au contraire la découverte et la mise en acte d'un savoir qui nous affecte, qui engage notre subjectivité.

Encore faut-il préciser que la portée à donner ici à ce terme de « vérité » ne peut se confondre avec le registre de l'exactitude, ni se borner à ce qui entraînerait la conviction ou la croyance du sujet (aussi bien que du psychanalyste). Comme Freud l'a montré par son étude du lapsus, c'est dans l'erreur que le vrai s'avoue le mieux. Par ailleurs, si la vérité ne peut se dire que dans une structure de fiction – ce qu'illustre par lui-même le mythe de l'Œdipe –, ce n'est pas cette fiction qui constitue en soi le terme du processus analytique, quand bien même elle en vérifierait l'efficacité. C'est une certitude qu'il s'agit d'obtenir, non une croyance; et cette certitude est attenante non à ce que dit la fiction, mais à ce qu'elle cerne comme impossible à dire. Qu'on se rappelle à ce propos les constructions auxquelles se livre Freud avec l'homme aux loups, et le recours qu'il est amené à faire à la notion d'une réalité « préhistorique » du sujet[1]. La vérité, c'est finalement la rencontre toujours manquée d'un réel qui ne parvient à se désigner, dans le discours, que comme point d'ombilic, lacune, représentation manquante.

Le savoir psychanalytique ne fonctionne donc en position de vérité, que dans la mesure où il opère comme savoir troué, affecté d'un défaut central – ce qui détermine le statut de la vérité en tant que mi-dire. La psychanalyse ne permet pas de tout *savoir*, car l'inconscient *ne dit pas tout*. Lacan nous invite à comprendre que ce défaut n'est pas de l'ordre d'une imperfection que les progrès de la recherche permettraient de combler, mais qu'il constitue la clef de la structure même du savoir. Il convient donc de donner forme affirmative à notre proposition : la psychanalyse permet de savoir « pas-tout », parce que l'inconscient dit « pas-tout ».

Les lignes qui suivent ont pour ambition de montrer comment, de Freud à Lacan, la psychanalyse est parvenue à désigner dans la féminité la figure majeure, et sans doute originelle, de ce « pas-tout », et dans la théorie de la castration la réponse que l'inconscient élabore face à l'impossible à dire qu'incarne le sexe féminin. Réponse qui, pour opératoire qu'elle soit, n'en reste pas moins une fiction. La castration est la construction par laquelle l'être humain cherche à dire le manque, mais, de ce fait même, elle illustre que le manque ne peut pas se dire comme tel. Dire le manque consiste déjà, d'une façon ou d'une autre, à le combler. Comment pourrait-il en être autrement dès lors que nous sommes, êtres parlants, dépendants du signifiant, dès lors que, comme le formule Lacan, « l'inconscient est structuré comme un langage » ? Il ne peut être question, pour le psychanalyste, de se rallier à la formule de Wittgenstein selon laquelle « ce dont on ne peut parler, il faut le taire ». Le constat premier qu'opère le psychanalyste est bien que l'humain ne cesse de vouloir parler de ce qu'il ne peut pas dire (la femme, la mort, le père, etc.). Dès lors, notre voie de recherche se définit-elle d'une maxime impossible : ce dont on ne peut parler, il faut le dire !

Que signifie « être une femme » ? Voilà bien la Question par excellence, aucune évidence ne nous offrant son appui comme lorsqu'il s'agit de savoir ce qu'est un homme. Quant à ce qu'elle peut vouloir, comme l'affirme la sagesse ancestrale, on n'en est jamais certain. D'où l'incontournable oscillation entre le culte de la femme comme mystère – énigme – et la haine de la femme comme mystification – mensonge. Mais ces deux positions ne font qu'entretenir la méconnaissance de ce qui constitue la véritable question de la féminité, car elles postulent toutes deux que la femme soit comme une cachette qui dissimulerait quelque chose[2].

Le génie de Freud est d'avoir repéré que les considérations anatomiques ne sont, sur ce point, d'aucune aide. Les constatations qu'il est loisible d'effectuer par l'observation, de l'extérieur aussi bien que de l'intérieur du corps humain, restent pour nous sans portée, car ce qu'il s'agit de saisir n'est pas une différence des organes ou des chromosomes qui déterminent notre configuration, mais une différence des *sexes* – ce mot désignant, au-delà de la matérialité de la chair, l'organe en tant que pris dans la dialectique du désir, et donc « interprété » par le signifiant. Le *Dictionnaire érotique* de Pierre Guiraud[3] est ici exemplaire de la multiplicité des noms que donne au sexe l'usage courant de la langue – l'« abricot », le « zizi », le « berlingot », le « callibistri », le « formulaire », le « n'importe quoi »… – en un recensement qui montre à quel point l'être parlant s'évertue à signifier que le sexe est métaphore.

Nous partirons donc de ce point : la réalité du sexe est autre que le réel de l'organe anatomique. Or, cette réalité, – Freud l'affirmera dès 1908[4] – ne reconnaît qu'un seul organe, celui qu'il désigne à ce moment de son œuvre du terme de « pénis ». Il y a, au départ, une ignorance, « un non-savoir *(eine Umwissenheit)* que rien ne peut pallier », écrit-il, où viendront se loger les premières théories sexuelles infantiles. De celles-ci Freud écrit qu'elles « se fourvoient de façon grotesque », mais qu'elles contiennent néanmoins « un fragment de pure vérité » et sont, sous ce rapport, « analogues aux solutions qualifiées de « géniales » que les adultes tentent de donner aux problèmes que pose le monde et qui dépassent l'entendement humain ». Nous voici donc au cœur de la question du rapport entre savoir et vérité. On notera que ces théories sexuelles infantiles ont une portée qui, pour Freud, va bien au-delà d'une erreur, d'un mensonge ou d'une dissimulation. Il fait en effet remarquer que la perception elle-même se soumet à ces théories[5]. En d'autres termes, le signifiant s'introduit dans le réel, entraînant une sorte de fonctionnement hallucinatoire de la pensée : « Quand le petit garçon voit les parties génitales d'une petite sœur, ses propos montrent que son préjugé est déjà assez fort pour faire plier la perception ; il ne constate pas du tout le manque du membre, mais il dit régulièrement, en guise de consolation et de conciliation : le… est encore petit ; mais quand elle sera plus grande, il poussera bien. »

Et lorsqu'il revient sur cette première approche, quinze ans plus tard[6], en 1923, loin de remettre en question l'existence d'une ignorance fondamentale du sexe féminin, il l'accentue encore et aggrave la portée des fourvoiements de la théorie – car, avec la découverte du primat du phallus, c'est la castration elle-même, soit ce qui forme le cœur du savoir dont le psychanalyste attend des effets de vérité, qui vient occuper la place où s'élaboraient les théories sexuelles infantiles. Parlant des petits garçons qui découvrent les parties génitales féminines, Freud écrit alors : « Ils nient ce manque, ils croient voir malgré tout un membre, ils voilent *(beschönigen)* la contradiction entre observation et préjugé en allant chercher qu'il est encore petit et qu'il grandira sous peu, et ils en arrivent lentement à cette conclusion d'une grande portée affective : auparavant, en tout cas, il a bien été là et par la suite il a été enlevé. Le manque de pénis est conçu comme le résultat d'une castration et l'enfant se trouve maintenant en devoir de s'affronter à la relation de la castration à sa propre personne. » Et il ajoute un peu plus loin : « Dans tout cela, le sexe féminin semble n'être jamais découvert. »

Mesurons le glissement qui s'opère ainsi de 1908 à 1923. La thèse de 1908 disait qu'il n'y a qu'un seul sexe, le pénis, toujours présent mais pas nécessairement « saillant » : développé chez les garçons et « en voie de développement » chez la fille. En 1923, la thèse du sexe unique est maintenue mais nuancée. Alors qu'en 1908, le petit garçon ne constatait pas du tout le manque, comme si la perception ne fonctionnait pas, en 1923, il le constate (puisqu'il le nie et ressent une contradiction), mais il le voile en faisant du manque un mode d'existence du phallus. Autrement dit, il n'y a qu'un seul sexe, le phallus, mais il a deux modes de manifestation : soit la présence, soit l'absence. Ce qui signifie que le manque de pénis, s'il est reconnu, est reconnu comme phallus (en moins) et non comme sexe féminin.

La castration constitue ainsi ce qui exclut – ou, pour reprendre un terme lacanien, ce qui *forclot* – le sexe féminin comme tel. La castration fait de l'absence un reste de la présence, elle est un embellissement (c'est le sens propre de *« beschönigen »*), ou, mieux encore, un *euphémisme* (sens figuré). On notera que la petite fille n'est pas moins prise que le petit garçon dans cette logique de l'euphémisme : elle aussi, dit Freud, prend connaissance de son sexe à l'aide du signifiant phallique, elle aussi y voit un phallus amoindri ou castré. Et, par conséquent, pour elle aussi le sexe féminin reste non-découvert. Si cette conception a choqué, c'est qu'on n'en a pas mesuré la subtilité. Quand Freud conclut que le sexe féminin n'est jamais découvert, et qu'il termine laconiquement son article sur « L'organisation génitale infantile » en fixant la perpétuation de cette ignorance à l'âge adulte dans l'équivalence signifiante entre le vagin et le sein maternel[7], il n'entend pas que le petit garçon et la petite fille n'ont pas conscience de la *matérialité* du vagin. Il suffit de les observer pour se rendre compte que les enfants se livrent très précocement à des explorations qui ne laissent aucun doute sur leur connaissance de l'anatomie. Mais la découverte freudienne implique que ces constats ne sont pas *signifiés* dans l'inconscient comme opposition de deux sexes complémentaires. Le vagin est bien connu comme organe, morceau du corps, mais il n'est pas reconnu, au niveau signifiant, comme *sexe* féminin.

Or, la théorie de la castration n'est pas seulement la croyance que le névrosé installe à la place d'un impossible à supporter, elle est aussi le point d'ancrage du mythe d'Œdipe sur lequel Freud entend fonder sa pratique. On ne s'étonnera pas, dès lors, qu'il se heurte au point de butée d'« Analyse finie et indéfinie » : la théorie de la castration, tout en permettant d'expliquer la construction de la névrose, se révèle en effet impuissante à fournir la clef qui permettrait d'en sortir. On comprendra aussi la raison des difficultés et des contradictions auxquelles Freud devra faire face dans les deux grands articles de 1931 et 1932 sur « La féminité » et « La sexualité féminine[8] ». Car la question qui se pose, et qui se fait particulièrement aiguë lorsque la pratique freudienne s'adresse aux femmes, fait surgir un paradoxe. Il s'agit, en somme, de savoir si l'on peut, avec un savoir en défaut (celui de la castration), faire émerger la vérité d'un être qui se trouve incarner ce défaut lui-même : l'être féminin. La question de la vérité du savoir analytique se trouve donc directement liée à la façon dont la féminité y est prise en compte.

L'hystérique, partenaire du psychanalyste

N'est-ce pas, après tout, la question même que l'hystérique vient poser au psychanalyste ? En interrogeant, à sa manière ironique, la puissance du père et sa capacité à désirer, et en se refusant par ailleurs à la position d'objet sexuel que lui assigne le fantasme masculin, l'hystérique soutient un questionnement qui déborde largement les rapports intersubjectifs de son roman familial. Elle vise la limite du mythe œdipien et de la puissance du phallus. Le discours de l'hystérique a pour fonction de démontrer que le mythe œdipien et la logique phallique méconnaissent l'existence de la femme comme telle. D'où la pointe de défi – entre espoir et dépit – qui marque souvent sa relation transférentielle à l'analyste. C'est qu'elle le met en demeure de s'expliquer : est-il vraiment dupe du Père ? Et que peut-il savoir de ce qu'est et de ce que veut une femme ? On se souvient de l'échec de Freud avec Dora, à qui il veut à tout prix faire reconnaître sa position d'objet sexuel pour un homme (M. K.), quand la question de Dora vise plutôt l'énigme que représente pour elle l'autre femme (Mme K., épouse de M. K. et maîtresse du père de Dora). La position de Dora se soutient du culte d'une féminité mystérieuse incarnée dans le corps de Mme K. ; ce corps est sa question. Que Mme K. soit mise en danger d'être dévoilée, déchue de son aura de mystère, et Dora se sent précipitée, ravalée au rang d'un pur objet d'échange entre son père et M. K. C'est contre ce ravalement que Dora se révolte ; mais Freud, en 1899, ne l'entend pas et, en la poussant vers M. K. il ne fait que répéter le fantasme de Dora : son père et M. K. n'auraient-ils pas conclu un pacte dont elle est l'objet[9] ?

Cette interrogation, par laquelle l'hystérique cherche à saisir son être au-delà de ce qu'elle peut être *pour un homme*, déborde largement le champ d'une clinique de la névrose. En effet, comme Lacan l'a souligné à la suite de Freud, le processus analytique implique l'hystérisation du sujet. Le sujet de la psychanalyse est hystérique, ou, plus exactement, sujet à l'hystérie. Car l'analyse conduit inéluctablement le sujet, par le défilé de ses demandes – « Qui suis-je ? », « Quel est l'objet de mon désir ? » – à se confronter à son défaut de savoir concernant la féminité. En ce sens, l'hystérie constitue bien la névrose de base, celle dont les autres ne sont que des variations ou des dialectes, la seule, d'ailleurs, que Lacan élèvera au rang de structure de discours.

Si cette question comporte un défi, c'est que l'hystérique la pose comme une *protestation*. Elle proteste, au nom de la Femme, contre la division subjective que lui impose l'impuissance du savoir à nommer le féminin comme tel. Cette protestation peut faire butée dans l'analyse si l'analyste fait le maître, s'il cherche à imposer à l'hystérique la sentence qu'énonce l'inconscient. Au-delà de la logique phallique de la castration, le processus analytique révèle en effet au sujet que l'objet cause du désir – l'objet de la pulsion sexuelle – est fondamentalement a-sexué, ce qui veut dire que la sexualité de l'être humain n'est pas originellement liée à une différenciation des sexes sur laquelle l'inconscient reste muet. C'est dans le fantasme que le sujet cherche à donner figure de femme à cet objet, mais le squelette de cette représentation est un regard ou un étron. Le fantasme hystérique est à cet égard particulièrement démonstratif. Face au défaut d'un signifiant du féminin, le sujet y est incité à une division imaginaire où il se situe à la fois à l'une et l'autre place des partenaires d'un rapport sexuel.

Cette fonction du fantasme comme tenant-lieu d'un rapport sexuel impossible à signifier comme tel constitue un fil de lecture des élaborations de Freud et de Lacan. Il prend son point de départ vers 1908, dans l'article de Freud sur « Les fantasmes hystériques et leur relation à la bisexualité [10] ». Freud y établit que derrière tout symptôme hystérique il y a toujours deux fantasmes sexuels dont l'un a un caractère masculin et l'autre un caractère féminin. Il reprend cette thèse l'année suivante dans « Considérations générales sur l'attaque hystérique [11] ».

Il y a lieu de s'interroger sur la portée à donner ici à ce terme de *bisexualité* dont Freud fait ainsi l'essence du fantasme hystérique, et dont nous verrons le rôle central qu'il a joué tout au long de l'œuvre freudienne. Il apparaît clairement à la fin du premier article cité, et au milieu du second, que la bisexualité, chez

l'hystérique, signifie, en réalité, une *bi-jouissance*. Il compare
ainsi le cas d'une femme qui, mimant dans une crise d'hystérie
une scène de viol, arrache son vêtement d'une main, – en tant
qu'homme –, et le retient serré contre elle de l'autre main – en
tant que femme –, à celui du masturbateur qui « tente, dans ses
fantasmes conscients, de ressentir ce qu'éprouvent aussi bien
l'homme que la femme dans la situation qu'il se représente ».

C'est donc de la place et du rôle de l'Autre en tant qu'Autre
sexe qu'il s'agit dans le symptôme hystérique. Comme l'illustrent les fantasmes de viol, si fréquents dans le discours ou les
rêves de l'hystérique, le sujet hystérique se présente comme
divisé, tiraillé entre deux représentations qu'il cherche à identifier comme l'un et l'autre sexe. L'hystérique est littéralement
le lieu d'une guerre des sexes dont le scénario est toujours le
même : une jouissance mâle est imposée de force à la féminité
qui sombre, dès lors, dans l'absence ou l'état hypnoïde que
décrivait Breuer. Nous reviendrons sur cette problématique de
l'hystérie et du fantasme bisexuel qui la sous-tend. Nous n'y
faisons allusion, dans ces lignes d'ouverture, que pour attirer
dès à présent l'attention du lecteur sur ce qui fera lien entre les
débuts de l'œuvre freudienne et ce qui n'apparaît qu'au terme
de l'enseignement de Lacan, soit cette division du sujet dans la
sexuation dont il construit les formules dans ses Séminaires
« … ou pire [12] », *Encore* [13], et dans « L'étourdit [14] ». La thèse de
Lacan, dans ces textes, consiste en ce que la division du sujet
face au sexuel n'est pas une division entre deux sexes, mais
entre deux jouissances, l'une toute-phallique, l'autre pas-toute,
la première faisant surgir l'autre comme son au-delà. Nous
tâcherons d'expliquer en quoi cette approche éclaire en la
renouvelant l'expérience freudienne, et comment elle nous permet de reconsidérer la question de la féminité.

De Freud à Lacan : une continuité et un débat

Reprendre la question de ce que veut une femme exige que
l'on interroge les fondements et les moyens du savoir que le
psychanalyste tire de son expérience. C'est l'épreuve de vérité
du psychanalyste, la féminité trouvant là son statut de méta-

phore de la vérité. On sait que Freud se formulait la question dans les termes de : « *Was will das Weib ?* » – Que veut la femme ? En reprenant cet énoncé moyennant une modification : « Que veut *une* femme ? », nous entendons tout d'abord examiner comment les développements les plus récents de l'enseignement de Lacan permettent de réajuster l'angle sous lequel cette question peut s'aborder. Deux termes doivent être soulignés dans la formule : il s'agit de ce que veut – et non pas de ce que désire – une femme – et non pas la femme. Il s'agit donc de déterminer si la psychanalyse nous permet de repérer un vœu qui serait spécifiquement féminin. Existerait-il un souhait dont l'objet serait d'une fixité inébranlable pour toute femme [15] ?

Freud a fait de « l'envie du pénis » le roc incontournable de la fin de l'analyse avec les femmes. L'idée à laquelle la théorie de la castration le mène en 1937 [16] est de l'ordre d'une impasse : du côté des hommes, l'analyse se heurterait, en dernier ressort, à une *crainte* (la menace de castration), et, du côté des femmes, à une *envie* (l'envie de pénis). L'enseignement de Lacan nous permet-il de trouver une issue à cette impasse ? Répondre à cette question impliquera de mettre en suspens cette équivalence entre crainte et envie par laquelle Freud tente de distinguer la classe des hommes et celle des femmes. La problématique de l'envie féminine – « exquisement féminine », écrit Freud – du pénis doit être repérée, dans l'œuvre freudienne, comme celle d'une tentative de saisir la clef d'un désir unique, permettant d'unir les femmes en un ensemble. C'est précisément cette notion d'un « ensemble de femmes » que Lacan remet fondamentalement en cause ; c'est pourquoi nous accentuerons le terme *une* femme. Ainsi tenterons-nous d'expliquer comment Lacan peut tirer, de sa lecture même de Freud, cette conclusion dont la formule est devenue le slogan que l'on sait : « La femme n'existe pas », formule solidaire d'une autre, non moins provocante : « Il n'y a pas de rapport sexuel. »

Il convient, en effet, d'apercevoir la profonde communauté et la continuité qui relie les œuvres de Freud et de Lacan – au point que l'on pourrait affirmer que de l'un à l'autre, la même œuvre se poursuit. C'est en tout cas ce qui apparaît, à prendre ces œuvres pour ce qu'elles sont : des élaborations, des « œuvres en cours », en aucun cas des traités achevés. Le discours de

Freud, comme celui de Lacan, ne peut se ramener à une série d'énoncés à considérer comme « vrais » – fût-ce provisoirement. Leur véritable enseignement consiste dans le déplacement, la *dérive*[17] qu'ont connue leurs élaborations tout au long de ce qui, finalement, fait œuvre. C'est donc de ce mouvement et de ce que ce mouvement tâche de contourner ou de serrer qu'il y a lieu de rendre compte si nous voulons donner toute leur portée aux énoncés qui le jalonnent. Ainsi, à relire l'œuvre de Freud depuis les premières lettres à W. Fliess jusqu'aux textes inachevés des derniers jours, verrons-nous se dégager un trajet qui tente de cerner la question de la féminité en des approches successives et différentes.

Bien qu'il soit difficile de les séparer nettement les unes des autres, nous distinguerons quatre grandes thématiques qui paraissent guider Freud au cours de ce cheminement. Ces quatre voies constituent, nous le verrons, quatre interrogations autour d'un signifiant clef dont la signification reste pour Freud à élucider.

La notion de bisexualité

Le terme de bisexualité constitue un signifiant originel de l'œuvre freudienne. Autour de ce terme se noue – et se dénoue quelques années plus tard – la relation entre Freud et son ami Wilhelm Fliess, qui forme en quelque sorte le socle sur lequel s'est édifiée la psychanalyse[18]. Et ce signifiant non seulement marque l'origine de la psychanalyse, mais encore revient de manière répétitive au long de l'œuvre de Freud jusqu'en 1937 dans l'article « Analyse finie et indéfinie ». En effet, si la conception freudienne de la sexualité implique une rupture avec l'idée de la bisexualité que prônait W. Fliess – et l'on voit que dans leur échange de correspondance, Freud manifeste très tôt un désaccord fondamental avec Fliess sur ce point[19] – il est remarquable qu'une fois la rupture exprimée et consommée, Freud reste embarrassé de ce signifiant qui réapparaît dans des contextes très divers au fil de ses travaux[20]. Or, chaque fois qu'il utilise ce terme, c'est pour dire exactement l'inverse de ce qu'il a l'air de signifier. Ce mot complique, plutôt qu'il n'éclaire, ses réflexions. On a plutôt l'impression que s'il revient inéluctablement sous sa plume, c'est qu'il supporte un reste, absurde et inéliminable, de son transfert à Fliess. Nous verrons quelle était la conception de la bisexualité chez Fliess, et ce que Freud lui a opposé. Contentons-nous de noter, dans le cadre de cette présentation générale de la démarche freudienne, que très tôt – c'est-à-dire dès les *Trois essais* […] – , le concept de bisexualité commence à évoluer vers une opposition activité-passivité. En fait, dès 1905, Freud se sert du terme de bisexualité pour soutenir la thèse qu'il n'y a qu'une seule libido, mâle[21]. Ce terme désigne donc en réalité une stricte monosexualité de départ, et la question de la bisexualité se trouve dès lors localisée du côté des femmes – pour être femmes avec une libido mâle, comment font-elles ? – et, pour les hommes, du côté des homosexuels. Dans ce passage des *Trois essais* […], Freud indique qu'il y a lieu d'attacher aux conceptions de mâle et femelle « des notions plus précises ». Celles-ci ne sont explicitées que dans une note, ajoutée en 1915[22], mais on en trouvait déjà le fondement dans son article de 1896, « Nouvelles remarques sur les psychonévroses de défense[23] » : l'opposition activité-passivité y est posée comme le dualisme que recouvre le terme de bisexualité. Lorsque Freud utilise ce mot, il ne vise donc pas un partage des sexes, une opposition masculin-féminin ; il désigne une polarité qui vient *à la place de la différence des sexes*. La note de 1915 est d'ailleurs contemporaine de la théorie de la pulsion sexuelle que Freud élabore dans « Pulsions et destin des pulsions[24] », où il montre que la pulsion sexuelle chez l'être humain n'est pas organisée sur la base du couple mâle-femelle, mais bien autour de polarités foncièrement a-sexuées, activité-passivité et sujet-objet. La notion de pulsion sexuelle reçoit dès lors sa véritable portée d'énigme : du point de vue de l'inconscient, l'attirance réciproque du mâle pour la femelle est une question, non pas une donnée de départ. Si l'on parle de pulsion sexuelle, le problème sera donc de savoir comment la pulsion peut s'insérer dans la différence des sexes.

Le concept de libido

L'idée qu'il n'y a qu'une seule libido apparaît déterminante dans la longue élaboration que Freud va soutenir à propos de la féminité. Il apparaît déjà dans le passage des *Trois essais* […] que nous venons de citer que ce terme ne permet pas de poser une différence des sexes.

Le concept de libido apparaît dès 1894 au cours de la correspondance avec Fliess[25] ; par la suite sa définition ne cessera d'être remodelée en fonction de la difficulté que Freud éprouve à situer, à l'aide de ce terme unique, ce qu'il en serait d'un pôle masculin et d'un pôle féminin. S'il commence, dans la première rédaction des *Trois essais* […], par poser que la libido unique est d'essence mâle et qu'elle apparaît comme telle dans l'auto-érotisme de la prime enfance, il doit immédiatement faire face à cette question : que se passe-t-il dès lors dans le cas de la petite fille, et, plus tard, de la femme ? Ainsi est-il conduit à soutenir que la sexualité de la petite fille est foncièrement mâle, et localisée au clitoris – qui constitue l'équivalent du gland masculin. Cette sexualité mâle devra par la suite être refoulée afin que la petite fille se transforme en femme, et que la zone érogène conductrice se déplace du clitoris au vagin[26]. Nous verrons combien cette idée première posera de difficultés lorsque Freud, en 1931 et 1932, tentera de fonder une théorie générale de la féminité et d'une hypothétique « sexualité féminine ». Mais la thèse d'une sexualité mâle à refouler chez la fille lui permet de développer la théorie du refoulement, et d'opérer une première élucidation de la névrose hystérique. En effet, si le symptôme est retour du refoulé, le symptôme hystérique devra être considéré, chez la femme, comme le retour de la sexualité mâle de son enfance. C'est ce que Freud va avancer en 1909 dans ses « Considérations générales sur l'attaque hystérique[27] ». La logique de la démarche ainsi engagée soulève cependant une objection. Si la libido n'est que masculine, qu'elle doit donc être refoulée chez la femme, comment celle-ci aurait-elle la possibilité d'avoir une vie sexuelle autre que le substitut que lui offre la crise hystérique ? Ou, en termes plus généraux, existe-t-il une autre voie pour les femmes que celle de l'hystérie (et de la frigidité) ? C'est sans doute pour contourner cette objection que Freud va nuancer, et même cliver son concept de libido – tout en maintenant son unité de principe – en introduisant deux distinctions essentielles lui permettant de localiser deux pôles organisateurs de la libido qui, sans être identiques à une opposition masculin-féminin, dessinent cependant une voie pour concevoir une sexualité plus typiquement féminine.

La première de ces distinctions découle de l'opposition primaire entre activité et passivité : c'est l'assignation à la libido unique de *deux buts*, *deux modes de satisfaction différents*, dont l'un correspondrait plutôt au caractère masculin, et l'autre au caractère féminin. En somme, la libido est unique, mais elle connaît deux modes de jouissance : actif et passif. La question de la sexualité féminine se révèle dès lors plus complexe qu'elle n'apparaissait dans les premières approches de l'hystérie : il ne s'agit pas seulement du refoulement ou du non-refoulement de la libido, mais de l'antagonisme entre deux voies de satisfaction. Si le postulat de l'unicité de la libido reste intouché dans le développement de l'œuvre freudienne, l'affirmation de sa masculinité primordiale va se trouver considérablement nuancée par la mise en évidence d'une jouissance passive qui affecte l'enfant dans sa relation première à la mère. En conséquence, le problème de la féminité se verra reposé en ces termes : la fille, comme le garçon, doit repousser cette jouissance passive et se détacher de la mère pour entrer dans l'Œdipe, mais il lui faut ensuite y revenir pour assumer son destin proprement féminin. Autrement dit, tout se passe comme si une sexualité proprement féminine était tributaire d'un échec du refoulement dans lequel se constitue l'Œdipe.

La seconde distinction que Freud va introduire au sein de son concept de libido a pour but de résoudre deux difficultés : le démontage du mécanisme de la psychose et l'élucidation de la sexualité féminine. Il s'agit de la polarité, introduite en 1914[28], entre *libido du moi* et *libido d'objet*. Ainsi, tout en restant unique, la notion freudienne de libido se divise-t-elle non seulement au niveau de son mode de satisfaction, mais aussi au niveau du type d'objet sur lequel s'appuie cette satisfaction. Cette distinction est complexe et il est d'autant plus essentiel de la creuser qu'elle sous-tend le problème que va soulever Freud,

en 1932, à la fin de son article sur la Féminité : celui du choix
objectal féminin et du narcissisme plus marqué dont la femme
ferait preuve dans ce choix avec pour conséquence son plus
grand besoin d'amour. Impossible, en tous les cas, de rendre
compte de la particularité de l'homosexualité féminine si l'on
ne mesure pas la portée de cette bipolarité.

De la différence des sexes à la division du sujet

Un autre glissement fondamental autour de l'énigme de la
féminité s'opère à partir du terme de « différence des sexes ».
Freud constate que la différence d'organes que présente l'anatomie du corps humain ne se signifie pas, au niveau de l'inconscient, comme un partage entre deux *sexes*. Ainsi, à partir du
rejet primordial de la notion fliessienne de bisexualité, Freud en
viendra-t-il, au lieu de s'appuyer sur un clivage entre deux
sexes, à inscrire la division qui s'introduit avec la sexualité dans
le *Ich*, dans le « je » lui-même. Pour en arriver à cette *Ichspaltung*, ce clivage du « je » – sur quoi, comme le dit Lacan, il
laisse tomber la plume[29] –, Freud traverse une série d'oppositions. Nous venons d'évoquer celles qui s'organisent entre activité et passivité, ou entre libido du moi et libido d'objet. Mais
vient s'y ajouter une autre polarité, dont les premiers essais de
formulation peuvent se repérer dès le texte de 1907 sur la
Gradiva de Jensen[30]. Il s'agit de ce qui se passe pour le petit
garçon d'abord, puis pour la petite fille, lorsque, découvrant la
différence anatomique des sexes, ils doivent *énoncer* ce qu'il en
est du sexe féminin comme tel. Freud découvre tout d'abord
que, cette différence ne se traduisant pas au niveau de l'inconscient, à la place d'un signifiant du sexe féminin, surgit par
exemple ce dont la Gradiva nous donne le modèle : un pied,
dressé verticalement en une position incongrue. Cette découverte, Freud en rend raison l'année suivante, dans l'article sur
les théories sexuelles infantiles[31] : le petit garçon ne voit pas le
manque du membre chez la fille, il soutient au contraire, que le
pénis est là. En 1922 et 1923[32], Freud revient sur cette première
présentation : le petit garçon voit bien le manque de pénis, mais
il conçoit cette absence comme le résultat d'une castration. Et,

en 1924[33], il apporte cette précision capitale qui nous livre la clef de ce processus de méconnaissance ou d'euphémisme (comme nous l'avons désigné plus haut) : pour que le petit garçon voie le sexe féminin comme un sexe châtré, il faut d'abord qu'il ait eu affaire à une menace de castration qu'il plaque sur le sexe féminin. C'est ce que Freud appelle le phallus, c'est-à-dire le pénis en tant qu'il peut manquer. Autrement dit, le petit garçon, placé devant l'organe génital féminin, voit bien quelque chose, mais ce qu'il voit n'est pas un sexe féminin, c'est la castration. A la partition masculin-féminin que l'anatomie sexuelle semble poser comme évidence, le savoir inconscient préfère en quelque sorte l'opposition non châtré/châtré. Ce n'est pas sans conséquence sur le sujet de ce savoir.

En effet, en 1927, avec l'article sur le fétichisme[34], Freud fait un nouveau pas. Il découvre que face à la zone génitale féminine, certains sujets ne se contentent ni de l'attitude qu'il a décrite en 1908 (y voir un pénis), ni de celle qu'il lui substitue en 1922-1924 (y voir la castration). Ils adoptent les deux attitudes à la fois. D'un côté, ils constatent le manque d'un pénis, et de l'autre, ils soutiennent qu'il est présent. Ils reconnaissent et en même temps ne reconnaissent pas la castration – ajoutons : sans jamais reconnaître le sexe féminin comme tel. Pour le sujet fétichiste, en effet, ce n'est pas le sexe féminin qui fait problème, mais c'est la castration ; et pour s'en accommoder, il peut, en tant que sujet, se cliver, la division châtré/non châtré venant ainsi se produire à l'intérieur même du sujet. Et Freud de conclure ce texte sur cette phrase énigmatique : « On est finalement autorisé à déclarer que le prototype normal de l'organe inférieur c'est le petit pénis réel de la femme, le clitoris. »

Arrêtons-nous sur cette assertion qui donne au fétichisme une signification qui va bien au-delà de la clinique de la perversion. En effet, si pénis et clitoris sont, par essence, des fétiches, il se pourrait bien que le clivage subjectif dont le fétichiste fait sa défense soit présent chez tout sujet. C'est ce à quoi Freud aboutira en 1938, dans son article sur « Le clivage du je dans le processus de défense[35] ». Il y soutient que le processus de clivage entre le désir et le réel, auquel il avait, dans un premier temps, ramené la structure de la psychose, puis qu'il avait repéré dans la perversion fétichiste, s'étend également au champ de la névrose. Ce clivage apparaît, en dernière instance, comme *un principe général de « truquage de la réalité » (Kniffige Behandlung das Realität)*. La démarche freudienne culmine ainsi dans la thèse selon laquelle la différence sexuelle est moins à rechercher entre deux sexes qu'entre deux positions du sujet. La division du *Ich* – dont névrose, psychose et perversion donnent les trois versions – prend la place de la différence des sexes, et vient s'ajouter aux divisions entre activité et passivité et entre le moi et l'objet.

Le devenir femme

Une quatrième grande thématique se dégage du trajet que Freud effectue autour de la question de la féminité : s'il n'y a pas de sexe féminin énonçable comme tel, la féminité ne peut être conçue comme un *être* qui serait donné dès le départ, mais comme un *devenir* – et un devenir qui, paradoxalement, s'ouvre à la fille à partir de son complexe de masculinité.

Cette articulation se trouve en germe dès la première rédaction des *Trois essais* […] en 1905, et dans l'article sur les théories sexuelles infantiles : la petite fille a d'abord une sexualité clitoridienne de caractère masculin, et une vague de refoulement est nécessaire dans les années de la puberté pour laisser apparaître la femme en évacuant la sexualité masculine. C'est surtout à partir de 1925 que Freud va développer systématiquement cette idée et tenter d'exposer *comment naît une femme*. C'est en effet à ce moment qu'il met au jour ce qu'il appelle la préhistoire du complexe d'Œdipe de la fille. Contrairement à ce qu'il croyait à l'époque du cas Dora, Freud convient désormais que la petite fille n'aime pas d'emblée son père, à la manière dont le garçon aime sa mère : elle y est conduite progressivement à travers sa relation à la mère. Il y a donc une différence qui se réalise dans une sorte de développement : l'enfant, quelle que soit son anatomie, est d'abord et toujours garçon face à la mère, et c'est dans un second temps qu'une féminisation, départageant garçons et filles, peut se produire face au père[36].

Le point de bascule entre ces deux temps est fourni par l'impact différent qu'imprime, chez le garçon et chez la fille, la découverte de la castration de la mère : « Tandis que le complexe d'Œdipe du garçon sombre sous l'effet du complexe de castration, celui de la fille est rendu possible et est introduit par le complexe de castration. » Et Freud ajoute : « Cette contradiction s'éclaire lorsqu'on réfléchit que le complexe de castration opère toujours dans le sens impliqué par son contenu : il inhibe et limite la masculinité et encourage la féminité[37]. »

Autrement dit, *c'est par l'effet du complexe que la fille doit se trouver réconciliée avec son anatomie.* C'est dire combien, dans l'élaboration freudienne, la féminité apparaît peu « naturelle ». Mais comment le complexe de castration peut-il encourager l'émergence de la féminité de la fille ? Le raisonnement que Freud développe à ce propos est complexe et paradoxal. La découverte de la castration de la mère entraîne, pour le garçon comme pour la petite fille, une dévalorisation du personnage maternel ; de plus, la petite fille rendant la mère responsable de son propre manque de pénis, à ce mépris s'ajoute un ressentiment, qui se traduit en envie à l'égard de celui qui a le pénis. La petite fille est ainsi amenée à se tourner vers le père, porteur du pénis, dans l'espoir de recevoir de lui ce que sa mère, par nature, ne peut lui donner. En d'autres termes, c'est dans la mesure où elle veut avoir ce dont la mère manque qu'elle devient une femme.

Ainsi le devenir-femme apparaît-il comme une impasse et Freud se résigne-t-il à faire de l'envie du pénis le terme indépassable de l'analyse d'une femme. Le destin de la féminité, dans la doctrine freudienne, reste donc problématique. En effet, si, comme Freud l'argumente dans son article de 1931 sur « La sexualité féminine[38] », la petite fille doit, pour devenir femme, à la fois changer de sexe[39] et changer d'objet, comment un tel changement pourrait-il être assuré par ce qui repose au fond sur l'envie d'être comme un homme ? Reste donc, après Freud, quelque chose à élucider dans ce devenir-femme qu'il pose comme une sorte de transsexualité spécifique à la fille.

*   *
*

Comment l'enseignement de Jacques Lacan nous permet-il de rendre raison du mouvement que décrit l'œuvre freudienne, et éventuellement de dénouer les impasses auxquelles elle aboutit ?

A la formule, sans cesse répétée au cours des dix dernières années de son Séminaire, selon laquelle « Il n'y a pas de rapport sexuel », on sait que Lacan ajoutait que, par contre, « des relations sexuelles, il n'y a que ça ». Ce n'est donc ni la matérialité de la conjonction sexuelle, ni la connotation sexuelle de toute relation, qui se trouvent mises en cause par cette formule, mais le fait qu'il y aurait un rapport de complémentarité liant nécessairement les hommes et les femmes. La sexualité, chez l'être humain, n'est pas la réalisation d'un rapport – au sens mathématique du terme. C'est au contraire l'impossibilité d'écrire un tel rapport qui caractérise la sexualité de l'être parlant. Cette thèse, sur laquelle nous reviendrons abondamment par la suite, fit scandale. Pourtant, elle nous apparaît bien comme un énoncé freudien ; c'est même, dirons-nous, l'énoncé de départ de la doctrine freudienne qui se trouve ainsi restitué sous forme axiomatique. En effet, en répudiant le concept de bisexualité au sens où Fliess entendait le défendre, c'est-à-dire en rejetant l'idée qu'il existerait entre les deux sexes un rapport de symétrie inversée, en miroir, Freud ne faisait pas autre chose que fonder sa démarche sur la mise en suspens de la croyance au « rapport sexuel ». Cette orientation de départ prit toute sa portée dans les années 1920-1925, lorsqu'il en vint à montrer comment le sexe se détermine, non pas selon un donné anatomique, mais selon le rapport du sujet à la castration qui révèle non pas une symétrie, mais une essentielle dissymétrie entre les hommes et les femmes.

Par ailleurs, Lacan nous dit qu'« *il n'y a pas de signifiant du sexe féminin* ». Avancée dès son Séminaire sur *Les Psychoses*, cette assertion ne fait que formuler au niveau du signifiant ce que Freud avait déjà repéré au niveau imaginaire comme « l'ignorance du vagin ». Cette fois encore, Lacan nous permet d'entendre Freud : le vagin est ignoré en tant que *sexe féminin* proprement dit, mais en tant que phallus caché, voire en tant que nouveau sein[40], il n'est que trop connu. L'ignorance du vagin signifie qu'il n'est pas reconnu comme radicalement Autre par rapport au phallus. S'il n'y a pas de signifiant du sexe féminin comme tel, c'est que tout signifiant est en quelque sorte en trop à l'égard de l'absence qui serait à dire. Même les termes de « trou » ou de « rien » ne peuvent qu'évoquer les parois bordant le vide qu'ils s'épuisent à nommer.

L'affirmation selon laquelle il n'y a pas de libido spécifiquement féminine amène Freud à reposer le problème sous l'angle d'une division : c'est bien la même libido qui anime les hommes et les femmes, mais elle se scinde selon son mode de satisfaction (actif ou passif) et selon son objet (libido d'objet ou libido du moi). Lacan, à son tour, repose la question de la libido féminine, mais en la tirant résolument du côté de la jouissance : y a-t-il une jouissance propre à la femme ? Cette question, qu'il abordera de face dans son séminaire *Encore*, trouve ses fondements dans une division qu'il a introduite douze ans auparavant[41] et qui reprend, en même temps qu'elle la déplace, la distinction freudienne entre satisfaction active et satisfaction passive : celle de deux types de jouissance – l'une, interdite par le signifiant et liée à l'être même, l'autre, permise par le signifiant et liée à la signification phallique. Ce faisant, Lacan amorce un mouvement qui déplace la question de la féminité du champ du sexe à celui de la jouissance : la bisexualité devient bi-jouissance, le problème étant désormais de savoir s'il y a une jouissance *en plus* de la jouissance mâle.

De même, le glissement dans l'œuvre freudienne de la question de la différence des sexes vers celle du clivage du *Ich* se trouve repris et amplifié par Lacan. C'est en effet l'objet même de son Séminaire *Encore* et de son article « L'étourdit[42] » que de montrer comment la bi-jouissance qui divise la libido emporte du même coup une division du sujet en deux parts – l'une toute phallique, et l'autre pas-toute. Ainsi exclut-il, tout comme Freud, l'idée d'une synthèse du sujet dans son rapport au jouir.

Enfin, lorsque Lacan énonce que « *La femme n'existe pas* », n'est-ce pas une façon de reprendre la thèse freudienne selon laquelle la féminité n'est pas un être mais un devenir ? Mais, plus qu'une reprise, c'est une véritable solution à l'impasse freudienne qui se dessine ici. Pour ouvrir la porte à un devenir-femme, Freud s'appuyait sur la divergence de portée du complexe de castration chez le garçon et chez la fille. En introduisant la logique du signifiant dans l'inconscient, Lacan permet de ramener ce devenir de l'horizon lointain (et pour le moins hypothétique) d'un développement aux effets du signifiant. Mais il n'accorde pas à la castration la même portée que Freud, pour qui le trou du sexe féminin est entièrement recouvert, entièrement « euphémisé » par la castration. La fille, dans sa doctrine, ne dispose que de la référence à la castration pour devenir femme. Il est manifeste que ce repérage ne suffit pas, le sujet s'y trouvant condamné à s'arrêter à l'envie du pénis. Pour Lacan, entre le trou et la castration, la relation n'est pas de simple recouvrement. Et ce, pour une raison que la logique du signifiant permet d'établir : le trou ne doit pas être considéré comme préalable au signifiant qui vient le nommer (et le rater). Le trou n'apparaît comme tel que par le signifiant qui en découpe les bords et le produit comme son extérieur. Le signifiant, autrement dit, ne fait pas que signifier, il a aussi pour effet de rejeter ; le phallus ne camoufle pas le trou, il le fait surgir comme son au-delà. Ce paradigme, qui nous donne une nouvelle clef de lecture du complexe de castration, Lacan l'exprime très joliment au début du Livre XI de son *Séminaire* : « Où est le fond ? Est-ce l'absence ? Non pas. La rupture, la fente, trait de l'ouverture fait surgir l'absence – comme le cri non pas se profile sur fond de silence, mais au contraire le fait surgir comme silence[43]. » A suivre cette indication – qui cerne le signifiant dans sa fonction *créatrice* – le phallus et la castration ne se posent plus comme obstacles à la féminité, mais au contraire comme les conditions de toute féminité possible.

NOTES

1. Le « préhistorique », nous allons le voir surgir, ou resurgir, à propos de la féminité, lorsque Freud soulignera l'importance, pour les femmes, de la relation primordiale à la mère.

2. Cf. PERRIER et GRANOFF, *Le Désir et le féminin*, Aubier-Montaigne.

3. Pierre GUIRAUD, *Dictionnaire érotique*, Payot.

4. S. FREUD, « Les théories sexuelles infantiles », *La Vie sexuelle*, PUF.

5. On soulignera dans les élaborations du projet de l'« Esquisse d'une psychologie scientifique » (1895) que la perception, selon Freud, est organisée par les représentations.

6. Dans l'article de 1923 sur « L'organisation génitale infantile », *La Vie sexuelle*, PUF.

7. « Le vagin prend maintenant la valeur d'auberge du pénis, il succède au sein du corps de la mère. »

8. Nous développerons ce point par la suite.

9. Rappelons que c'est à l'instigation de son père que la jeune Dora avait été consulter Freud.

10. S. FREUD, « Les fantasmes hystériques et leur relation à la bisexualité », *Névrose, psychose et perversion*.

11. S. FREUD, « Considérations générales sur l'attaque hystérique », *Névrose, psychose et perversion*.

12. J. LACAN, « ...ou pire », Séminaire inédit.

13. J. LACAN, *Encore, Le Séminaire*, livre XX, Le Seuil.

14. J. LACAN, « L'étourdit », *Scilicet* 4, Le Seuil.

15. Depuis la rédaction de ce texte – qui a d'abord été diffusé sous forme de notes de séminaire – est paru le remarquable ouvrage de P. L. Assoun, *Freud et la femme* (Calmann-Lévy). L'auteur y accentue la nuance entre vœu et désir, au point d'en édifier la thèse d'une opposition radicale, chez la femme, du registre du vouloir et de celui du désir. Nous ne le suivrons pas sur ce terrain.

16. S. FREUD, « Analyse finie et indéfinie », *Revue française de psychanalyse*.

17. C'est par ce terme de « dérive » que Lacan propose de traduire le terme freudien du « Trieb », communément rendu par « pulsion ».

18. Voir O. MANNONI « L'analyse originelle », *Clefs pour l'imaginaire ou l'autre scène*, Le Seuil ; et S. ANDRÉ « Wilhelm Fliess », *Ornicar ?*, n° 30.

19. S. FREUD, *Naissance de la psychanalyse*, lettres n°s 80, 81, 85, 145 et 146.

20. Par exemple dans les *Trois essais sur la théorie de la sexualité* (1905), dans l'article sur « Les fantasmes hystériques et leur relation à la bisexualité » (1908), dans « Un enfant est battu » (1919), dans « Quelques conséquences psychologiques de la différence anatomique entre les sexes » (1925), dans *Malaise dans la civilisation* (1930), dans « La sexualité féminine » (1931), dans « Analyse finie et indéfinie » (1937).

21. « Les rapports de l'hybridité psychique avec l'hybridité anatomique évidente ne sont certes pas aussi intimes, aussi constants qu'on a bien voulu le dire […]. En sorte qu'il faut admettre que l'hermaphrodisme somatique et l'inversion sont deux choses indépendantes l'une de l'autre.
[…]
La bisexualité sous la forme la plus rudimentaire a été définie par un apologiste des invertis-mâles : un cerveau de femme dans un corps d'homme. Seulement, nous ne savons pas ce que c'est qu'un "cerveau de femme". […] Retenons, toutefois, deux idées pour notre explication de l'inversion : d'abord, il nous faut tenir compte d'une disposition bisexuelle ; mais nous ne savons pas quel en est le substratum anatomique.

Nous voyons ensuite qu'il s'agit de troubles modifiant la pulsion sexuelle dans son développement. » (Freud, *Trois essais sur la théorie de la sexualité*, p. 28.)

22. « Il faut bien se rendre compte que les concepts "masculin" et "féminin" qui, pour l'opinion courante, ne semblent présenter aucune équivoque, envisagés du point de vue scientifique sont plus complexes. Ces termes s'emploient dans *trois* sens différents. "Masculin" et "féminin" peuvent être l'équivalent d'"activité" ou "passivité"; ou bien ils peuvent être pris dans le sens *sociologique*. La psychanalyse tient compte essentiellement de la première de ces significations […]. » S. Freud, *Trois essais sur la théorie de la sexualité*, p. 76. Cette note a été ajoutée en 1915.

23. S. Freud, « Nouvelles remarques sur les psychonévroses de défense », *Névrose, psychose et perversion*.

24. S. Freud, « Pulsions et destin des pulsions », *Métapsychologie*.

25. S. Freud, *Naissance de la psychanalyse*, manuscrit E.

26. S. Freud, *Trois essais…*, p. 128.

27. S. Freud, « Considérations générales sur l'attaque hystérique », *Névrose, psychose et perversion*.

28. Voir « Pour introduire le narcissisme », *La Vie sexuelle*.

29. S. Freud, *Die Ichspaltung im Abwerhrvorgang*, G. W. XVII.

30. S. Freud, *Délire et rêve dans la Gradiva de Jensen*.

31. S. Freud, « Les théories sexuelles infantiles », *La Vie sexuelle*.

32. Successivement dans l'article sur « La tête de Méduse », et dans celui sur « L'organisation génitale infantile ».

33. Dans l'article sur « La disparition du complexe d'Œdipe », *La Vie sexuelle*.

34. S. Freud, « Le fétichisme », *La Vie sexuelle*.

35. S. Freud, *Le Clivage du Je dans le processus de défense*, G.W. XVII.

36. On sait combien Freud a pu se heurter à la question de la féminisation du fils devant l'amour du père, comme effet du complexe de castration.

37. S. Freud, « Quelques conséquences psychologiques de la différence anatomique des sexes », *La Vie sexuelle*.

38. S. Freud, « Sur la sexualité féminine », *La Vie sexuelle*.

39. L'année suivante, dans son texte sur « La féminité », Freud dira carrément que la petite fille est un petit homme. *(Nouvelles conférences d'introduction à la psychanalyse.)*

40. Ainsi que Freud l'évoque à la fin de son article sur « L'organisation génitale infantile », *La Vie sexuelle*.

41. Voir J. Lacan « Subversion du sujet et dialectique du désir dans l'inconscient freudien », *Écrits*, Le Seuil.

42. J. Lacan, « L'étourdit », *Scilicet* 4, Le Seuil.

43. J. Lacan, *Le Séminaire*, livre XI, *Les Quatre concepts fondamentaux de la psychanalyse*, p. 28.

II

La science paranoïaque du rapport sexuel

Au point de départ de l'élaboration freudienne concernant la femme, il y a donc le signifiant « bisexualité ». Mais ce terme ne prend sa portée véritable – de fascination et de rejet tout à la fois – que dans le contexte où Freud est amené à s'y mesurer, soit ce drame initial de la psychanalyse qui se joue dans la relation de Freud à son ami Fliess entre 1887 et 1902. Cette relation doit être repérée comme un authentique transfert[1] : le lien entre les deux hommes se tisse moins en raison de leurs qualités respectives qu'en fonction d'un certain rapport au savoir qui, de prendre la sexualité pour visée, se transforme en rapport amoureux, chacun s'éprenant de ce qu'il suppose à l'autre.

Lorsqu'ils se rencontrent, à l'automne 1887, ils n'ont encore produit aucun travail décisif mais ont en commun un puissant intérêt pour la sexualité qui les amène à la conviction que c'est là que se trouve la cause des maladies qu'ils traitent. Cette rencontre est le fruit du hasard : Fliess, rhinolaryngologiste de Berlin, est venu faire un séjour d'étude à Vienne, et Breuer lui a conseillé de suivre les cours de neurologie de Freud. Leur relation commence par des échanges de clientèle, devient progressivement très amicale et tourne à l'idylle vers 1895. A cette époque, Freud a trouvé en Fliess une véritable *adresse* ; il lui avoue : « Si je t'écris aussi rarement, c'est uniquement parce que j'écris beaucoup pour toi[2] », ou lui confie que c'est en essayant de lui faire part des thèses qu'il a élaborées dans son projet d'« Esquisse d'une psychologie scientifique » que les choses se sont éclairées pour lui[3]. Fliess occupe donc pour Freud la place de celui qui le fait parler, et qui peut savoir ce que lui, Freud, cherche à formuler dans ses travaux. Certains passages de la correspondance font d'ailleurs état du savoir universel que Freud lui suppose. La déception n'en sera que plus lourde lorsque, quelques années plus tard, Freud s'avisera, notamment à propos de sa découverte du complexe d'Œdipe, que Fliess n'a rien compris à ses préoccupations. Ce savoir supposé installe Fliess dans la position de l'Autre, qui prête aux malentendus de l'amour et aux illusions du narcissisme, puisque ce que Freud en reçoit, ou croit en recevoir, n'est jamais que son propre message sous une forme inversée.

On notera en outre que cette relation est marquée par une singulière exclusion des femmes, à commencer par les leurs. « Cache ce manuscrit à ta jeune femme », recommande Freud en confiant à Fliess son manuscrit B[4]. Leurs rencontres – qu'ils appelaient leurs « congrès » – avaient toujours lieu en l'absence de leurs épouses. Et l'on sait, grâce à la curiosité de Max Schur, que si leurs femmes étaient ainsi tenues à l'écart de leur amitié, c'est qu'elles étaient ou avaient été à la source de graves complications entre eux[5].

Cette relation exclusive atteint son point culminant en 1895 ; mais l'apogée de l'idylle est aussi le moment où règne le plus grand malentendu entre Freud et Fliess. Freud, pris dans l'amour de transfert, est alors complètement aveugle à une série de discordances dont l'émergence, au cours des années suivantes, va séparer progressivement les deux hommes. Durant les années 1895 à 1898 en effet, les dissensions vont surgir et s'accumuler. Freud tentera de les dénier ou de les étouffer, mais à partir de 1900, il ne pourra plus se les dissimuler, et après leur rencontre d'Achensee au cours de l'été 1900, il deviendra clair que la rupture est inévitable.

Sur quoi se construit l'entente entre Freud et Fliess, et par quoi cette entente se trouve-t-elle ensuite entamée ? Pour le comprendre, il nous faut nous intéresser au personnage de Fliess et aux conceptions qui ont fait de lui, au moins pour un temps, aux yeux de Freud, un « spécialiste universel » ou « le Messie[6] » chargé de résoudre les difficultés de ses premiers essais.

Nous l'avons dit, c'est la conviction que la cause des affections mentales doit être recherchée dans la sexualité, qui scelle la rencontre des deux hommes. Mais encore faut-il prendre la mesure de la signification qu'ils accordaient l'un et l'autre à ce

terme de « sexualité », et plus spécialement à l'idée qu'ils sou-
tenaient tous deux d'une bisexualité originaire.

Il est frappant que la lecture de l'ouvrage de Fliess, *Les relations entre le nez et les organes génitaux féminins présentées
selon leurs significations biologiques*[7], révèle la structure d'un
délire paranoïaque, bien qu'abrité sous l'apparence d'un discours pseudo-scientifique. Il est plus étonnant encore que
Freud, qui fut au début 1896 le premier lecteur de ce manuscrit,
ne trouve quasiment rien à redire à ce « nez-sexe » comme il
l'appelle. Au contraire, il en fait grand éloge, louant « l'enchaînement lumineux » des idées et « les explications nouvelles »
qui y sont exposées, et conclut : « Je n'ai rien eu besoin de cor-
riger[8]. » Il se laisse tout à fait séduire par les théories organiques de Fliess puisque, dans la même lettre, il semble soudain
admettre une explication de la névrose d'angoisse qui s'oppose
pourtant à la théorie du refoulement qu'il a commencé à élaborer deux ans auparavant[9].

Le livre, bénéficiant ainsi de l'*imprimatur* de Freud, sera
publié en 1897. Il pose les fondements d'un système qui, à partir d'une pratique médicale minuscule, va s'élever jusqu'à bâtir
une théorie universelle de la nature et à décrypter le secret des
grands mystères de la vie et de la mort.

Fliess part du nez : c'est là qu'est localisée sa certitude fondamentale[10]. Son livre commence par cette phrase dont la gran-
diloquence ne doit pas nous cacher la portée de véritable découverte qu'elle a pour l'auteur : « Au milieu du visage, entre les
yeux, la bouche et les formations osseuses du cerveau antérieur
et moyen, il y a le nez. » Ce nez constitue pour Fliess rien moins
que le miroir du sexe féminin : il a constaté que certaines parties du nez se trouvent altérées lors de la menstruation, celle-ci
se manifestant dans le nez par la congestion, la sensibilité
accrue au contact ou la tendance au saignement. Il appelle donc
ces parties les « localisations génitales du nez » et, puisqu'elles
enflent au cours de la menstruation, il y désigne de véritables
corps érectiles « tout à fait semblables, écrit-il, à ceux que l'on
retrouve par exemple dans le clitoris[11] ».

Cette relation entre le nez et le sexe féminin se manifeste,
selon Fliess, par des saignements de substitution qui se produi-
sent à la place des règles. Il en déduit sa pratique médicale qui

consiste à intervenir sur le nez (par cocaïnisation et par cau-
térisation notamment) pour supprimer les troubles dysménor-
rhéiques – ce qu'il appelle la forme nasale de la dysménorrhée.
On observe également cette relation de symétrie inversée au
cours de la grossesse où un « effet de congestion menstruelle sur
le nez » apparaîtra d'autant moins surprenant que le saignement
menstruel utérin ne se produit plus et que, par conséquent, le processus de menstruation est privé de son issue normale.

Ainsi la menstruation constitue-t-elle le processus régulateur
du rythme de la vie et de la mort. Et l'accouchement devient
« la grande menstruation » qui libère en un écoulement unique
les règles retenues durant neuf mois. Il s'accompagne d'ailleurs
d'une série de signes nasaux – enflement et cyanose –, correspondance qui est encore vérifiée par ce qu'il appelle « la dysménorrhée nasale de la naissance », c'est-à-dire les douleurs de
contraction qu'il considère comme un authentique trouble de
menstruation (auquel on peut donc remédier, comme pour toute
dysménorrhée, par la cocaïnisation du nez). C'est à partir de
cette équivalence entre grossesse et menstruation que Fliess va
introduire sa deuxième idée fondamentale, celle de période : le
début des contractions sera séparé du dernier saignement menstruel par un intervalle de x jours qui sera un multiple de l'intervalle de menstruation, donc x.28 jours [12].

Mais si le processus de menstruation ne s'arrête pas durant la
grossesse – où, à défaut de saignement utérin, il se manifeste
par des congestions ou des saignements du nez, ou par des
contractions –, il ne cesse pas non plus avec la ménopause où,
dit Fliess, l'on voit apparaître les premiers signes d'une
« ménopause à mécanisme nasal [13] ». Il faut donc en déduire
que la menstruation est un processus qui dépasse les limites
qu'on lui assigne habituellement, à savoir la période durant
laquelle la femme est capable de procréer. Elle les dépasse tellement que Fliess ne va pas tarder à en trouver des traces chez
les hommes eux-mêmes. Il recensera une « quantité d'observations où des hommes sont régulièrement atteints de saignements du nez lors du coït [14] ».

A cet endroit – qui se situe à peu près à la moitié du livre –
les conceptions de Fliess prennent le tour d'une systématisa-
tion universelle. Il était parti du phénomène de la menstruation

féminine dont il prétendait avoir isolé une manifestation nasale – ce que Freud, par la suite, appellera un « déplacement » –, il va maintenant étendre la portée de ce phénomène à l'univers entier. Il l'a déjà détaché du saignement menstruel utérin, en assimilant accouchement et menstruation ; il poursuit cette extension en rapportant aux manifestations menstruelles une série de douleurs névralgiques et d'affections diverses comme l'angoisse, l'asthme, les migraines, l'urticaire, les hémorroïdes, le diabète, l'apoplexie, la poussée des dents et, finalement, le développement de l'acquisition du langage[15]. En même temps, il détache la menstruation du sexe féminin en soulignant chez les hommes une série de phénomènes analogues, ce qui l'amène finalement à parler de règles des hommes[16]. Un pas de plus encore et il conclura son ouvrage en inscrivant la menstruation au-delà des limites de l'humain, annonçant une monographie complète qui traitera cette question « chez l'homme, l'animal et les plantes[17] ».

Si ces extensions multiples de la notion de menstruation sont possibles, c'est que l'idée de périodicité, qui n'était d'abord qu'une caractéristique de la menstruation, a pris une telle ampleur qu'elle est devenue la notion principale, absorbant complètement l'idée de menstruation. Une sorte de renversement se produit au fil du développement de Fliess : au départ la menstruation est le principal et la périodicité l'accessoire ; à la fin, la menstruation n'est plus qu'un signe de la périodicité. De « tout ce qui est menstruel est périodique », il en arrive à « tout ce qui est périodique est menstruel ». On aboutit alors à la conception grandiose d'un univers réglé – c'est le cas de le dire – par menstruation. En effet, si le jour de l'accouchement, donc de la naissance, est déterminé par ces périodes (de 28 ou 23 jours, nous préciserons cette distinction plus loin), celui de la mort doit l'être aussi, de même que le rythme de développement des tissus et des fonctions (y compris celle de la parole), la survenance des maladies, etc. L'auteur consacre même deux pages de son ouvrage à soutenir que si Napoléon a perdu les batailles de Dresde et de Borodino, c'est parce qu'en somme, il avait ses règles ce jour-là[18]...

Ainsi la loi des périodes apparaît-elle à Fliess « comme étant une véritable loi naturelle[19] ». Mais quel est l'objet qui se trouve réglementé par cette loi ? C'est, dit Fliess, la toxine sexuelle, substance et principe uniques, aussi bien de la vie que de la mort. Il construit sur cette base une théorie de l'angoisse qu'il n'est pas sans intérêt de comparer à celle que Freud tente d'établir à la même époque : selon Fliess, l'angoisse ne fait que manifester, par décharges, l'accumulation de toxine sexuelle non dépensée par la vie normale[20].

Nous avons donc un principe universel : « ça coule », sa régulation périodique, une énumération de ses voies normales ou substitutives (le nez jouant le rôle d'une soupape privilégiée de par sa relation en miroir au sexe féminin), et la substance, le fluide qui provoque ces manifestations : la toxine sexuelle, qui se situe au-delà de la vie et de la mort puisque sa décharge périodique commence par construire l'organisme et finit par le détruire[21]. Reste à trouver d'où vient cette toxine et à expliquer comment elle peut se promener dans le corps. C'est à quoi Fliess consacre le dernier chapitre de son livre – qui ne serait pas indigne de figurer dans les *Mémoires* du Président Schreber[22]. Tout en localisant la production de la toxine sexuelle dans la thyroïde, Fliess laisse entendre que sa théorie suppose une sorte de raccordement nerveux entre une série d'organes aussi divers que les organes sexuels au sens strict, le nez, l'hypophyse, les amygdales et… les muscles oculaires du nourrisson, tous placés sous le contrôle de ce qu'il appelle à un moment les « rayonnements menstruels[23] ».

Mais le point le plus important – et aussi le plus obscur – de toute cette construction est la bipartition des périodes en séries féminines de 28 jours et séries masculines de 23 jours. Une lecture attentive de l'ouvrage ne permet pas de trouver de véritable justification à ce dualisme, par lequel Fliess croit démontrer le fondement bisexuel de l'être humain. C'est un postulat, qu'il introduit empiriquement pour résoudre certaines difficultés qui se posent dans ses cas cliniques[24], et qu'il n'explique par la suite, lorsqu'il y revient, qu'en déclarant, de manière sibylline, que « les oppositions de chiffres doivent aussi correspondre à des différences sexuelles plus profondes[25] ». Il semble que cette distinction de deux types de périodes – de 28 et 23 jours – et leur qualification de séries féminines et séries masculines soient rendues nécessaires, dans la logique de l'ouvrage, par le besoin d'assurer la thèse centrale du délire de Fliess : c'est la mère qui, en transmettant ses périodes à l'enfant, va déterminer son sexe. Il existe entre l'enfant et sa mère, une « co-vibration[26] » qui relève de la loi même de la nature. C'est là que l'on peut saisir l'émergence de la psychose dans l'exposé de Fliess : toute cette science sexuelle a pour but de prouver que le processus périodique – soit ce qui tient lieu de Loi de l'univers – est transféré de la mère à l'enfant, sans tierce intervention. Or, exactement à la même époque, en 1896-1897, Freud s'interrogeait également sur ce qui se transfère de la mère à l'enfant, mais en des termes fort différents, puisque son idée première était celle d'un transfert de jouissance sexuelle par le biais de la *séduction* qu'exerce sur l'enfant la mère ou la nourrice.

Fliess établit finalement une théorie où, de la filiation à la détermination des symptômes, tout ne relève que de la mère avec qui l'enfant reste lié, même au-delà de la vie intra-utérine, par une « co-vibration » animée par les « rayonnements menstruels ». En d'autres termes, on se passe absolument du père : il suffit, pour que le système se perpétue, qu'il y ait eu un jour une mère originelle, et la loi universelle du « ça coule ». Or, le nom de Fliess, dans la langue allemande, évoque immédiatement le verbe *fliessen* (couler) ou le substantif *das Fliessen* (écoulement). Il n'est dès lors pas abusif de conclure que, par cette construction, Wilhelm Fliess ne cherche qu'à faire de son nom celui même de la loi qui gouverne l'ordre de l'univers – démarche qui se laisse aisément comparer à l'effort délirant du Président Schreber[27]. Le flux périodique d'une mystérieuse substance sexuelle voyageant dans le corps, entre nez et sexe, et en passant par toute une série d'organes qu'elle fait tour à tour gonfler et dépérir, n'est après tout rien d'autre qu'une métaphore délirante du phallus, soit de ce qui pourrait réguler le désir tout-puissant de la mère.

Il importe de dégager les principes de cette théorie paranoïaque du rapport sexuel, car ce n'est qu'en opposition à elle que Freud a pu formuler les règles de structure de l'inconscient. En effet, ce n'est qu'en s'arrachant à la séduction qu'exerce la science sexuelle paranoïaque qu'il a pu entreprendre une clinique psychanalytique de l'hystérie (où la question de la bisexualité apparaît sous un tout autre angle). Et ce n'est qu'en

maintenant l'idée centrale de l'absence du rapport sexuel qu'il
a pu soutenir la psychanalyse face à toutes les dissidences par
où la science paranoïaque tendait à faire retour. Car la conception fliessienne de la bisexualité s'articule en une suite d'argu-
ments ou de postulats fondamentaux dont on trouvera tout ou
partie chez chacun des dissidents du freudisme. Résumons-les
en quelques points :

1) Pour Fliess la détermination des deux sexes est une donnée de départ : la différenciation biologique suffit à rendre
compte du phénomène sexuel.

2) Les deux sexes sont liés par un rapport de symétrie : chacun contient l'autre au titre de refoulé. Fliess poussera cette
conception à ses conséquences extrêmes peu après la parution
de son ouvrage sur *Le Nez* [...] puisque, dès 1897, il remplacera
le terme de « bisexualité » par celui de « bilatéralité », assimilant la différence sexuelle à l'opposition gauche-droite.

3) D'autre part, ces deux sexes se trouvent en réalité confon-
dus par le principe unitaire qui les traverse tous deux : la loi
universelle de la menstruation périodique, débordant le sexe et
l'individu, a pour résultat d'intégrer le sexe à la nature, de l'unir
au rythme du monde.

4) La sexualité dès lors se détache des conditions imposées
par la singularité du désir, pour se ramener à la réalisation automatique de l'espèce éternelle. Ainsi, sexualité et reproduction
sont-elles réconciliées.

5) Autre conséquence : la notion de bisexualité – chaque
sexe est porteur de l'autre sexe, et chaque être a reçu de la mère
deux périodicités, l'une dominante et l'autre refoulée – signifie
plutôt un principe d'harmonie que la source d'un désaccord : le
sujet y est invité au mirage d'une totalité fondée sur la substance vitale unique. Dans la suite de ses travaux[28], Fliess soutiendra d'ailleurs la possibilité d'une reproduction a-sexuée,
c'est-à-dire le principe de l'auto-génération.

6) Enfin, toute cette construction s'appuie sur la forclusion
de l'instance paternelle : tout est tributaire de la mère avec qui
l'enfant entretient sa vie entière durant une relation de résonance harmonique naturelle que rien ne peut troubler.

A cette « science sexuelle », Freud s'opposera point par point
tout en sachant que nul plus que lui n'a été exposé aux séduc-

tions qu'exerce la paranoïa supportée par le discours de la science. Parcourir l'élaboration de Freud sous cet angle unique permettrait sans doute de repérer comment il s'est consacré à construire une réponse au savoir paranoïaque, donc comment il a, patiemment, dissous son transfert à Fliess. Si nous reprenons les six points que nous venons d'énumérer, nous nous apercevons en effet que chacun d'eux a été rencontré par la doctrine freudienne :

1) Au donné biologique des deux sexes, Freud va opposer l'impossibilité d'inscrire leur différence au plan de l'inconscient. A la différence des sexes, l'inconscient objecte le primat du phallus – thèse qui devient explicite à partir de 1923.

2) A la relation de symétrie posée par Fliess, Freud substituera la notion d'une essentielle dissymétrie entre les destins du garçon et de la fille[29].

3) Quant au principe d'unité de la loi de menstruation périodique, il pourrait se comparer au concept de libido unique, si la libido freudienne ne constituait l'antithèse d'une force *naturelle* puisqu'elle est phallique ; d'autre part, si elle se divise, ce n'est pas entre un pôle masculin et un pôle féminin, mais bien entre l'activité et la passivité, ou entre le moi et l'objet.

4) Le primat de l'espèce sur l'individu est un élément qui, par contre, a fort embarrassé Freud. En témoignent ses réflexions sur le soma et le germen, ou sur les conceptions de Weisman, dans l'« Au-delà du principe de plaisir[30] ».

5) Autre opposition radicale : la conception de la bisexualité chez Freud, pour vague qu'elle soit, se situe à l'inverse de l'idée d'une harmonie bisexuelle. La bisexualité n'est jamais posée comme l'indice d'une totalité possible de l'individu, mais au contraire comme le facteur d'un désaccord fondamental. La sexualité, pour Freud, reste traumatique, et, si l'on peut parler d'une bisexualité psychique, c'est dans le sens d'une division irrémédiable, dont l'hystérique, par exemple, témoigne dans le conflit des fantasmes qui structurent son symptôme[31].

6) Enfin, faut-il montrer que l'effort de Freud a consisté principalement à souligner l'importance, imaginaire et symbolique, de la fonction paternelle, brisant ainsi l'illusion d'une relation de résonance naturelle avec la mère ? Nous en trouvons d'ailleurs une illustration, pittoresque et saisissante à la fois, dans un

poème que Freud adresse à Fliess en 1899, à l'occasion de la naissance de son deuxième fils. Ce texte, rapporté par Max Schur[32], contient, en un raccourci remarquable, l'essentiel de la réponse que Freud apporte à la paranoïa de Fliess.

Cette réponse, loin d'être immédiate, est le fruit d'un long effort : c'est l'œuvre de toute une vie et le résultat d'une volonté incessante de déchiffrer l'énigme du sexe. La confidence de ce long combat se dessine dans les correspondances que Freud échange avec Jung et avec Abraham. A Jung, il dit combien l'élucidation des mécanismes de la paranoïa a dépendu de l'analyse qu'il a pu opérer de sa relation avec Fliess : c'est le comportement de Fliess à son égard qui l'a amené, écrit-il, à l'idée du refoulement de l'homosexualité dans la paranoïa[33]. Ailleurs, il lui confie combien Adler éveille en lui le souvenir de Fliess : « les mêmes choses paranoïdes », écrit-il[34]. Ce souvenir se ranime d'autant plus facilement qu'à cette époque Freud est plongé dans l'étude des *Mémoires* du Président Schreber. Or, ce travail constitue pour lui une véritable analyse de sa relation à Fliess, au point qu'il se sent incapable de juger si son étude vaut au-delà du témoignage qu'elle livre sur sa propre analyse : « Mon Schreber est terminé […]. Contrairement à des travaux antérieurs, je suis cette fois absolument sans jugement quant à sa qualité intrinsèque, à cause de la lutte qui eut lieu pendant sa rédaction contre des complexes intérieurs (Fliess)[35]. »

Ainsi, le combat par lequel Freud s'arrache à la séduction de la science paranoïaque de Fliess est-il constamment à recommencer. Il se rejoue non seulement pour Freud lui-même, mais aussi pour chacun de ses élèves et, de manière générale, pour chaque psychanalyste qui entreprend d'élucider l'énigme de la sexualité. En effet, si Freud peut estimer avoir remporté une victoire avec son étude sur la paranoïa de Schreber[36], la question n'est pas résolue pour autant, car elle fait retour dans la relation qu'il entretient avec ses élèves. Nous avons déjà relevé l'association qu'il fait de lui-même entre Fliess et Adler. On peut lui comparer le tour passionnel que prend se relation avec Jung, précisément au moment où il termine son Schreber. Mais le comble, c'est qu'à ce moment, l'autre grand disciple, l'autre pilier sur lequel Freud comptait bien pouvoir s'appuyer, Karl

Abraham, se laisse séduire par Wilhelm Fliess en personne !
Ainsi, dans une lettre du 11 février 1911[37], Abraham confie-
t-il à Freud qu'il a été frappé, dans l'observation d'un cas de
psychose cyclique, par l'existence de périodes masculines et de
périodes féminines : il en a parlé à une collègue, amie de Fliess,
et celle-ci lui a fait savoir, quelques jours plus tard, que Fliess
le priait d'aller le voir. Cette invitation met Abraham dans un
grand embarras à l'égard de Freud – il se trouve, en somme,
convoqué par l'analyste de son analyste ! Freud lui répond, par
retour du courrier, lui indiquant, de manière extrêmement
ferme, quelle est sa position à l'égard de Fliess, et met Abraham
en garde contre le piège qui le guette. Cette lettre, qui témoigne
du point où en est Freud vis-à-vis de Fliess immédiatement
après son étude sur Schreber, mérite d'être citée :

« Je vous réponds par retour du courrier à propos du passage
de votre lettre concernant Fliess, et je prends la liberté de vous
donner conseil, sans même que me vous me l'ayez demandé, en
d'autres termes, de vous indiquer quelle est ma position. Je ne
vois pas pourquoi vous ne lui rendriez pas visite. Vous ferez
d'abord la connaissance d'un homme très remarquable, fas-
cinant même, et vous aurez peut-être d'autre part l'occasion
d'approcher scientifiquement de plus près le fragment de vérité
que contient certainement la théorie des périodes – une possibilité qui me fut refusée pour des motifs personnels. Certes, il
tentera à coup sûr de vous détourner de la psychanalyse (et,
comme il le croit, de moi) et de vous entraîner dans son sillage.
Mais je suis certain que vous ne nous trahirez pas tous deux
auprès de lui. Vous connaissez son complexe, et vous savez
que j'en suis le centre ; et vous saurez donc l'éviter. Vous savez
d'emblée qu'il est dans le fond un homme dur, ce que moi-
même j'ai mis plusieurs années à découvrir. Il est magnifique-
ment doué pour les sciences exactes ; durant tout un temps, il
n'avait pas la moindre idée de la psychologie, au début il acceptait à la lettre tout ce que je lui disais et maintenant, bien sûr, il
aura découvert tout le contraire[38]. »

Bien entendu Abraham accepte l'invitation de Fliess, et, à la
suite de leur entrevue, écrit à Freud une lettre qui est un chef-
d'œuvre de dénégation et dans laquelle transparaît le fond du

problème : il en ressort en effet que la lucidité que l'on peut exercer à l'égard de la faiblesse scientifique du système paranoïaque (ici : la théorie fliessienne) n'empêche nullement que l'on se laisse séduire par lui. Abraham veut tout d'abord rassurer Freud : il n'a pas ressenti l'impression de fascination qu'il lui avait prédite. Il finit néanmoins par avouer qu'il a fait la connaissance la plus précieuse qu'il pouvait faire parmi les médecins berlinois[39]. En réponse, Freud le met une nouvelle fois en garde en se référant à sa propre mésaventure, c'est-à-dire à son propre transfert à Fliess : « N'oubliez pas que nous avons tous deux appris sur lui à comprendre le mystère de la paranoïa [...] je l'ai beaucoup aimé autrefois et, pour cette raison, il y a beaucoup de choses auxquelles je n'ai pas pris garde[40]. »

Cet aveu semble clore le contentieux : dès ce moment, Fliess n'est plus évoqué dans la correspondance entre Freud et Abraham que de manière incidente et détachée, pour signaler la parution d'un ouvrage ou sa reconnaissance par la Société en 1914. Silence donc, jusqu'en septembre 1925, soit trois mois avant la mort d'Abraham, où Fliess soudain réapparaît et dans une position telle au regard d'Abraham que Freud ne pourra plus que pousser un cri de désespoir. Cet échange, qui est l'un des derniers entre les deux hommes, prend place juste après le congrès de 1925 où – ironie du sort ! – Freud a fait lire son étude « Quelques conséquences psychologiques de la différence anatomique des sexes ». Abraham, à cette époque, est très malade ; il fait part à Freud de la fatigue qu'il a subie durant le congrès ainsi que de ses difficultés respiratoires, et soudain lui livre cet aveu : « Du reste, je dois de toute façon subir un traitement du nez et de la gorge chez Fliess. Si cette lettre n'était pas déjà d'une longueur démesurée, j'aimerais vous raconter comment ma maladie a confirmé d'une manière particulièrement frappante toutes les idées de Fliess sur la périodicité[41]. »

La réponse de Freud est immédiate : « Ainsi ce que je craignais s'est produit [...][42]. » Que craignait-il ? Outre l'affaiblissement psychique d'Abraham, miné par la tuberculose, c'est sans doute sa faiblesse à l'égard de Fliess qui, pour Freud, prend allure de catastrophe. Car voici maintenant Abraham, président en titre de la Société regroupant les élèves de Freud, placé dans la même position à l'égard de Fliess que celle où Freud lui-même s'était trouvé trente ans plus tôt, à l'époque où il ne reculait pas à l'idée de se faire opérer des cornets nasaux par son ami.

La situation est d'autant plus frappante que la communication que Freud a livrée au Congrès qui vient d'avoir lieu[43] contient plusieurs thèses qui battent en brèche les conceptions de Fliess. Freud y soutient l'idée, fondamentalement opposée à l'organologie fliessienne, que c'est par le complexe que l'être humain a rapport à son anatomie, le complexe apparaissant ainsi comme la condition de la « nature » sexuée de l'humain.

Il y a là comme une fatalité qui poursuit Freud et qui marque son destin d'un accent authentiquement tragique. S'il parvient en effet, à force d'efforts et d'entêtement, à déjouer la séduction qu'exerce sur lui la science sexuelle de Fliess et à donner un autre contenu à la notion primaire de bisexualité, c'est pour voir ses meilleurs élèves, ceux qu'il traitait comme des fils, succomber l'un après l'autre au charme de la paranoïa. Comme si le vœu qu'il avait formulé naguère, quand son transfert à Fliess était à son apogée, ne cessait de se réaliser : « Si tu n'y vois pas d'inconvénient je donnerai à mon prochain fils le nom de Wilhelm ! S'il devient une fille, *elle* se prénommera Anna[44]. » Ce fut Anna, mais le spectre de ce fils Wilhelm, demeuré aux limbes, revint par la suite chercher son dû et s'empara chaque fois des meilleurs fils de Freud : Adler, Jung, Groddeck, Reich, Ferenczi, Abraham même, tous l'un après l'autre tombèrent dans l'ornière de la croyance au rapport sexuel d'où Freud s'était sorti pour fonder la psychanalyse. Si bien qu'il resta seul, absolument seul, à se tenir obstinément à l'idée d'une dissymétrie des sexes, jusqu'à ce que Lacan le discerne et reprenne le flambeau de la découverte psychanalytique.

NOTES

1. Voir S. ANDRÉ, « Wilhelm Fliess, l'analyste de Freud ? », in *Ornicar ?*, n° 30.

2. Nous nous référons ici à l'édition française de la correspondance Freud-Fliess, publiée dans *La Naissance de la psychanalyse*. Ici lettre du 23-9-1895.

3. *Op. cit.*, lettre du 20-10-1895.

4. *Op. cit.*, manuscrit B du 8-2-1893.

5. Max SCHUR, *La Mort dans la vie de Freud*, p. 264-265.

6. *La Naissance de la psychanalyse*, lettre n° 13.

7. W. FLIESS, *Les Relations entre le nez et les organes génitaux féminins*. trad. J. Guir et P. Asch, Le Seuil.

8. *La Naissance de la psychanalyse*, lettre du 13-2-1896.

9. Freud y écrit en effet : « C'est maintenant seulement que je commence à comprendre la névrose d'angoisse : la période menstruelle est son prototype physiologique, elle constitue un état toxique avec, à la base, un processus organique. J'espère que tu découvriras bientôt quel est l'organe inconnu en question (thyroïde ou autre). » *La Naissance de la psychanalyse*, lettre du 1-3-1896.

10. Au sens où Lacan situe la certitude comme phénomène élémentaire de la psychose. J. Lacan, *Le Séminaire*, livre III, *Les Psychoses*.

11. W. FLIESS, *op. cit.*, p. 20.

12. Id., *ibid.*, p. 111.

13. Id., *ibid.*, p. 125.

14. Id., *ibid.*, p. 133.

15. Id., *ibid.*, p. 211.

16. Id., *ibid.*, p. 244.

17. Id., *ibid.*, p. 280.

18. Id., *ibid.*, p. 252.

19. Id., *ibid.*, p. 260.

20. Id., *ibid.*, p. 238-239.

21. Il conviendrait de mettre en regard de cette construction l'élaboration freudienne autour de la notion de libido et son insertion dans le conflit Eros-Thanatos. On y comparera aussi une autre conception délirante : celle de W. Reich.

22. D. P. SCHREBER, *Mémoires d'un névropathe*, Le Seuil.

23. W. FLIESS, *op. cit.*, p. 254.

24. Id., *ibid.*, p. 140 et sq. On mesure là la fantaisie de l'auteur et le peu de fondement de sa « science ».

25. Id., *ibid.*, p. 266.

26. Id., *ibid.*, p. 214.

27. Freud d'ailleurs, au moment de son étude sur la paranoïa de Schreber, sera conscient de ce parallèle. Il dira à Jung combien cette étude l'a amené à pénétrer la structure de Fliess lui-même *(Correspondance Freud-Jung*, lettres du 1-2-1908 et du 18-12-1910); et à Abraham il déclarera encore plus nettement que c'est sur Fliess qu'il a appris à comprendre le mystère de la paranoïa *(Correspondance Freud-Abraham*, lettre du 3-3-1911).

28. Voir notamment *Der Ablauf das Lebens* (Le cours de la vie), que Fliess publie en 1906.

29. Voir : « Quelques conséquences psychologiques de la différence anatomique des sexes » (1925), *La Vie sexuelle*, et les articles de 1931 et 1932 sur « La sexualité féminine » et sur « La féminité », déjà cités.

30. S. FREUD, « Au-delà du principe de plaisir » (1920), *Essais de psychanalyse*.

31. Voir notamment « Les fantasmes hystériques et leur relation à la bisexualité » (1908) et « Considérations générales sur l'attaque hystérique », *Névrose, psychose et perversion*.

32. « Au fils vaillant qui, sur l'ordre du père, est apparu au bon moment.
Pour lui être de secours et collaborer à l'ordre sacré. Mais salut aussi au père qui, peu auparavant, tout au fond du calcul a trouvé à endiguer la puissance du sexe féminin pour qu'il porte sa part d'obéissance à la loi ; non plus signalé par la secrète lueur comme la mère,
il en appelle, lui aussi, pour sa part, aux puissances supérieures : la déduction, la foi et le doute :
donc, armé de force, à la hauteur des armes de l'erreur, se tient à l'issue le père, au développement infiniment mûri.
Que le calcul soit exact et, comme travail hérité du père, se transfère sur le fils et, par la décision des siècles, que s'unisse en unité dans l'esprit ce qui, dans le changement de la vie, se désagrège. »
Texte jusqu'alors inédit, rapporté par Max Schur, *La Mort dans la vie de Freud*, p. 245-246.

33. *Correspondance Freud-Jung*, lettre 70 du 17-2-1908.

34. Id., *ibid.*, lettres 223 du 3-12-1910 et 228 du 22-12-1910.

35. Id., *ibid.*, lettre 225 du 18-12-1910.

36. S. FREUD, « Remarques psychanalytiques sur l'autobiographie d'un cas de paranoïa », *Cinq psychanalyses*.

37. *Correspondance Freud-Abraham*, lettre du 11-2-1911.

38. Id., *ibid.*, lettre du 13-2-1911.

39. Id., *ibid.*, lettre d'Abraham du 26-2-1911.

40. Id., *ibid.*, lettre de Freud du 3-3-1911.

41. Id., *ibid.*, lettre d'Abraham du 8-9-1925.

42. Id., *ibid.*, lettre de Freud du 11-9-1925.

43. Son article « Quelques conséquences psychologiques de la différence anatomique des sexes », *La Vie sexuelle*.

44. *Naissance de la psychanalyse*, lettre à Fliess du 20-10-1895.

III

La rencontre de l'innommable

C'est dans la mesure où il peut se dégager de la fascination que lui ont inspirées les idées grandioses de Fliess que Freud peut aborder le mécanisme du rêve et la structure de l'hystérie, et commencer à déchiffrer le fonctionnement de ce qu'il appelle d'abord une « intelligence inconsciente ». Sur cette voie, un rêve de Freud a valeur inaugurale, celui de l'injection faite à Irma[1], dont l'interprétation témoigne de la première prise de distance de Freud à l'égard de la « science » de Fliess, et, en conséquence peut-être, de sa première rencontre véritable avec le mystère de la féminité. Ce rêve, en effet, signifie à Freud où finit le savoir qu'il supposait à Fliess, et où peut commencer le sien propre.

Irma a interrompu son traitement chez Freud, refusant la « solution » qu'il lui proposait. Il ne nous cache pas qu'il accordait un grand prix à cette cure, la jeune femme étant une de ses amies, très liée également avec sa famille. Aussi lorsque son ami Otto, qui est allé voir Irma, lui rapporte qu'elle ne va pas tout à fait bien, Freud l'entend-il comme un reproche. Le soir même, il écrit, pour se justifier, la relation de ce traitement, et dans la nuit, fait de ce rêve, que Lacan a remarquablement commenté[2]. Irma y apparaît souffrante ; Freud s'en inquiète, se demande s'il n'a pas laissé échapper quelque symptôme organique, et veut examiner sa gorge. Irma, d'abord résistante, finit par ouvrir la bouche, et Freud aperçoit alors le spectacle affreux d'une grande tache blanche et d'eschares blanc grisâtre s'étendant sur des formations bizarres qui ont l'apparence des cornets du nez. Trois confrères appelés à la rescousse ont un rôle un peu bouffon, l'un d'eux concluant son examen en ces

termes : « Il n'y a pas de doute, c'est une infection, mais ça ne
fait rien : il va s'y ajouter de la dysenterie, et le poison va s'éli-
miner. » Or, dit le rêve, l'origine de cette infection est connue :
l'ami Otto a fait récemment à Irma une injection avec une pré-
paration de triméthylamine (dont Freud, dans le rêve, voit dis-
tinctement la formule imprimée en caractères gras), et il est pro-
bable que la seringue n'était pas propre.

Une première lecture de ce rêve aboutit au résultat suivant :
Freud s'aperçoit qu'il a effectivement négligé un symptôme
organique, mais celui-ci est attribuable à Otto (Oskar Rie) qui
a utilisé une seringue malpropre. Freud se trouve donc disculpé
par ce rêve : ce n'est pas lui le coupable, c'est Otto ou bien c'est
le Dr M. (Breuer) qui y apparaît comme un ignorant, ou bien
c'est Irma elle-même, parce qu'elle a refusé la solution que
Freud lui a proposée – selon le raisonnement du chaudron
percé[3].

Mais les associations que nous livre Freud nous entraînent
plus loin : au groupe des trois amis diafoiresques s'oppose la
figure, non présente comme telle sur la scène du rêve, mais évoquée par la triméthylamine, de « l'autre ami » : Wilhelm Fliess.
Fliess avait, en effet, communiqué à Freud un certain nombre
d'idées sur la chimie du processus sexuel, notamment celle-ci :
parmi les produits du métabolisme sexuel, figurerait la triméthylamine. D'autre part, Fliess est encore évoqué par les bizarres formations contournées que Freud distingue au fond de la
gorge d'Irma et qui lui rappellent les cornets nasaux – ceux-ci,
selon Fliess, manifestaient d'étranges relations avec les organes
sexuels féminins. Et Freud ajoute, mais sans nous en révéler
davantage : « Je lui ai même demandé d'examiner Irma, pour
savoir si ses maux d'estomac n'étaient pas d'origine nasale. »

Or, nous savons aujourd'hui que cette dernière allusion à
Fliess comporte une véritable censure de la part de Freud, car
nous connaissons maintenant la portée véritable et la gravité de
l'intervention de Fliess dans cette affaire. Nous devons à Max
Schur la révélation des faits, dont il a trouvé la relation dans la
correspondance inédite entre Freud et Fliess au cours des mois
de mars et avril 1895[4]. Voici ces faits. Freud avait effectivement
demandé l'avis de Fliess afin de vérifier si Irma (en réalité pré-
nommée Emma) n'était atteinte d'aucune pathologie nasale.

Fliess vint spécialement de Berlin, examina la patiente, suggéra une opération et, à la demande de Freud, la pratiqua lui-même en février 1895. Or, peu après, Irma se mit à souffrir de douleurs incessantes et de saignements. Freud finit par s'en alarmer et la fit examiner de nouveau, par un oto-rhino-laryngologiste viennois cette fois. Celui-ci découvrit alors qu'au cours de l'opération, Fliess avait oublié dans les cavités nasales de la patiente une bande de gaze de cinquante centimètres ! Il fallut de nouveau opérer Irma pour lui enlever cette source d'infection. Au cours de cette seconde intervention, Irma subit une grave hémorragie et perdit connaissance – et Freud, qui y assistait, eut un malaise et dut quitter la pièce. Dans les semaines qui suivirent, Irma dut encore être opérée plusieurs fois et connut des hémorragies importantes qui la mirent à plusieurs reprises dans un état critique.

Citons ici le rapport que nous fait Max Schur de la correspondance de Freud à Fliess à ce propos : « Lorsque Freud eut compris que Fliess avait commis un de ces "actes manqués" chirurgicaux, plus courants qu'on ne le pense, et qu'il avait ainsi provoqué des complications imprévisibles, il hésita toute une journée avant de lui écrire. Après quoi, il envoya une longue lettre. Il commençait par faire une description réaliste du "dénouement" – la découverte de la gaze imprégnée de teinture d'iode, cause de l'odeur fétide, de la douleur, du saignement, etc. Suivait une protestation solennelle de confiance inébranlable en Fliess. Il l'assurait que personne ne lui ferait et ne pourrait lui faire de reproches, il lui avouait qu'il se sentait honteux d'avoir momentanément hésité à lui écrire et se disait convaincu que Fliess était assez fort pour supporter ces nouvelles. Freud attribuait son propre malaise non pas à l'odeur ou à la vue du sang, mais à l'émotion qui l'avait submergé lorsqu'en un éclair, l'ensemble de la situation lui était apparu[5]. » En conclusion, Max Schur estime que le désir réalisé par le rêve de l'injection faite à Irma serait moins, comme Freud le soutient lui-même, le désir de se disculper que celui d'innocenter son ami et de préserver ainsi « sa relation positive avec Fliess[6] ».

Mais pouvons-nous nous contenter de cerner le transfert de Freud à Fliess comme une « relation positive » ? Pouvons-nous croire les protestations de bonne foi et d'amitié que Freud adresse à son ami ? Ce serait négliger l'autre face du transfert, sa face négative, dont Freud ne veut peut-être rien savoir encore mais que le rêve, lui, reconnaît déjà : « Nous savons également, d'une manière directe, d'où vient l'infection […] la seringue n'était pas propre. » *Nous savons* : cela n'indique-t-il pas que, dans le rêve, le savoir se situe déjà du côté de Freud, et non plus du côté de Fliess ? Quant à la seringue malpropre, elle ne peut signifier qu'une chose : c'est le savoir que Freud, dans le transfert, suppose à Fliess qui s'avère impur, alors que Freud, comme il le remarque dans son commentaire du rêve, est toujours extrêmement attentif à la propreté de la seringue, à la pureté de sa méthode thérapeutique. Dès lors, même si le rêve inculpe un autre que Fliess – ce qui, d'ailleurs, n'implique pas que ce dernier soit disculpé –, la culpabilité fondamentale qui s'y avoue est bien celle de Freud. Et cette culpabilité, en dernière analyse, accuse son transfert à Fliess : en se référant au savoir de Fliess, Freud « ne prend pas assez au sérieux ses devoirs médicaux[7] », il ne se tient pas à la hauteur de ce à quoi il s'est engagé dans la cure avec Irma.

Il est tentant dès lors de rapprocher de ce rêve de l'injection faite à Irma un autre rêve de Freud, dit *Autodidasker*, qui présente le même thème, mais inversé. En effet, son analyse met au jour un singulier désir, dit Freud, celui d'avoir tort, et plus précisément d'avoir tort vis-à-vis du savoir de Fliess. Il s'agit ici encore d'un patient pour lequel Freud hésite à poser le diagnostic de névrose ; il fait donc appel « au médecin pour qui il a le plus de respect et devant l'autorité de qui il s'incline le plus volontiers[8] », c'est-à-dire Fliess. Celui-ci, au grand étonnement de Freud, écarte l'idée d'une affection organique. Freud renvoie néanmoins son malade quelques jours plus tard, lui déclarant qu'il ne peut rien pour lui et lui conseillant un autre médecin. A sa grande surprise, le malade lui avoue alors l'étiologie sexuelle de ses symptômes, confirmant ainsi le diagnostic de névrose. Freud dit s'en être senti soulagé, mais en même temps honteux : « Je dus m'avouer que mon collègue avait vu plus clair que moi. Je résolus de lui dire, quand je le reverrais, qu'il avait eu raison et que j'avais eu tort[9]. »

Le schéma de cette analyse de rêve se rapproche donc de celle du précédent. Dans les deux cas, Freud hésite sur le diagnostic à poser : névrose ou affection organique. Et dans les deux cas, s'il laisse au savoir de Fliess le soin de trancher, cela ne l'empêche pas de reporter ensuite son doute sur le bien-fondé de l'intervention de ce dernier. Fliess s'est trompé dans le cas d'Irma [10], et il a eu raison dans le second cas ; il semble cependant que Freud se sente tout aussi coupable dans celui-ci que dans celui-là. Et le transfert de Freud atteint là son point de vacillation. En effet, dans chacun de ces rêves, le moteur est le sentiment de culpabilité de Freud. Mais quel en est le fonde-ment ? Est-ce d'avoir osé porter atteinte au savoir qu'il suppo-sait à son ami Fliess, ou, plus fondamentalement, d'avoir cru à ce savoir au point de le faire passer avant sa propre intuition, ou avant son désir d'analyste ? L'interprétation à laquelle Freud se résout va dans le sens de la première hypothèse : ces rêves auraient pour fonction de maintenir en place, du côté de Fliess, le sujet-supposé-savoir. Version « officielle », dirions-nous, mais « officieusement », Freud est sérieusement occupé à met-tre en doute ce savoir qu'il prête à Fliess, et ce mouvement le conduira, quelques années plus tard, à ne plus voir en Fliess qu'un fantoche sur le plan du savoir, mais aussi à le considérer – il l'avouera à Abraham – comme un objet séducteur irrésis-tible. Quand, dans le rêve *Autodidasker*, le malade en vient, au moment même où Freud va interrompre la cure, à donner raison à Fliess, si la honte se mêle au soulagement éprouvé par Freud, c'est que le malade, par son aveu, donne raison au désir de Freud plus encore qu'au savoir de Fliess [11]. La conclusion de ce rêve n'est pas tant que Fliess avait vu juste, mais que Freud avait raison de soutenir sa thèse sur l'étiologie des névroses. La honte qui surgit alors ne peut être que celle d'avoir cédé sur son désir, d'avoir dû recevoir de l'Autre (Fliess) la leçon qu'il n'osait lui-même lui donner.

Si donc ce rêve réalise ce singulier désir d'avoir tort, c'est – complétons la formule – le désir d'avoir tort de supposer à Fliess un savoir qu'il n'a pas et ne peut avoir, mais que Freud détient déjà sans oser encore le reconnaître et l'assumer. Ainsi ces deux rêves doivent-ils, pour prendre toute leur portée, être d'abord replacés dans le cadre du transfert de Freud à Fliess, c'est-à-dire être lus en fonction de leur adresse. Mis dans cette perspective, ils nous indiquent que le transfert de Freud atteint à cette époque un point critique : l'Autre à qui Freud suppose le savoir n'est plus un Autre sans faille, mais un Autre qui peut se tromper et surtout qui peut tromper.

Or, sur quoi porte le savoir que Freud attribue à Fliess ? L'analyse de ces deux rêves permet de répondre sans hésiter : sur ce qu'est la féminité. C'est donc sur ce point fondamental que Freud cesse de se fier aux réponses de Fliess. Dans le rêve *Autodidasker*, les associations de Freud nous renvoient à un enchaînement de signifiants liés par des jeux d'anagramme, de substitution de syllabes ou d'inversions, dont Freud explicite la visée : « On peut résumer tout ceci par "cherchez la femme" [12] ! » Remarquons en passant un détail dont Freud ne nous dit rien : un terme occupe une position centrale dans la chaîne, le signifiant *Breslau*, nom d'une ville, dit-il, où s'est mariée « une dame avec qui nous étions très liés » ; mariage malheureux, puisque le fond du rêve comporte l'idée de la ruine par la femme. Mais ce qu'il ne nous dit pas, c'est que Breslau est aussi le nom de la ville où il avait eu avec Fliess, en 1897, un « congrès » décisif, où Fliess lui avait exposé l'évolution de sa théorie de la bisexualité vers la notion de bilatéralité, en des développements que Freud s'est refusé à avaliser.

Quant au rêve de l'injection faite à Irma, il est tout entier construit autour de cette énigme centrale : Qu'est-ce qu'une femme ? Pour le formuler avec l'équivoque que le rêve lui-même utilise, il s'agit – entre Freud et Fliess – de savoir ce qui se découvre lorsque Irma « ouvre la bouche ». De cette ouverture – qu'on la prenne au niveau anatomique ou à celui de l'acte de parole –, le rêve constitue déjà une interprétation, voire une théorie. Comme le dit Lacan, « le rêve que fait Freud est, en tant que rêve, intégré dans le procès de la découverte. C'est ainsi qu'il prend un double sens [13] ». En effet, ce que le rêve de Freud construit, en réponse à ce qui se présente au fond de la gorge d'Irma, constitue en soi le point de départ d'une voie d'accès à la féminité. Car, ce que Freud découvre lorsque Irma ouvre la bouche, là même où Fliess ne peut voir qu'infection, est à l'origine de trois thèmes qui vont ensuite traverser toute son œuvre, trois thèmes qui forment autant de fils directeurs pour appréhender la femme : celui de la réalité de l'organe génital féminin et de l'horreur qu'il suscite ; celui des trois femmes, dont l'aboutissement est la femme comme figure de la mort (et réciproquement) ; et celui de l'ombilic, du non-reconnaissable, de la féminité comme trou.

Partons de ce passage du début du rêve : « Alors la bouche s'ouvre bien et je constate, à droite une grande tache (blanche, ajoute le traducteur français), et d'autre part, j'aperçois d'extra-ordinaires formations contournées qui ont l'apparence des - cornets du nez, et sur elles de larges eschares blanc grisâtre. » C'est à Lacan que revient d'avoir souligné, dans son Séminaire sur *Le Moi* […][14], que ce rêve comporte deux points culminants, le deuxième répondant en quelque sorte au premier : ce spectacle affreux du fond de la gorge d'Irma et, à la fin, l'émergence de la formule de la triméthylamine. En ce qui concerne le premier, Lacan nous dit : « Il y a là une horrible découverte, celle de la chair qu'on ne voit jamais, le fond des choses, l'envers de la face, du visage, les secrétats par excellence, la chair dont tout sort, au plus profond même du mystère, la chair en tant qu'elle est souffrante, qu'elle est informe, que sa forme par soi-même est quelque chose qui provoque l'angoisse. Vision d'angoisse, identification d'angoisse, dernière révélation du "tu es ceci"[15]. » Cette première partie du rêve est donc ouverture sur l'image horrible de la chair brute, non habillée par l'image érotisée du corps. Il y a là, dit-il plus loin, la révélation de « quelque chose d'à proprement parler innommable […], l'abîme de l'organe féminin d'où sort toute vie […] et aussi bien l'image de la mort où tout vient se terminer[16] ». Pour Lacan, la fonction de ce rêve est d'abord d'indiquer à Freud l'objet véritable des plaintes d'Irma, cet objet qui fonde la vérité de son symptôme d'hystérique ($\frac{\$}{a}$ en écriture lacanienne). Irma, nous dit Freud, « se plaignait surtout de sensations de nausée et de dégoût ». Elle se plaint en effet de ce que quelque chose d'innommable surgit à la place de son corps, quelque chose qui fait apparaître son corps comme désexualisé, déphallicisé, réduit à l'état de chair défigurée, de chose – d'objet, dira plus tard Lacan. Car la plainte initiale de l'hystérique vise d'abord un état : celui de chose hors-sexe où elle se sent ramenée dans le désir de l'Autre, et qui provoque nausée et dégoût. Nous y reviendrons.

N'est-il pas remarquable que Freud cependant ne s'arrête pas à cette image sans nom, à cette émergence du réel ? Le rêve continue, il trouve la voie qui permet au rêveur de ne pas se réveiller. En quoi consiste cette voie ? Tout d'abord le sujet Freud disparaît – et c'est évidemment cette éclipse qui assure la poursuite du rêve – il n'a plus à se mesurer au réel, mais se trouve remplacé par un joyeux trio composé d'Otto, de Léopold et du Dr M. Ainsi s'élabore, au sein même du rêve, un début de réponse au réel, qui va aboutir à la formule de la triméthylamine, soit à une écriture éminemment symbolique. Lacan commente ainsi la portée de cette conclusion : « Tel un oracle, la formule ne donne aucune réponse à quoi que ce soit. Mais la façon même dont elle s'énonce est bien la réponse à la question du sens du rêve. On peut la calquer sur la formule islamique – Il n'y a d'autre Dieu que Dieu. Il n'y a d'autre mot, d'autre solution à votre problème, que le mot[17]. » En somme, la thèse que Lacan soutient par cette relecture du rêve est que celui-ci se révèle, dans son élaboration même, homogène à la découverte psychanalytique et à la manière dont se constitue l'inconscient : le fait que l'on dise ou que l'on rêve s'y révèle causé par un réel innommable, réel que l'inconscient tente de cerner comme on borde un trou, par le système du symbolique, par la chaîne signifiante, de la même façon que le savoir psychanalytique tente de désigner cette instance du réel à l'aide de formules ou de mathèmes. En ce sens, le rêve de l'injection faite à Irma n'est pas seulement une formation déchiffrable par la psychanalyse, mais aussi un lieu où s'invente et se met à l'œuvre la psychanalyse elle-même.

Et ce rêve, bien au-delà des événements qui ont tissé l'affaire Irma-Emma, élabore la réponse de Freud à Fliess. Fliess, qui ne s'intéresse qu'à la réalité matérielle de l'infection nasale, veut en trouver l'explication dans la nécessité d'écoulement d'une toxine sexuelle tout aussi matérielle (le mot triméthylamine fait allusion à ladite toxine). Ce faisant, il passe à côté tant de la dimension réelle que de la dimension symbolique de la féminité. De plus, pour convaincre Freud de la justesse de cette approche organologique, il est allé jusqu'à « oublier » une bande de gaze dans le nez d'une hystérique, faisant en sorte d'entretenir lui-même l'infection contre laquelle il est censé lutter. Freud lui répond, du fait même qu'il rêve, en affirmant l'existence de l'inconscient : dans cette perspective, la triméthylamine vaut, non comme produit de la chimie, mais en tant que formule, chiffrage, lettre dont le sujet (Freud, comme Irma) se soutient face au réel traumatique. Par ce rêve Freud trouve le moyen de répondre à Fliess que ses théories nasales ne sont elles-mêmes que chiffrage de l'inconscient d'un sujet confronté à l'horreur qu'inspire la découverte du sexe féminin.

Une autre thématique s'amorce dans ce rêve, celle des trois femmes, dont le terme se révèle être la mort. Ce thème s'enclenche à partir d'un passage du rêve qui évoque tant la fausseté que la pudeur des femmes : « Je l'amène près de la fenêtre pour examiner sa gorge. Elle manifeste une certaine résistance comme les femmes qui ont de fausses dents. Je me dis : elle n'en a pourtant pas besoin. Alors la bouche s'ouvre bien… » Les associations conduisent Freud à évoquer aux côtés d'Irma une de ses amies intimes qu'il a vue examinée par le docteur M. celui-ci disait qu'elle avait de fausses membranes diphtériques. Freud, de son côté, pense que cette jeune fille est hystérique mais qu'elle ne voudra pas venir le consulter, car, dit-il, « elle est très réservée, elle se raidit, comme dans le rêve ». Elle aussi, en somme, résiste à ouvrir la bouche… D'autre part, ces membranes diphtériques entraînent l'association avec Mathilde, la fille de Freud qui a été elle-même gravement malade deux ans auparavant, et avec une autre Mathilde qui, elle, est morte d'une intoxication à la suite d'une prescription de sulfonal que Freud lui avait faite. Tout se passe, note-t-il, comme si la substitution des personnes dans le rêve poursuivait un but qui s'énoncerait : une Mathilde pour une autre. Enfin, les « fausses dents », qu'il se représente plutôt comme des « mauvaises dents », lui rappellent une autre personne. Et cette autre personne, dit-il, « je ne l'ai jamais soignée, je ne souhaite pas avoir à le faire : elle est gênée avec moi, et doit être une malade difficile ». Qui est cette personne si gênée à l'égard de Freud ? Une note nous fait comprendre qu'il s'agit de sa propre femme, mais cette fois nous saisissons que ce n'est pas d'ouvrir la bouche qu'il est question à son propos : « Les maux de ventre me rappellent une occasion où je m'aperçus clairement de sa pudeur. » Ainsi, ouvrir les jambes et ouvrir la bouche se trouvent mis en équivalence, la bouche et le sexe féminin se substituant l'un à l'autre.

Voilà donc trois femmes, accompagnant Irma, qui ont résisté

à Freud : qu'elles ne lui disent rien, qu'elles refusent de se laisser examiner par lui, ou qu'elles aient rejoint à jamais le
mutisme dans la mort. Or, ce thème de la mort et du silence
comme livrant l'une des figures majeures du féminin se
retrouve dans d'autres rêves de Freud, et, plus tard, dans des
articles fort importants dont le cœur est l'énigme de la féminité
– comme « Le thème des trois coffrets » (1912) ou « L'inquiétante étrangeté » (1919). On ne peut d'ailleurs manquer d'être
frappé par l'insistance de cette association dans un grand nombre de cas d'hystérie – la pratique quotidienne pouvant sur ce
point recevoir un éclairage du cas d'Emmy von N. que nous
commenterons plus loin.

Deux rêves de Freud doivent, à ce propos, être mis en relation avec celui de l'injection faite à Irma : le rêve « des trois
Parques[18] », et le premier rêve « de Brücke », encore désigné
sous le nom de rêve « de la dissection du bassin[19] ». Au récit du
premier, Freud associe immédiatement le premier roman qu'il
ait lu, lorsqu'il avait treize ans, et à la fin duquel le héros,
devenu fou, crie les noms des trois femmes qui ont causé le
bonheur et le malheur de sa vie. Les trois femmes évoquent
pour Freud les trois Parques qui filent et défont les destinées
humaines. De là le rêve s'éclaire, et notamment la figure de la
mystérieuse hôtesse qui y reçoit le rêveur : « Je vais dans une
cuisine pour me faire préparer un entremets. Il y a là trois
femmes. L'une est hôtesse, elle tourne quelque chose dans ses
mains, paraît faire des Knödel. Elle répond que je n'ai qu'à
attendre qu'elle ait fini (il n'est pas sûr qu'elle parle). […][20]. »
C'est l'une des Trois Parques, mais c'est aussi un personnage
qui renvoie Freud à sa nourrice et à sa mère. Il se souvient alors
comment, lorsqu'il avait six ans, sa mère lui enseignait que
l'homme était fait de terre et devait retourner à la terre : sa mère
avait frotté l'une contre l'autre les paumes de ses mains
(comme pour faire des Knödel), et lui avait montré les petits
fragments d'épiderme noirâtre qui s'en détachaient. Le petit
garçon avait été stupéfait par cette démonstration et se résigna
à ce qu'il formula plus tard par l'adage : « Tu dois rendre ta vie
à la nature. » Ainsi, la figure majeure de la féminité pour Freud
se trouve-t-elle mise en scène : c'est la mère, mais c'est en
même temps la mort, c'est celle d'où l'on vient, mais aussi celle

où l'on retourne, celle qui nous nourrit et qui finalement nous absorbe, nourricière et dévoreuse à la fois. Soulignons le geste par lequel la mère initie ici le petit Freud au mystère de la mort : c'est de son corps même que quelque chose se détache, petit fragment qui se présente comme ce qu'il y a de plus réel dans le corps (c'est la terre dont il est fait) tout en incarnant la réalisation même de la mort. Ce reste qui se détache du corps, au-delà de toute image, nous propose une figuration saisissante de ce que Lacan appelle l'objet a, et nous devons la mettre en relation avec la tache horrible aperçue au fond de la gorge d'Irma.

D'autre part, comme dans le rêve d'Irma, il y a ici une deuxième partie, une réponse dans le rêve à l'émergence de cette part morte du corps. Cette boue, qui fait réellement le corps, Freud tente en effet, dans le rêve, de l'habiller : il veut enfiler un pardessus (dont il note bien la signification sexuelle) mais il en est empêché par un étranger à la longue figure. En d'autres termes, le rêveur cherche à ré-envelopper le corps d'un voile phallicisé, sexualisé. Le pardessus, « à longue queue » et « couvert de broderies turques », est d'ailleurs, dans les associations qui suivent le rêve, directement mis en rapport avec l'organe génital féminin et ce qui le revêt[21]. Ainsi la logique du développement de ce rêve nous indique-t-elle que quelque chose empêche que la part morte du corps soit camouflée, revêtue de la longue queue brodée de turqueries où nous verrions une figuration plaisante du phallus. Et comme c'est du corps de la mère que cette construction était partie, cela signifie qu'une objection s'élève à ce que le corps féminin comme tel soit entièrement phallicisé, et que cette objection n'est autre que l'organe génital féminin lui-même (dans le rêve : l'étranger qui porte une petite barbe en pointe). Nous approchons là de la formulation d'un thème implicite qui guide Freud dans toutes ses premières élaborations à l'égard de la féminité : il y a quelque chose dans le corps de la femme qui résiste à l'habillage phallique, quelque chose qui s'en détache comme la mort elle-même, c'est son sexe proprement dit.

Or – et c'est là que se situe la véritable pointe de ce rêve –, au moment où il touche à ce qui serait le non-nommable comme tel, l'ombilic même de cette élaboration, tout cet enchaînement aboutit à un jeu de mots sur le nom de Freud lui-même. Freud remarque en effet que la chaîne d'associations qu'il a développée en analysant ce rêve et qui l'a mené jusqu'à l'organe féminin est entièrement constituée par des équivoques sur les noms : Knödel et Knodl, Pélagré et plagiat, Brücke et Wortbrücke, Fleischelt et Fleisch, Popovic et popo. Et au moment où, à propos de « Popovic » qui contient « popo » – mot enfantin pour désigner le sexe féminin –, il se rappelle ce mot d'un humoriste : « Il me dit son nom et me serre la main en rougissant », Freud remarque combien il est concerné par ce genre d'équivoque : « Ces sortes de jeux sont ceux auxquels se livrent les enfants mal élevés ; si je m'y livre, c'est une sorte de revanche, car mon nom a été un nombre incalculable de fois l'objet de ces plaisanteries médiocrement spirituelles[22]. » On sait ce que *Freude* veut dire en allemand : joie, réjouissance. Voilà donc, finalement, ce qui s'échappe de la construction du rêve comme quelque chose se détachait du corps de la mère à l'intérieur même du rêve : c'est ce lien entre la joie et le sexe féminin qui donne donc sa signification à celui entre la mort et le corps de la mère. Ainsi le sens dernier de ce rêve est-il le suivant : quelque chose échappe au nom, au signifiant par excellence qui est le nom, comme aussi bien à la broderie de la métonymie symbolique : c'est la jouissance. La composition symbolico-imaginaire ne peut, à cet égard, que produire un reste, reste réel qui tombe comme les fragments d'épiderme tombaient des paumes de la mère.

Un autre rêve, que je n'évoquerai que rapidement, remet en scène ce rapport intime du féminin et de la mort, c'est le rêve de la dissection de son propre bassin que Freud nous rapporte immédiatement après le précédent[23]. Ici il doit faire ce que le texte même du rêve appelle « une chose bien étrange » : préparer pour la dissection, à la demande de Brücke, la partie inférieure de son corps. Ce faisant, il découvre un spectacle qui n'est pas sans rappeler le fond de la gorge d'Irma et les commentaires de Lacan à ce propos. Or, dans les associations qui viennent à la suite du rêve, les termes « chose bien étrange » se révèlent reliés à un livre que Freud a prêté à une amie : *She*, de Ridder Haggard, que Freud lui présente comme une œuvre étrange, pleine d'un sens caché et désignant l'éternel féminin. Notons, de plus, que ce livre a la valeur de substitut d'un ouvrage que

Freud lui-même n'a pas encore écrit sur le secret de la féminité.
On peut donc se demander comment Freud entrevoit cette
œuvre à travers la construction de son rêve. Il faut tout d'abord
que son bassin ait été préparé, puis remonté sur son corps[24].
Ensuite, de nouveau en possession de ses jambes, Freud entreprend une véritable expédition, accompagné d'abord par un
guide alpin qui le porte durant un bout de chemin. Après avoir
affronté divers dangers, ils arrivent au bord d'un abîme sur
lequel le guide dépose deux planches : « Alors, j'eus réellement
peur pour mes jambes », dit Freud. C'est là que le rêve touche
à l'impasse car, au lieu de franchir l'abîme, Freud découvre alors
deux hommes étendus et, à côté d'eux, deux enfants endormis
– que l'analyse du rêve permet d'identifier aux deux squelettes
d'un tombeau étrusque près d'Orvieto. « C'était comme si on
devait passer, non pas sur les planches, mais sur ces enfants. Je
me réveillai dans un état d'anxiété et de désarroi. » Le roman
de Haggard se termine lui aussi sur la mort : la femme-guide, au
lieu de rapporter, pour elle-même et pour les autres, le secret de
l'immortalité, trouve la mort dans un mystérieux feu central.
C'est donc, une fois de plus, la mort qui vient faire limite à l'élaboration de Freud concernant la femme, la mort qui se présente
ici comme l'abîme infranchissable, le trou, au bord duquel les
enfants sont endormis et devant lequel le rêve se tait.

Cette thématique trouvera son expression achevée dans
l'article de 1913 sur « Le thème des trois coffrets[25] ». A partir
de la scène du *Marchand de Venise* au cours de laquelle Bassa-
nio doit, pour obtenir la main de Portia, choisir parmi trois coffrets celui qui contient le portrait de la jeune fille, Freud fait
ressortir une structure qui se retrouve dans d'autres fictions
bien connues : dans *Le Roi Lear*, dans le mythe de Pâris et
les trois déesses, dans le conte de Cendrillon, dans la fable
d'Apulée sur Psyché et ses sœurs. Chaque fois, il s'agit de trois
sœurs entre qui l'homme doit choisir la bonne. Or, à chaque
fois, celle sur qui doit se porter le choix présente la même caractéristique : celle du mutisme. Elle se tait, elle n'ouvre pas la
bouche, dirais-je pour évoquer à nouveau Irma.

Or, selon Freud, le mutisme en rêve est une représentation
usuelle de la Mort. La troisième sœur, celle qui doit être choisie par le héros, est donc la Mort elle-même, la déesse de la Mort.

Nous pouvons dès lors mettre un nom sur ces trois sœurs : ce sont les Moires ou les Parques, dont la troisième s'appelait Atropos, l'Inexorable. Et Freud de conclure son article par ces mots qui résument tout un versant de son approche de la Mère et de la Femme : « On pourrait dire que ce sont les trois inévitables relations de l'homme à la femme qui sont ici représentées : voici la génératrice, la compagne et la destructrice. Ou bien les trois formes sous lesquelles se présente, au cours de la vie, l'image même de la mère : la mère elle-même, l'amante que l'homme choisit à l'image de celle-ci et, finalement, la Terre-mère, qui le reprend à nouveau. Mais le vieil homme cherche à ressaisir l'amour de la femme tel qu'il le reçut d'abord de sa mère ; seule la troisième des filles du Destin, la silencieuse déesse de la mort, le réveillera dans ses bras. »

Ainsi la mort est-elle le terme par lequel Freud signifie, de manière générale, ce qui reste de la mère, de la mère en tant que réelle, en tant qu'interdite. Dans la mesure où une part d'elle reste hors signifiant, comme une zone de silence par rapport à ce qui se dit et se nomme, la mère est un équivalent de la mort, elle ne se rejoint que dans la mort. C'est ce qui fera dire à Freud en 1919, dans « L'inquiétante étrangeté[26] », que l'idée d'être enterré vivant – fantasme courant – n'est que la transformation du fantasme d'une vie dans le corps maternel. La seule faiblesse de ce raisonnement consiste en la croyance que la mort se confond avec le terme temporel de la vie. La vérité sur la mort n'est pas ce terme matériel qui n'en est qu'une représentation. Lacan éclaire davantage cette question lorsqu'il désigne dans la mort l'une des figures du réel[27]. Si la mort a tant d'importance pour nous, êtres parlants, c'est qu'elle est ce qui nie le discours, le mutisme qui brise l'épée de la parole. On sera donc moins surpris de la retrouver, dans l'inconscient, comme un équivalent de la mère, voire de la féminité, dès lors que les développements de la doctrine freudienne nous montrent que quelque chose de la féminité reste absolument hors de portée de la parole, interdit au sens fort du terme, c'est-à-dire présent dans le mutisme qui s'intercale entre les dits. On ne s'étonnera guère de retrouver ce thème de la mort comme l'un des repères majeurs du discours de l'hystérique, sous l'aspect de l'angoisse d'être morte ou sous celui de sentir son propre corps comme un corps mort. Du corps féminin, quelque chose est laissé à la mort, au mutisme – précisément ce qui concerne son sexe en ce qu'il pourrait s'opposer au phallus qui, lui, est fondamentalement bavard.

Mais le rêve de l'injection faite à Irma ouvre une troisième voie dont il est essentiel de cerner le rapport avec la problématique de la féminité chez Freud : la thématique de l'ombilic, du non-connaissable vers quoi converge tout le système des représentations. Ce terme apparaît en note dans les commentaires de Freud à propos de la phrase du rêve : « Alors la bouche s'ouvre bien. » Freud fait remarquer que l'analyse de ce fragment n'est pas poussée assez loin pour que toute sa signification se révèle : « Tout rêve comporte au moins un endroit où il est impénétrable, comme un ombilic, par quoi il tient au non-connaissable [28]. » Face à la question de savoir ce qui est à découvrir au fond de la bouche d'Irma, deux obstacles doivent être distingués : la résistance du sujet à ouvrir la bouche, à parler, et le fait que cette bouche, une fois bien ouverte, se révèle en dernière analyse insondable. Qu'elle se mette à parler n'implique pas qu'elle va tout dire, ni que Freud va tout savoir. Il persistera un non-connaissable. Certes, nous sommes ici tout près du thème du mutisme et de la mort. Mais la notion d'ombilic rend ce mutisme plus complexe, le redouble : il y a un silence à l'extérieur de la parole, qui s'oppose à celle-ci, mais il y a aussi un silence à l'intérieur même de la parole. C'est ce que Lacan, plus tard, rendra sensible par la figure topologique du tore dont la surface se délimite par rapport à un vide extérieur, mais aussi par rapport à un vide intérieur qu'elle enserre [29].

Voici donc une troisième manière de cerner, dans le discours, ce qu'il en est de la réalité du sexe féminin : c'est ce qui va se manifester comme trou dans le discours, comme lacune dans le tissu signifiant. On retrouve ce thème de la lacune immédiatement après le rêve de l'injection faite à Irma, dans le manuscrit K, que Freud adresse à Fliess le 1er janvier 1896 [30]. En effet, dans le chapitre consacré à l'hystérie, Freud émet sur l'origine de l'hystérie une opinion qui diffère sensiblement de celle qu'il avait défendue en 1894, dans son article sur « Les psychonévroses de défense [31] ». Il soutenait alors qu'au point de départ de l'hystérie se trouve un conflit entre le moi et ce qu'il appelait « une représentation inconciliable » avec le moi qui, dès lors, se

défendait en séparant ladite représentation de l'affect (l'excitation) qu'elle déclenchait, et en reportant cet affect dans le corps
(mécanisme de la conversion). Mais dans le manuscrit K, deux
ans plus tard, il ne parle plus de « représentation inconciliable » : il soutient désormais que le phénomène primaire de
l'hystérie est « une manifestation d'effroi avec lacune dans le
psychisme », c'est-à-dire une absence de représentation !

En réalité, ces deux thèses successives, bien que contradictoires, ne sont pas inconciliables. Le phénomène que Freud
décrit dans le manuscrit K est plus de l'ordre de la pré-histoire
que de l'origine de l'hystérie ; la lacune et l'effroi psychique
sont en effet antérieurs au symptôme hystérique proprement
dit. C'est par le refoulement et la répétition que l'hystérie proprement dite sera mise en place, lorsque le sujet rencontrera
une représentation qui le renvoie à cette lacune et à cet effroi,
ceux-ci prenant ainsi leur valeur après-coup. Sur cette question
du refoulement et de son rôle dans l'hystérie, le manuscrit K
apporte, d'ailleurs, une nouvelle nuance qui redéfinit la notion
de « représentation inconciliable ». Freud y écrit : « Le refoulement ne se réalise pas par une formation d'une idée contraire
trop puissante, mais par un renforcement "*d'une représentation-limite*" qui, dès lors, va représenter, dans les opérations
mentales, le souvenir refoulé[32]. » Ainsi, dans cette approche
toute nouvelle, le signifiant qui, dans un second temps, va constituer la « représentation inconciliable » est choisi parce qu'il
est en quelque sorte au bord du trou, qu'il le délimite – le trou
en lui-même ne peut en effet être refoulé puisqu'il n'est que
trou et que seul le signifiant (la représentation, dit Freud) peut
être refoulé.

Il est extrêmement curieux qu'aucune de ces deux notions –
la lacune et la représentation-limite – n'aient été par la suite
reprises dans les travaux de Freud sur l'hystérie. Elles nous
indiquent pourtant clairement ce qu'il aura tant de mal à cerner,
quelques années plus tard, avec l'homme aux loups : la présence d'un élément réel, hors-connaissance parce qu'il est hors-
signifiant, au cœur du refoulement signifiant qui détermine les
symptômes – c'est-à-dire l'insistance du réel derrière la problématique symbolico-imaginaire de la castration. Cet abandon
est d'autant plus étonnant que ces notions auraient singulière-

ment éclairé bien des points laissés en suspens dans les *Études sur l'hystérie* ou dans l'article de 1896 sur « L'étiologie de l'hystérie[33] ».

Examinons les cas d'hystérie que Freud nous rapporte dans ses travaux des années 1895-1900. Leur relecture permet de dégager deux grandes orientations qui vont diviser l'approche que Freud tente de la féminité :

— la filière du *réel* – donc du non-reconnaissable, du mutisme et de la mort où va s'inscrire le phénomène du *dégoût* ;

— la filière de la *castration* – donc du primat du phallus – où va prendre place le phénomène de l'*horreur*.

Au fil des années, la seconde orientation prendra de plus en plus le pas sur la première, jusqu'à l'absorber et la recouvrir complètement. La fonction de la théorie de la castration chez Freud aurait-elle eu pour effet de clore une brèche ouverte au départ de son élaboration ?

NOTES

1. S. FREUD, *L'Interprétation des rêves*, p. 98 et sq.

2. J. LACAN, *Le Séminaire*, livre II, *Le Moi dans la théorie de Freud et dans la technique de la psychanalyse*, p. 177 à 204.

3. Voir S. FREUD, *op. cit.*, p. 111.

4. Rappelons que cette correspondance, loin d'être complète, a été copieusement, ou co-pieusement, censurée par ses éditeurs américains, les responsables des Archives Freud à New York. Max Schur a été l'un des rares privilégiés à avoir accès à ces archives secrètes et a estimé qu'il était d'intérêt général pour les psychanalystes de mettre au jour les éléments qui éclairent les désaccords entre Freud et Fliess. V. Max SCHUR, *La Mort dans la vie de Freud*, p. 107-118. Depuis la parution du présent ouvrage, l'édition intégrale de la correspondance Freud-Fliess a enfin vu le jour en langue anglaise et en langue allemande.

5. Max SCHUR, *op. cit.*, p. 106.

6. Id., *ibid.*, p. 116.

7. Voir S. FREUD, *op. cit.*, p. 112.

8. Id., *ibid.*, p. 260.

9. Id., *ibid.*, p. 261.

10. Non seulement il s'est trompé, mais il a voulu tromper Freud : car l'interprétation de son acte manqué (l'oubli de la bande de gaze) ne

peut être que celle-ci : il a voulu s'assurer que le symptôme d'Irma reste organique.

11. Freud peut d'ailleurs attribuer son incrédulité à l'égard du diagnostic opéré par Fliess au fait que celui-ci ne partage pas son opinion quant à l'étiologie des névroses. Même si la science de Fliess est exacte, elle ne peut être pour Freud que trompeuse dans la mesure où elle repose sur un faux savoir.

12. S. FREUD, *op. cit.*, p. 259-260.

13. J. LACAN, *Le Séminaire*, livre II, p. 194.

14. Id., *ibid.*, p. 177 à 204.

15. Id., *ibid.*, p. 186.

16. Id., *ibid.*, p. 196.

17. Id., *ibid.*, p. 190.

18. S. FREUD, *op. cit.*, p. 181-184 et 204.

19. Id., *ibid.*, p. 385 et 407.

20. Id., *ibid.*, p. 181.

21. Id., *ibid.*, p. 183.

22. Id., *ibid.*, p. 183-184.

23. Id., *ibid.*, p. 185 et sq.

24. On ne manquera pas d'évoquer ici l'opération de dévissage et de revissage que le petit Hans attend du plombier qui vient le visiter.

25. S. FREUD, « Le thème des trois coffrets » (1913), *Essais de psychanalyse appliquée.*

26. S. FREUD, « L'inquiétante étrangeté » (1919), *ibid.*

27. Voir notamment « Fonction et champ de la parole et du langage… » et « Introduction au commentaire de Jean Hyppolite sur la *Verneinung* », *Écrits.*

28. S. FREUD, *L'Interprétation des rêves*, p. 103 ; *G.W.*, II-III, p. 116.

29. Ce trou interne à la parole, à la chaîne signifiante, apparaît de manière particulièrement manifeste dans le cas d'Emmy von N. dont le discours se trouve sans cesse interrompu par un claquement de la langue, ou par un bégaiement.

30. Cf. S. FREUD, *La Naissance de la psychanalyse*, p. 129-137.

31. S. FREUD, « Les psychonévroses de défense », *Névrose, psychose et perversion.*

32. Il faudrait mettre en rapport cette théorie du refoulement du tout premier Freud avec la sorte de théorie du fétichisme généralisé auquel il aboutit à la fin de son œuvre avec son texte sur « Le clivage du je » (1939).

33. S. FREUD, « L'étiologie de l'hystérie » (1896), *Névrose, psychose et perversion.*

IV

Premier mensonge

La relecture attentive des premiers travaux de Freud nous montre donc que se succèdent, dans son œuvre, deux voies d'abord de la question de la féminité : la première est celle d'un innommable, c'est-à-dire d'un réel qui fait trou dans la parole ; la seconde, au contraire, s'appuie sur un nommé : le primat du phallus qui nomme le manque de la castration. Nous avons vu que Freud rencontre l'innommable sous trois figures : celle du réel de la chair où l'organe sexuel féminin apparaît comme désexualisé, celle de la mort, dans la mesure où le féminin s'apparente au mutisme, et celle de la lacune dans le psychisme, ombilic autour duquel tournent les représentations. La question est donc de savoir si ce noyau de réel, qui forme le centre des symptômes hystériques comme des rêves de Freud lui-même, doit rester à jamais hors de portée, formant trou dans le savoir, ou si la psychanalyse permet de réduire cette béance à du connaissable. C'est ce que visent le désir de voir et le désir de savoir de Freud, dès le moment où Irma consent à ouvrir la bouche à ses investigations.

Cette bouche qui soudain s'ouvre bien dans le rêve de Freud fait inévitablement penser à la fenêtre qui s'ouvre d'elle-même dans le rêve de l'homme aux loups, que Freud analysera près de vingt ans plus tard : moment de bascule où le rêve se réduit au fantasme du rêveur qui, en tant que sujet, n'a plus qu'à disparaître de la scène pour ne plus subsister que comme regard hors-scène. Freud toutefois, n'en reste pas à ce spectacle de la gorge d'Irma, son rêve se poursuit jusqu'à formaliser sa propre construction. En ce sens, ce rêve fondateur trace le programme de l'invention freudienne : il s'agit, pour Freud, de rendre compte de ce qu'il a aperçu au fond de la gorge d'Irma, de ramener cette tache innommable au réseau serré d'une formule dont le rêve lui fournit le modèle. Le défi que lance ici le désir de Freud n'est rien de moins que celui de vaincre la troisième Parque, Atropos, celle qui incarne la mort et dont le nom, littéralement, signifie : « le sans figure », au sens rhétorique du terme.

Tel est l'enjeu de son élaboration, et celui de la pratique qu'il a mise en œuvre, quasiment à l'aveuglette, avec les hystériques. Qu'on relise le début de la « Communication préliminaire » des « Études sur l'hystérie » : dans le bref condensé que Freud y livre de la notion d'abréaction, on ne pourra manquer de relever l'idée que la portée du traumatisme dans l'hystérie est de laisser le sujet *sans réponse*, mutique. Ainsi l'événement, ou le fantasme, est traumatique dans la mesure où il n'évoque qu'un blanc, un trou dans le signifiant qui, nous dit le texte, *mortifie* le sujet[1]. Cette abréaction, qui seule peut couvrir la béance du traumatisme, Freud la repère bien comme relevant de l'*acte*, ou d'une parole par laquelle le langage est porté au rang d'équivalent de l'acte. N'est-ce pas exactement ce que fait Freud lui-même dans le rêve de l'injection faite à Irma, où la formule de la triméthylamine réplique aux formations blanchâtres de la gorge d'Irma ? Cette réplique me semble révéler le véritable désir que réalise le rêve : désir qui est déjà – potentiellement du moins – désir de l'analyste qu'est Freud à ce moment. Car ce rêve ne survient pas non plus à un moment quelconque de la vie et de l'analyse de Freud. Si son but était simplement, comme le soutient Max Schur, de disculper Fliess dans l'affaire Irma-Emma, Freud aurait pu le faire dès février-mars 1895, au moment des opérations de la patiente. Or il ne le conçoit que dans la nuit du 23 au 24 juillet 1895 ; pourquoi avoir attendu si longtemps ? La correspondance avec Fliess nous donne un renseignement susceptible de résoudre cette énigme. En effet, le 23 juillet 1895, s'est produit un événement capital dans la maturation du désir de Freud : il a commencé à écrire, dans une sorte de fièvre inspirée, son *Esquisse d'une psychologie scientifique*. Or le projet de ce manuscrit consiste précisément à ramener à une série de lettres, de formules et de schémas les notions fondamentales du fonctionnement de l'appareil psychique et de la psychopathologie. Aussi peut-on dire que la formule de la triméthylamine a valeur de symbole de la « solution » à laquelle l'*Esquisse* devrait aboutir.

La tentative qui s'inaugure ainsi le 24 juillet 1895 a pour ambition de cerner l'innommable, de le réintégrer dans le système symbolique, de l'insérer dans une formalisation. Sur cette voie, Freud va, au fil des années, rencontrer un certain nombre de difficultés qui l'amèneront à élaborer un appareillage signifiant complexe et sophistiqué. Et les progrès de cette élaboration, le perfectionnement de la « solution », auront finalement cette conséquence qu'il n'y aura plus de place dans le système symbolique freudien pour le réel innommable qui en avait déclenché la production : c'est là tout le gain – mais aussi la perte – qu'implique la mise en place de la théorie du refoulement et du complexe de castration. Aussi Freud finira-t-il par écrire, en 1938, dans son *Abrégé de psychanalyse*, que « le réel sera toujours non reconnaissable[2] ».

Ce mouvement de l'œuvre freudienne, par lequel le réel se trouve progressivement recouvert par le symbolique, jusqu'à disparaître complètement, constitue le fil de notre travail ; nous montrerons comment il est repérable autour de la question de la féminité. Nous comparerons ensuite ce mouvement au déplacement que nous propose l'enseignement de Lacan, et qui va dans le sens exactement inverse : le mouvement de l'élaboration lacanienne est celui d'une progressive mise au jour de l'instance du réel par et dans le système symbolique. Nous voyons, chez Freud, une élucidation qui part du réel pour en arriver à la castration et à faire de celle-ci un véritable écran au réel – au point que, dans les derniers textes, le traumatisme lui-même va être attribué à la peur de la castration plutôt qu'à l'émergence de l'innommable. Chez Lacan, au contraire, le déchiffrement part de la castration et aboutit à un point de réel, de telle sorte que le système symbolique se révèle non plus comme un recouvrement, mais bien comme ce qui creuse les trous par où se manifeste la béance du réel. Cette inversion du sens des démarches respectives de Freud et de Lacan éclaire la différence des résultats auxquels aboutissent leurs réflexions sur la féminité.

Freud en arrive, dans les années 1930, à rendre compte de la problématique de la féminité par la seule référence au complexe de castration et à l'envie du pénis qui en découle pour la femme. Lacan, lui – notamment dans son Séminaire *Encore* –, finit par considérer que la féminité ne peut être correctement appréhendée qu'à partir de cette émergence du réel qui fait qu'une femme, tout en étant prise dans le complexe de castration, n'y est néanmoins *pas-toute* fixée, qu'elle a, en quelque sorte, un pied au-dedans et un pied au-dehors, une part d'elle-même ne répondant pas à la fonction du phallus.

Lacan ne fait ainsi que restaurer une vérité première de la doctrine freudienne – vérité qui, dans le progrès de l'élaboration de cette doctrine, a été éclipsée par le développement de la théorie de la castration. Il serait donc faux de dire que sur ce point, Lacan s'oppose à Freud. Il ne fait que reprendre le projet freudien, avec cette précision qu'apporte le petit texte introductif à la deuxième partie de ses *Écrits*[3], qu'il s'agit d'« une reprise par *l'envers* du projet freudien ». Lacan, en effet, part de l'aboutissement de l'œuvre freudienne (les notions de complexe de castration, de primat du phallus et de clivage du « je ») pour arriver à faire resurgir ce que Freud mettait en évidence au point d'origine de cette œuvre : la rencontre, au cœur du traumatisme, d'un réel, qui apparaît comme « le corrélatif de la représentation[4] ». Ajoutons à cette formule une nuance dont l'importance se vérifiera par la suite : le corrélatif *désexualisé* d'une représentation *sexualisée*.

Revenons-en aux premiers pas de Freud et à cette rencontre originelle avec le réel de la femme. Comment va-t-il répondre à cette béance ? Comment va-t-il donner consistance au modèle formel que le rêve lui suggère avec la formule de la triméthylamine ?

C'est immédiatement après cette rencontre originelle que Freud commence, tant dans sa propre analyse que dans son expérience avec les hystériques, à mettre en place la fonction de l'instance paternelle et le complexe d'Œdipe d'une part, et d'autre part, les premières notions de la théorie du refoulement.

Rappelons-nous qu'à cette époque Freud conçoit l'hystérie comme une réaction aux manœuvres de séduction que le père aurait exercées sur sa fille[5]. En somme, il fait remonter l'hystérie à la perversion de la génération précédente. Ainsi il ne fait encore que transmettre le discours manifeste que lui tiennent certaines hystériques[6] : la perversion paternelle constitue en quelque sorte le savoir par lequel l'hystérique s'explique que la sexualité soit pour elle si traumatique. Pourtant, la lecture des *Études sur l'hystérie* fait apparaître que la relation de l'hystérique à son père ne peut se réduire à cette seule rencontre de la perversion. Les cas de Miss Lucy et d'Elisabeth von R., par exemple, mettent en scène un rapport au père bien plus complexe et subtil. Ils nous indiquent que l'hystérique n'est pas dans une position de pure passivité devant le père, qu'elle participe à l'édification d'une relation de complicité ambiguë avec lui – qui se traduit par l'amour du maître de Miss Lucy et par le soutien du père infirme chez Elisabeth.

C'est au détour de sa propre analyse, et au moment même où il se découvre lui aussi, comme l'hystérique, avoir été l'objet de manœuvres de séduction de l'Autre, que Freud est conduit à reformuler autrement la relation au père, et à poser celui-ci comme une fonction centrale pour le sujet. En effet, si l'hystérique se plaint d'avoir été séduite (ou violée) par le père, Freud, lui, se plaint d'avoir été initié précocement à la sexualité par sa nourrice et par sa mère[7] ; cette évocation du sexe maternel comme traumatique le conduit immédiatement à la légende d'Œdipe et à l'idée du refoulement. Le complexe d'Œdipe est certes au fondement de la psychanalyse ; mais sa portée théorique ne doit pas nous faire oublier qu'en opérant cette découverte, Freud est aussi en train de faire l'hystérique – autrement dit, ce déchiffrement, tout opératoire qu'il soit, constitue par lui-même un chiffrage.

Il convient, par ailleurs, de replacer ce moment crucial de l'élaboration freudienne dans le cadre de son adresse, c'est-à-dire dans le transfert à Fliess. Or, à la lettre capitale par laquelle Freud lui confie sa découverte de l'Œdipe, Fliess – fait unique dans leur correspondance – ne répond pas. Ce qui amène Freud à lui réécrire douze jours plus tard[8], et, toujours sans réponse, à revenir encore à la charge le 5 novembre[9], dans les termes les plus pressants : « Tu ne me parles pas de mon explication d'*Œdipe-Roi* et d'*Hamlet*. Je ne l'ai encore soumise à personne d'autre parce que je m'imagine facilement l'accueil hostile qu'elle recevra. C'est pourquoi j'aimerais que tu me donnes, en quelques mots, ton avis là-dessus. L'année dernière tu as, avec raison, repoussé certaines de mes idées. » Comme dans le rêve *Autodidasker*, le désir d'avoir tort affleure sous la demande de Freud – mais c'est ici encore une demande parfaitement ambiguë, qui pourrait s'énoncer en ces termes : « Je te demande de me donner tort afin que je sache que j'ai raison. »

Mais qu'aurait bien pu répondre Fliess, lui qui s'était bâti un système reposant exclusivement sur la fonction maternelle ! Car l'essentiel de l'Œdipe, la suite des travaux de Freud le montre, est moins l'amour pour la mère que la perturbation introduite par le père dans la relation mère-enfant – le ressort de la théorie de l'Œdipe est la désignation de la fonction paternelle comme pivot de la subjectivité, fonction que Fliess avait totalement exclue. On rapprochera de cette correspondance sans réponse le poème que, deux ans plus tard, Freud compose pour la naissance du deuxième fils de Fliess. Ce poème, dont Max Schur nous a révélé l'existence [10], prend une portée qui dépasse de loin l'événement qu'il est censé commémorer. C'est, en un raccourci saisissant, la réponse que Freud, armé de sa découverte de l'Œdipe, apporte à la théorie paranoïaque de Fliess. Citons-en ces lignes vraiment étonnantes :

> « Mais salut aussi au père qui, peu auparavant, tout au fond du calcul, a trouvé à endiguer la puissance du sexe féminin pour qu'il porte sa part d'obéissance à la loi ; non plus signalé par la secrète lueur comme la mère, il en appelle lui aussi, pour sa part, aux puissances supérieures :
> la déduction, la foi et le doute ;
> donc, armé de force, à la hauteur des armes de l'erreur, se tient à l'issue le père, au développement infiniment mûri.
> Que le calcul soit exact et, comme travail hérité du père, se transfère sur le fils et, par la décision des siècles, que s'unissent en unité dans l'esprit ce qui, dans le changement de la vie, se désagrège. »

Le sens de ce poème est évidemment à l'opposé du système fliessien dont le postulat implicite est le transfert de la mère à l'enfant : Freud célèbre bien ici le transfert du père au fils. L'opposition entre les deux pôles, paternel et maternel, est absolue : du côté du père se situent la loi et la rationalité, du côté maternel, à l'opposé du calcul, on trouve une secrète lueur (*heimliche Schein*) – lueur qui n'est sans doute qu'un simulacre, puisque c'est là aussi le sens allemand de *Schein*. Mais plus encore qu'une opposition à la paranoïa de Fliess, nous y lisons une interprétation de Freud, qui souligne que la base de cette paranoïa, soit le calcul des périodes, occupe exactement la place qui reviendrait à la fonction du père. C'est pourquoi il peut souhaiter que ce soit le calcul qui se transfère *(sich übertragen)* au fils. De plus, ce poème nous éclaire sur la mission que Freud assigne à l'instance paternelle, où à son substitut : « endiguer la puissance du sexe féminin », la replacer dans « l'obéissance à la loi ». Il souligne donc moins l'anomalie de la folie de Fliess, que sa valeur de restauration. On ne peut manquer ici d'évoquer le cas du Président Schreber auquel Freud s'attachera dix ans plus tard, et dont la construction délirante manifeste de manière spectaculaire cet effort d'endiguer la puissance que la féminité exerce sur lui pour la soumettre à une loi universelle[11].

Il est frappant que cette célébration de la fonction paternelle soit strictement contemporaine de la relation que Freud rédige alors du cas de Dora, où l'accent mis exclusivement sur le pôle paternel provoque précisément l'interruption prématurée de la cure – échec qui vient sans doute signifier à Freud les effets néfastes de sa propre hystérie au sein de sa pratique. Mais avant de faire la critique – que Freud a d'ailleurs été le premier à formuler avec une exemplaire honnêteté – du culte du père auquel Freud s'est laissé aller avec Dora, il importe de relever combien, des *Études sur l'hystérie* au cas de Dora, de 1892 à 1899, l'appréhension freudienne de la problématique hystérique et du rôle qu'y joue le père s'est profondément modifiée, sous l'influence de sa découverte du complexe d'Œdipe. Freud arrive en effet, avec Dora, à redéfinir la position de l'hystérique comme celle de *l'amoureuse du père*. Le père n'est plus dès lors le séducteur qui impose sa perversion à sa fille, il devient celui qu'elle élit dans le complexe. Dans ces premiers temps de mise au jour de l'Œdipe, Freud conçoit le complexe sous deux versants symétriquement opposés selon que le sujet est garçon ou fille : le fils aime la mère et jalouse le père, la fille aime le père et jalouse la mère. C'est précisément cette symétrie supposée qui limite la compréhension de Freud à l'égard de Dora. Il la remettra tout à fait en question par la suite, dans ses articles de 1931 et 1932 sur « La sexualité féminine » et « La féminité », qui établiront une dissymétrie fondamentale entre l'Œdipe féminin et l'Œdipe masculin. Néanmoins, c'est la mise en place de la fonction du père dans l'Œdipe qui permet à Freud d'aborder désormais l'hystérie comme une *structure* qui organise le transfert, et non plus seulement comme une suite de symptômes qui seraient à démonter l'un après l'autre, ainsi qu'il le faisait à l'époque des cas relatés dans les *Études sur l'hystérie*. Un dispositif peut dès lors être mis en place où le traitement psychanalytique va frayer sa voie propre.

En même temps que Freud effectue ce premier repérage du complexe d'Œdipe, il est aux prises avec la notion de bisexualité qui, quelques années auparavant, avait semblé cimenter son accord avec Fliess. En fait, derrière le débat autour du sens à donner au terme de bisexualité, c'est la théorie du refoulement qui est en train de se constituer.

A la fin 1897 et au début 1898, soit immédiatement après leur « congrès » de Breslau, le désaccord entre Freud et Fliess surgit à propos de la notion de bisexualité. Fliess vient de transformer sa théorie de la bisexualité en théorie de la bilatéralité, assimilant la différence des sexes à l'opposition gauche-droite. Freud ne peut cacher à son ami son scepticisme quant à cette évolution théorique, mais veut néanmoins faire l'effort de lui maintenir sa confiance [12]. Ses déclarations d'intention sont cependant démenties par un rêve [13], où la formule de l'au-revoir *(Auf Wiedersehen)* est remplacée par le curieux néologisme *Auf Geseres auf ungeseres*. Dans ses associations, Freud rapporte cette paire signifiante à d'autres oppositions, comme salé et non salé (pour le caviar), ou levé et non levé (pour le pain). De là, il arrive aux conversations qu'il a eues avec Fliess sur la signification de la symétrie bilatérale, pour conclure que *Geseres-Ungeseres* traduit l'idée de Fliess qui ramène l'opposition masculin-féminin à la paire gauche-droite : « L'enfant du rêve, en disant son mot d'adieu d'un côté, dit d'un autre côté un mot contraire : comme pour garder l'équilibre. Il agit en quelque sorte en observant la symétrie bilatérale [14]. » L'absurdité apparente du rêve trouve dès lors à s'expliquer : comme dans tous les rêves absurdes, elle a pour fonction de figurer la critique, l'ironie, le sarcasme. Le rêve est donc, de nouveau, un rêve de transfert, adressé à Fliess.

Mais les rapports entre les deux hommes n'en resteront pas au niveau de cette aimable ironie bouffonne. Au cours de leur congrès d'Achensee – le dernier qu'ils tiennent – lors de l'été 1900, Fliess attaque violemment Freud, l'accusant de « lire ses pensées » ou de ne vouloir lire chez ses malades que ses propres pensées. Nous ne possédons pas la version de Freud sur cette entrevue, nous n'avons qu'un récit rédigé par Fliess en 1906, mais à l'époque, la rupture est consommée et Fliess est nettement engagé dans son procès paranoïde à l'égard de Freud. La seule allusion que Freud fait à ces accusations se trouve dans une lettre du 7 août 1901 [15] où, malgré tout, il renouvelle son offre de confiance à Fliess et l'assortit d'une proposition de collaboration pour un prochain travail qu'il se promet d'intituler : *De la bisexualité humaine*. Freud y écrit : « Tu te rappelles ce que je t'ai dit, il y a des années, alors que tu étais encore oto-rhino-laryngologiste et chirurgien : "La solution réside dans la sexualité", et plusieurs années après, tu as modifié cette opinion en disant : "dans la bisexualité", et je vois que tu avais raison. Peut-être aurais-je d'autres idées à t'emprunter, peut-être mon honnêteté me forcera-t-elle à te prier de signer avec moi ce travail. En ce cas, la partie anatomo-biologique, si restreinte chez moi, s'élargirait et je me réserverais d'étudier l'aspect psychique de la bisexualité et de traiter des névroses. » Et de conclure qu'il espère que ce projet leur permettrait de retrouver leur très bonne entente, « même dans le domaine scientifique ». Fliess n'acceptera pas cette proposition. La suite de la correspondance indique au contraire qu'il accuse Freud de vouloir lui voler la priorité de l'idée de la bisexualité humaine. Cette accusation se concrétisa en 1906, dans le procès que Fliess fera au livre d'Otto Weininger sur la sexualité féminine, et dans un libelle qu'il publiera contre Freud [16]. Mais nous ne nous attarderons pas ici sur le compte rendu de l'effondrement du transfert de Freud à Fliess, et de l'exaspération procédurière qui en résulta chez Fliess.

Dans cette lettre du 7 août 1901 où Freud fait le projet d'un travail intitulé *De la bisexualité humaine*, il situe l'intérêt que cette notion présente pour lui. Il en attend des éclaircissements sur ce qui constitue pour lui le problème crucial, à savoir le refoulement : « Pour le moment, je ne dispose que d'un seul élément, le principe fondamental. Ce dernier repose, comme je le crois depuis longtemps, sur l'idée que le refoulement, mon problème crucial, n'est possible que du fait d'une réaction entre deux courants sexuels. » Ainsi, toutes les réflexions que Freud élabore, dans ces années 1895-1900, à propos de la bisexualité sont-elles à replacer dans le contexte d'une théorie du refoulement qui, avec la question de la lacune et du réel innommable, et avec celle de la fonction du père, constituent les trois points de repère sur lesquels il tente d'appuyer son élucidation de l'hystérie.

C'est précisément dans le cadre d'un essai sur le refoulement qu'apparaît la première mention de la notion de bisexualité dans la correspondance de Freud à Fliess. Dans la fameuse lettre n° 52 du 6 décembre 1896 en effet, Freud part de l'hypothèse que le mécanisme psychique s'établit par un processus de stratification : les matériaux, présents dans le psychisme sous forme de traces mnémoniques, seraient périodiquement remaniés en fonction de l'histoire du sujet. Ces remaniements impliqueraient une série d'inscriptions des traces dans les différents systèmes (perception, inconscient, préconscient, conscient) entre lesquels des mécanismes de traduction et de transcription seraient à l'œuvre. Dans cette conception, le refoulement consisterait en un *défaut de traduction* d'un système dans un autre, ce qui entraînerait des anachronismes, c'est-à-dire la survivance de traces du passé. Appliquée aux grands groupes de psychonévroses sexuelles, cette théorie aboutit aux conclusions suivantes : pour l'hystérie, les souvenirs refoulés se rapporteraient aux événements survenus entre un an et demi et quatre ans ; pour la névrose obsessionnelle, à ceux survenus entre quatre et huit ans ; et pour la paranoïa [17], aux événements qui se sont produits entre huit et quatorze ans. Quant à la perversion, elle se distinguerait des névroses de défense en ceci que le refoulement, ou bien ne s'y produirait qu'après l'achèvement de l'appareil psychique, ou bien ne s'y produirait pas du tout. Freud fait aussi remarquer – et ce point est capital tant pour la théorie du traumatisme hystérique que pour la différenciation de l'hystérie et de l'obsession – qu'avant quatre ans (c'est-à-dire le point limite qui sépare les périodes de gestation de l'hystérie et de l'obsession), aucun refoulement ne se produit.

Cela posé, Freud introduit la référence à la notion de bisexualité – qui, dès lors, reçoit une tout autre connotation que celle d'un donné biologique : « Pour expliquer le choix entre perversion et névrose, je me base sur la bisexualité de tous les humains. Chez un sujet purement viril, il se produirait aux deux limites sexuelles un excès de décharge mâle, donc du plaisir et en même temps une perversion. Chez un être purement féminin, il y aura un excédent de substance génératrice de déplaisir à ces deux époques. Durant les premières phases, les productions resteraient parallèles, c'est-à-dire qu'elles fourniraient un excédent normal de plaisir. C'est ce qui explique la plus grande susceptibilité des vraies femmes aux névroses de défense [18]. » Ce passage établit une équivalence, d'une part, entre masculin, plaisir et perversion, et, d'autre part, entre féminin, déplaisir et névrose de défense (ou refoulement). On ne peut mesurer la portée et la signification de cette équivalence que si on la rapproche de trois idées qui préoccupent Freud à cette époque :

La première est empruntée directement à Fliess : la libido est un principe mâle et le refoulement un principe femelle. On la trouve clairement explicitée dans le manuscrit M. En 1897, Freud la rejettera [19].

La deuxième idée est celle qui associe l'hystérie à la féminité et à un dégoût sexuel, et l'obsession à la masculinité et à une volupté sexuelle. Le point de départ en est donné dans les lettres à Fliess n°s 29 et 30 des 8 et 15 octobre 1895 ; elle sera ensuite reprise dans le manuscrit K du 1er janvier 1896 et dans deux articles très importants que Freud écrit cette année-là : les « Nouvelles remarques sur les psychonévroses de défense » et « L'étiologie de l'hystérie ».

Les deux derniers textes introduisent encore une nouvelle équivalence : celle qui associe la féminité à la passivité, et la masculinité à l'activité.

Un petit tableau rendra plus claire cette série d'oppositions au travers desquelles Freud essaie de donner sens à la notion de bisexualité :

BISEXUALITÉ	
masculin	féminin
libido	refoulement
perversion	névrose
plaisir	déplaisir
(volupté)	(dégoût)
obsession	hystérie
activité	passivité

Avant d'examiner de plus près la portée de chacune de ces paires d'opposés, il importe de saisir leur origine et leur visée dans la démarche freudienne. Au départ se situe le constat, opéré très tôt par Freud, qu'il est impossible, pour cerner ce qu'il en est de la féminité, de se référer simplement à un donné anatomique. Au niveau psychique, ou plus précisément au niveau inconscient, la dualité masculin-féminin a le statut d'un point d'interrogation et la féminité elle-même reste une énigme, un innommable. En réalité, dès ces premiers pas de l'œuvre freudienne, c'est tout un mécanisme de raisonnement qui se met en branle – mécanisme qui apparaît comme une métonymie de la démarche psychanalytique elle-même, telle que Freud l'invente, mais aussi une métonymie de la logique du processus hystérique. En effet, à travers la mise en place d'une théorie du refoulement en lieu et place de la notion fliessienne de bisexualité, la logique suivie par Freud est celle-ci : puisque le féminin comme tel est lacune innommable, mutisme, résistance au discours même, il ne peut être cerné que par un biais, celui du refoulement, qui va produire une représentation, une trace, là où, littéralement, il n'y a rien, ni représentation, ni trace. Ce faisant, le refoulement propose à l'analyse un matériau, un quelque chose plutôt que rien. C'est là, disons-le, le premier mensonge, le premier semblant qui nous vient de l'Autre en tant que lieu du langage, mais, par ailleurs, ce n'est que par ce mensonge que le réel va se trouver porté à sa valeur véritable ; car ce n'est qu'à partir de cette représentation ratée (représentation-limite, dit Freud) que l'idée d'un à-côté peut émerger. C'est là tout l'enjeu de la théorie du refoulement par rapport au traumatisme, c'est-à-dire de l'après-coup dans lequel le traumatisme se constitue comme tel. Et aussi, à un second niveau – celui du savoir psychanalytique –, c'est ce qui donne sa portée à la théorie de la castration par rapport au sexe féminin : le dire castré est un mensonge signifiant, et ce n'est qu'à passer par ce mensonge que l'ex-sistence d'un réel, autre que castré, peut émerger[20].

Ainsi la théorie du refoulement ne prend-elle sa valeur de nécessité dans le progrès de la démarche freudienne que si on la repère comme ce qui peut donner signification analysable au traumatisme que constitue fondamentalement la découverte de la féminité. Revenons au point de départ que forment les *Études sur l'hystérie* et aux articles datant de 1894 à 1896.

Dans la « Communication préliminaire » à ces *Études*, que Freud rédige avec Breuer en 1892, il prend appui sur une comparaison entre l'hystérie et la névrose traumatique. Il semble, au premier abord, que l'on puisse établir une analogie entre ces deux affections puisque, dans la névrose traumatique, ce n'est pas la blessure du corps qui détermine par elle-même la maladie, mais bien la frayeur qui l'accompagne, c'est-à-dire le traumatisme psychique. Cependant cette analogie ne tient pas si l'on s'aperçoit, comme y invite Freud, que dans l'hystérie le traumatisme est loin d'agir comme un agent provocateur qui déclencherait le symptôme. Ce n'est pas le traumatisme en lui-même qui cause le symptôme hystérique, mais le *souvenir* par lequel il est désigné – « c'est de réminiscences surtout que souffre l'hystérique[21] ». D'autre part, dans la partie de l'ouvrage intitulée « Psychothérapie de l'hystérie », Freud avance que la structure de l'hystérie se laisse décomposer en trois stratifications. D'abord, il repère un *noyau* de souvenirs où le facteur traumatisant est dominant et qui forme comme les archives de l'hystérique ; ensuite, il note que le groupement de ces souvenirs se caractérise par *la formation d'un thème* ou de plusieurs thèmes concentriquement disposés autour du noyau pathogène ; enfin, il remarque que l'agencement de ces souvenirs par rapport au noyau central manifeste *un enchaînement logique* qui se prolonge jusqu'au noyau par un chemin sinueux qu'il compare aux zigzags du cavalier sur le jeu d'échecs. On voit là se dégager, sous une autre forme, la structure qui apparaissait dans le rêve de l'injection faite à Irma – et plus précisément dans l'écriture même de la formule de la triméthylamine –, celle d'un ombilic (le noyau traumatique) vers lequel convergent, en progressant par associations logiques et en se regroupant par thèmes, une série de souvenirs. Quel est ce noyau central, cet ombilic autour duquel tout se construit, et qu'est-ce qui déclenche la mise en place des chaînes associatives qui convergent vers lui ?

A cette question du déclenchement – donc de la scission entre un noyau traumatique et une chaîne de représentations qui ne cessent de l'indiquer –, l'article de 1894 sur « Les psychonévroses de défense » apporte une première réponse très générale[22]. Freud y isole trois formes de défense qui s'analysent comme trois modalités d'un clivage entre le *Ich* et une représentation sexuelle que Freud appelle « représentation inconciliable ». Le point d'origine serait toujours une dysharmonie fondamentale entre le *Ich* et la représentation sexuelle, dysharmonie que le symptôme tendrait à résoudre, non pas par une réconciliation, mais par la mise à l'écart ou par la scission de ladite représentation. Dans l'hystérie, par exemple, le *Ich* va séparer la représentation de l'affect (c'est-à-dire de l'excitation) qui l'accompagne, de telle sorte que la représentation forte se transforme en représentation faible ou inoffensive, l'excitation étant reportée dans le corps : c'est la défense par conversion. Dans l'obsession et la phobie, la même scission s'opère mais cette fois l'affect, au lieu d'être transposé dans le corps, demeure dans le système psychique où il va s'attacher à d'autres représentations qui, en elles-mêmes, ne sont pas « inconciliables », mais qui, par cette « fausse connexion », deviennent obsédantes : c'est la défense par déplacement ou transposition. Enfin, dans la psychose hallucinatoire, le *Ich* se défend en rejetant à la fois la représentation insupportable et l'affect qui l'accompagne, et se comporte dès lors comme si la représentation n'était jamais parvenue jusqu'à lui ; mais, ce faisant, le *Ich* se sépare de la réalité à laquelle était attachée la représentation, ce qui produit un nouveau type de clivage, non plus entre le *Ich* et la représentation, mais entre le *Ich* et la réalité : c'est la défense par rejet (*Verwerfung*) et par hallucination.

Cette formulation va être nuancée l'année suivante lorsque, dans son *Esquisse d'une psychologie scientifique*[23], Freud en arrive à énoncer la thèse qui permet enfin de donner au traumatisme sa juste place par rapport aux réminiscences des hystériques : « Nous ne manquons jamais de découvrir qu'un souvenir refoulé ne s'est transformé qu'*après-coup* en traumatisme[24]. » Cela signifie que la scène traumatique ne trouve pas son sens par elle-même : elle ne devient traumatique que lorsque, devenue souvenir[25], elle est évoquée par la répétition d'une scène analogue (c'est ce même processus que, dans la lettre n° 52, Freud formalise comme mécanisme de réinscription dans un autre système). Comme on va le voir dans l'exemple que Freud cite à l'appui, ce n'est en effet que dans la répétition qu'émerge, sous la forme de l'angoisse, une excitation sexuelle qui ne pouvait apparaître dès la première fois. La répétition signifiante permet de désigner dans la première scène – qui devient dès lors traumatique – un réel inassimilable par le signifiant, un réel qui concerne une jouissance. Ainsi, Emma n'ose pas entrer seule dans une boutique. Elle s'explique ce symptôme par un souvenir qui remonte à sa treizième année. Elle était alors entrée dans un magasin de vêtements mais lorsqu'elle aperçut les deux vendeurs en train de rire, elle fut prise de panique et s'enfuit ; elle pense que les deux hommes se moquaient de sa toilette et confie à Freud qu'elle croit bien avoir ressenti une attirance pour l'un d'entre eux. Mais l'analyse menée par Freud fait émerger un autre souvenir, plus ancien, auquel elle ne pensait pas au moment où elle se trouvait dans la boutique. A l'âge de huit ans, en effet, elle était allée dans une épicerie pour acheter des friandises et l'épicier avait porté la main, à travers l'étoffe de ses vêtements, sur ses organes génitaux. Emma n'avait nullement été émue par cette tentative puisqu'elle retourna chez cet épicier par la suite. Ce n'est qu'avec la seconde scène, qui a donc lieu cinq ans plus tard, que le geste de l'épicier acquiert sa valeur traumatique et déclenche l'excitation – ici : la panique.

Cette seconde scène constitue une parfaite répétition signifiante de la première, sur deux points : le rire des vendeurs évoque inconsciemment le sourire grimaçant de l'épicier, et l'élément « vêtements » est commun, consciemment, aux deux anecdotes. Par conséquent, c'est comme souvenir que la première scène déclenche au cours de la deuxième l'excitation sexuelle, qui se transforme en angoisse. Freud donne de cette analyse un schéma tout à fait remarquable que nous reproduisons ici :

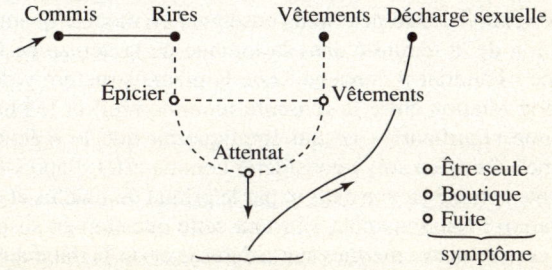

Les points noirs de ce schéma figurent les éléments dont la patiente se souvient consciemment, les points blancs ceux de la scène refoulée[25]. Mais ce schéma va plus loin dans ses conséquences que le commentaire textuel qui en est fait dans l'*Esquisse*. Car ce commentaire n'explique pas ce qui se trouve figuré dans la partie inférieure du schéma, c'est-à-dire le noyau ou l'ombilic de cette formation en chaîne. Le schéma montre que de l'attentat, de la séduction vers quoi tout l'enchaînement converge, part une flèche au bout de laquelle aucun signifiant n'est inscrit : il n'y a là qu'un blanc, mais c'est de ce blanc, de cette lacune, que part une autre flèche, qui aboutit à la décharge sexuelle au terme de la répétition. Qu'est-ce que cela veut dire ? D'abord que le réel n'est là qu'après-coup, dans la mesure où, au niveau de l'inconscient, la répétition signifiante produit littéralement le réel dans sa fonction de *cause*. Mais plus encore, cette double flèche illustre que l'effet du refoulement, passant par la répétition et le retour du refoulé, consiste à sexualiser ce qui primitivement n'était pas sexualisé par le sujet. *Le refoulement, en somme, a pour fonction de faire du réel une réalité sexuelle*. Et bien entendu – j'anticipe ici largement sur la suite de ce développement –, s'il y a sexualisation, il y a, de ce fait même, détermination d'un non-sexualisé. Tel est le secret du mécanisme du dégoût dans l'hystérie.

Cet exemple clinique montre comment l'inconscient opère avec le réel, c'est-à-dire non seulement comment il traite le réel, mais comment il le produit, comment il le détermine à l'intérieur du processus de refoulement. Car ce réel n'est pas simplement extérieur à la répétition signifiante, il s'y trouve happé ; même s'il n'y est pas représenté comme tel, il y est présent et se traduit par des effets d'angoisse au sein même de la jouissance sexuelle. Que peut nous enseigner ce modèle quant à la question de la féminité dans la logique de la démarche freudienne ? Faudrait-il concevoir que la même structure y détermine la relation entre la féminité (comme réel) et le phallus (comme signifiant) – ce qui impliquerait que le « devenir-femme » freudien soit à considérer comme effet d'après-coup situable comme lacune dans et par le primat du phallus et de la castration ? Laissons pour l'instant cette question en suspens.

A ces premières théories sur la défense et sur le traumatisme, le manuscrit K, daté du 1er janvier 1896[26], apporte quelques précisions capitales.

Pour que la défense se produise, « il faut, dit Freud, que l'incident provocateur ait été d'ordre sexuel et ensuite qu'il se soit produit avant la maturité sexuelle (conditions nécessaires de la sexualité et de l'infantilisme) ». Mais pourquoi cette représentation sexuelle apparaît-elle au *Ich* comme « inconciliable », comme désagréable ? Cette question est d'autant plus cruciale que dans un autre champ que celui des psychonévroses de défense, celui des perversions, la représentation sexuelle ne semble pas marquée de cette connotation de déplaisir, voire d'insupportable. A cet endroit du texte, Freud introduit la notion de refoulement en la liant à la *pudeur*. Rapprochement intéressant et que nous pouvons décrypter rétroactivement en y introduisant le concept de phallus – dont Freud est encore loin à ce moment de son œuvre. Lacan, dans son article sur « La signification du phallus[27] », évoque le démon de la pudeur comme essentiel à la fonction du phallus. La pudeur est phallique dans la mesure où elle indique que quelque chose ne peut pas, ou plutôt n'a pas à être dévoilé, puisque c'est du voile lui-même, du phallus en tant que voile, qu'il s'agit. Or, dans le manuscrit K, ce qui apparaît comme frappé par le refoulement ou par le démon de la pudeur, c'est le corps dans sa fonction organique, c'est-à-dire le corps non tombé sous le primat du phallus, le corps hors de la fonction sexuelle. C'est d'ailleurs cette distinction qui permettrait de résoudre la fausse opposition que Freud édifie ici entre névrose et perversion : si, dans les perversions, certaines zones du corps ou certaines fonctions organiques procurent du plaisir, alors qu'elles sont sources de déplaisir dans les névroses, ce n'est pas que le pervers soit un être immoral et sans pudeur, mais que pour lui, ces zones et ces fonctions sont complètement phallicisées. Freud note lui-même qu'en dehors de toute perversion, « l'expérience journalière nous enseigne qu'aucun sentiment de dégoût ne se produit quand la libido atteint un niveau suffisamment élevé. La moralité se tait alors ». Il est donc clair que le dégoût et la pudeur s'attachent non pas à telle ou telle zone anatomique, mais au corps en tant qu'il n'est pas totalement subverti par la libido, au corps en tant qu'il reste corps organique[28]. Cette division du corps dans l'expérience du dégoût est au fondement des phénomènes primaires de l'hystérie et donne une clef du processus de conversion.

Troisième précision apportée par le manuscrit K : s'il y a refoulement, il y a aussi *retour du refoulé*, et c'est ce retour qui, dans un deuxième temps, est à l'origine du symptôme. Les idées refoulées resurgissent d'elles-mêmes, elles « subsistent et se glissent sans que rien ne les en empêche, dans les associations les plus rationnelles. La plus simple allusion suffit à en réveiller le souvenir. » Cette thèse jette un pont entre la théorie du refoulement et la notion de traumatisme ; dans les deux cas, on a affaire à un effet d'après-coup : le refoulement se révèle dans le retour du refoulé, et le traumatisme n'apparaît que lorsqu'il est évoqué par le deuxième souvenir.

Enfin, quatrième apport de ce manuscrit K, Freud y reprend la tripartition hystérie-obsession-psychose qu'il avait établie dans l'article sur « Les psychonévroses de défense ». Il la met en rapport avec les premiers rudiments de théorie du refoulement et tente de préciser ce qui, dans chaque cas, déclenche le refoulement : dans l'obsession, l'incident primaire qui forme l'ombilic du refoulement est un *trop de plaisir* ; dans l'hystérie au contraire il s'agit d'une expérience d'*effroi*, de déplaisir[29]. Mais aussitôt, Freud opère un nouveau glissement, associant d'un côté, le plaisir, l'activité et la masculinité, et de l'autre, le déplaisir, la passivité et la féminité. Ce qui lui fait écrire : « L'hystérie présuppose nécessairement l'existence d'un incident primaire teinté de déplaisir, c'est-à-dire de type passif. La naturelle passivité sexuelle de la femme explique sa plus grande susceptibilité à l'égard de cette maladie. Chaque fois que j'ai vu des hommes hystériques, j'ai retrouvé dans leur anamnèse une grande passivité sexuelle[30]. » Que veut dire ce passage de masculin-féminin à plaisir-déplaisir et à actif-passif, l'opposition obsession-hystérie venant à l'appui de ce déplacement ? La question est d'autant plus difficile à cerner que ces couples successifs ne se recouvrent pas exactement, qu'il y a entre eux un certain décalage, chaque nouvelle équivalence venant en fait remettre en cause la pertinence de la précédente. Ainsi, la paire activité-passivité fait-elle douter de la paire plaisir-déplaisir attribuée au couple obsession-hystérie. Si le phénomène élémentaire de l'obsession est une expérience primaire de plaisir sexuel, comment, en effet, y a-t-il refoulement ? Comment cette expérience de plaisir revient-elle dans le souvenir accompagnée d'une réaction de déplaisir ? N'y a-t-il pas, au fondement de la névrose obsessionnelle, autre chose que l'incident actif par lequel le sujet s'est précocement procuré un plaisir sexuel ?

Loin de traduire l'opposition plaisir-déplaisir, la distinction activité-passivité en fait plutôt ressortir le caractère précaire. Freud s'avance alors davantage : « Dans tous les cas de névrose obsessionnelle, sans exception, j'ai pu retrouver un incident *purement passif* survenu à un âge très précoce, ce qui ne saurait être considéré comme un fait accidentel. Il est permis de penser que c'est la rencontre ultérieure de l'incident passif et de l'incident teinté de plaisir qui ajoute au souvenir plaisant un caractère pénible et qui, par là, permet le refoulement. Il faudrait donc, comme condition clinique d'une névrose obsessionnelle, que l'incident passif se fût produit assez tôt pour ne pas gêner l'apparition spontanée de l'incident agréable. La formule serait donc la suivante : DÉPLAISIR-PLAISIR-REFOULEMENT. » On a là le germe d'une autre idée fondamentale, que Freud explicitera davantage quelques mois plus tard dans ses « Nouvelles remarques sur les psychonévroses de défense », selon laquelle la névrose obsessionnelle se construit toujours autour d'un substratum hystérique. On retrouve cette idée, implicite, dans la problématique des quatre discours de Lacan : s'il formule un discours de l'hystérique, et pas de discours de l'obsessionnel, c'est parce qu'il existe une, et une seule, structure névrotique : l'hystérie, dont l'obsession, comme le dit Freud, n'est qu'un dialecte. En somme, à ce stade de l'élaboration freudienne, le fond de la problématique névrotique tient à une expérience primaire qu'il désigne comme une expérience de passivité sexuelle. La notion de traumatisme et la théorie de la séduction trouvent là leur sens : le sujet a été pris dans une expérience réelle à l'égard de laquelle il ne disposait pas du signifiant qui lui permette de répondre, d'*abréagir*, comme disent les *Études sur l'hystérie*, c'est-à-dire de transformer cette scène passive en une scène où il aurait été activement présent. Sans le signifiant qui lui ouvre la possibilité de l'action, le sujet est resté confronté à une lacune : ce que l'hystérique traduit en manifestations d'effroi.

On conçoit, dès lors, la fonction qui, dans ce processus, échoit au refoulement : temps second du point de vue chronologique, mais premier du point de vue logique (car c'est à partir de lui que se détermine rétroactivement le traumatisme), le refoulement aurait pour principe de fournir le signifiant, ou plutôt la paire signifiante (S1-S2), qui permette de border l'expérience du réel par ce que Freud appelle une « représentation-limite ». Par cette représentation-limite, le signifiant remplit sa fonction de coupure, de délimitation d'un bord entre réel et symbolique. Il nous faut maintenant donner sa signification à cette expérience initiale de passivité sexuelle où Freud situe le point de départ de toute névrose de défense, et voir quelle est à cet égard la fonction du refoulement dans la problématique de l'hystérie.

NOTES

1. « On ne se souvient pas de la même façon d'une offense vengée – ne fût-ce que par les paroles – ou d'une offense que l'on s'est vu forcé d'accepter. Le langage lui-même tient compte de cette différence dans les conséquences morales et physiques en donnant, très à propos, à cette souffrance endurée sans riposte possible, le nom de "mortification" (*Kränkung*). » *Études sur l'hystérie*, p. 5.

2. S. FREUD, *Abrégé de psychanalyse*, p. 73. On peut retracer schématiquement l'itinéraire de Freud en en marquant les bornes. Après avoir abandonné, à peine inventée, la notion de « représentation-limite » par rapport à une lacune, Freud va s'intéresser à tout ce qui a pour fonction de boucher le trou de cette lacune : d'abord le faux souvenir, *proton pseudos* de l'hystérie ; puis le souvenir-écran (1899) et le rêve où curieusement le non-reconnaissable peut devenir le déjà-vu ; puis les théories sexuelles infantiles (1908), l'objet phobique (1909) et le tabou (1913) ; ensuite les fantasmes primordiaux, jusqu'à ce que la découverte du primat du phallus lui fournisse la notion qui permettrait de boucher complètement la béance de l'innommable : le trou devient alors manque de quelque chose ou blessure, ce qui ouvre la voie à l'article sur le fétichisme (1927) et à son extension dans l'espèce de fétichisme généralisé que promeut son texte ultime sur « Le clivage du "je" » en 1938.

3. J. LACAN, « De nos antécédents », *Écrits*.

4. J. LACAN, *Le Séminaire*, livre XI, *Les Quatre concepts fondamentaux de la psychanalyse*, p. 58.

5. Cf. notamment la lettre à Fliess n° 52, *Naissance de la psychanalyse*.

6. Cf. par exemple le cas Katharina dans les *Études sur l'hystérie*.

7. Cf. Lettres à Fliess n°s 70 et 71, *Naissance de la psychanalyse*. Freud y retrouve des souvenirs, datant de sa petite enfance, concernant sa mère et sa nourrice. De sa nourrice, il dit notamment qu'elle a été sa « première génératrice de névrose » et l'appelle son « professeur de sexualité » ; il rêve qu'elle le lave dans une eau rougie par le sang de ses règles. Quant à sa mère, il se rappelle l'avoir vue nue, vers l'âge de deux ans, à l'occasion d'un voyage qu'il fit avec elle ; cela le conduit à retrouver une scène d'enfance où la nourrice et la mère se substituent l'une à l'autre, et à évoquer l'histoire d'Œdipe. C'est donc bien au moment où la réalité du sexe de la mère se présentifie dans son analyse que Freud découvre le complexe d'Œdipe.

8. Lettre à Fliess n° 72 du 27-10-1887, *Naissance de la psychanalyse*.

9. Lettre à Fliess n° 74 du 5-11-1897, *Naissance de la psychanalyse*.

10. Max SCHUR, *La Mort dans la vie de Freud*, p. 245-246, voir plus haut.

11. Voir Serge ANDRÉ, « La structure psychotique et l'écrit », *Quarto*, n° 8, Bruxelles 1982

12. Comparer, dans la correspondance de Freud à Fliess, *Naissance de la psychanalyse*, les lettres n° 81 du 4-1-1898, n° 85 du 15-3-1898 et n° 113 du 1-8-1899. Dans la première, l'ironie de Freud révèle son profond désaccord ; mais dans les suivantes, il tempère sa causticité en demandant à Fliess de nouveaux éclaircissements et en maintenant qu'en principe Fliess a raison. De nouveau, le désir d'avoir tort…

13. Cf. S. FREUD, *L'Interprétation des rêves*, p. 375-378.

14. Id., *ibid.*, p. 378.

15. Cf. *Naissance de la psychanalyse*, lettre n° 145 du 7-8-1901. On peut supposer que la partie censurée de la correspondance entre Freud et Fliess contient d'autres précisions. (Note de 1984.)

16. On lira les détails de cette « fin lamentable », comme dit Jones, dans E. JONES, *La Vie et l'Œuvre de Sigmund Freud*, et Max SCHUR, *La Mort dans la vie de Freud*.

17. A cette époque, Freud classe encore la paranoïa parmi les psycho-névroses de défense.

18. *Naissance de la psychanalyse*, lettre n° 52 du 6-12-1896.

19. Voir, dans *Naissance de la psychanalyse*, le manuscrit M et les lettres n° 71 du 15-10-1897 et n° 75 du 14-11-1897 où Freud conclut : « J'ai également renoncé à voir dans la libido l'élément mâle et dans le refoulement l'élément femelle. »

20. Que le réel, même s'il existe avant le signifiant, ne soit repérable comme tel qu'à partir du signifiant, voilà une thèse qui permettrait d'éclairer les réflexions que Freud, bien plus tard, soutiendra à propos de la névrose traumatique et du processus de la répétition. Voir « Au-delà du principe du plaisir », *Essais de psychanalyse*.

21. S. FREUD, *Études sur l'hystérie*, p. 5.

22. S. FREUD, « Les psychonévroses de défense », *La Vie sexuelle*.

23. Repris dans *La Naissance de la psychanalyse*.

24. Id., *ibid.*, p. 366.

25. On peut faire de ce schéma une lecture lacanienne : la répétition signifiante S1-S2 – ici les deux occurrences du rêve et du vêtement – est littéralement ce qui produit rétroactivement le traumatisme, soit l'émergence du réel laissé en plan par le signifiant : $S1 \rightarrow \dfrac{S2}{a}$. Mais, du même coup, la répétition a pour effet de placer ce réel à sa place : celle de la jouissance.

26. Cf. *La Naissance de la psychanalyse*.

27. J. LACAN, « La signification du phallus », *Écrits*. Le démon de la pudeur est évoqué p. 692.

28. On verra resurgir ce thème au fil de l'œuvre freudienne, notamment dans *Malaise dans la civilisation* où il fait l'objet de deux longues notes au chapitre IV. Freud y parle d'un « refoulement organique » *(organischen Verdrängung)* ce qui, me semble-t-il, est à entendre comme un refoulement de l'organique au profit du phallique. La question n'en est pas simplifiée pour autant car on pourrait se demander si le terme de refoulement est bien celui qui convient en ce cas…

29. Thèse qu'on trouve également dans la lettre n° 52 à Fliess (voir ci-avant).

30. Manuscrit K, *Naissance de la psychanalyse*, p. 136-137. Voir aussi lettre à Fliess n° 34 du 2-11-1895, *op. cit.*

V

L'hystérique et la féminité : le dégoût

Quelle est donc la signification de l'expérience de passivité sexuelle que Freud repère à l'origine de toute névrose, hystérique ou obsessionnelle ? Rappelons-nous tout d'abord l'enjeu qui est le nôtre. Nous avons remarqué que, dès le départ, la notion de bisexualité apparaît à Freud comme énigmatique et complexe, alors qu'elle est chez Fliess toute simple et directement reliée à la différence anatomique. En réalité, la démarche freudienne repose, dès son premier pas, sur un constat implicite : une fois sortis de l'anatomie, nous ne savons pas ce que recouvrent les termes de « masculin » et de « féminin », ou nous n'en avons que des approximations. C'est ainsi que l'opposition activité-passivité vient tenir lieu de formulation d'un rapport entre les deux sexes que le terme de bisexualité cherche à indiquer. Cette thèse a pour fondement un postulat qui, il faut en convenir, n'est rien d'autre qu'un préjugé : la femme aurait une tendance naturelle à la passivité et l'homme, une tendance naturelle à l'activité. C'est évidemment cette référence – le plus souvent implicite – à une « nature » de la femme ou de l'homme qui fait difficulté, d'autant qu'elle prend à contre-pied le sens même de la démarche freudienne, qui vise à montrer, précisément, qu'il n'y a pas de nature du masculin et du féminin.

Au reste, Freud s'aperçoit bien vite que le couple activité-passivité est plus complexe qu'il ne semblait au premier abord. Dans un premier temps, en effet, ce couple a pu éclairer la dualité des deux névroses fondamentales – l'hystérie et la névrose obsessionnelle – et le fait que les femmes ont plutôt tendance à être hystériques et les hommes à être obsessionnels. C'est que, disait Freud, l'hystérie se construit à partir d'une expérience

primaire de passivité sexuelle, tandis que dans l'obsession, le rôle
actif du sujet est mis en évidence dans sa première expérience.
Mais ce parallélisme est détruit dès 1896, lorsque Freud découv-
vre que même dans la névrose obsessionnelle, émerge en dernier ressort une scène de passivité sexuelle, plus primaire que
l'expérience active. Nous avons déjà souligné ce changement de
perspective dans le manuscrit K. Freud en reprend l'essentiel
dans son article de la même année sur « L'hérédité et l'étiologie
des névroses [1] ». Ce texte commence par retracer les parallèles
entre, d'une part, l'hystérie, la féminité, la passivité et le dégoût,
et, d'autre part, entre l'obsession, la masculinité, l'activité et le
plaisir : « Nous avons trouvé au fond de l'étiologie hystérique un
événement de passivité sexuelle, une expérience subie ou bien
avec indifférence, ou bien avec un petit peu de dépit ou d'effroi.
Dans la névrose d'obsessions il s'agit au contraire d'un événement qui a fait plaisir, d'une agression sexuelle inspirée par le
désir (en cas de garçon) ou d'une participation avec jouissance
aux rapports sexuels (en cas de petite fille) [2]. » Cependant, Freud
corrige aussitôt cette opposition en disant qu'une participation
aussi précoce du sujet à une activité sexuelle « semble dénoncer
l'influence d'une situation antérieure ». Autrement dit, dans la
névrose obsessionnelle aussi, c'est une expérience de passivité
qui, historiquement, introduit le sujet à la sexualité et, plus précisément, à la jouissance sexuelle [3].

Il est un terme qu'il nous faut ici souligner, celui de *jouissance*. Peut-être ne devons-nous son émergence sous la plume
de Freud qu'au hasard qui lui fit écrire ce petit article directement en français – on sait en effet qu'en allemand, Freud utilise
le terme de *Lust*, qui n'a pas la valeur d'au-delà du plaisir que
comporte le terme français de jouissance. Heureux hasard s'il
en est, car c'est bien en restituant l'expérience primaire de la
sexualité dans le registre de la jouissance, plutôt que dans celui
du plaisir-déplaisir, que l'on peut saisir le cœur même de ce
que Freud tente ici de verser dans la dialectique de l'activité et
de la passivité.

En effet, la découverte de la jouissance sexuelle par l'enfant
a toujours lieu, au niveau le plus primaire, dans une expérience
passive – au sens où c'est toujours de l'Autre que le sujet reçoit
la sexualité. La jouissance sexuelle est toujours *anticipée*, dans

la mesure où elle s'empare de l'enfant dans sa relation première à l'Autre : l'enfant est d'abord joui plutôt qu'il ne jouit, car il est d'abord ce qui procure à l'Autre, qui lui donne ses soins, une jouissance qu'il n'est pas abusif de qualifier de sexuelle. C'est là la justification structurale du fait que Freud lie toujours cette découverte de la jouissance à une expérience de séduction. L'important ici n'est pas qu'il existe ou non un événement historique où le sujet aurait été la victime de manœuvres plus ou moins perverses, mais que tout sujet commence par être, en tant que nourrisson, livré aux caresses, aux envies, aux émois de la personne qui s'occupe de lui. Plus tard, Freud précisera que tant pour la fille que pour le garçon, la séduction primaire provient de la mère qui, en donnant ses soins à l'enfant, l'éveille à la jouissance. Cette expérience primaire de passivité sexuelle, où le sujet est joui par l'Autre, n'est-ce pas ce que Lacan nous a appris à désigner comme la position où le sujet se réduit à être objet-cause du désir de l'Autre – dans son fantasme, mais aussi bien dans l'expérience réelle de dépendance à l'égard du premier Autre qu'est la mère ? Dès lors, l'expérience où se fonde le traumatisme de toute névrose – qu'il soit hystérique, obsessionnel ou phobique – serait celle où le sujet se voit assigner la position d'objet offert à l'Autre, position où il disparaît en tant que tel, ne subsistant que comme déchet ou instrument de la jouissance de l'Autre. Nous touchons là à la mise en place de la structure fondamentale du fantasme telle que l'écrit Lacan : $\$ \Diamond a$.

La manière dont cette expérience primaire de passivité se trouve reprise, remaniée dans le fantasme et rappelée dans le refoulement et le retour du refoulé, déterminera le choix de la névrose. L'obsession se distingue de l'hystérie en ce que la version active du traumatisme y est refoulée : ce que l'obsessionnel ne supporte pas, la représentation qui lui paraît « inconciliable », c'est qu'à son tour il traite l'Autre en objet de sa jouissance – ce qui revient à le tuer en tant qu'Autre. Chez l'hystérique, par contre, le schéma du refoulement reste parallèle au sens du traumatisme : l'insupportable est la position passive, la position d'objet livré à la jouissance de l'Autre. On saisit mieux dès lors le parallèle que Freud établit à la fin de cet article sur « L'hérédité et l'étiologie des névroses », entre l'obsession et le masculin d'une part, et l'hystérie et le féminin d'autre part.

Il s'agit moins de désigner une hypothétique essence de chaque sexe que de poser les conditions par lesquelles ils s'essaient à faire couple : « On rencontre parfois des couples de malades névrosés, qui ont été un couple de petits amoureux dans leur première jeunesse, l'homme souffrant d'obsessions, la femme d'hystérie[4]. » Cette image touchante mérite réflexion, car elle illustre une vérité de ce qu'on appelle le « couple », soit l'alliance qui s'y conclut pour tenter de rejeter l'élément traumatisant de la sexualité : la réduction de l'Autre – et spécifiquement de l'Autre féminin – au rang d'objet de jouissance.

Si l'expérience primaire traumatisante est celle de la passivité inhérente à la position d'objet de jouissance de l'Autre, quelle est à cet égard la fonction du refoulement ? Cette question fait l'objet de deux articles très importants que Freud rédige en cette même année 1896 : les « Nouvelles remarques sur les psychonévroses de défense » et « L'étiologie de l'hystérie ». Une lecture attentive de ces deux textes permet d'établir une première approche du mécanisme de la névrose hystérique. Dans les « Nouvelles remarques […][5] », Freud confirme l'idée de « l'action posthume » du traumatisme sexuel par le biais du souvenir refoulé. Mais il ouvre, en note, une question fondamentale, en remarquant que seules peuvent être refoulées des représentations à contenu sexuel, c'est-à-dire des représentations qui peuvent éveiller les processus de l'excitation sexuelle. Cette note, brève mais complexe[6], demande à être analysée. Freud y pose d'abord ce que l'on pourrait ramener à une équation : refoulé = sexuel (représentations sexuelles). Cette équation constitue la règle de la sexualité humaine en tant que celle-ci est autre chose qu'un pur phénomène organique. Les représentations refoulées ont en effet – c'est leur propriété principale – le pouvoir de déclencher une excitation dont Freud remarque qu'il s'agit d'une excitation somatique qui se transforme en excitation psychique. Cela veut dire que le refoulement a pour effet de substituer à une sexualité organique une sexualité commandée par la représentation, par le signifiant. De plus, ajoute Freud, l'excitation déclenchée par ces représentations refoulées est incomparablement plus forte que celle – somatique – qui a pu se produire lors de l'expérience réelle que le refoulement désigne comme traumatique.

Si nous nous rapportons au cas d'Emma, relaté dans l'*Esquisse* [...][7], nous pouvons donc avancer que le refoulement a pour fonction de transformer en jouissance sexuelle (avec le sens spécifique qu'acquiert ce terme pour l'être parlant) ce qui auparavant n'avait été qu'une sensation indéterminée – à la limite indifférente, comme en témoigne Emma. C'est ainsi que pour Freud, *le processus signifiant du refoulement a la valeur essentielle d'un processus de sexualisation du réel.* Entendons par là qu'il inscrit le réel dans le courant d'une signification qui se révélera, dans la suite des travaux de Freud, comme la signification phallique. Et cette thèse relance notre questionnement dans deux directions. Nous poserons tout d'abord la question de savoir ce qui, dans le processus qui s'établit entre le refoulé et le trauma, déclenche l'excitation sexuelle. Quelle est la cause de la jouissance ? Est-ce le signifiant refoulé en lui-même, ou bien la lacune qu'il délimite comme traumatisme et qu'il élève, en quelque sorte, au rang de traumatisme *sexuel* ? Nous nous demanderons ensuite si l'équation « refoulé = sexuel » ne pourrait pas s'inverser en « sexuel = refoulé ». Pour l'être humain, ne serait dès lors connoté comme sexuel que ce qui passe par le refoulement. Puis nous verrons quels enseignements l'approche clinique des hystériques peut nous apporter sur ces points.

Dans l'article sur « L'étiologie de l'hystérie[8] », Freud fait quelques pas supplémentaires.

En premier lieu, il précise la définition du traumatisme que cernent les souvenirs refoulés de l'hystérique. Il s'agit, dit-il, d'une expérience de *dégoût* dont il donne, par deux fois dans ce texte, la même illustration : *la rencontre d'un cadavre*[9]. Cette mise en évidence du cadavre me paraît plus qu'un fait accidentel ou qu'une image parmi d'autres. Car se trouvent ainsi à nouveau évoquées, comme dans le rêve de l'injection faite à Irma, la mort et la pourriture de la chair, c'est-à-dire une chute ou une destitution de l'image corporelle qui rend le corps impropre à être reconnu comme corps humain. Le cadavre prend valeur traumatique moins parce qu'il est privé de vie que parce qu'il dénude ce qui reste toujours voilé dans les rapports humains, soit la chair brute, cette part réelle par laquelle le corps n'est plus que chose à la limite de l'immondice. Et quoique Freud prétende, dans cet article, avoir inventé ces exemples, cette rencontre du cadavre est un élément dominant du cas d'Emmy von N. que rapportent les *Études sur l'hystérie*.

Ensuite, en réexaminant cette question du traumatisme et du refoulement au plan de la chaîne associative, Freud constate que les souvenirs de l'hystérique s'organisent à la manière d'arbres généalogiques. Mais « où arrivons-nous lorsque nous suivons la chaîne de souvenirs associés que nous découvre l'analyse ? », demande-t-il alors. Autrement dit, comment remonter par le retour du refoulé, par les associations du sujet, jusqu'au trauma qui, lui, reste hors des associations et du souvenir ? A parcourir la chaîne, maillon après maillon, on aboutit à un « point nodal », pour reprendre l'expression de l'*Esquisse* [...], c'est-à-dire à un point où se croisent deux séries d'associations. Ce point d'ombilic, dit Freud, se situe toujours dans le domaine du vécu sexuel de la prime enfance. Mais les scènes d'enfance auxquelles on parvient ainsi demandent à être ajoutées au matériel que fournit le sujet, car elles forment le morceau qui manque au puzzle dessiné par les souvenirs et les associations, la pièce qui pourrait combler la lacune qu'indique le point nodal : « Dans les puzzles d'enfants, après toutes sortes d'essais, on est finalement absolument certain que tel morceau correspond à l'espace vide, parce que seul il complète le tableau et qu'en même temps ses dents irrégulières s'emboîtent avec celles des autres morceaux, de façon qu'il ne reste aucun espace vide et qu'aucune superposition ne s'impose. Il en va ainsi du contenu des scènes infantiles ; elles se présentent comme des compléments indispensables à la structure associative et logique de la névrose, dont seule l'insertion rend toute la genèse du cas compréhensible, on peut même souvent dire : évidente [10]. »

Bien que Freud considère encore à ce moment les scènes en question comme des scènes réelles – au sens de faits historiques –, c'est déjà toute la problématique de la construction du fantasme fondamental qui s'amorce ici. Car l'élément que Freud cherche à saisir n'est pas présent comme tel dans la chaîne associative, mais lui est corrélatif. Et la méthode qu'il invente pour le cerner consiste à dérouler au plus loin la chaîne – disons en termes lacaniens : à faire produire par le sujet ses signifiants-maîtres –, afin d'obtenir quelque chose comme le contour de la pièce manquante, le dessin d'un bord rendant présent un trou que Freud va compléter par une scène qui, il s'en apercevra plus tard avec son homme aux loups, constitue le fantasme primordial du sujet. Il ajoute que cette scène, qui marque la première expérience que l'enfant a faite de la sexualité, ne peut consister, en dernière analyse, qu'en une *scène de séduction*. Cela nous ramène au lien que nous avons fait entre passivité et traumatisme. En effet, pour Freud, l'enfant ne découvre pas tout seul la sexualité, elle lui est transmise par l'adulte : « Ce qui s'est produit, en réalité, c'est un transfert *(Uberträgung)* de la maladie, une injection dans l'enfance[11]. » Ainsi la convergence des chaînes associatives en un point nodal amène-t-elle l'analyste à en désigner le produit : le rapport à l'Autre en tant qu'il contamine le sujet de sa jouissance. Tel est le sens de la théorie de la séduction.

A un second degré, cette démarche visant à combler la lacune laissée (ou constituée) par le refoulement vaut comme métaphore de la confrontation au sexe féminin. Car c'est bien là – et cela apparaîtra plus clairement dans la suite – que se situe la pièce manquante par excellence, le trou autour duquel tourne toute l'élaboration de Freud. Ainsi la dualité refoulement-traumatisme tend-elle à se superposer, dans l'avancée freudienne, à l'opposition activité-passivité, et à prendre sa place comme approximation métaphorique de l'opposition masculin-féminin.

Ces questions que suscitent les premiers textes de Freud étaient déjà insistantes dans la clinique dont les *Études sur l'hystérie* nous rapportent quelques hauts faits. Si nous avons repoussé jusqu'ici l'examen de ces *Études* […], pourtant chronologiquement antérieures, c'est qu'elles deviennent plus lisibles dans l'après-coup des premières théories du refoulement et du traumatisme. A chacun des cas qui y sont rapportés, on pourrait donner un intitulé explicitant l'angle sous lequel l'hystérie se trouve abordée. Ainsi « Emmy ou le dégoût » serait une façon d'introduire, à partir du cas d'Emmy von N., quelques réflexions qui s'inscrivent dans la suite de la problématique refoulement-traumatisme[12].

Il est frappant qu'Emmy présente, dès son premier entretien avec Freud, un symptôme particulier : *un trou dans la parole*. En effet, la première chose qu'elle dit – ou plutôt fait entendre –

est une interruption qui, dans la chaîne de son discours, matérialise littéralement la lacune où Freud situe le traumatisme. La parole d'Emmy est régulièrement interrompue par un trouble spasmodique qui la fait bégayer ; en outre, elle s'arrête souvent pour émettre un bizarre claquement de langue, son visage exprimant en même temps la terreur et le dégoût.

Dans sa structure, ce n'est pas là un symptôme exceptionnel. Breuer avait déjà observé qu'il arrivait que les mots manquent à Anna O., au point qu'elle ne puisse plus s'exprimer que dans une autre langue que la sienne – elle en connaissait quatre ou cinq –, ou qu'elle soit frappée de mutisme durant plusieurs jours. Or, ce mutisme avait été déclenché par la rencontre avec un certain état du corps, plus précisément par la confrontation à une partie inanimée de son corps : un bras « endormi », ou un bras « mort », sur lequel un véritable rêve vient se plaquer : « Elle tomba dans un état de rêverie et aperçut, comme sortant du mur, un serpent noir qui s'avançait vers le malade (le père d'Anna) pour le mordre. Il est très vraisemblable que dans la prairie située derrière la maison se trouvaient réellement des reptiles qui avaient en d'autres occasions effrayé la jeune fille et qui maintenant formaient l'objet de l'hallucination. Elle voulut mettre en fuite l'animal, mais resta comme paralysée, le bras droit "endormi", insensible et devenu parésique, pendant sur le dossier de la chaise. En regardant ce bras, elle vit ses doigts se transformer en petits serpents à tête de mort (ongles). Sans doute avait-elle tenté de chasser les serpents à l'aide de sa main droite engourdie, d'où l'insensibilité et la paralysie de celle-ci, ainsi associées à l'hallucination des serpents. Lorsque ceux-ci eurent disparu, dans sa terreur elle voulut prier mais les mots lui manquèrent, elle ne put s'exprimer en aucune langue jusqu'au moment où elle trouva enfin un vers enfantin anglais, et qu'elle put, en cette langue, continuer à penser et à prier [13]. »

Ce mutisme soudain d'Anna O. comme celui, plus ponctuel, d'Emmy semblent pouvoir être rapportés au trou, à la lacune par quoi le réel manifeste sa présence dans la parole. Il ne s'agit pas simplement d'un vide, mais de la présence de quelque chose d'innommable qui impose l'interruption, la coupure de la chaîne du discours. Emmy en donne une représentation imaginaire dans un fantasme qu'elle a construit à partir d'un fait divers relaté dans le journal : un jeune garçon serait mort de terreur après qu'on lui eut fourré une souris blanche dans la bouche. Que recouvre cette souris blanche qui peut remplir une bouche au point de lui imposer le silence ? Voilà toute la question.

Dans les deux cas, il est clair que le symptôme répond au traumatisme par une véritable prolifération de la signification phallique. A peine Anna O. a-t-elle rencontré le bras « mort », que celui-ci se transforme en serpent. Chez Emmy, l'histoire de la souris blanche, jointe au fait qu'elle a entendu le Dr K. dire qu'il avait expédié une caisse pleine de rats blancs, déclenche ce commentaire où le dégoût mutique se transforme en cri d'horreur : « Ne bougez pas ! Ne dites rien ! Ne me touchez pas ! Ah ! si je trouvais un animal pareil dans mon lit ! Imaginez un peu que ça se déballe (frisson d'horreur). Il s'y trouve un rat crevé, un rat cloué [14] ! » Une telle tirade illustre parfaitement l'oscillation entre refoulé et traumatique qui sous-tend l'hystérie : ce qui est refoulé est le rat en tant que symbole sexuel du pénis, mais ce qui fait trauma c'est que ce symbole s'effrite et laisse apparaître alors le déchet immonde qu'il a pour fonction d'emballer : le rat crevé.

Ce « rat crevé » nous renvoie à la situation plus générale de la rencontre de la « chose morte » qui, chez Emmy comme chez Anna O., coupe la parole. Rencontre primaire dont le sujet essaie de rendre compte dans le registre du signifiant par une série de souvenirs, de fantasmes et d'hallucinations [15] qui ne cessent de mettre en scène la mutation par laquelle l'animé passe brusquement à l'état d'inanimé, ou inversement. Le bras inanimé d'Anna O. est immédiatement réanimé sous la forme d'un serpent. Emmy, quant à elle, parle de choses mortes qui se mettent à vivre, ou au contraire de vivants qui soudain se trouvent morts. Elle se rappelle d'abord que lorsqu'elle avait cinq ans, ses frères et sœurs lui avaient lancé à la tête des bêtes mortes, ce qui déclencha son premier accès. Ensuite, à l'âge de sept ans, elle s'est trouvée, par surprise, devant le cercueil de sa sœur. Dans sa huitième année, son frère lui a fait peur en jouant au fantôme. A neuf ans, alors qu'elle regardait le cadavre de sa tante dans son cercueil, elle vit tout à coup le menton se décrocher. Le récit de ces souvenirs ne peut d'ailleurs se faire sans qu'émerge le traumatisme qu'ils cernent : après avoir raconté ces événements, Emmy « ouvre toute grande la bouche », note Freud, les mots sortent péniblement, de façon saccadée[16]. Une autre fois, elle raconte qu'elle était violemment effrayée en voyant dans un livre une image représentant des Indiens déguisés en animaux : « Pensez donc ! S'ils prenaient vie ! » lance-t-elle à Freud[17]. Lors d'une autre séance, elle rapporte, l'un à la suite de l'autre, trois souvenirs de son adolescence : à quinze ans, elle découvrit sa mère gisant sur le sol après une attaque ; quatre ans plus tard, en rentrant à la maison, elle la trouve morte et défigurée ; au même âge, soulevant une pierre, elle tombe sur un crapaud, ce qui lui ôte l'usage de la parole durant plusieurs heures. Une autre fois, alors qu'elle entrait dans une chambre, elle vit se dresser une poupée qui était sur le lit et en resta clouée sur place. Une autre fois encore, elle veut attraper une pelote de laine et s'aperçoit que c'est une souris qui prend la fuite ; pendant une promenade, un mendiant dissimulé derrière une pierre (comme le crapaud) s'est tout à coup dressé devant elle ; ou encore, voulant saisir son paletot dans le vestiaire de sa chambre d'hôtel, elle voit bondir le garçon d'hôtel qui s'était caché là… Le modèle de toutes ces situations est le passage brusque d'un état à un autre : de l'inanimé à l'animé, ou le contraire, passage qui correspond à une mutation de la chose réelle à la chose signifiante ou l'inverse. Bref, c'est le recouvrement du réel par le signifiant qui est, à chaque fois, remis en question. Emmy précise d'ailleurs que « chaque fois que ces souvenirs lui reviennent à l'esprit, elle en revoit les scènes avec toute l'acuité du réel[18] ». Quel est ce réel dont le dénudement l'a laissée un temps sans réponse, mutique ? Elle en désigne l'émergence essentiellement par les signifiants du cadavre, de la bête morte, du crapaud, de la souris, qui ont ici fonction de points nodaux dans la chaîne des souvenirs. Ce réel a sans doute un rapport étroit avec le corps – bien que cela paraisse moins clair que dans le cas d'Anna O. – puisque Emmy ajoute qu'à certaines époques de sa vie, elle ne pouvait tendre la main à qui que ce fût « de peur de la voir se transformer en horrible bête[19] ». On peut donc supposer que c'est au niveau de son propre corps qu'Emmy se sent fantasmatiquement fixée, clouée, comme un rat crevé, c'est-à-dire déchue de son image et plus radicalement de sa faculté de soutenir cette image par la parole.

D'autre part, ce trou dans la parole, qui renvoie à la chose morte, s'accompagne d'une lacune dans la mémoire – amnésie que Freud va en fait consolider par l'usage qu'il fait de l'hypnose dans cette cure. En effet, Freud est bien forcé de constater qu'il rencontre avec Emmy quelque chose de plus fort que son pouvoir d'hypnotiseur – ce quelque chose étant précisément la source du dégoût de sa patiente. Il remarque que ce dégoût lui clôt la bouche durant l'hypnose[20] et que, quelles que soient ses suggestions, il ne parvient pas à faire disparaître la peur des animaux dont souffre Emmy. Tout ce qu'il arrive à obtenir d'elle par l'hypnose, c'est qu'elle reconnaisse son autorité : « […] et quand finalement je lui demandais : "Alors, continuerez-vous à avoir peur de ces animaux ?", elle me répondait : "Non, puisque vous l'exigez." Une semblable promesse, reposant seulement sur de la soumission à mon égard, n'avait jamais de résultats vraiment favorables[21]. » Freud n'obtient pas non plus l'élément sexuel qui lui permettait de localiser précisément le traumatisme ; Emmy, dit-il, ne lui a fourni sous hypnose qu'une version *ad usum delphini* de son histoire. Aussi commence-t-il à s'aviser qu'il touche là une limite : l'hypnose peut certes amener le sujet à dire toutes sortes de choses qu'il ne dirait pas hors hypnose, mais, comme l'a finement remarqué Lacan, elle ne peut pas faire dire au sujet ce qu'il ne sait pas, et, bien entendu, ne peut lui faire dire ce qui n'a de consistance que comme lacune. L'hypnose se révèle d'ailleurs une arme à double tranchant, renforçant la lacune que Freud aurait voulu combler. Ainsi, lorsqu'il revoit Emmy un an après la fin de la cure, Freud l'entend se plaindre « de lacunes dans la mémoire, justement en ce qui concernait les événements les plus importants[22] ». Et lorsque, accompagnant son ex-patiente dans une promenade, il se risque à lui demander s'il y a souvent des crapauds sur le chemin, il essuie son regard plein de reproches et s'entend répliquer : « Mais il y en a de réels ici ! »

Ajoutons ici quelques remarques concernant les hallucinations que rapporte Emmy. S'il y a trou dans la parole et lacune dans la mémoire, le discours d'Emmy les enveloppe d'un véritable flot de formations signifiantes, que le point de vue psychiatrique rangera parmi les phénomènes hallucinatoires, mais qui doivent néanmoins être distinguées des hallucinations de la

psychose. Si Freud parle bien, à propos d'Emmy, de « délire hystérique », il maintient cependant que ces formations relèvent
d'une « compulsion aux associations, pareilles à celles que l'on
constate dans le rêve où les hallucinations et les illusions sont
extrêmement facilitées [23] ». Et il ajoute que « cet état, comparable
à une aliénation mentale, remplace probablement chez elle un
accès *(Anfall)*, comme une psychose aiguë équivalant à une
crise. On pourrait ranger cet état dans la "confusion hallucinatoire" [24] ». Pour Freud, les productions d'Emmy ne sont donc pas
assimilables aux hallucinations verbales de la paranoïa, mais
elles se classent parmi les phénomènes oniriques : ce ne sont pas
des signifiants qui surgissent dans le réel, comme dans le cas des
psychoses, ce sont des rêves, c'est-à-dire des signifiants en promenade dans l'imaginaire, et qui sont accompagnés d'un fort
sentiment de réalité. Nous verrons plus loin, avec le démontage
du symptôme de conversion hystérique, que la structure de
l'hystérie se révèle précisément par *l'insertion du signifiant
dans l'imaginaire du corps*. Cette homogénéité du symptôme
hystérique avec le processus du rêve, c'est-à-dire avec la figuration en rébus, sera encore soulignée par le cas de Dora, que
Freud avait primitivement intitulé « Rêve et hystérie ».

Ainsi le cas d'Emmy von N., tout incomplète qu'en soit la
relation, nous permet-il de préciser la fonction du dégoût
comme phénomène primaire de l'hystérie. Il est lié à la présentification d'un certain état du corps – celui du cadavre ou de la
chair en décomposition –, ou au passage soudain de l'état de
chose à l'état de corps. La valeur traumatique de telles rencontres nous semble tenir à ce qu'elles font surgir pour le sujet
un *réel désexualisé* dont il ne peut littéralement rien dire : ce qui
se manifeste par l'interruption de la parole d'Emmy (bégaiement
et claquement de langue) ou par le mutisme total chez Anna O.
Quelle est la signification de cette chose morte ou de ce corps
inanimé ? Il apparaît que c'est l'irruption de la fonction réelle,
organique du corps, autrement dit la chute qui se produit de
l'érotique au fonctionnel, qui dégoûte l'hystérique. Un exemple,
pris dans l'observation d'Anna O., nous éclairera davantage.
Anna raconte avec tous les signes du dégoût qu'étant un jour
entrée dans la chambre de sa dame de compagnie, elle la vit
occupée à faire boire son petit chien, « une sale petite bête », dans

un verre[25]. « Par politesse, enchaîne Breuer, Anna n'avait rien dit. » Est-ce bien par politesse, ou parce qu'une fois de plus, les mots lui avaient manqué ? Toujours est-il que la source du dégoût d'Anna, en cette occasion apparemment si anodine, doit sans doute être recherchée dans la différence de valeur que présente l'acte de boire chez un chien et chez un homme. Un être humain ne boit pas, ne mange pas, ne copule pas, comme un animal ; chez l'homme, du fait de sa dépendance au langage, la fonction organique se trouve aspirée dans une fonction érotique qui le dépasse, en sorte que tout ce qui est de l'ordre du besoin se voit subverti et remanié dans le registre du désir. Dès lors, la fonction organique de l'être parlant se voit repoussée à un point-limite, dans un en-deçà du désir, quasiment hors de portée. Boire, manger, voire même respirer – comme l'illustre le fait de fumer –, deviennent des activités érotiques que le corps accomplit en s'appuyant plus sur le fantasme soutien du désir que sur l'exigence de l'organisme. Pour que nous arrivions à concevoir cette exigence de l'organisme à l'état pur il nous faut recourir aux cas extrêmes où l'homme se voit réduit à la volonté animale de survivre. Voire : même l'assoiffé égaré dans le désert, ou le prisonnier des camps de la mort, semble tenir à sauver sa dignité d'homme en manifestant un léger écart avec l'obéissance aux pures exigences du besoin. Cette pudeur tient à l'essence même de l'homme. Ainsi un rescapé des camps de la dernière guerre me racontait-il que plus la disette l'obligeait à se nourrir de racines et de vers de terre, plus il entourait l'acte de manger d'une série de petits rituels, dont le plus simple et le plus significatif consistait simplement à se retenir de dévorer sur-le-champ ce qu'il avait trouvé, préservant ainsi l'idée de repas. En somme, placé dans ces circonstances infra-humaines, il mettait un point d'honneur à se donner de l'appétit, à se faire désirant.

Cette anecdote n'est pas sans rapport avec la problématique du dégoût hystérique. Car c'est bien lorsque la fonction érotique de l'appétit, de la soif – bref, du désir – est rabattue au niveau du besoin organique, que se produit la réaction de dégoût. Quand Anna O. voit sa dame de compagnie faire boire son chien dans un verre, la fonction humaine du verre se trouve détruite sous ses yeux. De même, lorsque les lèvres et la bouche se réduisent à la muqueuse supérieure du canal digestif, un baiser devient quelque chose d'absolument obscène et intolérable. Ainsi, lorsque Monsieur K. embrasse Dora sur la bouche, par surprise, elle en éprouve un dégoût intense, qui entraîne une aversion pour les aliments[26]. La clef de ce symptôme est bien mise en évidence par Freud : la sensation est déplacée de la zone génitale au canal digestif. Autrement dit, au lieu de ressentir une sensation d'excitation sexuelle, liée à une zone érogène, au lieu de génitaliser ce baiser, Dora le ressent comme intéressant la fonction organique de la digestion : la zone érogène des lèvres se trouve brusquement désexualisée. Cette réaction de dégoût, Freud va en faire le critère même de l'hystérie, puisqu'il déclarera, au cours de l'analyse de Dora : « Je tiens sans hésiter pour hystérique toute personne chez laquelle une occasion d'excitation sexuelle provoque surtout ou exclusivement du dégoût, que cette personne présente ou non des symptômes somatiques[27]. »

L'hystérie nous pose donc la question de savoir comment la sexualisation vient au corps, comment, chez l'être humain, s'opère la mutation qui privilégie le fait *d'avoir un corps*, plutôt que celui *d'être un organisme*. Par quel biais une frontière en arrive-t-elle à se poser entre sexuel et non sexuel ? Quelles relations peuvent s'établir entre ces deux versants du corporel ? Pour résoudre ces problèmes une théorie du refoulement est nécessaire. Et la clinique de l'hystérie s'y avère essentielle, en ce qu'elle illustre les échecs du refoulement.

En effet, des premiers écrits freudiens que nous avons examinés, se dégage l'idée que c'est par la voie du refoulement que s'opère la sexualisation du corps et sa séparation avec l'organisme. En déterminant rétroactivement la place du traumatisme, c'est-à-dire le trou par lequel se présentifie un réel désexualisé, le processus du refoulement pose une frontière, un bord, entre l'érotique et l'organique. Précisons davantage : c'est l'*échec du refoulement* qui laisse ouverte une béance par où se manifeste le traumatisme. Car dans la mesure où tout ne devient pas souvenir ou représentation, dans la mesure donc où tout n'est pas absorbé par le signifiant, tout ne peut pas se dire dans le retour du refoulé, et il reste du réel non symbolisé, autour duquel va venir se construire le symptôme. Le discours de l'hystérique aboutit à un ombilic, à une représentation-limite, qui indique un au-delà hors-signifiant : là se situe l'échec du refoulement. Car si le refoulement réussissait complètement, tout serait souvenir symbolisé dans l'inconscient. En d'autres termes, tout le réel serait porté à l'état de réalité sexuelle, il n'existerait plus de traumatisme, plus de trou niant la parole comme telle, il n'y aurait plus que du refoulé, c'est-à-dire de la dénégation interne à la parole et portant sur de la parole.

C'est en ce sens que nous avons évoqué un retournement possible de l'équation posée par Freud dès ses « Nouvelles remarques sur les psychonévroses de défense », soit : *refoulé = sexuel*, en : *sexuel = refoulé*. Que seules les représentations à contenu sexuel soient refoulées, voudrait dire en somme que le refoulement sexualise la représentation, ou, de manière plus générale encore, qu'est sexuel ce qui est passé par le refoulement. Cette thèse s'éclairera avec les textes où Freud, à partir de 1923, affirmera le primat du phallus. Ce primat du phallus n'est autre que celui qu'exerce le signifiant sur tout ce qui relève de l'organique, le refoulement étant le processus par où ce primat est rendu opérant.

D'autre part, nous avons montré comment Freud, dans ses premiers écrits, cherche à asseoir le processus de refoulement sur la réaction entre deux courants qu'il essaie de cerner à travers une série d'oppositions qui aboutissent au dualisme assez obscur de l'activité et de la passivité. Nous avons proposé d'éclairer cette dualité en faisant l'hypothèse qu'elle désigne en fin de compte l'opposition de deux types de jouissance. Ainsi la scène primaire de séduction, la passivité primordiale du sujet que Freud inscrit à la racine tant de la névrose obsessionnelle que de l'hystérie, traduirait-elle la condition première où le sujet est livré à l'Autre comme objet de sa jouissance. Mais encore faut-il situer cet « être joui » primordial comme expression d'une jouissance *non sexuelle*, au sens où elle n'est pas encore saisie par le sujet dans sa signification sexuelle. Elle ne devient sexuelle que par le biais de l'intervention du signifiant du phallus, c'est-à-dire par le refoulement. C'est, nous semble-t-il, ce que veut dire Freud dans le passage de l'*Esquisse* […] où il établit la théorie de l'après-coup du traumatisme. Le cas d'Emma, qu'il produit en exemple clinique, fait ressortir que l'excitation sexuelle ne se produit que dans la répétition d'une scène qui, la première fois, n'a pas fait trace signifiante pour le sujet. C'est que, dit Freud, « entre-temps, les changements provoqués par la puberté ont rendu possible une compréhension nouvelle des faits remémorés[28] ». Nous nous trouvons donc une fois de plus en présence de la frontière posée par le processus de sexualisation qu'implique le refoulement. Cette sexualisation affecte la jouissance et la réorganise en lui donnant un sens – le sens sexuel. Et, par contrecoup, ladite sexualisation comporte l'interdiction[29] d'une jouissance non sexuelle – que Lacan désignera d'abord comme jouissance de l'être[30], puis comme jouissance de l'Autre[31].

La question se pose dès lors de savoir quelle relation l'on peut établir entre ces deux versants du refoulement : sa réussite et son échec, c'est-à-dire entre ce qui est sexualisé au titre de signifiant, et ce qui se trouve rejeté dans la désexualisation au titre de part réelle du corps. Y répondre suppose que soit précisée davantage la manière dont s'opère le processus de sexualisation – c'est-à-dire de déréalisation – du corps. Or, précisément, aucune structure ne peut, mieux que l'hystérie, nous fournir un enseignement sur ce point ; car, comme nous allons le voir en suivant la démarche freudienne, le symptôme typique de l'hystérie, soit la conversion, n'est pas autre chose que l'indication d'une difficulté, voire d'une impossibilité rencontrée dans la sexualisation du corps.

NOTES

1. S. FREUD, « L'hérédité et l'étiologie des névroses » (texte publié directement en français), *Névrose, psychose et perversion*.

2. Id., *ibid.*, p. 58.

3. On retrouvera la logique de cette anamnèse, quelques années plus tard, dans le récit que Freud fera du cas de l'homme aux loups.

4. S. FREUD, *op. cit.*, p. 58-59.

5. S. FREUD, « Nouvelles remarques sur les psychonévroses de défense », *Névrose, psychose et perversion*.

6. S. FREUD, *op. cit*, note 2, p. 65-66.

7. *Cf. infra*, p. 103.

8. S. FREUD, « L'étiologie de l'hystérie ».

9. Id., *ibid.*, p. 86 : « la vue d'un cadavre humain en décomposition », et p. 88 : « le spectacle horrible et répugnant d'un cadavre » ou le heurt d'« un cadavre de bête dégoûtant ».

10. Id., *ibid.*, p. 97.

11. Id., *ibid.*, p. 100.

12. Je renvoie, pour le compte rendu du cas, aux *Études sur l'hystérie*.

13. S. FREUD, *Études sur l'hystérie*.

14. Id., *ibid.*, p. 38.

15. Il s'agit ici d'hallucinations hystériques, à distinguer absolument des hallucinations de la psychose – j'y reviendrai plus loin.

16. S. FREUD, *op. cit.*, p. 39.

17. Id., *ibid.*, p.40.

18. Id., *ibid.*, p. 39.

19. Id., *ibid.*, p. 53.

20. Id., *ibid.*, p. 77.

21. Id., *ibid.*

22. Id., *ibid.*, p. 65-66.

23. Id., *ibid.*, p. 75.

24. Id., *ibid.*

25. Id., *ibid.*, p. 25.

26. S FREUD, *Cinq psychanalyses*, p. 18-19.

27. Id., *ibid.*, p. 18.

28. S. FREUD, *Naissance de la psychanalyse*, p. 366.

29. Qu'on peut écrire, avec Lacan, « inter-diction ».

30. En 1960, dans « Subversion du sujet… », *Écrits*.

31. En 1972, dans son Séminaire *Encore*.

VI

L'hystérique et la féminité : la conversion

Nous avons montré quelle est la fonction du processus du refoulement par rapport au traumatisme, en l'identifiant comme processus de sexualisation et, par là, de réorganisation de la jouissance. Nous allons voir comment cette approche rend compte du symptôme de conversion et de la structure de l'hystérie en général.

La conversion hystérique met en évidence un certain type de fonctionnement du corps, que l'on peut situer à l'opposé de ce qui se produit dans le phénomène du dégoût. Alors que le dégoût fait émerger une sorte de déchéance du corps de l'érotique à l'organique, le symptôme de conversion consiste au contraire en une hyper-érotisation du corps : le dégoût comporte une désexualisation du réel, la conversion s'analyse comme une sexualisation et une symbolisation. Mais, pour repérer correctement les enjeux de ce processus propre à l'hystérie, il convient d'examiner d'abord comment le corps de l'être humain se trouve modelé et divisé par la tripartition des registres du réel, du symbolique et de l'imaginaire.

En première approximation, pour qu'un corps se sexualise, il faut qu'intervienne au niveau du symbolique quelque chose qui commande que le corps réel, organique, soit en quelque sorte revêtu d'une image corporelle érotisée. Mais cette formule n'est juste que d'un certain point de vue. L'observation de la maturation des enfants vérifie sans doute la chronologie d'un tel processus, dont le « stade du miroir » constitue l'un des moments clefs[1]. Mais du point de vue logique, une telle explication n'est pas tout à fait correcte. En effet, si nous suivons Freud et les enseignements que Lacan a tirés de sa relecture, nous devons admettre que le réel n'est « déjà là » que dans l'après-coup de la détermination symbolique : sans doute le réel précède-t-il, dans la chronologie, l'organisation symbolique, mais il n'est désignable et pensable comme tel qu'à partir de cette organisation. Nous avons là un processus logique exactement semblable à celui qui intervient entre le traumatisme et le refoulé : le réel est en vérité *produit* dans sa fonction de cause par l'effet du symbolique. Par conséquent, le système symbolique n'a pas seulement pour fonction de camoufler ou de sublimer le réel, mais, plus fondamentalement, de le faire ex-sister comme tel, c'est-à-dire comme distinct. Il n'y a d'innommable qu'en fonction du nom, il n'y a de réel du corps qu'en regard de la limite de la symbolisation. Lacan en fait la remarque dans son Séminaire sur *Les Quatre concepts fondamentaux de la psychanalyse*, lorsqu'il avance que le concept d'inconscient doit être lié au concept de manque : l'*Unbewusste* se noue à l'*Unbegriff* qui en donne la limite, « comme le cri non pas se profile sur fond de silence, mais au contraire le fait surgir comme silence[2] ». Qu'à cette même page du Séminaire, Lacan introduise la distinction entre le *refoulement* et la *censure* n'est certes pas un hasard. La censure est un mécanisme plus primordial que le refoulement : si le signifiant se maintient à travers le refoulement, dans la censure, il disparaît purement et simplement, comme la mort dans l'oubli du nom « Signorelli » relaté par Freud[3]. Le parallèle se vérifie en ceci que la censure s'avère liée au refoulement, comme le concept du manque l'est à l'inconscient. La censure désigne en quelque sorte l'échec structural du refoulement. C'est pourquoi l'idée évoquée au chapitre précédent d'un refoulement complet, ne laissant plus de place à la faille du traumatisme, est tout à fait inconcevable. L'hystérique, au fond, ne cesse de produire la démonstration de cette dialectique : si l'on peut dire qu'elle souffre de refoulement, c'est dans la mesure où ce refoulement n'est jamais complet et où le retour du refoulé aboutit à faire surgir une censure par où émerge un innommable, un non-refoulable, qui témoigne d'un échec, ou d'une limite de la sexualisation.

La relation des concepts d'inconscient et de refoulement avec ceux d'*Unbegriff* et de censure met en évidence que la fonction de sexualisation ne peut qu'être liée à une structure de bord, au tracé d'une limite – élément essentiel de la définition du concept de pulsion sexuelle. Et précisément, c'est bien la théorie de la pulsion sexuelle qui doit trouver place à l'arrière-plan du processus signifiant de la sexualisation et de son incidence sur le corps. Cette incidence se traduit, presque comme une figuration, dans la notion de zone érogène qui marque le corps de ce qui, au niveau du discours, fait bord entre le symbolique et le réel : la zone érogène est l'équivalent corporel de ce que Freud appelait, dans le manuscrit K, une « représentation-limite ».

Rappelons que dès 1905, Freud saisit la pulsion comme un concept-limite entre le somatique et le psychique[4]. De cette limite, il donne le modèle en établissant entre l'organique et le sexuel le même dualisme qu'entre la faim et l'amour. La pulsion sexuelle, ainsi, s'étaie sur la fonction somatique, mais ne se confond pas avec elle – et c'est pourquoi Freud, dans sa première théorie des pulsions, introduit une distinction entre les pulsions sexuelles proprement dites, et ce qu'il appelle les pulsions du moi ou pulsions d'auto-conservation (qui ne sont rien d'autre que l'expression des besoins de l'organisme). Or, cette distinction forme le sous-bassement théorique d'un article de 1910 où il s'essaie à démonter la structure du symptôme de conversion hystérique. Cet article, intitulé « Le trouble psychogène de la vision dans la conception psychanalytique[5] », bien que peu commenté, est fort important à plus d'un titre ; il comporte en effet, outre une théorie de la conversion hystérique, un exposé de la théorie des pulsions et une première approche de la notion de clivage du moi. Son projet est d'expliquer la formation de ce curieux symptôme qu'est la cécité hystérique. Ce symptôme manifeste un clivage spectaculaire entre le conscient et l'inconscient, car les personnes qui en sont atteintes voient et à la fois ne voient pas : « Des expériences ingénieuses ont montré que ceux qui sont atteints de cécité hystérique continuent en un certain sens de voir, bien que ce ne soit pas au plein sens du terme. En effet, les excitations parvenues à l'œil "aveugle" peuvent avoir certaines conséquences psychiques, par exemple susciter des affects, bien qu'elles soient inconscientes. Ceux qui sont atteints de cécité hystérique ne sont donc aveugles que pour la conscience ; dans l'inconscient ils voient[6]. »

Remarquons que les termes de cette problématique du « voir et à la fois ne pas voir » sont ceux-là mêmes qui, depuis le texte de 1908 sur « Les théories sexuelles infantiles » jusqu'à celui de 1938 sur « Le clivage du je », ont constamment servi dans l'élaboration freudienne à poser la question de la connaissance et de la non-connaissance du sexe féminin par le petit garçon. Et, comme on va le constater, la résolution que Freud suggère à cette problématique se révèle parfaitement parallèle à celle que l'hystérique tente d'opérer de l'énigme féminine. En effet, si ce clivage entre conscient et inconscient se produit dans la cécité hystérique, ce n'est pas, dit Freud, par un effet d'autosuggestion (ainsi que le soutenait l'école française de Charcot, Janet et Binet), mais en raison du processus de refoulement. Plus exactement, ce symptôme a pour fonction de réparer un échec du refoulement. Une représentation aurait dû être refoulée et ne l'a pas été ; le symptôme intervient alors, compensant en quelque sorte l'échec du refoulement, en faisant en sorte que ladite représentation, à défaut d'être refoulée, ne soit tout au moins pas vue par le sujet. Cependant, comme le remarque Freud, le « ne pas voir » que comporte ou qu'aurait comporté le refoulement n'est pas le même que le « ne pas voir » mis en acte dans la cécité hystérique : d'un côté, le point de visée est de l'ordre d'une représentation sexuelle, donc d'un symbole ; de l'autre, il s'agit de scotomiser certaines choses qui frappèrent la rétine. Autrement dit, d'un côté on se situe dans le champ de la scoptophilie, et de l'autre dans celui de la fonction organique de la vision.

Cette différence de registres, que le symptôme vient mélanger étrangement, amène Freud à élargir ses réflexions jusqu'à la théorie des pulsions : « L'indéniable opposition entre les pulsions qui servent la sexualité, l'obtention du plaisir sexuel, et les autres qui ont pour but l'auto-conservation de l'individu, les pulsions du moi, est d'une importance toute particulière pour notre tentative d'explication[7]. » Freud rencontre donc, à ce point de l'analyse du symptôme de conversion, l'opposition entre le désir et le besoin, entre la pulsion au service d'une fonction sexuelle et la pulsion au service d'une fonction purement organique. Comment cette opposition trouve-t-elle à s'exprimer dans la cécité hystérique ? Par l'annexion de l'une de ces fonctions par l'autre, explique Freud. « Ce sont les mêmes organes et les mêmes systèmes d'organes qui sont à la disposition des pulsions sexuelles et des pulsions du moi. Le plaisir sexuel n'est pas simplement rattaché à la fonction des organes génitaux ; la bouche sert au baiser aussi bien qu'à manger et à communiquer par la parole, les yeux ne perçoivent pas seulement les modifications du monde extérieur importantes pour la conservation de la vie, mais aussi les propriétés des objets par lesquelles ceux-ci sont élevés au rang d'objets du choix amoureux, et qui sont leurs attraits. Il se confirme alors qu'il n'est facile pour personne de servir deux maîtres à la fois. Plus est intime la relation qu'un organe doué de cette fonction contracte avec l'une des grandes pulsions, plus il se refuse à l'autre[8]. »

Ainsi, dans la conversion hystérique, le conflit entre l'organique et le sexuel, entre le besoin et le désir, se résout-il dans l'invasion complète de la fonction organique par la fonction sexuelle. La cécité hystérique vient en somme de ce que l'œil est détaché de sa fonction de vision extérieure et entièrement consacré à sa fonction dans le fantasme. La conséquence de l'échec du refoulement est ici que la frontière entre le sexuel et le non-sexuel ne peut plus être posée. On conclura, *a contrario*, que le rôle du refoulement consiste bien à poser cette frontière et, par là, à empêcher que se produise la « perte de la réalité », ou plutôt l'exclusion du réel que la cécité hystérique manifeste au niveau de la vision.

De là on peut également mieux concevoir quel est, dans l'hystérie, le rapport du symptôme de conversion avec le phénomène primaire du dégoût ou de l'effroi. La conversion constitue une réponse au dégoût et à l'effroi. En effet, si le dégoût apparaît comme une défense, un recul du sujet devant la présentification de la fonction organique du corps, manifestant l'échec du sexuel devant l'organique, la conversion, elle, exprime au contraire la riposte par où le sexuel s'affirme aux dépens de l'organique. Le symptôme découvre ainsi sa visée d'impérialisme phallique : le besoin y est entièrement gommé par la poussée du désir qui se rend maître de l'organe, lequel devient purement génital, dépourvu, à la limite, de fonction sensorielle. Autrement dit, la pulsion sexuelle, de mixte devient pure en ce sens qu'au lieu de s'étayer sur le somatique, elle s'en empare et l'annule purement et simplement. On trouve un autre exemple de ce conflit où le besoin et le désir se disputent l'organe dans l'alternance de boulimie et d'anorexie que la clinique de l'hystérie offre si souvent : tantôt c'est la fonction organique de l'alimentation qui semble s'emparer de la bouche, amenant le sujet à se gaver jusqu'à rencontrer la limite du dégoût et du vomissement ; tantôt, en réponse au dégoût, c'est la fonction érotique qui prend le dessus, le sujet faisant alors la grève de la faim pour ne se sustenter que du rien du désir.

Mais le lien de la pulsion sexuelle au corps est plus subtil encore que ce qui se manifeste dans cette dispute de l'organe. Car le refoulement a aussi pour effet de déterminer sur le corps des localisations précises où la pulsion sexuelle inscrit ses points d'ancrage : ce sont les zones érogènes, que l'hystérique multiplie en y ajoutant des zones hystérogènes. D'autre part, entre la fonction réelle du corps et la fonction symbolique qu'il acquiert par l'effet du refoulement, vient s'insérer une fonction imaginaire dont Freud repère la prévalence dans l'hystérie.

La notion de zone érogène apparaît très tôt dans l'œuvre freudienne. On en trouve déjà les préliminaires dans sa correspondance avec Fliess[9] où Freud lie spécifiquement l'idée d'une localisation de la sexualité à certaines zones du corps avec le processus du refoulement. La pulsion sexuelle se lie à une zone déterminée, se localise, se partialise, en même temps que sa satisfaction se noue à une représentation (ou à ce qu'il appelle alors une « trace mnésique ») : l'emprise du signifiant sur la pulsion et sa délimitation corporelle sont solidaires. Par ailleurs, si cette localisation implique une sélection – certaines zones sont élues, d'autres sont abandonnées –, il n'en reste pas moins que « n'importe quelle région de l'épiderme ou de la muqueuse peut servir de zone érogène[10] » ; en effet, c'est le mode d'excitation, plutôt que les propriétés des endroits du corps ainsi distingués, qui détermine le choix. C'est pourquoi les zones hystérogènes – c'est-à-dire les zones corporelles où le symptôme de conversion hystérique vient se fixer – doivent êtres considérées comme possédant des caractères identiques à ceux des zones érogènes proprement dites[11] ; dans les deux cas, ce qui fait le critère de l'élection de telle ou telle zone est ce passage du registre du besoin à celui du désir, cette aptitude d'un endroit du corps à servir plutôt une fonction érotique que la satisfaction d'un besoin.

Par ailleurs, on notera que ces zones érogènes ou hystéro-gènes sont systématiquement inscrites sur la surface du corps. Comme Freud l'avait repéré dès l'époque des *Études sur l'hys-térie*, même quand la plainte de l'hystérique semble désigner un organe ou un lieu interne du corps, c'est toujours à une géographie imaginaire du corps qu'elle réfère sa douleur, sa contraction ou sa paralysie [12]. Cette prévalence de la topographie imaginaire dans la notion du corps que manifeste le discours de l'hystérique doit évidemment être resituée à partir de la théorie du narcissisme que Freud introduit en 1914 et qui implique un profond remaniement de la dialectique des pulsions [13]. La notion de narcissisme impose une révision du dualisme simple et robuste par lequel Freud avait jusque-là classifié les pulsions en pulsions sexuelles d'une part et pulsions d'auto-conservation d'autre part, liées aux besoins, c'est-à-dire aux fonctions orga-niques du corps. Le narcissisme implique une division de la pul-sion sexuelle elle-même entre deux modes de choix d'objet et deux modes de satisfaction de la libido. Freud introduit ici une distinction entre la libido d'objet et la libido du moi, distinction qui s'appuie sur le clivage de la pulsion sexuelle entre deux objets : celui qui se constitue par un étayage, c'est-à-dire qui résulte de la transmutation de la fonction organique du besoin en fonction sexuelle du désir, et l'objet narcissique par où la pul-sion se tourne vers le moi, vers la propre image du sujet. Mais le point le plus important de cette théorie du narcissisme n'est pas tant la division qu'elle implique, que le lien indissoluble qu'elle établit entre libido d'objet et libido du moi. Freud conclut qu'en dernière instance, la libido du moi enveloppe la libido d'objet, de telle sorte que le sujet ne peut jamais viser son objet sexuel qu'à travers sa propre image. Le lien entre objet sexuel et image narcissique est tel que l'objet n'est saisi que revêtu de cette image, et que celle-ci ne tient sa consistance que de l'objet qu'elle abrite : i(a), écrit Lacan.

Cette insertion d'une fonction imaginaire de l'image corpo-relle entre le processus signifiant du refoulement et le réel de l'organisme prend toute son importance dans la clinique de l'hystérie, et aussi bien dans l'examen de la question que nous pose la féminité en général.

En effet, l'hystérique ne se sent jamais assez revêtue de cette image corporelle, comme si ce vêtement imaginaire menaçait toujours de s'entrebâiller sur la réalité dégoûtante d'un corps qu'elle ne peut reconnaître comme tel. C'est lorsque la chair pointe sous la robe, sous le maquillage ou sous le masque de la séduction, que l'hystérique se trouve sale, laide, repoussante, réduite à l'état de viande. Ainsi la logique de la construction hystérique comporterait-elle trois étapes :

1) Un défaut au niveau de l'image corporelle i(a)…

2) … laisse apparaître le réel du corps désexualisé (a)…

3) … ce que la symbolisation hystérique du symptôme (conversion ou rêve) tente de réparer en envahissant l'imaginaire.

Encore faut-il se demander d'où provient ce défaut ressenti au niveau de l'image corporelle. Nous avons souligné que pour Freud, l'origine du symptôme hystérique doit être recherchée dans un échec du refoulement, c'est-à-dire un défaut de la représentation en tant que celle-ci est chargée de délimiter un bord entre le réel non sexualisé et le symbolique sexualisé. Le lien entre cet échec et les failles qui se manifestent au niveau du narcissisme s'explique si l'on prend en considération la construction par laquelle Lacan, dans ses premiers séminaires, a voulu restituer les mécanismes de l'identification narcissique par rapport au système symbolique.

En 1936, Lacan avait déjà produit le modèle théorique de l'identification imaginaire, c'est-à-dire la matrice du moi, dans l'image corporelle unifiée que le jeune enfant découvre au stade du miroir[14]. Par la suite, il a toujours plus accentué le rôle décisif de l'Autre qui, à ce moment, tient l'enfant devant le miroir : c'est du message de l'Autre que dépend, en fait, la constitution de cette image corporelle, dans la mesure où il peut la valider ou l'annuler lorsque l'enfant quête son approbation. Dans son premier Séminaire[15], Lacan a repris cette problématique en l'analysant comme un effet de la dépendance du petit d'homme au langage. En référence au schéma optique qu'il y développe et qui comporte deux miroirs, nous dirons que l'enfant passe à ce moment du « stade du miroir » à ce que l'on pourrait appeler le « stade des deux miroirs ». Ce schéma distingue deux narcissismes : l'un, imaginaire, fixé à l'image corporelle, correspond à la notion freudienne de moi idéal *(Ideal Ich)* ; l'autre, symbolique, arrimé à un trait signifiant pris dans l'Autre, répond à l'Idéal du moi freudien *(Ich Ideal)*. La portée de cette construction n'est pas seulement de marquer cette distinction, mais surtout d'accentuer la dépendance où se trouve l'identification imaginaire, soit l'image corporelle i(a), à l'égard de l'identification symbolique I(A). Celle-ci constitue en quelque sorte le point de repère à partir duquel le sujet peut voir, ou ne pas voir, l'image de lui qui se constitue dans le premier miroir.

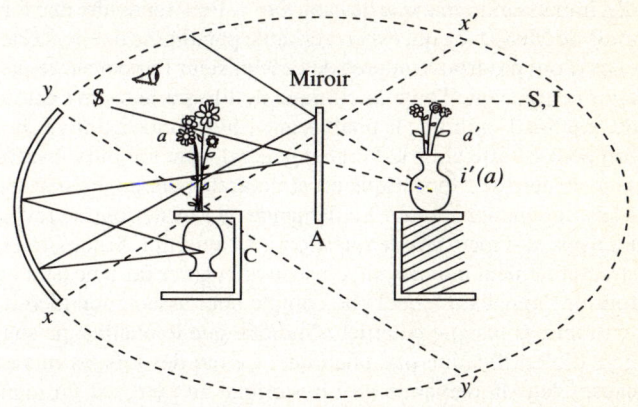

Quelle est la fonction de cette image ? Dans son article sur « Le stade du miroir », Lacan montrait combien, par sa vertu d'unification, l'image corporelle s'oppose à la discordance et au morcellement vécu par le sujet infans livré aux discordes de ses pulsions. L'image, en somme, habille le corps réel dont le désordre est solidaire de la prématuration de l'être humain, comme le vase, dans ce schéma, enveloppe les fleurs. C'est donc l'idée d'une unité, d'une identité unifiée du sujet qui est en jeu. Or, celle-ci s'avère dépendante de l'Idéal du moi, c'est-à-dire de l'insigne fondateur que le sujet repère dans l'Autre, insigne fondateur que Lacan ramène à la racine de l'identification paternelle[16].

Suivons la logique du schéma et joignons-la à l'idée freudienne d'un échec du refoulement. Si un défaut se produit au niveau de la constitution de l'image corporelle, un défaut correspondant doit être situé au niveau de l'identification symbolique que fournit l'instance paternelle. C'est au niveau de l'Autre, par conséquent, que nous devons rechercher le point d'origine d'où découle la suite en cascade de la problématique hystérique. Quelle est donc cette défaillance de l'Autre qui formerait le point de départ de l'hystérie ? Il suffit de laisser parler l'hystérique pour l'apprendre : Anna O., Lucy R., Elisabeth von R., Dora nous disent toutes, à leur manière, qu'elles ont rencontré chez leur père une défaillance fondamentale – maladie, impuissance, manque de caractère… Pour reprendre une formule de Miss Lucy qui est un véritable paradigme de l'hystérie, elles n'ont pas trouvé auprès de ce Monsieur l'appui sur lequel elles comptaient. Toute la clinique de l'hystérie tourne autour de ce point d'ombilic : le phallus que l'hystérique a trouvé chez son père – voire chez le Père en général – est toujours insuffisant ; le père de l'hystérique est structuralement un impuissant. Mais impuissant à quoi ? La demande de l'hystérique se révèle ici dans sa dimension de question à la féminité. Si le père est structuralement impuissant, c'est en effet parce qu'il ne peut lui fournir l'appui sur lequel elle compte pour asseoir son identité féminine. L'insigne paternel n'indique que le phallus, ne suggère d'identification que phallique. Ce qui dès lors est mis en cause, dans la demande de l'hystérique au père, est un manque tout à fait radical : plus qu'un échec du refoulement, c'est une véritable impossibilité de refouler qui est désignée. Car le représentant qui serait à refouler manque purement et simplement : il n'y a pas dans l'Autre, comme Lacan le développera magistralement, de signifiant du sexe féminin comme tel.

Ce défaut de point d'appui à une identification spécifiquement féminine – c'est-à-dire autre que phallique – fait que l'image corporelle, chez une femme, ne peut habiller et érotiser complètement le réel du corps – sauf si elle se fait « toute phallique », si elle « fait l'homme », ce qui ne signifie pas qu'elle prenne une apparence masculine, mais qu'elle aborde la sexualité à la manière de l'homme, dans la parade phallique. Mais quel est ce réel où reste abandonnée la part proprement féminine de la féminité ? Aucune réponse positive ne peut résoudre cette question, puisqu'il s'agirait de nommer un non-représentable[17]. Cependant l'hystérique, justement, a la conviction de détenir la réponse : ce qu'elle dit, en effet, c'est que, privée d'une identification proprement féminine, elle ne peut que se voir réduite au statut abject de l'objet de consommation livré à la perversion du mâle. Elle se sent, en somme, emprisonnée dans le fantasme masculin, identifiant à celui-ci tout le comportement sexuel. Cette conviction, après tout, n'énonce pas autre chose que son fantasme d'hystérique. On verra, avec Elisabeth von R. ou avec Dora, comment elle y fonde sa « réaction » – au sens fort du terme : malade de ce que l'Autre soit défaillant, l'hystérique va véritablement se dévouer à le réparer, allant parfois jusqu'à sacrifier toute sa vie personnelle, notamment toute vie amoureuse. Soutien du père, madone des invalides, l'hystérique se consacre à un espoir : moins celui de recevoir enfin le phallus du père – comme Freud l'a cru et l'a thématisé en « envie du pénis » – que celui d'en obtenir précisément autre chose que le phallus : un signe qui la fonde dans une féminité enfin reconnue.

Ce service rendu à l'Autre, ce soin mis à lui redonner de la puissance au moment même où celle-ci touche sa limite, va de pair avec une tentative de colmater le défaut ressenti dans l'identification imaginaire. L'hystérique, en effet, tout en se dévouant au père, tâche désespérément de s'identifier à une image féminine, c'est-à-dire de produire un signe indubitable de la femme. Ce faisant, elle ne peut que buter sur sa propre impuissance (sentiment qui accable Elisabeth von R.), ou s'énamorer d'une autre femme qui incarne pour elle cette image féminine inaccessible. Mais du fait même que l'autre s'en voit revêtue, elle l'en prive – ce qui fait surgir l'envie (voir la relation d'Elisabeth von R. à sa sœur, ou celle de Dora à Mme K.). Si bien que lorsque l'hystérique parvient à saisir, au niveau imaginaire du moins, ce qui lui paraît un signe de la féminité, c'est au prix d'en perdre l'usage vis-à-vis des hommes et de s'engager dans une irrémédiable homosexuation de sa vie amoureuse[18].

Revenons maintenant à notre premier essai de démontage de la structure de l'hystérie[19], et complétons-le du fruit des réflexions que nous venons d'avancer. La construction hystérique aurait donc son point de départ dans l'Autre, au niveau de l'identification paternelle de l'Idéal du moi, laquelle se traduirait, au niveau de l'image corporelle, par un défaut qui laisserait se manifester la chair en tant que désexualisée, et ainsi de suite :

L'Autre	les identifications	fantasme	symptôme	désir
Le père →	I(A) → i(a) →	(a) →	rêve, conversion →	l'autre femme
	(identification (identifi- symbolique) cation imaginaire)	(corps réel, dégoût)	(symbolisation)	(homo- sexualisation)

(phallus)

absence d'identité féminine

    Dans cette construction, l'hystérie ne se manifeste pas seulement comme une névrose, mais aussi tout simplement comme une manière de poser la problématique de la féminité. Car le défaut d'une identité proprement féminine doit être rencontré par toute femme. Il faut bien convenir qu'une femme se trouve toujours – à moins de jouer à la femme phallique – un peu en porte à faux au plan de son identification imaginaire : son image corporelle lui apparaît toujours comme quelque chose d'essentiellement vacillant et fragile. D'où l'attention extrême que les femmes portent généralement à cette image, et le besoin d'être constamment rassurées sur leur féminité. La mode trouve là sa fonction de souci constant, et de réalisation éphémère aussi bien. Sans doute est-ce là ce qui incitait Freud à soutenir que la femme est un être essentiellement narcissique. Ainsi écrit-il, dans son introduction au narcissisme : « Différent est le développement du type féminin le plus fréquent et vraisemblablement le plus pur et le plus authentique. Dans ce cas, il semble que, lors du développement pubertaire, la formation des organes sexuels féminins, qui étaient jusqu'ici à l'état de latence, provoque une augmentation du narcissisme originaire, défavorable à un amour d'objet régulier s'accompagnant de surestimation sexuelle. Il s'installe, en particulier dans le cas d'un développement vers la beauté, un état où la femme se suffit à elle-même, ce qui la dédommage de la liberté de choix d'objet que lui conteste la société. De telles femmes n'aiment, à strictement parler, qu'elles-mêmes, à peu près aussi intensément que l'homme les aime[20]. » C'est donc bien en réaction à ce que représente – ou ne représente pas – pour elle son organe sexuel que la femme se tourne vers le narcissisme : elle en compense le défaut fondamental en attendant un dédommagement de la beauté de son image corporelle. La mention des pressions sociales, dont Freud fait ici état, sera remplacée, dix-huit ans plus tard, dans son texte sur « La féminité », par la référence à la castration et à l'envie du pénis : « C'est encore l'envie du pénis qui provoque la coquetterie corporelle de la femme, celle-ci tenant ses attraits pour un dédommagement tardif de son originaire infériorité sexuelle[21]. » Ainsi, à défaut d'avoir le phallus, la femme soigne-t-elle tout particulièrement son image corporelle, de telle sorte que celle-ci arrive à prendre valeur de phallus : à défaut d'avoir le signe identificatoire du pénis, elle a un *corps féminin*. Par conséquent, le corps féminin, tout en s'étayant sur le réel de la chair, acquiert un statut principalement symbolique : à la limite, comme symbole phallique, il vaut mieux encore qu'un pénis.

On retrouve l'enchaînement de ce raisonnement chez Lacan, spécialement dans le texte de 1958 sur « La signification du phallus[22] ». Il y rapporte les structures auxquelles sont soumis les rapports entre les sexes à la dialectique d'être ou d'avoir le phallus. Si l'on peut avancer qu'au niveau symbolique, les hommes tendent à avoir le phallus, et les femmes à l'être, cette répartition se résorbe au niveau imaginaire dans ce que Lacan appelle « l'intervention d'un paraître » : chacun et chacune joue à paraître détenteur du phallus – pour le protéger lorsqu'il l'a, ou pour en masquer le manque lorsqu'elle ne l'a pas. Ainsi, écrit Lacan, « c'est pour être le phallus, c'est-à-dire le signifiant du désir de l'Autre, que la femme va rejeter une part essentielle de la féminité, nommément tous ses attributs, dans la mascarade[23] ». Mais ce paraître féminin en laisse entendre un peu plus que l'envie du pénis. En effet, pour Lacan, si la femme joue la comédie du phallus, ce n'est pas tant qu'elle désire le posséder au même titre que l'homme, mais plutôt qu'elle s'en sert pour poser son appât : « C'est pour ce qu'elle n'est pas qu'elle entend être désirée en même temps qu'aimée. » On trouve dans ce texte de 1958 les prémisses de ce que Lacan développera dans son Séminaire *Encore*, à savoir que du côté femme, le sujet n'est « pas-tout » représenté par la fonction du phallus. La mascarade féminine a le statut d'un masque, destiné à faire ex-sister comme mystère – mieux encore : comme mystère dérobé à la logique du signe, comme insignifiable – un être féminin hypothétique.

L'image du corps a donc chez une femme une fonction ambiguë et essentiellement problématique, qui la distingue du narcissisme masculin. En effet, cette image doit à la fois masquer et suggérer : elle doit, d'une part, recouvrir le réel par où le corps se rattache à l'organe et à l'objet du fantasme mâle, et, d'autre part, suggérer la présence, au-delà du voile, d'une féminité mystérieuse. Tout l'art du narcissisme féminin consiste dès lors à soulever un coin du masque, de telle sorte que le mystère, et non l'organe, semble apparaître. Cette identification à un semblant n'est, sans doute, pas sans péril. Car le sujet-femme qui emprunte cette voie ne peut soutenir une telle image qu'en s'en tenant toujours à distance, comme séparé du masque qu'il produit sur la scène du monde, et cela sans que rien au niveau de l'Autre, au niveau de l'identification symbolique I (A), ne lui propose le repère qui garantirait une telle distance. On conçoit donc que l'identification imaginaire du corps féminin soit, pour une femme, une formation fondamentalement fragile et précaire, toujours menacée de se lézarder sur une béance, et toujours ressentie comme relevant de l'artifice, car elle ne livre jamais qu'une fausse identité, une doublure. C'est pourquoi les rapports des femmes à leur image sont le plus souvent marqués d'un trait d'interrogation, voire d'une inquiétude – mais aussi empreints d'une légèreté, d'une mobilité, que l'on rencontre moins du côté masculin. Peut-être est-ce la raison pour laquelle Freud leur attribue un narcissisme plus prononcé : si les femmes se montrent si soucieuses de leur image narcissique, c'est qu'elle leur est plus étrangère qu'elle ne l'est pour les hommes.

Telle est la fragilité de base de la position féminine où l'hystérie trouve un terrain où se développer. L'hystérique, en effet, se consacre à dénoncer le défaut d'une identité féminine, l'absence dans l'Autre d'un signifiant du sexe féminin et la faille qui en résulte au niveau de l'identification spéculaire. Et elle en désigne le responsable : le père, insuffisant par définition. Elle n'a pas tort de repérer cette impuissance du pôle paternel ; elle n'en participe pas moins au désordre dont elle se plaint, dès lors qu'elle s'obstine dans sa demande exorbitante – soit qu'elle se dévoue à réparer ce père défaillant en se mettant au service de son phallus si peu à la hauteur, soit qu'elle s'entête, passant de la demande plaintive à la revendication la plus rageuse. Ainsi, du dévouement au défi, l'hystérique tend inévitablement à devenir le porte-drapeau du phallus. Mais c'est un porte-drapeau plein de traîtrise : elle réclame que le phallus lui livre ce qu'il ne peut pas donner, un signe d'identité féminine. Elle ne dénonce donc l'impuissance phallique qu'au nom d'un phallus encore plus puissant : elle en veut encore et encore, et ne cesse de démontrer que ce n'est jamais assez. Sur ce point, il nous faut prolonger la réflexion de Freud, qui pense que cette revendication signifie simplement que l'hystérique veut avoir le phallus dont elle s'est découverte privée. Car il semble que la logique de l'hystérique vise plus encore qu'un dédommagement : un hommage qui serait enfin rendu à la féminité. Sa demande, plutôt que de se ramener à la demande du phallus, vaut fondamentalement comme une demande de « plus que le phallus ».

Au cœur de la réponse que l'hystérique apporte à la précarité de l'identification féminine se niche un fantasme, dont Freud a remarquablement repéré les lignes de force dans son article sur « Les fantasmes hystériques et leur relation à la bisexualité[24] ». Ce fantasme se construit autour de la réaction de dégoût ou d'effroi dont Emmy von N. nous a donné de multiples exemples, et qui a la valeur d'un « bas les masques ! ». L'hystérique s'effraie de ce que sous le masque de la phallicisation de l'image du corps, il n'y ait que « ça », c'est-à-dire le réel organique à quoi se réduit le corps désexualisé. En réponse, elle produit un excès de sexualisation du corps imaginaire. Ainsi se dégage la contradiction interne à la logique de l'hystérique : voulant obtenir une positivation de la féminité et dénonçant, dans ce but, le semblant du masque phallique, elle obtient certes quelque chose, mais justement pas ce qu'elle voulait. Car, enlevant le masque, elle perd du même coup la fonction par où il laissait supposer une énigmatique présence féminine, et se retrouve face au réel a-sexué du corps – que Lacan nomme objet a –, ce qui ne peut que rappeler à nouveau la nécessité du masque, et ainsi de suite. Cependant, s'il y a dans le déroulement de ce processus quelque chose de l'ordre d'un ratage, dans la mesure où l'hystérique n'y obtient pas ce qu'elle demande, il convient d'apercevoir que s'y produit aussi une réussite. Car cette découverte de a, du réel désexualisé du corps, tout en s'accompagnant de violentes manifestations d'affects, comporte une certitude, une solidité, une fixité, qui constitue une véritable consolation pour le sujet. C'est bien, d'ailleurs, ce qui fait la difficulté de l'analyse du sujet hystérique. C'est pourquoi, quels que soient les effets d'émoi, d'émotion ou d'angoisse qui accompagnent le phénomène du dégoût de l'hystérique, il faut absolument, pour que l'analyse porte ses fruits, y faire réaliser au sujet que se sentir comme une ordure, comme un cadavre pourrissant ou comme un tas de graisse, par exemple, est paradoxalement beaucoup plus sûr, et par conséquent beaucoup plus confortable et praticable, que de voir se dérober sans cesse sous soi une insaisissable identité féminine. Le mode dépressif sous lequel l'hystérique se présente souvent à son analyste ne doit pas induire en erreur : se dire une épave ou une méduse est bien plus rassurant que de se confronter au trou énigmatique où tombe le sujet lorsqu'il se demande sérieusement ce que signifie « être une femme », c'est-à-dire lorsqu'il se pose la question qui le mène au manque du signifiant.

L'hystérique manifeste là ce que J.-A. Miller appelait[25] la « vertu consolante du fantasme », et, par conséquent, un bénéfice secondaire dans la construction du symptôme qui s'édifie à partir de ce fantasme. Car l'émergence du corps dans le dégoût hystérique est aussi le point de départ d'un *nouveau rêve*. Rêve de réparer l'Autre, rêve d'un phallus tout-puissant – qui a l'éminente qualité d'être un rêve sans fin –, rêve de colmater la défaillance de l'image corporelle. Ce nouveau rêve s'exprime dans le symptôme par les symbolisations et les conversions, ainsi que par la surestimation de l'autre femme, où l'hystérique trouve le dépositaire commode d'une féminité à laquelle elle évite de s'affronter trop directement. Bien entendu, si le symptôme comporte son bénéfice secondaire, il n'en reste pas moins le lieu d'une souffrance, d'un inconfort, ou, au minimum, d'une insatisfaction fondamentale. Mais faut-il être satisfaite ? L'hystérique va jusqu'à susciter cette question. Car elle n'a, à vrai dire, le choix qu'entre deux voies.

Ou bien elle s'obstine dans la voie de sa demande et de son symptôme, persiste à vouloir poser un rapport sexuel entre masculin et féminin, et s'entête dans ses projets de réparation de l'Autre aussi bien que de son image corporelle. Et cela l'entraîne à se consacrer de plus en plus à l'Autre, jusqu'à faire le sacrifice de toute son existence, ainsi qu'à envier de plus en plus l'autre femme où elle croit voir l'image féminine parfaite dont elle se sent elle-même dépossédée. Sur les deux versants, symbolique et imaginaire, cette voie l'amène à rétrécir de plus en plus sa vie selon une formule qui pourrait s'énoncer : « Tout pour l'Autre... plus rien pour le sujet. » Et il faut dire que, dans cette direction, elle peut manifester une abnégation et un courage qui, à l'occasion, forcent l'admiration. Mais, le plus souvent, elle en vient à rencontrer la limite du « rien » à quoi elle s'est condamnée : c'est le moment où elle renonce soudain à son héroïsme, tombe malade, se déprime, voire se suicide, témoignant ainsi que si elle ne peut réparer l'Autre ni sa propre image qu'au prix de son existence, et que si le seul signe qu'elle obtient au terme de ce sacrifice n'est que la marque inconvenante du phallus, alors elle peut tout aussi bien faire la grève des rapports humains.

Ou bien elle s'engage dans une seconde voie, qui constitue comme une espèce de « normalisation » de son hystérie. Au lieu de s'obstiner dans sa demande, elle peut faire de la non-réponse à sa demande l'objet même de son désir, posant celui-ci comme un désir qui ne peut ni ne doit être satisfait. Si elle ne peut obtenir de signe l'assurant de son identité féminine, elle refusera tout au moins de s'identifier à l'objet de la jouissance de l'Autre : elle acceptera de susciter son désir, mais se dérobera à sa satisfaction. De cette façon, elle se met dans une position qui lui permet de se définir : elle est ce qui manque au rapport sexuel. Cette promotion du désir en tant qu'insatisfait est à situer dans la ligne du fantasme et du symptôme hystériques. Le « ce n'est pas ça ! » qui s'exprime dans le dégoût face à la découverte du corps désexualisé, déphallicisé, témoigne de ce qu'elle s'est rendu compte de l'abjection de l'objet cause du désir – et de son corps de femme dans la mesure où celui-ci peut être cause du désir d'un homme. De là son vœu de *faire reconnaître*, au lieu de *satisfaire*, le désir. Avec pour corollaire qu'elle oriente son désir plutôt vers le pôle de l'amour que vers celui de la jouissance, soutenant ainsi son partenaire (aussi bien qu'elle-même) dans une idéalisation qui s'oppose à l'abjection initiale, et qui reste en continuité avec sa volonté d'avoir affaire à l'Autre avec un grand A. L'amour, avec son cortège de rêves et de projections imaginaires, est encore la façon la plus sûre de réparer l'Autre, puisqu'il tient lieu de ce qui n'existe pas chez l'être humain, soit la pulsion génitale qui unirait le sujet et l'Autre. Ce faisant, l'hystérique est entraînée vers un mode de désirer analogue à celui de l'amour courtois du côté masculin, avec pour rançon que le sexe de l'objet dont elle s'éprend peut bien être indéterminé.

Notre schéma de la névrose hystérique trouve donc son aboutissement dans le soutien du désir comme insatisfait. Dès lors, nous pouvons tenter d'en écrire le développement complet, quitte à noter ensuite les points qui resteraient à éclaircir.

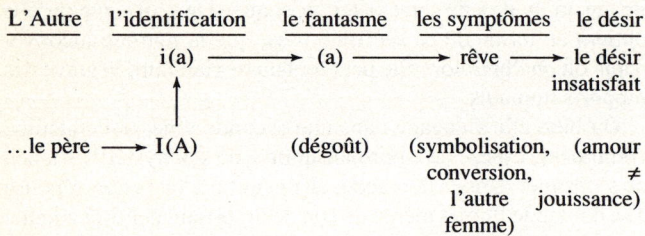

où : I(A) note l'identification symbolique appuyée sur le trait signifiant fourni par l'Autre, en l'espèce le phallus ;

i(a), l'identification spéculaire ou image corporelle dont la constitution et le maintien dépendent de l'appui symbolique que l'Autre lui apporte ;

a, le réel de la chair que l'image corporelle aussi bien que la topographie symbolique du corps sont censées voiler, et dont la rencontre provoque dégoût ou effroi.

Ce schéma devra être complété par l'introduction, au niveau de l'étage de l'Autre, de la découverte que Freud fait, en 1925, de l'importance primordiale de la relation de la fille à sa mère. Pré-histoire de l'Œdipe féminin, comme il l'appelle alors, qui aura d'autant plus tendance à resurgir par la suite, au fil de l'histoire de la fille, que le père est ressenti par elle comme impuissant à lui transmettre un fondement véritable à son identité féminine. Les trois petits points du schéma précédant « le père » indiquent la zone de cette pré-histoire où nous placerons, par la suite, la figure prééminente de la mère.

Sur le plan de l'identification, resterait à creuser la question des relations qui s'établissent entre narcissisme, féminité et psychose, question qui est au cœur des deux études de Freud sur le cas du Président Schreber, et sur l'« Introduction au narcissisme ». Au niveau du fantasme, le point décisif se situe dans la bisexualité du fantasme hystérique, c'est-à-dire de la mise en scène qui s'y opère du conflit entre deux jouissances. Quant à la construction du symptôme, il conviendrait d'y poser les distinctions qui séparent la conversion hystérique, l'hypocondrie et les manifestations psychosomatiques. Enfin, l'aboutissement de cette construction dans un style du désir invite à se demander en quoi l'hystérie forme structure, et si l'on peut parler, comme Lacan le fit un jour, d'une « hystérie généralisée ». Si le désir de l'homme est le désir de l'Autre, c'est bien que le désir, plutôt que « désir de jouir », est fondamentalement « désir de désirer ». Par conséquent, on peut soutenir que la nature même du désir comporte quelque chose d'hystérique.

NOTES

1. Voir Jacques Lacan, « Le stade du miroir », in *Écrits*.

2. J. Lacan, *Le Séminaire*, livre XI, *Les Quatre concepts fondamentaux de la psychanalyse*, p. 28.

3. Voir S. Freud, *Psychopathologie de la vie quotidienne*.

4. Voir S. Freud, *Trois essais sur la théorie de la sexualité*, p. 56.

5. S. Freud, « Le trouble psychogène de la vision dans la conception psychanalytique », *Névrose, psychose et perversion*.

6. S. Freud, *op. cit.*, p. 168.

7. Id., *Ibid.*, p. 170.

8. Id., *Ibid.*, p. 171.

9. Voir notamment les lettres n° 52 du 6-12-1896 et n° 75 du 14-11-1897.

10. S. FREUD, *Trois essais sur la théorie de la sexualité*, p. 76.

11. Id., *Ibid.*, p. 78.

12. Voir S. FREUD, « Quelques considérations pour une étude comparative des paralysies motrices organiques et hystériques », *G. W.* I, p. 37-55, *Résultats, idées, problèmes*.

13. S. FREUD, « Pour introduire le narcissisme », *La Vie sexuelle*.

14. J. LACAN, « Le stade du miroir », *Écrits*.

15. J. LACAN, *Le Séminaire*, livre I, *Les Écrits techniques de Freud*, p. 143 et 160.

16. Voir la reprise que Lacan fait de cette construction dans sa « Remarque sur le rapport de Daniel Lagache », *Écrits*.

17. On conçoit dès lors qu'une affinité au Dieu le plus sublime, le moins nommable, fasse partie de la problématique de la féminité.

18. Je tiens ici au terme d'« homosexuation », en ce qu'il manifeste une proximité, mais un écart néanmoins, d'avec celui d'« homosexualité ».

19. *Cf. supra.*

20. S. FREUD, « Pour introduire le narcissisme », *La Vie sexuelle*, p. 94, *G.W.* X, 155.

21. S. FREUD, « La Féminité », *Nouvelles conférences...*, p. 173-174 ; *G.W.* XV, 141-142.

22. J. LACAN, « La signification du phallus », *Écrits*.

23. S. Id., *Ibid.*, p. 694.

24. S. FREUD, « Les fantasmes hystériques et leur relation à la bisexualité », *Névrose, psychose et perversion*.

25. J.-A. MILLER, « Symptôme-fantasme », *Actes de l'École de la cause freudienne*, vol. IV, oct. 1982.

VII

Le cas Elisabeth

Le mode hystérique d'interroger la féminité se trouve merveilleusement illustré par l'observation du cas d'Elisabeth von R. que Freud rapporte dans les *Études sur l'hystérie*. Comme pour celui d'Emmy von N., les réflexions que suscite ce cas peuvent être resserrées autour de quelques grands thèmes. Quatre questions principales structurent la relation que nous en fait Freud. La première, évoquée au début de l'observation, concerne les rapports et les distinctions entre la conversion hystérique et l'hypocondrie ; nous n'aborderons cependant ce point qu'en dernier lieu, car il nécessitera quelques développements supplémentaires sur ce que nous avons appelé le « processus de sexualisation ». La deuxième question est celle du rapport de l'hystérique au père ; la troisième, celle de la féminité et du détour qu'Elisabeth emprunte pour en soutenir l'interrogation ; la quatrième couvre la problématique de l'identification hystérique et de la fonction qu'y occupe le pôle de l'autre femme.

Examinons d'abord la relation d'Elisabeth à son père, et au-delà, au Père tout court. Il est remarquable que dans cette relation, la position d'Elisabeth évolue entre deux pôles : celui de l'ami ou du confident[1], et celui de l'infirmière dévouée, rôle dans lequel elle s'installe dès l'instant où le père tombe malade. La première fonction d'Elisabeth est celle d'ami et de confident – au masculin, car c'est comme un fils, et non comme une fille, que son père l'a tout d'abord considérée. Elle se plaît en effet à rappeler que son père « avait coutume de dire que pour lui, Elisabeth remplaçait un fils et un ami avec qui il pouvait échanger des idées[2] ». Position d'élection, donc, mais marquée d'ambiguïté ; son corrélat ne se fait guère attendre puisque, quelques lignes plus loin, nous apprenons que le père « répétait souvent qu'elle trouverait difficilement un mari ». Voilà un père qui n'a pas rechigné à se montrer généreux, léguant à sa fille l'héritage du phallus, au point d'en faire un vrai petit homme, pourvu de tout ce qu'il faut et plutôt enclin à l'impertinence à l'égard des candidats-maris. En vérité, Elisabeth ne voulait rien sacrifier au mariage, surtout pas la relation qu'elle partageait avec son père et où elle trouvait le bien le plus précieux[3].

Au regard de ce duo, la mère est proprement mise de côté, ce que sa faiblesse rend d'ailleurs facile (elle est malade des yeux et souffre de troubles nerveux). Les deux sœurs aînées ne semblent pas non plus compter beaucoup, en tous les cas aux yeux du père. De manière lapidaire, Freud écrit qu'Elisabeth « s'effaçait à l'occasion devant sa mère et ses aînées, atténuant ainsi pour elles les aspérités de son caractère[4] », ce qui laisse supposer qu'elle était suffisamment sûre de sa position pour leur accorder cette faveur.

Hélas ! ce partage du phallus paternel n'a qu'un temps. La catastrophe survient : « Le père avait soit caché aux siens, soit ignoré lui-même, une affection cardiaque chronique, et on le ramena un jour chez lui inanimé, après une première crise d'œdème pulmonaire[5]. » Voici le père alité, réduit à l'invalidité. Il faut le soigner durant un an et demi et Elisabeth s'y consacre : « Elle dormait dans la chambre de son père, s'éveillait la nuit à son appel, s'occupait continuellement de lui et s'efforçait de paraître gaie tandis que lui-même supportait cet état sans espoir avec une aimable résignation[6]. » En d'autres termes, si la complicité entre Elisabeth et son père se poursuit, ce n'est plus qu'autour d'un faux-semblant : on fait bonne figure, on maintient la façade, mais en sachant pertinemment qu'à l'intérieur tout s'est effondré.

Elisabeth découvre sa vocation d'infirmière du père dans cette nostalgie d'une cause perdue, vocation qu'elle partage avec Anna O. et Dora. Freud, d'ailleurs, ne manque pas de souligner, dès cette observation, l'accointance particulière qui lie la position de l'hystérique et la fonction de l'infirmière. Il le fait sans doute de manière un peu maladroite, mettant l'effet à la place de la cause, mais il repère bien une relation de causalité :

« Celui qui est accaparé et sans cesse préoccupé des mille besognes exigées par les soins donnés à un malade, soins qui se prolongent sans interruption, interminablement, pendant des semaines et des mois, celui-là s'accoutume peu à peu à étouffer en lui tous les indices d'émotions et, d'un autre côté, détourne son attention de ses propres impressions parce qu'il n'a ni le temps, ni la force d'en tenir compte. Ainsi, tout garde-malade emmagasine une quantité d'impressions à charge affective, très peu perçues et qui n'ont pu être atténuées par abréaction. Par là se trouvent réunis les matériaux d'une hystérie de rétention[7]. »

Ce concept d'hystérie de rétention est tributaire de l'état à peine ébauché de la théorie du refoulement au moment où Freud rédige ce cas (1892). En fait, ce n'est pas parce que le sujet exerce la profession d'infirmière et se soumet à ses contraintes que survient l'hystérie. La relation doit être posée dans le sens inverse : comme le montre Dora, autant qu'Elisabeth, c'est parce qu'elle est hystérique qu'elle se prête particulièrement bien à remplir la tâche d'infirmière. En effet, la fonction d'infirmière, telle que Freud en donne ici la description, s'exerce dans deux directions qui prolongent la problématique hystérique : d'une part, il s'agit de contribuer à réparer l'Autre ou à en maintenir la façade ; d'autre part, pour l'infirmière dévouée, de se consacrer entièrement à la demande de cet Autre. La rétention dont parle Freud, c'est-à-dire le bâillon mis sur l'expression par le sujet de ses propres désirs, trouve son sens dans cette abnégation devant la demande de l'Autre, abnégation dans laquelle le sujet se revêt d'une image : l'image de celui, ou celle, que l'Autre ne peut qu'aimer et préférer à n'importe qui.

En se dévouant de la sorte à son père, Elisabeth lui rend finalement le service que celui-ci lui avait voué auparavant. Tout se passe comme si, en s'offrant sans limites à sa demande, elle lui renvoyait le message : « Demande toujours, j'en ai à revendre. » Le père a aimé sa fille en tant que détentrice du phallus, la fille à son tour lui prouve que l'on peut aimer quelqu'un qui ne l'a plus. Cette réponse constitue une nouvelle façon de maintenir l'alliance phallique qui s'était nouée entre eux. La mort du père n'entamera pas cette structure puisque Elisabeth le remplacera immédiatement par la mère : « Elle se consacra désormais

entièrement à la survivante, sa mère[8]. » Se tournant vers la
mère, qu'elle avait jusque-là complètement négligée, Elisabeth
trouve l'occasion de manifester qu'elle a repris le flambeau des
mains de son père : car c'est sa place même qu'elle va occuper,
faisant comme si elle avait hérité de la puissance du défunt.

Dans cette évolution, Elisabeth dénie systématiquement une
chose, sa position féminine, à commencer par le fait qu'une
femme n'a pas le phallus. Déjà, au temps heureux où elle était
l'amie et la confidente de son père, elle se disait « très mécon-
tente de sa féminité[9] ». Elle préfère porter la bannière du phallus, quitte à se vouer, dans ce but, à la tâche harassante d'infirmière du père, puis de la mère. L'issue de cette dénégation
forcenée ne surprend pas : vouloir être toujours à la hauteur de
la demande de l'Autre, c'est-à-dire vouloir toujours avoir de
quoi y répondre, va l'épuiser et la déprimer. C'est ce qui lui
arrive lorsque, à sa fonction d'infirmière de la mère, elle veut
ajouter celle de chevalier servant : elle se sent en effet appelée
à engager le combat contre son premier beau-frère qui a osé
manquer d'égards à la vieille dame. Mais le beau-frère en question se dérobe : il émigre avec sa famille dans une ville éloi-
gnée, refusant ainsi à Elisabeth l'occasion de faire la preuve de
la puissance de ses armes. « A cette occasion, Elisabeth avait
très nettement senti son impuissance, son incapacité à offrir à sa
mère une compensation pour le combat perdu, et l'impossibilité
de réaliser le projet conçu à la mort de son père[10]. »

Le mariage de sa seconde sœur va cependant ouvrir une
faille dans cette armure de chevalier phallique, faille qu'Elisabeth ne ressentira pas comme une faiblesse ou une blessure,
mais plutôt comme une issue vers la féminité. Le second beau-
frère se caractérise par ses comportements délicats et atten-
tionnés vis-à-vis des femmes « habituées à tous les égards ».
Quoique le texte ne permette pas d'être aussi affirmatif, il
semble qu'il s'agisse d'un homme qui annonce d'emblée qu'il
ne tentera pas de toucher à la puissance des femmes. Du coup,
voilà Elisabeth « réconciliée avec l'institution du mariage et
avec la pensée du sacrifice que celui-ci impliquait[11] ». Et tout
naturellement le premier enfant de ce mariage devient le préféré
d'Elisabeth. Après avoir aimé celui ou celle qui manque du
phallus, Elisabeth, à présent, semble s'y identifier ouvertement.

Cependant, durant l'année où naît cet enfant, l'état de la mère d'Elisabeth s'aggrave au point qu'on doit l'opérer. Toute la famille part en villégiature avec la convalescente et c'est au cours de ces vacances qu'Elisabeth va véritablement perdre pied. Il est manifeste que son identification phallique se lézarde, qu'elle commence à renoncer à soutenir son rôle d'héritière. Ça ne marche plus, comme on dit, ce qui se traduit par des troubles de la locomotion, et bientôt Elisabeth, changeant de rôle du tout au tout, devient la malade de la famille. Comble de malheur, peu après ces vacances, sa deuxième sœur meurt de la même maladie que son père, et le beau-frère, inconsolable, s'éloigne de la famille. Dès lors, Elisabeth ne vit plus qu'en recluse, uniquement occupée à soigner sa mère et ses propres douleurs.

L'observation de Freud met en évidence l'élément qui explique le brusque revirement de l'attitude d'Elisabeth durant ces vacances passées en famille. Comme elle parle à Freud de son état d'âme à cette époque, elle lui confie ce qu'elle a éprouvé en face du spectacle heureux que lui présentait le couple de sa deuxième sœur et de son beau-frère : « Jusqu'alors, elle s'était trouvée assez forte pour se passer de l'aide d'un homme ; maintenant, le sentiment de sa faiblesse féminine l'avait envahie, ainsi qu'une nostalgie d'amour *(eine Sehnsucht nach Liebe)*, de telle sorte que, selon ses propres mots, son être figé commença à fondre. En proie à un tel état d'âme, l'heureux mariage de sa sœur cadette fit sur elle la plus grande impression : par la manière dont il entourait sa femme de ses soins, dont ils se comprenaient l'un l'autre d'un coup d'œil, dont ils se faisaient confiance mutuellement[12]. » Or, la jeune fille avait eu l'occasion d'effectuer une promenade seule avec son beau-frère. Ils avaient alors parlé d'une foule de choses intimes, ce qui ne pouvait qu'évoquer, pour Elisabeth, les confidences qu'elle entretenait autrefois avec son père. Un désir l'envahit dès ce moment : celui de posséder un mari semblable à celui-là. Par la suite, le matin qui suivit le départ du couple, Elisabeth refit, seule, cette promenade et se mit à rêver, assise sur une pierre, « à une vie heureuse comme celle de sa sœur ». En se relevant, elle ressentit comme une douleur qui disparut sur le moment mais revint l'après-midi suivant après qu'elle eut pris un bain chaud. Depuis, cette douleur ne l'a plus quittée. Selon Freud, cette dou-

leur inaugurale du symptôme de conversion est une répétition
d'une douleur qu'elle avait déjà ressentie à l'époque où elle soignait son père malade : douleur musculaire et rhumatismale
celle-là, et qui n'avait rien d'hystérique, mais qui se voit portée
au rang d'ombilic du traumatisme par la répétition signifiante [13].

Or, interrogée sur les circonstances au cours desquelles
s'était manifestée cette première douleur, Elisabeth répond à
Freud en lui confiant le secret d'un premier amour qu'elle avait
ressenti comme une concurrence au dévouement dont elle
entourait son père malade. En effet, au moment où elle soignait
son père, elle était tombée amoureuse d'un jeune homme, fils
d'une famille amie. Il vaut la peine de remarquer que celui-ci
s'était signalé à Elisabeth par le culte qu'il rendait à son père :
« Le jeune homme, orphelin, s'était attaché avec beaucoup de
dévouement au père d'Elisabeth, se laissait guider par lui dans
sa carrière, et avait étendu aux femmes de la famille son affection pour le père [14]. » C'est donc par le choix de son père et par
la célébration du phallus paternel qu'il partage avec Elisabeth
qu'il s'est distingué à ses yeux. C'est sans doute pourquoi, lorsqu'elle en arrive à la conviction que ce jeune homme est amoureux d'elle, Elisabeth peut penser « qu'en l'épousant elle ne
s'exposerait pas au sacrifice redouté que le mariage devait,
selon elle, impliquer [15] ». Ce sacrifice redouté n'est autre que
celui du phallus paternel, que le jeune homme contribue évidemment à maintenir à la place de seigneur et maître. Lorsque
cette structure se trouve mise en péril, l'équilibre de la situation
est rompu, et Elisabeth laisse tomber son amoureux. La rupture
intervient en effet au moment précis où le jeune homme, pour
une fois, prend le pas sur le père. Il avait convaincu Elisabeth –
avec l'accord du père d'ailleurs – de quitter le chevet de son père
pour assister à une réunion où elle pourrait le rencontrer. Elle le
rejoint donc, mais le matin suivant, lorsqu'elle regagne le toit
paternel, elle trouve l'état de son père aggravé. Elle s'en fait les
plus amers reproches et, là-dessus, cesse quasiment de voir
son jeune amoureux. Il est clair, par conséquent, qu'Elisabeth
s'interdit de faire entrer le jeune homme en concurrence avec
son père. « C'est du contraste entre l'ivresse joyeuse alors ressentie et la misérable condition où se trouvait son père quand elle
rentra à la maison que naquit un conflit, un cas d'incompatibi-

lité », écrit Freud[16]. Cette confrontation au père misérable, affaibli, c'est-à-dire à la déroute du phallus, constitue pour Elisabeth le moment où nous devons rechercher le traumatisme qui se délimitera après-coup, à l'instant où elle rêve au bonheur de sa sœur et de son beau-frère, c'est-à-dire à l'instant où s'ouvrira pour elle la voie de la féminité plutôt que celle du combat pour le phallus.

Démontons à présent le mécanisme de l'identification hystérique, et soulignons la fonction que la sœur d'Elisabeth y occupe. Elisabeth avoue à Freud « avoir ressenti le désir ardent de trouver le même bonheur que sa sœur[17] ». Cette déclaration doit-elle être interprétée dans le sens d'une identification d'Elisabeth à sa sœur ? Freud l'entend ainsi, ce qui l'amène a conclure qu'inconsciemment, Elisabeth est amoureuse de son beau-frère. Mais, lorsqu'il lui livre cette interprétation, sa patiente pousse les hauts cris et se met immédiatement à se plaindre de douleurs affreuses[18]. Tout, mais pas ça, répond-elle en somme. Il ne semble pas que ce refus témoigne seulement d'une résistance. Elisabeth n'a pas tort de repousser le raisonnement de Freud, qui inaugure ici une erreur d'appréciation qu'il reproduira quelques années plus tard dans le traitement de Dora, lorsqu'il voudra à tout prix convaincre sa patiente qu'elle est amoureuse de M. K. Le processus de l'identification hystérique, et la place qu'y prend le choix amoureux, est plus complexe. La position subjective d'Elisabeth comme celle de Dora, les identifications dont elles se soutiennent, et la fonction de l'autre femme, ne peuvent être correctement situées que si on les inscrits d'emblée dans un quatuor, construit sur le modèle du schéma L de Lacan[19] :

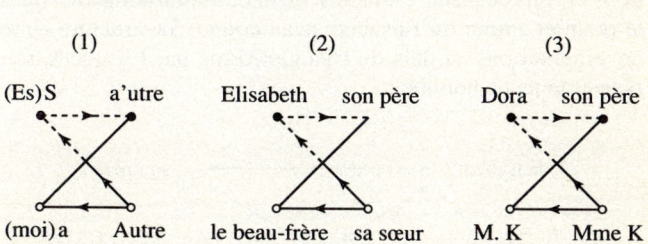

| (1) | (2) | (3) |

La sœur qui fascine Elisabeth, à la manière dont Mme K. fascine Dora, représente pour elle plus qu'une identification : elle vaut comme l'incarnation même de la féminité qu'elle avait jusque-là ressentie comme une faiblesse ou une impuissance. Elle acquiert cette valeur énigmatique parce qu'elle est visée par le désir du beau-frère, de cet homme « fait pour plaire aux femmes ayant des sentiments délicats et habituées à tous les égards [20] ». Autrement dit, elle est l'objet du désir d'un chevalier servant, rôle qu'Elisabeth tenait à l'égard de son propre père. Le spectacle du couple formé par la sœur et le beau-frère évoque ainsi pour Elisabeth la relation qu'elle-même soutenait avec son père, mais avec cette dimension supplémentaire : elle y est traitée en femme, plutôt qu'en ami. Le désir d'Elisabeth ne peut donc être réduit à un désir pour son beau-frère. Il serait plutôt celui d'avoir été aimée par son père comme sa sœur est aimée par son beau-frère. Comme l'écrit Lacan au détour de son texte sur « La psychanalyse et son enseignement » : « L'hystérique s'éprouve dans les hommages adressés à une autre, et offre la femme en qui elle adore son propre mystère à l'homme dont elle prend le rôle sans pouvoir en jouir [21]. » Appliquée à Elisabeth, cette formule nous permet de comprendre que le ressort de sa position est de l'ordre d'une identification au désir du beau-frère, plutôt que d'un désir ou d'un souhait amoureux direct. C'est la relation entre ce beau-frère et sa sœur qui constitue le bien le plus précieux, car elle lui propose le mystère d'une féminité entretenue par le désir masculin. Il n'est donc pas étonnant qu'Elisabeth protège cette relation : ce qu'elle aime n'est pas son beau-frère, mais le désir que son beau-frère a pour sa sœur.

Cette dimension du quatuor, où un au-delà des identifications est mis en place, est précisément ce qui faisait défaut dans le premier amour qu'Elisabeth avait connu. Sa structure ne se développait pas au-delà du triangle formé par Elisabeth, son père et le jeune homme :

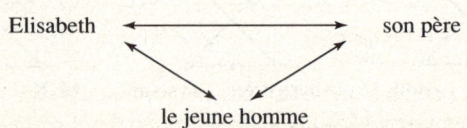

Dans ce triangle, rien ne dessinait une ouverture sur le mystère de la féminité. Au contraire, les trois partenaires restaient parfaitement solidaires d'une même identification au phallus paternel.

La comparaison fait apparaître ce qui fait à la fois la stabilité et la fragilité de la structure en quatuor que nous repérons. Cette structure tient, mais à une condition : que le désir propre d'Elisabeth – celui que Freud met en avant de manière trop précipitée – y reste insatisfait, autrement dit, qu'elle n'ait pas de rapports avec son beau-frère hors du couple qu'il forme avec sa sœur. De fait, une telle confrontation est, bien plus que la mort de sa sœur, à l'origine de la deuxième catastrophe de la vie d'Elisabeth. Car au moment même où elle pénètre dans la chambre où repose la morte, la pensée qui lui traverse l'esprit concerne moins la perte de sa sœur que la perte du couple que celle-ci formait avec son beau-frère, avec toutes ses conséquences : il lui vient l'idée que son beau-frère est à nouveau libre et qu'elle pourrait l'épouser[22]. Ce « pourrait » ne comporte pas un *souhait*, comme Freud le traduit trop rapidement, mais bien une *menace*. Car la mort de sa sœur laisse en somme Elisabeth privée de son repère féminin face au beau-frère. Cette absence de médiation constitue pour elle la représentation insupportable par excellence, car elle met en danger la nécessaire insatisfaction de son désir d'hystérique.

La nécessité de l'insatisfaction du désir comme condition préalable de l'amour est aussi parfaitement illustrée par le cas de Miss Lucy R. que les *Études sur l'hystérie* rapportent un peu avant celui d'Elisabeth. Jeune gouvernante anglaise, Miss Lucy est chargée de s'occuper des enfants d'un homme d'affaires de la banlieue viennoise qui a perdu sa femme. Or Miss Lucy a fait à la mère des enfants la curieuse promesse de « leur tenir lieu de maman » *(ihnen die Mutter ersetzen)* quand elle mourrait[23]. Cet énoncé ne peut que la pousser à la place de la mère des enfants, et par conséquent, à celle de la femme de leur père. Freud, qui a discerné cet enchaînement, lui donne prestement l'interprétation de ses symptômes : vous êtes amoureuse de votre patron sans vous en rendre compte. Miss Lucy acquiesce. Et comme Freud lui demande pourquoi elle ne voulait pas s'avouer cette inclination, elle lui fait une réponse où s'entend parfaitement le

petit écart qui connote le désir hystérique : « Ce qui m'est pénible, c'est qu'il soit le maître [24], que je suis à son service, que je
vis dans sa maison et que devant lui je ne me sens pas la pleine
indépendance que j'ai devant les autres. Et puis aussi je suis
une pauvre fille et lui est un homme riche appartenant à une
famille considérée ; on se moquerait de moi si l'on soupçonnait
cela [25]. » Le désir de Miss Lucy est donc clair : aimer le maître,
mais sans aller plus loin que l'amour, c'est-à-dire sans qu'il soit
question de satisfaire le désir qu'elle éprouve. C'est d'ailleurs
à un tel équilibre qu'elle parvient à la fin du traitement : elle
confie à Freud qu'elle est heureuse de pouvoir continuer à
aimer secrètement son patron, en restant à son service pour
s'occuper de ses filles. Sans doute faudrait-il ajouter ici que
cette situation lui permet de recevoir des enfants d'un père, sans
avoir dû pour cela avoir des relations sexuelles avec lui.

Revenons à présent à la thématique de la sexualisation et de
la manifestation du corps dans les différents registres du symbolique, de l'imaginaire et du réel. Le cas d'Elisabeth von R.
suscite une série de réflexions que Freud développe dans le sens
d'une distinction nette entre le symptôme de conversion hystérique et le symptôme hypocondriaque. Il affirme en effet
que, dans ce cas, le diagnostic n'était pas facile à établir.
Voici la description qu'il nous fait des symptômes somatiques
d'Elisabeth.

« Elle marchait le buste penché en avant mais sans appui, sa
démarche ne rappelait aucune démarche pathologique connue
et ne paraissait d'ailleurs pas extraordinairement anormale. Elle
se plaignait de souffrir beaucoup et de se fatiguer tout de suite
en marchant et lorsqu'elle restait debout. Très vite, elle allait se
reposer et les douleurs s'atténuaient sans pourtant jamais disparaître tout à fait. Elles étaient de nature indéterminée, une
sorte de fatigue douloureuse, et émanaient le plus souvent d'une
assez grande étendue mal délimitée à la face antéro-supérieure
de la cuisse droite. C'est là aussi qu'elles atteignaient leur plus
grande intensité et que la peau et les muscles étaient le plus sen-
sibles à la pression et au pincement, tandis que les piqûres
d'épingle ne provoquaient aucune réaction. L'hyperesthésie
de la peau et des muscles s'observait non seulement à cet
endroit, mais encore sur presque toute la surface des deux jam-

bes. Les muscles étaient peut-être encore plus douloureux que la peau, mais c'était sans conteste aux cuisses que la douleur était la plus forte. La motilité des jambes n'était pas diminuée, les réflexes étaient d'intensité moyenne, et tous les autres symptômes faisaient défaut, de sorte que rien ne pouvait faire présumer la présence d'une grave affection organique. Le mal s'était progressivement développé, depuis deux ans, avec des intensités variables[26]. »

C'est l'imprécision systématique du discours d'Elisabeth à propos de ses douleurs qui détermine Freud à poser le diagnostic d'hystérie. Freud fait ici la distinction entre trois discours, trois façons de parler d'une douleur somatique. Le malade atteint d'une affection organique parle de son mal tranquillement, avec certitude, il décrit sa douleur en détail et avec précision. L'hypocondriaque, lui, donne au contraire l'impression d'accomplir un travail mental au-dessus de ses forces, « il cherche ses expressions, rejette toute qualification de ses douleurs proposée par le médecin, même lorsque l'exactitude de cette dernière est ensuite indubitablement reconnue. Il pense évidemment que la langue est trop pauvre pour lui permettre de dépeindre ses sensations, lesquelles sensations sont quelque chose d'unique, de sans précédent, que l'on ne saurait décrire exhaustivement ; c'est pourquoi il n'est jamais las d'amener toujours de nouveaux détails, et lorsqu'il doit s'interrompre, il est sûrement dominé par l'impression de n'avoir pas réussi à se faire comprendre du médecin[27] ». L'hystérique, elle, présente comme Elisabeth un discours tout différent : c'est le contraire du discours hypocondriaque ; elle parle de ses douleurs avec indifférence. Cette « belle indifférence », typique de l'hystérique, signifie, selon Freud, que son attention est tournée vers autre chose, et que les douleurs ne sont qu'accessoires par rapport à son intérêt véritable. Quelle est cette autre chose ? On la saisit, dit Freud, dans les pensées et les sensations qui accompagnent les douleurs.

Trois types de discours, donc trois styles, qui permettent de distinguer trois types de symptômes. A cette tripartition au niveau du discours, Freud ajoute un autre critère qui se situe au niveau des rapports du corps et de la jouissance, c'est-à-dire de la sexualité du corps. En effet, si l'on excite la zone corporelle décrite comme douloureuse, on obtient des réactions très différentes selon que l'on a affaire à un malade organique, à un hypocondriaque, ou à un hystérique. Le malade organique et l'hypocondriaque exprimeront une réaction de malaise ou de douleur physique, ils se contracteront et tenteront de se dérober à l'examen. Au contraire l'hystérique manifestera une expression de satisfaction plutôt que de douleur, voire témoignera d'un plaisir sexuel. Ainsi lorsque Freud pince la peau et les muscles de la cuisse d'Elisabeth, celle-ci se met à pousser des cris – « comme pour des chatouillements voluptueux », commente Freud –, elle rougit, renverse la tête et le buste en arrière, ferme les yeux, bref, elle se conduit comme si la zone douloureuse était une zone érogène et comme si l'examen médical n'était qu'une caresse destinée à la faire jouir. Cependant, pense Freud, l'expression de plaisir ne peut, dans ce cas, dépendre de la sensation corporelle en soi – qui devrait être plutôt douloureuse –, elle ne peut être causée que par le contenu des pensées qui se situent à l'arrière-plan des douleurs et qui sont réactivées par l'excitation des zones corporelles qui y sont associées[28].

Ramenons maintenant ces distinctions à l'essentiel, c'est-à-dire à la structure. Les considérations qui précèdent indiquent que l'hypocondrie exprime un défaut de symbolisation (le mot manque pour désigner ce qui du corps échappe à la langue) et un défaut de sexualisation (la souffrance hypocondriaque est liée au corps réel), alors que la conversion hystérique manifeste un excès de symbolisation (le signifiant ici annexe le corps au point de lui enlever sa fonction organique) et un excès de sexualisation (les organes ou parties de corps annexés par le symptôme sont amenés à jouer un rôle de zone érogène auquel ils ne sont pas destinés). Ainsi Elisabeth ne peut plus « tenir debout » *(allein stehen)* parce qu'elle souffre d'être « seule » *(allein) ;* elle ne peut plus avancer *(sie kommt nicht von der Stelle),* au sens propre de la marche, parce que quelque chose l'arrête au sens figuré. Ces exemples, auxquels on peut ajouter les nombreuses expressions que Freud dégage dans le cas de Cécile M., montrent que l'abasie d'Elisabeth n'est qu'une traduction symbolique à la manière des figurations en rébus que l'on rencontre dans la formation du rêve. La fonction organique du corps (par exemple, la marche pour les jambes) se trouve dès lors assujettie au processus signifiant : quand quelque chose « ne marche plus » au niveau de la pensée inconsciente, le sujet ne parvient plus à faire un pas avec ses jambes. L'hypocondriaque, au contraire, témoigne par sa plainte qu'il rencontre dans son corps un impossible à symboliser et à sexualiser : à défaut d'un signifiant qui la nommerait, une part du corps reste ici, littéralement, en souffrance, le sujet ne pouvant même pas l'imaginariser, c'est-à-dire la projeter sur la surface de l'image corporelle.

Il semble que l'hypocondriaque tienne absolument à l'existence de ce point du corps non symbolisable alors que l'hystérique ne cesse de le fuir en se livrant à une symbolisation effrénée. La problématique hypocondriaque se laisse ainsi situer à l'intersection des registres du réel et du symbolique, alors que la conversion hystérique se joue entre le symbolique et l'imaginaire (l'image corporelle). L'hypocondriaque se fixe sur ce qui, au niveau du réel du corps, fait arrêt au pouvoir symbolique ; l'hystérique, elle, se voue à dénier qu'un tel point d'arrêt puisse exister : elle ne se fixe pas, elle se déplace, jouant d'une extrême plasticité corporelle. Il en résulte, en chaque cas, une relation pour le moins curieuse au médecin, et plus précisément au savoir médical. On connaît la tendance de l'hystérique à en démontrer l'impuissance. L'hypocondriaque le fait aussi, mais d'une manière qui se distingue subtilement de la manœuvre hystérique. Molière, qui fut un hypocondre fameux, introduit son *Malade imaginaire* en ces termes :

> Votre plus haut savoir n'est que pure chimère,
> vains et peu sages médecins ;
> Vous ne pouvez guérir par vos grands mots latins
> la douleur qui me désespère :
> Votre plus haut savoir n'est que pure chimère[29].

Cependant Argan ne rejette pas pour autant les médecins qui se pressent à son chevet. Et lorsque son frère veut le convaincre que les nominations grecques et latines que savent opérer les médecins n'emportent pas la guérison du mal, il lui réplique : « Mais toujours faut-il demeurer d'accord que, sur cette matière, les médecins en savent plus que les autres[30]. » On aurait tort de prendre cette déclaration pour une simple farce. Toute la position hypocondriaque se donne à lire dans cette disjonction entre nomination et guérison que le savoir médical est appelé à révéler. Argan croit-il que les médecins peuvent le guérir ? Rien n'est moins sûr. Son transfert au médecin ne consiste pas en une croyance en leur pouvoir de guérir. On dirait plutôt que c'est dans la mesure où les termes de leur savoir restent sans conséquence sur son mal qu'il aime les médecins et se montre prêt à tout – à leur donner sa fille notamment – pour les garder auprès de lui. Par sa maladie, Argan fait entendre qu'il tient absolument à être *reconnu* comme malade, plutôt qu'à être guéri. L'hypocondriaque cherche moins à *démontrer* l'impuissance du médecin et de son savoir qu'à *s'en assurer*, pour garantir son essentielle souffrance. On sait sa passion fréquente pour les dictionnaires médicaux – dans le seul but de vérifier et de consolider leur lacune. Aucun mot ne nommera son mal, qui manquera toujours au savoir des médecins. Il démontre la nécessité d'un innommable et réfute tout pouvoir symbolique sur ce point. Sans doute faut-il penser que cette lacune joue pour lui le rôle d'une protection. Freud lui-même a mis en parallèle le rôle de l'hypocondrie par rapport à la paranoïa, et celui de l'angoisse par rapport à l'hystérie [31] ; autant dire que si l'hypocondrie vient à céder – par exemple si le point innommable du corps où la souffrance se localise est symbolisé par quelque signifiant – le sujet risque fort de se mettre à délirer, le symbolique ne rencontrant plus le point d'arrêt qui l'empêche d'envahir le réel.

Ces réflexions ne sont pas sans rapport avec notre essai d'approche de la féminité, qui ne peut que rencontrer la question cruciale de la nature et de la fonction du corps féminin, ou de ce qui s'appelle ainsi. Qu'est-ce qu'un corps de femme ? Tout le monde se le demande, les femmes aussi bien – sinon plus – que les hommes, et nul n'y trouve de réponse satisfaisante. Le corps dit « féminin » se définit d'être, pour une part au moins, hors savoir, aucune articulation signifiante ne permettant de répondre de la différence que l'anatomie nous indique. N'est-ce pas de cet indicible, de ce non-symbolisable du corps féminin que les hommes se trouvent malades au sein de leurs relations amoureuses ? Comme si le corps féminin, le corps de la Femme, se présentait à la manière d'un objet hypocondriaque.

NOTES

1. Position que l'on retrouvera mise en avant dans l'observation de Dora. Voir S. Freud, *Cinq psychanalyses, op. cit.*, p. 41.

2. S. FREUD, *Études sur l'hystérie*, p. 110.

3. « Elle s'insurgeait contre l'idée de devoir sacrifier dans quelque mariage ses inclinations et la liberté de son jugement. » S. Freud, *op. cit.*, p. 110.

4. Id., *ibid.*, p. 110.

5. Id., *ibid.*, p. 110-111.

6. Id., *ibid.*, p. 111.

7. Id., *ibid.*, p. 128.

8. Id., *ibid.*, p. 111.

9. Id., *ibid.*, p. 110.

10. Id., *ibid.*, p. 111.

11. Id., *ibid.*, p. 112.

12. Id., *ibid.*, p. 123, *G.W.* I, 220.

13. Cette douleur première, ou cette sensation, éprouvée au chevet du père, était localisée dans la cuisse droite, à l'endroit où le père déposait son pied pour qu'Elisabeth lui bande la jambe (voir S. Freud, *Cinq psychanalyses*, p. 117-118).

14. Id., *ibid.*, p. 115.

15. Id., *ibid.*

16. Id., *ibid.*, p. 116.

17. Id., *ibid.*, p. 120.

18. Id., *ibid.*, p. 125.

19. Voir J. LACAN, le Séminaire sur « La lettre volée », in *Écrits*, p. 53.

20. S. FREUD, *Études sur l'hystérie*, p. 112.

21. J. LACAN, *Écrits*, p. 452.

22. S. FREUD, *Études sur l'hystérie*, p. 124.

23. Id., *ibid.*, p. 90 ; *G.W.* I, 173.

24. « .. weil er der Herr ist », dit le texte allemand (*G.W.* I, 175).

25. S. FREUD, *Études sur l'hystérie*, p. 92 ; *G.W.* I, 175-176.

26. Id., *ibid.*, p. 106-107.

27. Id., *ibid.*, p. 107, *G.W.* I, 198.

28. Id., *ibid.*, p. 108.

29. MOLIÈRE, *Le Malade imaginaire*, Pléiade, tome II, vers extraits du 2e prologue.

30. Id. *ibid*, p. 1153.

31. Voir, S. FREUD, « Pour introduire le narcissisme », *La vie sexuelle*.

VIII

Rêve et désir dans l'hystérie

Les hommes, malades de la femme, entretiennent précautionneusement son statut d'énigme absolue. La féminité se voit révérée comme un mystère, comme l'insaisissable objet en creux dont le centre est partout et la circonférence nulle part. Rien ne prête mieux aux élucubrations délirantes que le désir de savoir qui se tourne vers l'organe génital féminin, spécialement lorsque est interrogé son rapport à la jouissance. Face à cette énigme, plusieurs attitudes sont possibles. Ou bien la solution choisie est celle que l'on peut dire « hystérique » dans son fondement : cette forme d'amour qui élève la Femme au niveau de l'Autre. La tradition de l'amour courtois donne les exemples les plus frappants de cette idéalisation de l'Autre opérée au prix de l'insatisfaction du désir. Ou bien, comme lorsque l'hypocondrie vire à la psychose, la relation à la femme peut prendre la tournure de cette folie – pas toujours bénigne – qu'est la passion : sous sa forme quérulente ou érotomaniaque, la passion s'organise autour d'un nom qui fait son apparition dans le réel comme nom de la Femme, et le sujet ne peut que s'y assujettir absolument. Reste encore la solution perverse où une chose, un fétiche ou un instrument de jouissance, est mis à la place de la féminité du partenaire, entretenant une autre forme de passion, celle de l'ignorance de la féminité. La psychanalyse dénonce l'impasse de ces trois voies en mettant au jour ce qu'elles méconnaissent chacune à leur manière : la dialectique du désir. Car le désir n'est jamais désir de la Femme ; le désir ne s'adresse jamais à l'Autre comme tel, bien plutôt en provient-il. Ce que vise le désir, c'est le signifiant par lequel l'Autre apparaît lui-même comme désirant, et, par là, comme désirable.

Le terme du désir est ainsi le signifiant ultime du Phallus. La féminité, elle, ne peut être située que toujours dans un au-delà du désir, comme en reste par rapport à ce que le désir peut atteindre. D'où le caractère fondamentalement insatisfaisant, plus encore, fondamentalement hystérique, du désir humain.

Examinons, par conséquent, le lien de l'hystérique et du désir. Leur rapport nous est donné de manière immédiate par la formation du rêve : celui-ci accomplit un désir, mais seulement dans le registre de l'imaginaire, laissant en suspens la satisfaction qu'il rencontrerait dans la jouissance. L'hystérique y ajoute son style. Il convient, en effet, de repérer que l'hystérique se fait représenter dans l'expression de son désir par le biais d'une identification à la position masculine de l'homme malade de la Femme. Si l'hystérique « fait l'homme », comme l'affirmait Lacan, c'est dans la mesure où elle tente de cerner la féminité à la manière masculine, en l'élevant au rang de mystère caché au creux du corps. D'où découle, bien entendu, une conception proprement hystérique du corps féminin : Dora nous en donne l'illustration la plus pure.

L'homologie de structure entre la névrose hystérique et l'élaboration du rêve a été très rapidement soulignée par Freud. On en trouve déjà l'énoncé dans les *Études sur l'hystérie* à propos du cas d'Emmy. Freud y rapportait le délire et les hallucinations de sa patiente à « une compulsion aux associations, pareilles à celles que l'on constate dans le rêve, où les hallucinations, les illusions sont extrêmement facilitées [1] ». Cette intuition première devient par la suite une thèse que Freud s'efforce de démontrer dans les années 1899-1901. « La clef de l'hystérie se trouve vraiment incluse dans le rêve », écrit-il à Fliess le 3 janvier 1899, et il ajoute : « Si j'attends encore un peu, j'arriverai à décrire le processus psychique des rêves de façon qu'y soit inclus le processus de la formation du symptôme hystérique [2]. » Quelques jours plus tard, il déclare au même Fliess : « Ce n'est pas seulement le rêve qui est une réalisation du désir, mais aussi l'accès hystérique [3]. » Cette thèse forme la matière d'un petit texte de 1908 où Freud analyse l'attaque hystérique comme une pantomime requérant la même élaboration interprétative que celle à laquelle le rêve nous convie [4]. Nous allons voir comment cette homologie du rêve et du symptôme hystérique se démon-

tre dans le cas de la spirituelle bouchère – rapporté par Freud au
fil de son *Interprétation des rêves* – comme dans l'observation
de Dora.

Le rêve de la bouchère met en valeur un trait spécifique : la
promotion du manque, du rien en tant que tel. Le désir hystérique y apparaît dans sa formulation la plus pure : celle du désir
d'avoir un désir sans objet, donc un désir qui ne puisse jamais
être comblé. Freud nous signale d'emblée que ce rêve est celui
d'une hystérique, et, de plus, qu'il est à situer dans le transfert.
Il lui est, en effet, adressé comme un défi manifeste à son
savoir : « Vous dites toujours, déclare une spirituelle malade,
que le rêve est un désir réalisé. Je vais vous raconter un rêve qui
est tout le contraire d'un désir réalisé. Comment accorderez-
vous cela avec votre théorie [5] ? » Il s'y accorde d'autant mieux,
va montrer Freud, qu'il réalise le désir de ne pas réaliser (ou
satisfaire) son désir.

Le texte du rêve est simple : « Je veux donner un dîner, mais
je n'ai pour toutes provisions qu'un peu de saumon fumé. Je
voudrais aller faire des achats, mais je me rappelle que c'est
dimanche après-midi et que toutes les boutiques sont fermées.
Je veux téléphoner à quelques fournisseurs, mais le téléphone
est détraqué. Je dois donc renoncer au désir de donner un
dîner. » Très habilement, Freud commence par abonder dans le
sens de sa patiente, en souscrivant à son point de vue selon
lequel ce rêve témoigne du non-accomplissement d'un désir.
Mais il ne le fait que pour lui retourner une question qui renverse la perspective : si elle doit avoir un désir insatisfait, pourquoi lui faut-il précisément un tel désir ? Les associations de la
patiente fournissent les éléments qui incitent à ce retournement.
Elle fait d'abord un portrait de son mari. Celui-ci se trouve trop
gros et voudrait entreprendre une cure d'amaigrissement ; dans
ce but, il lui a annoncé qu'il n'accepterait plus d'invitations à
dîner. Son réalisme un peu grivois d'homme qui ne doute pas
de l'objet de son désir apparaît dans une anecdote : il aurait
répondu à un peintre qui voulait faire son portrait, qu'il préfé-
rerait sûrement à sa figure un morceau du derrière d'une belle
jeune fille. Mais le désir de la bouchère semble plus complexe :
elle meurt d'envie d'avoir chaque matin un sandwich au caviar,
mais elle a demandé à son mari de ne pas lui en donner. Elle

taquine ainsi son mari, dont elle avoue être très éprise, en lui demandant, au titre de preuve d'amour, de ne pas combler son désir de caviar.

Dans un deuxième développement de l'analyse, Freud obtient de sa patiente les éléments de la veille en rapport avec le rêve qui vont permettre de saisir la raison qu'a la bouchère de se créer un désir insatisfait. Apparaît ici le personnage de l'autre femme : une amie, à qui la bouchère a rendu visite, qui s'est plainte de sa maigreur et lui a confié son désir d'engraisser. Elle a d'ailleurs demandé à la bouchère : « Quand nous inviterez-vous à nouveau ? On mange toujours si bien chez vous. » On voit donc se dessiner une sorte de croisement entre le désir du boucher – qui veut faire une cure d'amaigrissement et ne plus accepter d'invitations à dîner –, et celui de l'amie de la bouchère – qui veut engraisser et espère être invitée à dîner. Or, au point où ces deux désirs se croisent, dans l'esprit de la bouchère, une énigme se pose, énigme qui est celle de la vérité du désir. En effet, ce boucher, qui prétend vouloir maigrir, ne fait pas mystère de sa prédilection pour les formes pleines et semble cependant avoir un faible pour cette amie qui, elle, prétend vouloir grossir, mais reste maigre. En première lecture, le rêve pourrait ainsi être interprété comme l'expression de la jalousie de la bouchère. Son sens serait le refus de contribuer à rendre son amie plus belle aux yeux du boucher, en donnant les dîners qui la feraient engraisser. Mais un élément du rêve reste en souffrance dans ce premier déchiffrage : le saumon fumé, seule provision de la bouchère. En réponse à la question que Freud lui adresse à ce propos, la patiente lui confie que c'est là le plat de prédilection de son amie. Or, celle-ci se comporte à l'égard de son désir de saumon de la même manière qu'elle-même à l'égard de son désir de caviar : elle se refuse à le combler.

Dès lors, le nœud du rêve se déplace une fois de plus : son point énigmatique se situe finalement moins à l'entrecroisement des désirs du boucher et de l'amie qu'à celui des deux désirs insatisfaits de la bouchère et de son amie. Ces deux désirs ont un point commun : ils veulent être reconnus mais non pas comblés. Ainsi les deux demandes qu'articulent ces deux femmes peuvent-elles être mises en parallèle et interprétées comme la demande de se nourrir d'un désir comme tel plutôt que de

l'objet qui satisferait la demande alimentaire. Et, en effet, de
retour, la bouchère ne peut que réinterroger le désir de son mari
qui, tout en ayant l'air assuré de l'objet aux formes pleines qui
le satisfait, n'en témoigne pas moins d'attention à la maigre amie
de sa femme : qu'a-t-elle donc qui puisse plaire au boucher ? Une
nouvelle voie d'interprétation s'ouvre à partir de cette articulation. Son désir véritable, c'est chez sa maigre amie que la bouchère cherche à le saisir et à le déchiffrer. L'identification hystérique au désir de l'autre donne son fondement à ce que le rêve
présente comme le non-accomplissement d'un désir. Si la bouchère doit renoncer, en rêve, à donner un dîner, ce n'est pas pour
contrer le désir de son amie, comme une première lecture le laissait croire, mais au contraire pour le soutenir en tant que désir
insatisfait, et ce dans la mesure où le désir de cette amie s'est
substitué au sien propre. Le processus de cette identification hystérique doit être correctement dégagé. Ce n'est pas celui d'une
imitation, souligne Freud, d'une sympathie qui irait jusqu'à la
reproduction. Il ne s'agit pas, en d'autres termes, d'une identification à la personne de l'amie. Il y a bien un processus de
contagion et une certaine sympathie jalouse entre les deux
femmes, mais cette contagion et cette sympathie ne sont que des
effets de l'identification dont le fondement se trouve, selon
Freud, dans une « *communauté sexuelle* », c'est-à-dire dans une
position commune à l'égard des relations sexuelles au sens
large du terme. Cette position commune est celle de l'adresse,
réelle ou virtuelle, du désir du boucher. A cette place surgit une
question que Lacan a remarquablement repérée au cours du
commentaire qu'il fait de ce rêve dans « La direction de la
cure[6] » : « Mais comment une autre peut-elle être aimée [...] par
un homme qui ne saurait s'en satisfaire (lui, l'homme à la
tranche de postérieur) ? Voilà la question mise au point, qui est
très généralement celle de l'identification hystérique. » Et
Lacan ajoute encore cette précision qui signe le statut subjectif
de l'hystérique : « C'est cette question que devient le sujet ici
même. En quoi la femme s'identifie à l'homme, et la tranche de
saumon fumé vient à la place du désir de l'Autre. »

Le ressort de l'identification hystérique révèle donc une
complexité qui tient au vacillement qu'elle opère dans une
bipolarité sexuelle. C'est moins à son amie que notre spirituelle

bouchère s'identifie, qu'au désir de celle-ci. Mais – temps
second –, si elle s'identifie à ce désir, c'est parce qu'il lui offre
une position d'où interroger le désir et l'amour de son boucher
de mari. Ce qui ouvre, en un troisième temps, à une réinterpré-
tation du désir masculin : si le gros boucher qui veut maigrir
peut désirer une femme maigre qui cherche à engraisser, n'est-
ce pas que lui-même serait moins satisfait qu'il ne le paraît des
tranches de postérieur de sa femme ? Dans la succession de ces
trois temps du questionnement, on voit bien se mettre en place
la bisexuation propre à l'hystérique. D'une part, la bouchère se
range du côté de son amie en qui elle cherche à saisir l'incarnation d'une mystérieuse féminité à laquelle son mari serait
sensible, et, d'autre part, elle adopte la position masculine
propre au boucher pour avancer sa question concernant l'amie :
qui est-elle pour qu'il l'aime ? Elle se met donc à la place de son
mari pour interroger la féminité de son amie (position masculine), parce qu'elle voudrait que son mari l'aime elle comme il
aime l'amie en question (position féminine).

On notera que dans le développement de cette analyse du
rêve un élément est resté intouché : l'oralité envahissante qui
s'y exprime tout au long. Ni Freud, dans la *Traumdeutung*, ni
Lacan, dans les deux pages de commentaire qu'il en donne dans
« La direction de la cure », n'abordent ce versant sur lequel se
dégagerait la fonction de l'objet cause du désir de notre hystérique. Il est vrai qu'à l'époque où ils élaboraient leurs réflexions
respectives sur ce rêve, ni Freud ni Lacan n'avaient encore
repéré la valeur centrale de l'objet comme cause du désir et
comme condensateur de la jouissance. Pourtant, dans « La direction de la cure », quelques pages après qu'il eut repris la structure du rêve de la bouchère, Lacan effectue, en quelques lignes,
un repérage de la problématique de l'anorexie mentale dont
nous pouvons aussi bien nous servir pour cerner l'objet qui
fait rêver la spirituelle bouchère : « Mais l'enfant ne s'endort
pas toujours ainsi dans le sein de l'être, surtout si l'Autre, qui
a aussi bien ses idées sur ses besoins, s'en mêle, et à la place
de ce qu'il n'a pas le gave de la bouillie étouffante de ce qu'il
a, c'est-à-dire confond ses soins avec le don de son amour.
C'est l'enfant que l'on nourrit avec le plus d'amour qui refuse
la nourriture et joue de son refus comme d'un désir (anorexie

mentale). Confins où l'on saisit comme nulle part que la haine rend la monnaie de l'amour, mais où c'est l'ignorance qui n'est pas pardonnée. En fin de compte, l'enfant, en refusant de satisfaire à la demande de la mère, n'exige-t-il pas que la mère ait un désir en dehors de lui, parce que c'est là la voie qui lui manque vers le désir[7] ? » Il n'y aurait pas beaucoup à modifier dans ce passage pour l'adapter au cas de la bouchère : c'est la femme que l'on nourrit avec le plus d'amour qui refuse la nourriture (caviar ou saumon fumé) et joue de son refus comme d'un désir. En demandant à son mari de ne pas lui donner de caviar – qu'elle obtiendrait aussitôt si elle le lui demandait – la bouchère le transmute d'objet de sa demande en signifiant de son désir incomblable. Elle en fait *le rien dont se nourrit son désir*, plutôt que le grain dont se remplirait sa bouche. Cette opération aboutit à un résultat qui est à l'image du désir qu'elle interroge chez son mari : le désir qui se porterait sur une femme maigre. Le caviar devient ici, comme le saumon fumé, le signifiant d'un désir qui s'articule autour du manque d'objet comme tel. L'anorexique ne fait que pousser cette logique à son terme : pour elle, c'est le manque qui devient lui-même objet, et très exactement ce que Lacan nomme objet a cause du désir, soit le vide, le creux auquel bouche et estomac de l'anorexique se consacrent, abandonnant leur fonction physiologique pour ne plus servir qu'une fonction purement érotique.

Notre bouchère illustre ainsi la fonction de l'oralité si fréquente dans la clinique de l'hystérique. Selon le modèle que nous avons dégagé précédemment d'une sexualisation de la fonction organique du corps, il s'agit, dans l'oralité hystérique, de faire valoir le désir contre le besoin, de démontrer le primat de l'appétit sur la satisfaction alimentaire, et de témoigner ainsi que le comblement de la fonction orale par l'aliment ne pourrait que laisser quelque chose – un rien – qui serait toujours à désirer. C'est ce rien qu'il s'agit de préserver, au prix de l'insatisfaction. Rien aussi inavalable qu'invomissable, rien qui n'a pas d'autre matérialité que ce qui reste du sein ou du pouce lorsque celui-ci a quitté la bouche de l'enfant. C'est à ce rien que l'hystérique se réduit radicalement dans son fantasme lorsqu'elle cherche à interroger le désir de l'Autre au-delà de sa demande.

Cette position fantasmatique de l'hystérique est particulièrement repérable dans le déroulement même de la relation analytique où elle permet de donner la raison structurale d'un certain nombre de difficultés ou d'impasses auxquelles le psychanalyste peut se sentir acculé. Car c'est bien entendu vis-à-vis de son analyste que l'hystérique déploie la structure de son fantasme. On le repère déjà dans l'introduction du rêve de la bouchère : la patiente se présente comme celle qui ne peut répondre à la demande de Freud, celle qui ne peut qu'insatisfaire son désir de savoir puisqu'elle ne peut lui apporter de rêve qui réponde à son attente théorique. De manière plus générale, on saisira le rapport du sujet au rien, au cœur même de la séance, dans une série de conduites où se manifeste le rapport privilégié que l'hystérique entretient souvent avec l'interruption de la séance, ou avec l'interruption de l'analyse (durant les vacances de l'analyste par exemple). Dans tous ces cas, ses conduites nous signalent qu'elle place son être même dans ce temps d'interruption, de *vacance*. C'est dans cet en-dehors du discours, dans ce reste hors-séance, qu'elle se réalise comme telle, au-delà de toute identification subjective. Ainsi, tantôt la patiente arrive tellement en retard à la séance que celle-ci ne peut que se réduire à une interrogation : où étiez-vous ? Tantôt, elle ne peut quitter l'analyste lorsque celui-ci a clôturé la séance ; tantôt encore, elle reste totalement silencieuse en séance, mais téléphone systématiquement entre deux rendez-vous. Dans tous ces comportements – qu'on peut bien appeler « acting-out » puisqu'ils sont appels à l'interprétation –, l'hystérique se désigne dans une certaine position à l'égard de l'analyste : exactement, elle manifeste qu'elle est, vis-à-vis de lui, ce qui reste lorsqu'elle l'a quitté, qu'elle est ce vide qui laisse à désirer au-delà des séances. Ce vide peut parfois se parfumer d'une singulière *odor di femina*. Une psychanalysante, qui se trouvait incapable de poursuivre la séance dès qu'un coup de sonnette lui avait signalé l'arrivée de la suivante, se trouvait ainsi totalement captivée par la place que cette autre femme pouvait occuper pour moi. Dès que la sonnette avait retenti, elle était déjà dans l'interruption, dans la vacance, l'attente de l'autre. Elle savait d'ailleurs se faire attendre, sachant qu'une femme n'est jamais tant désirable que lorsqu'elle occupe cette place intermédiaire entre présence et absence, cette place d'attendue où, littéralement, elle est présente en tant qu'absente.

Tous ces traits de structure du montage hystérique que nous avons isolés avec la spirituelle bouchère se retrouvent dans l'observation de Dora que Freud consigne en 1899 ; l'homologie entre le rêve et l'hystérie, la constitution d'un désir insatisfait où le sujet prend place par le biais d'identifications, la bisexuation de ces identifications, et la convergence de toutes ces constructions vers l'énoncé d'une question sur la féminité, et plus spécifiquement sur le corps féminin, tout cela est parfaitement déchiffrable au cours de l'analyse que Freud nous relate[8].

On se souvient de la situation de quatuor dans laquelle Dora se trouve placée lorsqu'elle est amenée, à l'âge de dix-huit ans, à consulter Freud sur l'ordre formel de son père. L'amitié de Dora et de son père pour le couple de M. et Mme K. recouvre un tissu de relations complexes. Mme K. avait soigné le père de Dora, atteint d'une grave maladie alors que Dora était encore petite enfant. Par la suite, Mme K. était devenue sa maîtresse, bien qu'il fût impuissant. Dora se trouve ainsi en quelque sorte offerte aux avances du mari de Mme K., qui s'est d'ailleurs toujours montré fort aimable envers elle, l'emmenant en promenade et lui faisant de petits cadeaux. Le père de Dora ferme les yeux. Cette situation s'avère d'autant mieux nouée que durant les vacances, Dora s'est occupée avec une grande sollicitude des deux enfants du ménage K., occupant ainsi, de fait, la position de leur mère. En réalité, chacun, dans ce quatuor, se fait complice de l'autre couple. Le père laisse le champ libre à M. K. auprès de sa fille, au point que Dora en a conçu l'idée d'un pacte où elle serait objet d'échange entre les deux hommes. D'autre part, Dora se fait de son côté la protectrice des relations que son père entretient avec Mme K., s'occupant des enfants de cette dernière afin qu'ils ne dérangent pas le couple. L'harmonie apparente de ces « arrangements » se brise brutalement le jour où Dora doit faire face à des propositions plus pressantes de M. K. : furieuse, elle le gifle et, rentrée chez elle, exige de son père qu'il rompe immédiatement ses relations avec Mme K. et avec son mari. Son père ne cédant pas, Dora devient insupportable, allant jusqu'à menacer de se suicider ; son père se décide alors à la conduire chez Freud.

Ce cas a été suffisamment commenté dans la littérature psychanalytique pour que nous dispensions le lecteur de sa reprise en détail. Nous nous contenterons d'en dégager les traits qui signent l'approche hystérique de la question de la féminité, notamment la fonction que Dora accorde à Mme K., et les deux rêves par lesquels elle désigne à Freud l'endroit même de l'énigme : le corps féminin.

L'analyse que Freud effectue de ce cas en 1899 comporte une articulation de trois thèmes majeurs : l'amour dénié de Dora pour M. K. – qui recouvre son amour inconscient pour son père et sa jalousie à l'égard de Mme K. – et la prévalence de l'oralité dans les fantasmes sexuels du sujet. Dans les notes qu'il ajoute en 1923 à cette relation, Freud reconnaît avoir sous-estimé l'amour homosexuel de Dora pour Mme K., et il attribue à cette erreur l'interruption prématurée du traitement. Les commentaires que Lacan a développés dans son « Intervention sur le transfert[9] » visent précisément à éclairer cette relation de Dora avec Mme K. dont Freud avait manqué le ressort. C'est la considération de l'attachement fasciné et de la loyauté à toute épreuve que Dora manifeste à Mme K. qui livre, écrit Lacan, « la valeur réelle de l'objet qu'est Mme K. pour Dora. C'est-à-dire non pas un individu, mais un mystère, le mystère de sa propre féminité, nous voulons dire de sa féminité corporelle[10] ». Aussi, reprenant l'épisode de la scène du lac au cours de laquelle Dora gifle M. K. Lacan met-il l'accent non sur les avances de M. K., mais sur ses paroles : « Ma femme n'est rien pour moi. » La gifle que Dora lui adresse en réponse prend dès lors la signification d'un parti pris pour l'autre femme : si elle n'est rien pour vous, qu'êtes-vous donc pour moi ? En effet, M. K. n'avait de valeur pour Dora que dans la mesure où il apparaissait comme désirant Mme K. La parole de M. K. a pour effet de briser net l'identification hystérique de Dora dont la double polarité est aisément repérable : identification masculine d'un côté, dans la mesure où elle s'identifie à la position de M. K. ou à celle de son père pour contempler Mme K., et identification féminine de l'autre côté, dans la mesure où elle voudrait être aimée par M. K. et par son père à la manière dont Mme K. est aimée de son père. On peut donc, pour cerner la question de Dora, reprendre l'interrogation de la spirituelle bouchère : comment une autre (Mme K.) peut-elle être aimée par un homme qui ne saurait s'en satisfaire (le mari absent, ou le père impuissant) ?

En outre, Lacan souligne le lien inconscient que Dora tisse entre sa question sur la féminité et l'empreinte que la relation sexuelle a gardée de sa relation infantile avec son frère. Le frère, plus âgé d'un an et demi, avait été jadis le modèle auquel elle aspirait [11]. Un souvenir d'enfance illustre ces rapports au frère et leur enjeu : « Elle se voyait, écrit Freud, assise par terre dans un coin, suçant son pouce gauche, tandis qu'elle tiraillait en même temps de la main droite l'oreille de son frère tranquillement assis à côté d'elle [12]. » Elle avait d'ailleurs été « une suçoteuse », dit Freud, et son père avait eu toutes les peines du monde à la sevrer de cette habitude. Selon Lacan, ce souvenir infantile donne « la matrice imaginaire où sont venues se couler toutes les situations que Dora a développées dans sa vie [13] ». Cette matrice figure en effet la dialectique entre trois termes, car le pouce, que Dora est occupée à sucer, vaut bien comme troisième terme qui s'ajoute au frère et à Dora elle-même pour les constituer en couple homme-femme. Ce que Lacan exprime en ces termes laconiques : « La femme, c'est l'objet impossible à détacher d'un primitif désir oral et où il faut pourtant qu'elle apprenne à reconnaître sa propre nature génitale [14]. » Ce repérage de la fonction de l'oralité est essentiel pour comprendre la problématique de Dora.

De ce que nous rapporte Freud, nous tirons deux conclusions : d'abord que Dora a trouvé en son frère sa première identification masculine ; ensuite qu'elle a entretenu avec lui une relation qu'on peut dire « sexuelle » et qui se spécifie d'être bâtie sur une jouissance de type oral. Mais, dans la scène infantile en question, quelle est la place de Dora ? Est-elle fille, jouissant de son oralité et taquinant le désir du garçon « tranquillement assis à côté d'elle » ? N'y est-elle pas plutôt identifiée au garçon, suçotant la fille en elle et interrogeant ce que peut être la relation du garçon à une fille conçue comme un objet oral ? En somme, la question de Dora pourrait bien être la suivante : que devient la femme si la relation d'un homme à une femme se ramène à la relation d'un homme à un sein ? Et en effet les symptômes de Dora – toux nerveuse, aphonie, hallucination d'une odeur de fumée – manifestent l'appel à la pulsion orale ressenti dès qu'elle se trouve placée dans une situation de couple. Que Lacan, à ce propos, puisse se demander si le symptôme est à rapporter à un fantasme de *fellatio* subie par le père, ou plutôt de *cunnilingus* qu'il ferait subir à Mme K., résulte de la double polarité de l'identification où l'hystérique se poste pour interroger la féminité. Cette question indiquerait ainsi un au-delà de l'objet du fantasme.

C'est cette dimension d'au-delà, d'Autre absolu, dont une femme peut être le support pour un homme, que Lacan cherchera à déchiffrer vingt ans plus tard, dans son Séminaire *Encore*. En 1951, dans son « Intervention sur le transfert », il ne va guère plus loin que Freud ; il soutient que le destin féminin n'a pas d'autre voie que celle de s'accepter comme objet du désir masculin. Il écrit, en effet, dans un passage sur lequel nous reviendrons : « Mais cet hommage dont Freud entrevoit la puissance salutaire pour Dora ne pourrait être reçu par elle comme manifestation du désir que si elle s'acceptait elle-même comme objet du désir, c'est-à-dire après qu'elle aurait épuisé le sens de ce qu'elle cherche en Mme K. Aussi bien que pour toute femme, et pour des raisons qui sont au fondement même des échanges sociaux les plus élémentaires (ceux-là mêmes que Dora formule dans les griefs de sa révolte), le problème de sa condition est au fond de s'accepter comme objet du désir de l'homme, et c'est là pour Dora le mystère qui motive son idolâtrie pour Mme K., tout comme dans sa longue méditation devant la Madone et dans son recours à l'adorateur lointain, il la pousse vers la solution que le christianisme a donnée à cette impasse subjective, en faisant de la femme l'objet d'un désir divin ou un objet transcendant du désir, ce qui s'équivaut[15]. »

Qu'est-ce que le Séminaire *Encore* ajoute ou modifie aux thèses développées dans ce passage ? Ce Séminaire[16] a suscité l'un des plus grands malentendus à propos de l'enseignement de Lacan. Que Lacan y ait cherché à saisir la féminité comme un au-delà du phallus et de l'objet du fantasme mâle a en effet poussé certains auteurs à rétablir une conception véritablement hystérique de la femme, celle qui réfute purement et simplement le statut d'objet du désir masculin, pour faire de la femme un objet transcendant. On ne s'étonnera guère que les allusions que Lacan y fait aux énoncés de certains mystiques aient servi de point d'appui à ces errances et au retour à la solution chrétienne qui s'y exprime. En fait, rien ne doit être *modifié* à ce passage de l'« Intervention sur le transfert », rien ne doit y être corrigé, mais quelque chose aurait à y être *ajouté*. Car, si le Séminaire *Encore* cerne la féminité comme *pas-toute* déterminée par la fonction du phallus, donc comme pas-toute réductible à sa condition dans le fantasme mâle, cela ne veut pas dire que cette fonction phallique et cette condition d'objet soient étrangères ou contraires au destin féminin. Ce que dit Lacan dans ce Séminaire, c'est que le destin féminin n'est pas épuisé par cette référence phallique, mais qu'il faut lui ajouter la dimension d'un « supplément » – dimension par laquelle les femmes ont un rapport au réel que les hommes, eux, ne mettent en place que par l'intermédiaire du fantasme. Toutefois, ce « supplément » ne participe en rien d'une transcendance ; il n'implique nullement, dans la pensée de Lacan, la consécration de la femme comme l'Autre du phallus. D'ailleurs, pour que s'ouvre cette dimension supplémentaire, il est nécessaire que soient assumées par le sujet la position phallique et la condition d'objet qui structurent le complexe de castration. Le Séminaire *Encore* ne peut donc être utilisé comme référence d'une nouvelle condition féminine, au sens où la femme y recevrait le statut d'Autre que celle qui habite le fantasme mâle. Il a plutôt pour conséquence de donner à cette condition un développement nouveau, dans la mesure où il apparaît que la femme n'est que pas-toute déterminée par sa condition sexuée. Nous reviendrons sur cette thèse dans la suite.

Sans doute est-ce faute de ce développement postérieur que Lacan ne peut envisager, en 1951, l'attachement de Dora pour Mme K. qu'en termes d'*homosexualité* – rejoignant ainsi l'autocritique que Freud s'adresse en 1923. Mais, plutôt que d'homosexualité, au sens clinique du terme, il conviendrait mieux de parler ici d'une *homosexuation* du désir de Dora, homosexuation liée aux détours des identifications par lesquelles elle doit passer pour interroger sa propre féminité. En effet, c'est parce qu'elle doit au départ adopter la position d'un homme (son frère ou son père) afin de prendre la mesure du désir que cet homme peut soutenir à l'égard d'une femme, et donc pour apprécier la valeur que la femme reçoit dans ce désir, qu'elle se trouve finalement confrontée à l'énigme de Mme K. Cette confrontation ne se résume pas à l'institution d'un couple sexuel : Mme K. n'est pas la partenaire sexuelle de Dora. Au contraire, le terme de ce processus est un renversement identificatoire : ayant cerné la position de Mme K. d'un point de vue d'homme, Dora en conclut qu'elle voudrait être aimée par un homme, et en premier lieu par son père, comme Mme K. est aimée de lui. Pour que cela soit possible, il faut que rien ne soit modifié dans la situation du quatuor : il importe essentiellement que Mme K. continue d'apparaître à Dora comme ce que son père aime *au-delà d'elle-même*, c'est-à-dire comme le supplément de féminité dont elle-même se sent manquante. Selon le même raisonnement, Dora peut fort bien accepter les hommages de M. K., à la seule condition que celui-ci aime toujours sa femme et qu'il assigne ainsi à Dora la position d'un au-delà de Mme K., soit la position du supplément de féminité qui se trouve dévolu à Mme K. dans le premier couple du quatuor. On dénoncera dans ce processus moins une homosexualité, au sens strict, du désir de Dora, que la surestimation où elle tient Mme K. comme incarnation de la féminité même, et le clivage qu'elle opère ainsi entre la condition d'objet du désir masculin et la condition de femme. Par cette surestimation et ce clivage, Dora adopte finalement un trait que Freud a repéré comme typique de la vie amoureuse masculine : le partage entre deux femmes – celle, hyperidéalisée, qui supporte la figure de la mère respectée et intouchable, et celle, ravalée au rang de prostituée, qui symbolise l'objet sexuel au sens strict. Que la logique de l'hystérie tende ainsi à se modeler sur les règles de la vie amoureuse masculine explique pourquoi elle ne peut qu'échouer à répondre à la question qu'elle pose : qu'est-ce qu'une femme ?

Les deux rêves que rapporte la dernière partie de l'observation illustrent la manière dont Dora soutient cette question. Manière que je qualifierai de masculine, en ce sens que la féminité y est appréhendée sous la forme d'un contenu ou d'un secret interne plutôt que comme le supplément que j'évoquais à l'instant. Le premier rêve[17] tourne autour d'un terme où se concentre la question féminine : la boîte à bijoux. Avec le père, la mère et Dora elle-même, cette précieuse boîte forme le quatuor où Dora cherche sa place. Dans le rêve, la mère veut sauver sa boîte à bijoux, mais le père s'y oppose. Ce conflit en évoque un autre, réel lui, auquel Dora a assisté : sa mère avait envie d'un certain bijou – des perles en forme de gouttes –, mais son père, qui n'aimait pas ces boucles d'oreilles, lui rapporta un bracelet. La mère, furieuse, le refusa, lui disant que s'il avait dépensé tant d'argent pour un objet qui lui déplaisait, il pouvait aussi bien en faire cadeau à une autre. Freud fait remarquer à Dora qu'elle aurait eu envie de recevoir de son père le cadeau que sa mère avait refusé. Une scène plus récente comporte aussi l'élément « boîte à bijoux » : M. K. a offert à Dora un précieux coffret à bijoux. Reconstituant le fil qui traverse les deux scènes et le rêve, Freud conclut que Dora serait prête à donner à M. K. ce que sa femme lui refuse : son « coffret à bijoux », au sens figuré du terme ; dès lors, pour se défendre de cet abandon, elle rappelle en rêve son ancien amour pour le père. Dora toutefois n'accepte pas cette interprétation. Il semble que Freud ait entendu un peu rapidement ce terme de « boîte à bijoux » comme une métaphore du sexe féminin, ou plutôt qu'il ait négligé de repérer la fonction que lui accorde Dora. En effet le bijou et la boîte à bijoux désignent dans les associations de Dora avant tout ce qui sert d'objet d'échange entre un homme et une femme, ce qui peut être donné aussi bien que refusé, et ce qui, refusé par l'une, peut être donné à une autre. Bref, cet élément représente pour Dora l'énigme du don entre hommes et femmes, et plus précisément du don comme signe d'amour. La question de Dora n'est-elle pas de savoir ce que la femme veut, et comment elle doit accueillir ce qu'un homme peut vouloir d'elle ? Et, de là, celle de savoir comment ce qui est refusé par une femme peut satisfaire une autre. Les perles que souhaitait sa mère étant associées à la puissance sexuelle endommagée du père, et au dégoût concernant les sécrétions sexuelles, la question de Dora vise ainsi Mme K. : comment peut-elle être satisfaite par un homme impuissant ? Que reçoit-elle de lui ? Qu'elle ait elle-même accepté de recevoir un cadeau de M. K. la place dans la position de celle qui reçoit le signe de l'échange entre hommes et femmes ; mais cette position est ambiguë : est-ce celle de sa mère, ou bien celle de Mme K. ? Et, si c'est celle de Mme K., est-ce la Mme K. qui reçoit les hommages de son père, ou plutôt celle qui se refuse à M. K. ? En somme, la véritable énigme devant laquelle se trouve Dora est celle de ce qu'elle aurait à donner en échange du signe d'amour qu'incarne le cadeau offert par l'homme. Si la première interprétation de son rêve amenait Freud à conclure qu'elle aurait bien voulu recevoir de son père le cadeau que sa mère avait refusé, la scène avec M. K. introduit un nouveau quatuor et nécessite donc une nouvelle interprétation. Les quatre termes en jeu ne sont plus : Dora – le père – la boîte à bijoux – la mère, mais à présent : Dora – M. K. – la boîte à bijoux – Mme K. Et le sens de l'échange s'est déplacé : ici c'est M. K. qui aimerait recevoir de Dora ce que Mme K. lui refuse. Du fait d'avoir reçu le coffret à bijoux, Dora se trouve mise dans la position de celle qui peut donner, c'est-à-dire dans la position où était sa mère dans la première scène. Mais qu'a-t-elle à donner ? Exactement ce que Mme K. peut refuser. C'est cette faculté de refus qui place, pour Dora, Mme K. en position de maîtresse du désir, et de détentrice de la féminité.

Le second rêve illustre plus directement encore le mystère qu'incarne pour elle Mme K., et plus précisément le corps féminin de Mme K. Ce rêve constitue une véritable topographie du corps féminin, une « géographie sexuelle symbolique », écrit Freud [18]. En effet les associations que fait Dora indiquent que toutes les désignations de lieu dans le rêve sont en rapport direct avec le corps féminin, et culminent dans une interrogation concernant l'organe génital. La femme y apparaît sous la représentation éminemment idéalisée de la Madone, c'est-à-dire d'une figure qui conjoint l'inconciliable : la vierge et la mère. Comment « déflorer », comment percer à jour le secret de cette vierge, comment ouvrir la boîte de ce corps de femme que présentifie Mme K. ? Voilà ce que Dora cherche à résoudre dans le rêve. Au moment où elle arrive au cœur du sujet elle ne peut plus avancer, comme paralysée devant le risque de découvrir le sexe féminin. A cet endroit un passage manque dans le récit du rêve : blanc, ou censure qui est bien ici la chose même. En un second temps elle cherche à combler cette lacune en recourant à un dictionnaire où sont traités les « sujets défendus ». Cette construction montre clairement le mécanisme en deux temps par lequel le sujet tente de combler en la sexualisant la lacune de la représentation du féminin. A la place de la lacune vient une explication sexuelle qui, elle, n'est pas *censurée* mais oubliée, c'est-à-dire *refoulée* (elle ne resurgit qu'à la suite d'une interprétation de Freud). Quelle est cette explication ? Elle se développe selon trois étapes successives. Tout d'abord Dora se remémore un souvenir : un de ses cousins ayant fait une appendicite, Dora s'était plongée dans le dictionnaire pour s'instruire des symptômes de cette affection. Ensuite surgit un fantasme inconscient. Après avoir elle-même subi une appendicectomie, Dora avait conservé un curieux symptôme : elle traînait le pied droit. Freud l'interprète comme le déplacement d'une faute dont elle se punit : en lisant le dictionnaire, Dora avait fait un « faux pas ». Elle s'était donc intéressée, dans ledit dictionnaire, à d'autres passages que ceux concernant l'appendicite. Or celle-ci était apparue neuf mois après la scène du lac avec M. K. Freud conclut donc à l'existence d'un fantasme inconscient de grossesse dans lequel l'opération subie par Dora représenterait un équivalent de l'accouchement. Mais, troisième temps de l'explication, Dora n'est pas satisfaite des interprétations de Freud. Elle refuse ce qu'il lui donne, lui répondant dédaigneusement : « Ce n'est pas grand-chose, ce qui est sorti ». A la séance suivante, elle met fin à son analyse.

Comment comprendre cette succession ? On ne peut en saisir le ressort qu'à la situer dans son contexte, c'est-à-dire dans le transfert qui englobe Dora et Freud au fil de la relation analytique. Car c'est évidemment à Freud que ce rêve, comme celui de la spirituelle bouchère, est adressé. Par conséquent, c'est dans le cadre d'une attente à l'égard de Freud que la question de Dora doit être reposée. C'est lui qui peut donner, ou refuser, à Dora ce qu'elle cherche à saisir. Il est donc à la même place et remplit la même fonction que le dictionnaire auquel Dora s'était déjà référée sans y trouver la réponse qu'elle cherchait. La demande de Dora est une demande de savoir – savoir du corps, ou corps du savoir, le dictionnaire symbolise assez bien ce corpus –, mais en même temps un refus de savoir, car aucun savoir, aucune symbolisation, ne suffira jamais à nommer le cœur vide de sa fascination, c'est-à-dire l'organe génital féminin censuré dans le rêve. Que Freud lui réponde en l'invitant à reconnaître dans sa demande l'expression d'un vœu de recevoir un enfant ne peut que la décevoir. Car ce vœu d'enfant n'est jamais qu'un ersatz destiné à boucher la lacune indicible de la

féminité. Dora, en somme, attendait que Freud lui dise ce qu'est
une femme. Il lui répond : une mère. Elle n'a dès lors plus
d'autre issue que l'avortement de son analyse. La seule réponse
correcte à faire à Dora eut été non pas de savoir, mais de non-
savoir, non pas interprétation fournissant un sens, mais invention transmettant un non-sens.

NOTES

1. S. Freud, *Études sur l'hystérie*, p. 75.
2. S. Freud, *Naissance de la psychanalyse*, lettre n° 101, p. 241.
3. Id., *ibid.*, lettre n° 105, p. 246.
4. S. Freud, « Considérations générales sur l'attaque hystérique »,
Névrose, psychose et perversion.
5. S. Freud, *L'Interprétation des rêves*, p. 133.
6. J. Lacan, La direction de la cure, *Écrits*, p. 626.
7. Id., *Ibid.*, p. 628.
8. S. Freud, *Cinq psychanalyses*, p. 1-91.
9. J. Lacan, « Intervention sur le transfert », *Écrits.*
10. Id., *ibid.*, p. 220.
11. S. Freud, *Cinq psychanalyses*, p. 12.
12. Id., *ibid.*, p. 36-37.
13. J. Lacan, « Intervention sur le transfert », *Écrits.*
14. Id., *ibid.*, p. 221.
15. Id., *ibid.*, p. 222.
16. J. Lacan, *Le Séminaire*, livre XX, *Encore.*
17. S. Freud, *Cinq psychanalyses*, p. 46.
18. Pour le texte du rêve, on se reportera à S. Freud, *Cinq psychanalyses*, G. W. V 256-257.

IX

Changer de sexe ?

Entre 1919 et 1925, la doctrine freudienne sur la question de la féminité se réoriente complètement, passant d'une conception du complexe parental de la fille – celle que soutenait Freud dans le cas de Dora – à une autre conception, diamétralement opposée. Trois textes fondamentaux forment les jalons de ce retournement : « Un enfant est battu » (1919)[1] ; « Psychogenèse d'un cas d'homosexualité féminine » (1920)[2] ; « Quelques conséquences psychologiques de la différence anatomique entre les sexes » (1925)[3]. A partir de ce dernier article, la voie sera ouverte pour les élaborations ultérieures des deux grands textes de 1931 et 1932 sur la « Sexualité féminine » et « La féminité ».

Pour mesurer l'importance de l'enjeu, relevons simplement les contradictions les plus flagrantes. En 1919, le point d'origine de la problématique féminine est désigné dans la fixation amoureuse au père et le point de sortie dans une identification masculine ; en 1925, le point d'origine devient la fixation à la mère et le point de sortie le détour par le père face à qui s'assure la position féminine. D'un côté, le complexe d'Œdipe apparaît comme fondateur de la perversion, de l'autre, il est au contraire la garantie de la position normale de la fille. Nous allons tâcher de reconstituer pas à pas le cheminement logique qui contraint Freud à opérer ces révisions fondamentales.

« Un enfant est battu » présente pour nous l'intérêt de fournir un premier schéma de ce bouleversement fondamental qui, pour Freud, rend compte du destin féminin : ce qu'il appelle, tout simplement, un changement de sexe. Pour arriver à la position finale qui l'insère dans son rôle sexuel, la fille doit chan-

ger de sexe, c'est-à-dire abandonner la position sexuée qui est
initialement la sienne dans l'Œdipe. Freud maintiendra cette
conception tout au long de son œuvre, mais, comme nous allons
le voir, il en modifiera totalement le sens entre 1919 et 1925.
Dans « Un enfant est battu », ce changement s'opère dans le
sens d'une masculinisation, inscrivant le destin féminin dans le
développement d'un complexe de masculinité. Il y a là un paradoxe évident, que le cas de la jeune homosexuelle permettra
déjà de dénouer.

Rappelons-nous dans ses grandes lignes l'ossature de ce
texte de 1919. Ayant constaté la fréquence avec laquelle le fantasme « Un enfant est battu » intervient dans le discours conscient de ses patientes, Freud entreprend d'en démontrer la construction. Sous cette forme, observe-t-il, le fantasme n'apparaît
pas avant l'âge de quatre ou cinq ans. Il se pourrait donc qu'il
ait une préhistoire, qu'il traverse un développement et corres-
ponde à l'aboutissement d'une longue élaboration. Cette hypothèse est confirmée par la mise au jour de trois strates, ou
phases successives, dans lesquelles ce fantasme construit son
énoncé : le père bat l'enfant (haï par moi) ; je suis battue par le
père ; un enfant est battu.

Le premier moment n'est pas nécessairement un fantasme,
ce peut être le contenu d'un souvenir. Le deuxième, qui est le
plus important, n'est pas parvenu jusqu'au conscient et il n'a
jamais eu d'existence réelle : il ne s'agit pas d'une remémora-
tion, précise Freud, mais d'une construction de l'analyse. La
personne qui bat est toujours le père, mais l'enfant battu a
changé : le sujet lui-même fait son entrée sur la scène, à la place
où se situait précédemment son rival, c'est-à-dire à la place de
celui qui est présumé être le favori du père. Dans le troisième
temps, et la personne du père et le sujet ont disparu de la scène :
la personne qui bat est indéterminée (ou parfois désignée dans
un substitut du père, un professeur par exemple) et l'enfant
battu est devenu lui-même interchangeable. Cependant, une
particularité se révèle à ce stade dans les fantasmes des filles ;
l'enfant battu y est toujours de sexe masculin : « C'est justement là qu'est l'énigme », écrit Freud. Comment se fait-il que
battre des petits garçons soit devenu le point d'appui fantasmatique des désirs sexuels de la petite fille ?

Pour découvrir la solution de cette énigme, Freud s'engage dans l'examen du complexe parental de la petite fille à l'époque où se construit le fantasme, c'est-à-dire entre deux et cinq ans. On comparera la structure que Freud dégage ici avec la situation qu'il observe l'année suivante chez sa jeune homosexuelle et avec la préhistoire de l'Œdipe féminin dont il formulera les lignes de force en 1925. Ici, en 1919, le point de départ pour Freud reste, comme dans son analyse de Dora, le tendre attachement de la petite fille pour son père et, par conséquent, l'attitude de concurrence haineuse envers la mère. En somme la situation de la petite fille, dans cette approche, reflète symétriquement celle du petit garçon qui, lui, aime sa mère et jalouse son père. La mère ne reçoit donc de fonction dans l'Œdipe féminin qu'en tant que rivale et elle est exclue de la construction du fantasme : il n'est, ici, nulle part question d'un attachement précoce de la fille à sa mère, le complexe parental et le fantasme soutien du désir sont entièrement axés sur le rapport au père et sur la culpabilité qui résulte de cet amour incestueux. Ainsi, « être battu par le père » signifie aussi bien, dans la première phase du fantasme, être déchu de l'amour paternel, que, dans la deuxième phase, être l'élue de cet amour qui, d'avoir été refoulé, ne peut reparaître qu'en payant son tribut à la culpabilité. « Le père m'aime » devenant « le père me bat », l'amour incestueux reste voilé et la punition qu'il mérite est infligée. Les deux premiers temps du fantasme ne constituent donc que l'expression d'une seule et même chose : l'attachement œdipien de la petite fille pour son père.

Toutefois il faut bien envisager une limite à cette fixation au père puisque, dans la troisième phase, la relation père-fille disparaît de la scène et se voit remplacée par celle qui lie un substitut paternel à un garçon. Cette énigme amène Freud à introduire la notion de « complexe de masculinité » chez la fille. Il y a là un développement pour le moins paradoxal : « Les enfants battus sont presque exclusivement des garçons, dans les fantasmes des garçons aussi bien que dans ceux des filles. Ce trait ne s'explique pas d'une manière intelligible par une quelconque concurrence des sexes, car alors dans les fantasmes des garçons il devrait y avoir beaucoup de filles battues ; il n'a rien à voir non plus avec le sexe de l'enfant haï de la première phase, mais il se

réfère à un processus qui, chez les filles, introduit des complications. *Lorsqu'elles se détournent de l'amour génital incestueux pour le père, les filles rompent le plus facilement du
monde avec leur rôle féminin, donnent vie à leur "complexe de
virilité" (Van Ophuÿsen), et désormais ne veulent être que des
garçons*[4]. » On voit l'impasse qui se dessine : selon ce raisonnement, au moment où l'Œdipe est refoulé, la fille abandonne-
rait sa féminité pour devenir un garçon ! En d'autres termes,
l'issue de l'Œdipe pour la fille serait la perversion. Freud doit
bien sentir que cette conclusion est insoutenable puisque,
immédiatement après ce passage, il s'engage dans une discussion sur la genèse des perversions où de nouvelles contradictions
apparaissent. En effet, si l'élaboration du fantasme « un enfant
est battu » doit finalement nous renseigner sur la genèse des perversions, et notamment du masochisme, comment concilier
avec cela le fait, signalé au début de son texte, que, sur les six
cas qui fournissent matière à sa réflexion, cinq soient des cas de
névrose ? Et, d'autre part, comment apprécier correctement la
portée du complexe d'Œdipe si celui-ci peut être à la fois la base
d'où dérivent les perversions et le noyau des névroses ?

Une voie de résolution s'ouvre dans la distinction que Freud
propose alors entre la perversion infantile et la perversion
adulte. Si la perversion de l'adulte (et notamment l'homosexualité) peut être dérivée du complexe d'Œdipe, elle trouve son
appui moins dans le complexe lui-même que dans les traces, les
cicatrices, dit Freud, que le complexe laisse dans l'inconscient.
Les fantasmes de fustigation constituent de telles cicatrices.
Autrement dit, c'est le fantasme qui est pervers, mais pas nécessairement le sujet lui-même : le fantasme de fustigation peut –
mais ce n'est pas automatique – servir d'appui pour l'apparition
éventuelle d'une perversion à l'âge adulte (mais alors, le scénario sera mis en scène dans le réel, et non plus sur le théâtre
imaginaire de la vie fantasmatique). Dès lors, la question
devient celle de savoir quel élément doit s'ajouter à la cicatrice
de l'Œdipe, en l'espèce le fantasme sado-masochiste avec identification masculine, pour que le sujet choisisse la perversion,
notamment l'homosexualité. Cette question va rebondir un an
plus tard avec le cas de la jeune homosexuelle. En effet, à partir d'« Un enfant est battu », tout le problème est de savoir com-

ment la fille peut s'orienter correctement dans sa vie sexuelle si son fantasme. cicatrice de l'Œdipe, la guide vers une position masculine, c'est-à-dire lui indique la voie de l'homosexualité. Car Freud n'y va pas par quatre chemins. Dans le chapitre VI d'« Un enfant est battu », il écrit que c'est à un *changement de sexe* qu'aboutit le fantasme féminin, changement qui s'oppose radicalement à la féminité que les filles étaient censées faire reconnaître par le père dans l'Œdipe. Comment, alors, la fille peut-elle ne pas devenir une homosexuelle ?

Répondre à cette question suppose que nous suivions le chemin que l'élaboration freudienne elle-même parcourt après « Un enfant est battu » et que nous relisions attentivement l'observation du cas de la jeune homosexuelle qu'il publie l'année suivante. Les réflexions auxquelles Freud est conduit par ce cas comportent une modification fondamentale du point de vue défendu dans « Un enfant est battu ». Et cette modification va permettre de résoudre le point obscur de ce texte, soit le lien entre la position œdipienne de départ et l'identification masculine finale. Le cas de la jeune homosexuelle montre que la perversion n'est pas simplement dérivée du complexe d'Œdipe, en tant que fixation au père, mais qu'elle s'appuie plutôt sur une fixation amoureuse antérieure que Freud découvre ici : la fixation primaire à la mère. Du coup, une autre dimension surgit à l'arrière-plan du destin féminin, celle que Freud va appeler la « préhistoire » de l'Œdipe proprement dit, et dont la révélation va, de 1920 à 1925, lui imposer de reconsidérer l'amour du père chez la fille comme recouvrant, avec plus ou moins d'opacité, un amour plus fondamental et lié, lui, à la mère.

Rappelons brièvement les grandes lignes de l'observation. Il s'agit d'une jeune fille de dix-huit ans, belle et intelligente, issue d'une famille aisée. Cette jeune personne poursuit de ses ardeurs une femme de dix ans plus âgée, une dame « *aus der Gesellschaft* », comme dit Freud, ce qui se traduirait en français par une « mondaine », bref une prostituée de haut vol. Cette femme vit chez une amie mariée et entretient avec elle des relations intimes. La jeune fille reste absolument indifférente aux rumeurs péjoratives qui courent sur la dame, et ne se montre pas affectée par le mépris que son père témoigne à l'égard de cette « cocotte ». Au contraire, cette dépravation de l'objet constitue une condition essentielle de l'amour que lui porte la jeune fille. Elle se comporte à son égard en véritable chevalier servant, la suit partout, fait le piquet devant sa porte, lui envoie des fleurs, etc. Elle a tout à fait consacré sa vie aux devoirs de cette « vénération » – le terme est de Freud –, abandonnant tous ses autres intérêts. La dame, quant à elle, paraît plutôt agacée par les transports de sa jeune admiratrice, et ne lui a jamais accordé de plus haute faveur que la permission de baiser sa main. Elle ne cesse d'ailleurs, à chacune de leurs rencontres, de lui faire la leçon, l'incitant à se détourner d'elle et des femmes en général.

Les parents de la jeune fille – le père surtout – sont furieux et déroutés par le côté provocateur de sa conduite. D'un côté, elle n'hésite pas à s'afficher dans les rues de la ville au bras de sa bien-aimée, faisant fi de sa réputation et de celle de sa famille, mais, de l'autre, à la maison, tous les mensonges sont bons pour dissimuler à ses parents ses rencontres avec elle. Un beau jour survient l'événement qui décide les parents à conduire leur fille chez Freud. Le père croise sa fille qui marche dans la rue accompagnée de la dame ; il leur jette un regard furieux ; l'instant d'après, la jeune fille s'arrache du bras de sa compagne, enjambe le parapet et se jette en bas du pont, s'écrasant sur la voie du tramway qui passe en contrebas. Six mois plus tard, remise de ses blessures, elle arrive chez Freud.

Comment cette jeune femme est-elle devenue une homosexuelle ? Et qu'est-ce qui a bien pu la pousser à se jeter du pont après avoir croisé son père ? Freud commence par relever que ce penchant de la jeune fille pour une femme n'était pas le premier. Cet amour ne faisait que manifester de manière particulièrement voyante une tendance déjà remarquable au cours des années précédentes. Il faut donc reprendre le cours de la vie amoureuse de la patiente depuis le début. Dans le fil de cette recherche, Freud va se trouver amené à articuler la double polarité de l'Œdipe féminin. Dans un premier mouvement, il se borne à considérer le complexe œdipien de sa patiente uniquement du point de vue de l'attachement au père : « Dans ses années d'enfance, la jeune fille était passée par *la position normale du complexe d'Œdipe féminin* d'une manière qui n'avait rien de frappant, plus tard elle s'était mise à substituer à son père son frère un peu plus âgé qu'elle[5]. »

L'envie du pénis était chez elle marquée, et depuis long-temps, car la comparaison de ses organes génitaux avec ceux de son frère, vers l'âge de cinq ans, lui avait laissé une forte impression. Mais, ce trait mis à part, aucun des renseignements que la jeune fille veut bien donner sur son enfance ne montre quoique ce soit de frappant ou d'anormal. « La jeune fille n'avait jamais été névrosée », écrit Freud, et elle ne rapporte dans son analyse aucun symptôme hystérique. Vers treize ou quatorze ans, l'envie du pénis resurgit, transposée en désir d'enfant : la jeune fille manifeste alors une tendresse excessive pour un petit garçon de trois ans qu'elle rencontre dans un square. Toutefois, peu de temps après, le petit garçon lui devient indifférent et elle commence à montrer de l'intérêt pour les femmes mûres – ce qui lui vaut les reproches de son père. A quoi attribuer cette transformation ? Freud remarque qu'elle coïncide avec une nouvelle grossesse de la mère et la naissance d'un petit frère (la jeune fille a alors environ treize ans).

La libido de la jeune fille s'est donc d'abord tournée vers la maternité et, à partir de la grossesse de sa mère, elle est devenue homosexuelle. Ajoutons à cela qu'une série de rêves indiquent clairement que la dame aimée était un substitut de la mère. D'ailleurs, les femmes qui l'avaient précédée dans le cœur de la jeune fille étaient toujours des mères qu'elle avait rencontrées avec leurs enfants. Mais les choses se compliquent car, tout en étant un substitut de la mère, la dame aimée semble aussi valoir comme substitut du frère aîné qu'elle rappelle par sa silhouette élancée, sa beauté sévère et ses manières rudes. Ainsi, note Freud, « l'objet qu'elle avait finalement choisi ne correspondait pas seulement à son idéal féminin mais aussi à son idéal masculin, il unifiait la satisfaction de la direction homo-sexuelle de ses désirs avec celle de leur direction hétéro-sexuelle ». La complexité du cas se révèle dans ce mélange : on ne comprend plus très bien qui ou quoi aime la jeune fille à tra-vers la dame – est-ce la mère, est-ce le frère ? Et que devient, dans ce choix, le désir d'enfant qui s'était exprimé avec tant de force peu auparavant, et que la nouvelle grossesse de la mère a dû décevoir ?

Freud s'aperçoit fort bien de ces difficultés puisqu'il s'étonne que, déçue dans son espoir d'enfant, la jeune fille se soit quand même tournée vers un substitut de sa mère : « C'est au contraire qu'on aurait dû s'attendre », écrit il. Pourquoi la jeune fille ne s'est-elle pas alors révoltée contre sa mère et ne l'a-t-elle pas normalement haïe comme une rivale ? Son choix est d'autant plus surprenant que sa mère se conduisait effectivement à son égard comme une concurrente gênante, soucieuse de plaire par sa beauté et veillant avec jalousie à ce que sa fille reste à distance du père. Elle n'avait donc vraiment aucune raison d'éprouver de la tendresse pour sa mère. Pour démonter ce processus complexe et expliquer ce mystère, Freud est amené à ouvrir deux voies de réflexion. D'une part, il va souligner l'existence, à l'arrière-plan de la relation de la jeune fille à son père, d'une relation plus primaire à la mère. D'autre part, il va introduire, dans l'examen de la vie amoureuse du sujet, une distinction entre deux ordres : d'un côté, *l'identification sexuée* du sujet, c'est-à-dire la position masculine ou féminine qu'il adopte – aime-t-il (ou elle) comme un homme ou comme une femme ? – et, d'un autre côté, *le choix d'objet* – aime-t-il (ou elle) un objet masculin ou un objet féminin ? Appliquant cette distinction au cas de la jeune fille, Freud va mettre en évidence que, sur chacun de ces deux versants, c'est la mère qui apparaît à la place centrale. Elle est à la fois ce qui guide l'identification sexuée de la jeune fille et ce qui incarne l'objet de son choix amoureux. On verra aussi que c'est encore elle qui est concernée dans le passage à l'acte où culmine la conduite de sa fille. Quant au père, il paraît plutôt repoussé dans le rôle d'une figure latérale, celle du témoin sous les yeux de qui se noue le rapport entre deux femmes.

Freud commence ainsi par noter que c'est bien au moment où son désir de recevoir un enfant – et plus spécialement un garçon – de son père était devenu le plus intense que la jeune fille avait vu sa mère enceinte de lui : « Ce n'est pas elle qui eut l'enfant, mais la concurrente que, dans son inconscient, elle haïssait : la mère. » Indignée et aigrie, elle se détourne de son père et de l'homme en général. C'est donc par une réaction de dépit amoureux que la jeune fille est amenée à repousser d'un même mouvement et l'amour pour l'homme, et le désir d'avoir un enfant, et le rôle féminin. (On verra cependant que, dans le passage à l'acte suicidaire auquel elle aboutit, s'opère un retour de certains éléments qu'elle a ainsi voulu rejeter.) Toutefois, la jeune fille fait plus que manifester son dépit et dénier certains de ses désirs. Elle ne se contente pas de bouder l'homme, elle va jusqu'à tourner son amour vers un substitut de la mère. Tel est le mystère qu'il s'agit de percer. Comme l'écrit Freud en un raccourci saisissant : « Elle se changea en homme et prit la mère à la place du père comme objet d'amour. » Les distinctions précédemment introduites éclairent ce bouleversement : la jeune fille, à ce moment, change à la fois d'identification sexuée (elle devient homme) et d'objet d'amour (la mère à la place du père). Ce double renversement n'est possible qu'à une condition, que Freud introduit avec discrétion, mais qui aura par la suite le plus grand retentissement sur toute sa conception du désir féminin : « Chez elle la relation à la mère avait certainement été ambivalente dès le début, et il lui fut facile de ranimer l'ancien amour pour la mère, d'apporter une surcompensation à l'hostilité qu'elle lui vouait actuellement. »

Cette hypothèse modifie complètement la conception que Freud avait jusque-là défendue de la position œdipienne classique de la fille (aimer le père et souhaiter recevoir un enfant de lui). Il se révèle maintenant que derrière cette position d'amoureuse du père s'en cache une autre plus ancienne, et que l'adresse au père occulte, en fait, un amour primordial pour la mère. Celui-ci est loin d'être éteint par l'élection du père, puisqu'il suffit d'une déception dans l'espoir que suscite ce dernier pour que l'amour plus ancien reprenne le dessus, quels que soient, par ailleurs, les motifs d'hostilité qui puissent être opposés à ce premier objet. Cet ancien amour pour la mère est d'autant plus solide qu'il nourrit le narcissisme, celle qui aime pouvant s'identifier à son objet, colmatant ainsi la séparation des plans entre l'identification sexuée et le choix d'objet.

Cependant, si c'est bien l'ancien amour pour la mère qui fait retour après la déception que la jeune fille s'est senti infliger par son père, il faut noter qu'il ne revient que *transformé*. Cette transformation constitue la difficulté la plus aiguë de cette observation. Dans le mouvement par où la jeune fille se tourne vers la dame, il y a comme un tour de passe-passe, une sorte d'inversion. Le jeune fille conserve son schéma d'identification comme voie d'accès à l'amour, mais l'autre à qui elle

s'identifie change. Au cours de la phase que Freud qualifiait de
« normalement œdipienne », elle s'identifiait à sa mère pour
être aimée du père ; après la déception, elle s'identifie au père
pour aimer la mère. Un croisement s'opère donc entre les pôles
de l'identification et de l'objet, et simultanément, une inversion de la position d'aimé ou d'amant du sujet :

	identification	*objet*	*but amoureux*
1re phase :	la mère	le père	être aimée
2e phase :	le père	la mère	aimer

Dans ce croisement, l'ambivalence érotico-agressive qui
caractérise toute relation d'identification imaginaire se trouve
transférée de la mère au père. Comme le souligne Freud, « la
position libidinale ainsi acquise fut consolidée lorsque la jeune
fille remarqua combien la chose était désagréable à son père ».
En somme, elle se venge de son père, elle demeure homosexuelle pour le défier. C'est la raison pour laquelle il est nécessaire qu'elle s'affiche publiquement au bras de la dame, faisant
en sorte que son père apprenne l'existence de sa liaison.

Deux éléments doivent encore être mis en place pour démê-
ler complètement cet écheveau : le premier est le double statut
de la dame, le second la nature spécifique de l'amour que lui
voue la jeune fille. Nous l'avons déjà relevé, la dame est à la fois
un substitut de la mère et un substitut du frère aîné. Disons que
c'est une mère, mais affublée de certains traits du frère aîné.
Freud souligne l'importance de cette double représentation, en
écrivant que « l'inversion de la jeune fille connut un dernier renforcement quand elle rencontra dans la personne de la "dame"
un objet qui donnait du même coup satisfaction à la partie hété-
rosexuelle de sa libido, encore attachée à son frère ». Cette
réflexion paraît obscurcir le tableau plutôt que l'éclairer. Car il
s'agit, après tout, de savoir si cette jeune personne est amoureuse
d'une femme ou d'un homme. Dire qu'il s'agit d'un mélange des
deux ne nous est d'aucune aide. On pourrait avancer une hypothèse en tenant compte de ce qu'en 1920 Freud n'avait pas
encore démonté les mécanismes du fétichisme. Il semble que

l'objet, à la fois homosexuel et hétérosexuel, qu'incarne la dame révèle son identité si l'on y discerne une mère fétichisée. Souvenons-nous que le pénis du frère avait beaucoup frappé la patiente alors qu'elle était encore une petite enfant. Que la dame présente certains traits du frère ne peut que nous renvoyer à ce pénis si caractéristique. Cet attachement à une mère phallique signerait d'ailleurs la structure perverse de la jeune fille.

Quant à la nature de l'amour dont la jeune fille entoure son élue, il se laisse aisément classer dans la catégorie de l'amour chevaleresque de type courtois. En d'autres termes, la jeune fille aime la dame à la manière dont un homme aime une femme selon le type masculin de choix amoureux que Freud a remarquablement éclairé en 1910[6]. Certaines particularités des choix amoureux qu'elle a faits à partir de la grossesse de sa mère s'avèrent concorder avec cette référence. Ainsi les femmes dont elle s'éprenait n'étaient-elles pas particulièrement des femmes connues pour être homosexuelles mais bien, à chaque fois, des femmes de mauvaise réputation. La jeune fille partageait ainsi la visée, typiquement masculine, de vouloir « sauver » la femme aimée de sa dépravation. Sans doute cette attitude abritait-elle une pensée inconsciente stigmatisant le fait que la mère ait reçu un enfant du père : ma mère est une putain. Ce n'est donc pas seulement l'autre de l'identification sexuée et l'objet du choix amoureux qui changent après cette grossesse, mais aussi le mode de l'amour que la jeune fille porte à cet objet. En prenant la mère pour objet et en s'identifiant au père, la position subjective qu'elle adopte dans sa vie amoureuse se modifie : elle passe d'une manière d'aimer féminine (soit du rôle de *l'aimée*) à une manière d'aimer masculine (le rôle de *l'amant*). Remarquons, du reste, que cette inversion ne fait que maintenir une même proposition dont l'énoncé serait : la mère est aimée par le père.

Après avoir dégagé la structure du parcours subjectif de la jeune fille entre quatorze et dix-huit ans, deux questions restent en suspens : quelle est la cause de ce parcours, et quel est son but ? Commençons par la seconde. Il est clair que le but inconscient poursuivi par la jeune homosexuelle est une sorte de démonstration à l'égard de son père. Elle lui montre comment il aurait dû se comporter avec elle, quel genre d'amour il aurait dû lui témoigner. Elle le met au défi de relever le gant, de l'aimer aussi parfaitement qu'elle-même aime la dame. Mais il y a plus que cette démonstration faite au père, ce comportement a aussi une visée du côté de la mère. Considérons le passage à l'acte suicidaire auquel elle aboutit, et notons exactement ce qui se joue à ce moment. La jeune fille est en promenade avec la dame dans un quartier qu'elle sait fréquenté par son père à cette heure. Elles le croisent en effet et il leur jette un regard furieux. La jeune fille avoue alors à la dame que l'homme qui vient de les toiser est son père ; la dame se fâche, exige que la jeune fille la quitte immédiatement et ne lui adresse plus jamais la parole. Celle-ci se jette immédiatement par-dessus le parapet du pont. Dans cette succession, deux faits paraissent saillants, dont le premier est le regard du père. Confrontée à ce regard, la jeune fille se sent réduite à rien, ou en tout cas ravalée bien loin du phallus tout-puissant qu'elle aimerait être. Elle retourne à une position où le sujet se sent fondamentalement exclu, elle est ramenée au rang d'objet *a* devant son père qui la rejette hors de la scène[7]. A cela s'ajoute que la dame, à son tour, se fâche contre elle. Cette mutation implique un nouveau bouleversement des pôles de l'identification et de l'objet d'amour. La dame qui était en position d'objet d'amour, substitut d'une mère phallique, adopte tout à coup le rôle paternel, et ce, au moment même où, confrontée au regard méprisant du père, la jeune fille ne peut plus soutenir son identification à celui-ci. Le rejet est ainsi consommé et la jeune fille n'a plus d'autre issue que de réaliser, en acte, l'éjection où elle est acculée sur le plan symbolique.

Cependant, comme Freud le remarque avec subtilité, elle parvient par cette mise en acte désespérée à récupérer quelque chose de son désir. Son suicide n'est pas simplement une perte, il comporte également ce que Lacan appellerait un « plus-de-jouir ». Son acte est à la fois, selon Freud, un accomplissement de punition et un accomplissement de désir. Le désir qu'elle y accomplit est le désir le plus profond, celui dont la déception avait marqué son entrée dans l'homosexualité, soit le désir d'avoir un enfant du père : en « tombant » du pont par la faute du père, elle « accouchait » également à cause de lui, car le verbe allemand *niederkommen*, par lequel elle a nommé son action, signifie aussi bien « tomber » qu'« accoucher ». L'équivoque signifiante livre ainsi la clef de l'acte où elle est acculée.

Cette analyse prouve, du reste, que le désir d'enfant n'avait nullement été abandonné par la jeune fille au moment de la grossesse de sa mère.

Quant à la réalisation de punition, elle consiste autant en une autopunition (commandée par le regard paternel et les reproches de la dame) qu'en une punition de celle qui accouche, c'est-à-dire la mère. Freud fait d'ailleurs remarquer que « peut-être personne ne trouve l'énergie psychique pour se tuer si premièrement il ne tue pas du même coup un objet avec lequel il s'est identifié, et deuxièmement ne retourne par là contre lui-même un désir de mort qui était dirigé contre une autre personne ». Donc, en se suicidant, la jeune fille punit aussi sa mère, à qui elle s'était identifiée et qui aurait dû mourir en accouchant du petit garçon que sa fille lui a envié. L'accomplissement de punition devient lui aussi un accomplissement de désir.

Cependant, la même question resurgit à chaque tentative d'explication de ce cas : pourquoi faut-il qu'elle devienne homosexuelle pour atteindre son but ? Elle s'est identifiée à la mère, et a ensuite voulu la tuer lorsque celle-ci l'a humiliée par sa grossesse. Soit. Mais pourquoi cette haine identificatoire emporterait-elle la conséquence que la mère soit mise en position d'objet amour ? Le paradoxe autour duquel tourne toute l'observation est bien celui-ci : la jeune fille tue la mère en tant que pôle identificatoire, mais cela ne l'empêche pas de l'aimer en tant qu'objet. Il faut donc conclure que la grossesse de la mère, si elle a pu être *le facteur déclenchant* de l'homosexualité manifeste de la jeune fille, ne peut cependant être considérée comme sa *cause*.

C'est en reprenant la discussion sur la causalité de cette structure, au chapitre VI de l'observation, que Freud souligne l'importance d'une position plus primaire que celles que nous avons jusqu'ici dégagées dans le tableau figurant à la page 170. Il commence par noter que si certains indices, dans l'histoire de cette jeune fille, témoignent d'une position œdipienne classique (tel l'intérêt porté au petit garçon), il convient cependant de les mettre en balance avec d'autres éléments qui, dès l'enfance, annonçaient l'homosexualité de sa patiente. Par exemple, encore écolière, elle s'était éprise d'une institutrice « inapprochable tellement elle était sévère, substitut maternel évident ».

L'homosexualité de la jeune fille ne commence donc pas à l'adolescence, elle est vraisemblablement, dit Freud, « *la conti-nuation directe, non modifiée, d'une fixation infantile à la mère* ». Au regard de cette fixation primaire, la puissante envie du pénis que la petite fille avait manifestée à l'égard de son frère prend tout son sens. Elle avait donc dès l'enfance choisi la voie du « complexe de masculinité ». La leçon finale de l'obser-vation se dégage à présent : en deçà de la position œdipienne où la fille, identifiée à la mère, prend le père pour objet, veut se faire aimer de lui et recevoir un signe de son amour (l'enfant), il faut concevoir une position plus primaire où la fille prend sa mère pour objet d'amour, dans une position masculine d'amant. Nous devons donc compléter notre tableau en y ajoutant un « stade zéro » :

	identification	objet	but amoureux
stade 0	le père ⟍	⟋ la mère	aimer
stade 1 (Œdipe)	la mère ⟍	⟋ le père	être aimée
stade 2 (homosexualité)	le père ⟋	⟍ la mère	aimer

C'est à cette fixation infantile de la fille à la mère que Freud va consacrer ses recherches dans les années qui suivent cette relation du cas de la jeune homosexuelle, spécialement à partir de 1925, date à laquelle il introduit la notion d'une préhistoire au complexe d'Œdipe féminin. Tâchons donc de suivre le déve-loppement que Freud va donner à cette notion et d'en noter toutes les conséquences.

NOTES

1. S. FREUD, « Un enfant est battu », Contribution à la connaissance de la genèse des perversions sexuelles, *Névrose, psychose et perversion*.

2. S. FREUD, « Psychogenèse d'un cas d'homosexualité féminine », *Névrose, psychose et perversion*.

3. S. FREUD, « Quelques conséquences psychologiques de la différence anatomique entre les sexes », *La Vie sexuelle*.

4. S. FREUD, « Un enfant est battu… », *op. cit.*

5. S. FREUD, « Psychogenèse d'un cas d'homosexualité féminine », *Névrose, psychose et perversion*, p. 253.

6. S. FREUD, « Un type particulier de choix d'objet chez l'homme », *La Vie sexuelle*, p. 47-55.

7. Voir à ce propos les remarquables commentaires de J. Lacan dans son Séminaire *L'angoisse* (inédit).

X

Une fille et sa mère

Nous nous demandions, à la fin d'« Un enfant est battu », comment chez la fille une position masculine pouvait découler de la fixation amoureuse au père. Le cas de la jeune homosexuelle aura permis à Freud de résoudre cette question, mais en même temps l'aura complexifiée, en dévoilant une dimension qui était jusque-là restée ignorée : celle de la fixation plus ancienne à la mère. Mais ce texte sur la jeune homosexuelle suscite de nouvelles énigmes. L'homosexualité de la fille devient désormais une possibilité inscrite dans la structure du complexe d'Œdipe féminin, voire un élément de base de ce complexe (la position masculine à l'égard de la mère). A quoi tiendra dès lors qu'une fille devienne ou non homosexuelle ? Qu'est-ce qui décidera du fait que la relation primordiale à la mère puisse ou non refaire surface à travers la relation de la fille à son père ? En d'autres termes, la question qui se pose est celle de savoir si la relation au père, qui s'instaure dans l'Œdipe proprement dit de la fille, fait fonction de métaphore ou seulement de métonymie à l'égard de la relation à la mère. La jeune homosexuelle de Freud ne fait que parcourir en sens inverse le chemin que Freud désigne à présent comme le trajet même de l'accomplissement de la féminité. A quelles conditions cette régression vers la relation à la mère est-elle possible ? Freud n'a pas vraiment répondu à cette question dans son observation du cas. Quant à nous, remarquons que la question prend une portée vraiment générale si l'on en formule l'énoncé dans le sens inverse : à quelles conditions ce retour de la relation à la mère pourrait-il être rendu impossible ?

Tel est le problème que Freud s'engage à résoudre à partir de 1925, donnant ainsi un étrange écho à la préoccupation qu'il exprimait vingt-cinq ou trente ans auparavant, lorsqu'il formait le projet d'endiguer la puissance obscure du sexe féminin, comme il l'écrivait à Fliess. Dorénavant, à chaque pas de sa réflexion, Freud va se heurter toujours au même obstacle : la relation au père ne fait pas réellement disparaître pour la fille la relation primaire à sa mère. Elle n'en constitue qu'un « aménagement », un « report », comme il le dira dans son article sur « La sexualité féminine [1] ». Par conséquent, la question de l'homosexualité féminine devient une question de structure : il y a quelque chose de presque « naturellement homosexuel » chez les femmes. Il est dès lors bien difficile de considérer l'homosexualité féminine comme une perversion pure et simple.

Nous voici donc conduits, avec Freud, à examiner ce qui se passe dans la relation entre une fille et sa mère, dans cette « préhistoire » du complexe d'Œdipe féminin. Cet examen s'inaugure avec le texte de 1925 intitulé « Quelques conséquences psychologiques de la différence anatomique entre les sexes [2] ». Freud y formule explicitement la relation de la fille à son père, qui avait jusque-là défini l'Œdipe féminin, comme le *transfert* d'une relation initiale à la mère, transfert dans lequel le père a fonction de métaphore. Il lui faut par conséquent reconsidérer fondamentalement sa théorie du complexe d'Œdipe en y introduisant, entre le garçon et la fille, une dissymétrie essentielle, qui s'exprimera notamment dans la fonction qu'y joue le complexe de castration.

Soulignons tout d'abord les termes du titre de ce texte. Ils indiquent d'emblée le clivage entre le psychique et l'anatomique : perceptible au niveau de l'anatomie, la différence ne s'inscrit pas comme telle dans le psychique. Ne s'y inscrit que ce qui est *conséquence* de cette différence, soit le complexe de castration. Mais l'important n'est pas simplement ce clivage, c'est l'usage que garçons et filles vont en faire pour déterminer leur attitude. Une des conséquences psychiques de l'absence d'inscription inconsciente de la différence anatomique des sexes est ainsi la tendance à ce que s'instituent un mode de pensée masculin et un mode de pensée féminin. Ce n'est bien sûr qu'une tendance, mais elle est frappante. Placé devant l'anatomie, le garçon ne sait jamais trop quoi penser, il est comme condamné à la recherche et au doute, alors que la petite fille, selon Freud, sait d'emblée ce qu'il y a lieu de penser parce que, au regard du sexe opposé, elle peut se ranger à une évidence qui la dispense des ruminations masculines.

L'article reprend tout d'abord, en les précisant, les thèses avancées en 1908 dans le texte sur « Les théories sexuelles infantiles[3] » et réinterprétées une première fois en 1923 dans « L'organisation génitale infantile[4] ». Jusque-là, en effet, Freud n'avait jamais envisagé la découverte de la différence anatomique des sexes que du point de vue du petit garçon. En 1908, il avait développé l'idée que devant la zone génitale féminine, le garçon faisait plier sa perception elle-même : « [...] au lieu de constater le manque du membre, il dit régulièrement en guise de consolation et de conciliation : c'est que le... est encore petit ; mais quand elle sera plus grande il poussera bien. » En d'autres termes le petit garçon qui découvre l'anatomie féminine *ne voit pas* que le pénis y est absent, mais il *dit* qu'il y est, caché. Freud ajoutait que la petite fille partage l'opinion de son frère, qu'elle manifeste un grand intérêt pour le membre du garçon, se sentant désavantagée et envieuse. Bref, à ce stade de l'élaboration freudienne, garçon et fille célèbrent *l'universalité du pénis* avec pour rançon la crainte de la castration du côté du garçon, et l'envie du pénis du côté de la fille.

En 1923, dans « L'organisation génitale infantile », Freud a déjà modifié cette thèse. Ce n'est plus l'universalité du pénis qu'il trouve dans l'attitude des enfants mais, plus subtilement, le *primat du phallus*. Ce terme introduit une nuance : si le phallus a un rapport étroit avec l'organe mâle, c'est dans la mesure où il désigne le pénis en tant que manquant ou susceptible de manquer. Revenant à l'observation du petit garçon qui découvre l'anatomie féminine, Freud précise alors que ce n'est pas du pénis en tant que tel que le garçon affirme l'existence chez la fille, mais bien du pénis en tant que coupé : « On sait comment ils réagissent aux premières impressions provoquées par le manque du pénis. Ils nient ce manque et croient voir malgré tout un membre ; ils jettent un voile *(beschönigen[5])* sur la contradiction entre observation et préjugé, en allant chercher qu'il est encore petit et qu'il grandira sous peu, et ils en arrivent lentement à cette conclusion d'une grande portée affective : auparavant, en tout cas, il a bien été là et par la suite il a été enlevé.

Le manque de pénis est conçu comme le résultat d'une castration et l'enfant se trouve maintenant en devoir de s'affronter à
la relation à la castration avec sa propre personne[6]. » En 1908,
Freud soutenait que le petit garçon « ne constatait pas du tout le
manque » ; en 1923, il centre au contraire le ressort du complexe de castration sur le fait que le garçon appréhende le sexe
féminin comme manque de pénis, c'est-à-dire comme phallus.
Malheureusement, conclut-il, l'examen du processus correspondant chez la petite fille fait défaut.

C'est à ce défaut que « Quelques conséquences psychologiques […] » vient remédier deux ans plus tard. La nouveauté de
ce texte tient au repérage de la forme sous laquelle le primat du
phallus se révèle pour l'un et l'autre sexe. Si c'est le même
phallus que garçon et fille découvrent respectivement dans le
sexe anatomiquement opposé, cette découverte s'inscrit dans le
registre du *manque* pour le garçon et dans le registre du *voile* pour
la fille. L'entrée dans la problématique de la castration se joue
pour l'un et pour l'autre, mais pas au même niveau. L'anatomie
ne suscite pas le même type de réponse chez l'un et chez l'autre,
ils réfutent la différence qu'elle leur montre chacun à leur
manière. Le garçon se conduit de manière irrésolue, il doute, il
cherche d'autres informations ; la fille, elle, a tout compris en
un clin d'œil : « Elle a vu cela, sait qu'elle ne l'a pas et veut
l'avoir », écrit Freud[7]. L'instant de voir la différence inaugure
pour le premier un infini temps pour comprendre alors que, pour
la seconde, il semble se conjuguer immédiatement avec le
moment de conclure. Le complexe de masculinité de la fille
s'étaie sur ce clin d'œil initial et se développe selon deux versants, celui de l'*espoir* et celui du *déni* : espoir d'obtenir un jour
en récompense ce pénis qui la rendrait semblable aux hommes ;
déni par lequel elle refuse de reconnaître son manque et s'entête
dans la conviction qu'elle l'a quand même, se contraignant à se
comporter comme si elle était un homme. La différence entre
l'attitude du garçon et celle de la fille est par conséquent un
résultat psychique de la découverte anatomique, donc de l'appui
ou du manque d'appui que la perception fournit à leurs mécanismes de pensée. Pour le garçon, l'anatomie féminine n'offre rien
à percevoir. Il est confronté au trou, c'est-à-dire à ce qui ne peut
être pensé sans le concept du manque. Le rôle de la menace de

castration prend ici sa valeur fondamentale qui est de fournir le concept de signifiant du phallus qui donne un repère à son travail de pensée. Mais, tout point de repère qu'il soit, ce concept reste une escroquerie, un semblant : en nommant « manque » ce qui est « trou », c'est-à-dire rien du tout, il exclut la découverte du sexe féminin comme tel. Granoff, dans son livre *La Pensée et le féminin*[8], a bien aperçu l'importance de ce processus : parce que le garçon n'est pas devant le féminin comme devant une évidence, il se voit contraint au travail de la pensée pour se le signifier – à cette précision près que ce qui pourra lui être signifié de la sorte ne sera jamais que le phallus et non le sexe féminin. Ce mécanisme entraîne une invalidité définitive dont toute l'activité de pensée et de recherche du garçon portera la trace. La fille, de son côté, rencontre une évidence de départ : l'anatomie de l'autre sexe lui offre un *signe* indiscutable sur lequel elle peut s'appuyer pour conclure, sans passer par le temps pour comprendre auquel est condamné le garçon. Elle a vu, elle sait, elle veut : la question est tranchée. Alors que le garçon ne s'insère dans cette problématique de la castration que par un *jugement*, la fille, elle, peut s'épargner ce travail de pensée grâce à l'évidence visible du pénis. Cette évidence n'est toutefois pas moins trompeuse que l'absence de signe rencontrée par le garçon : le signe du pénis joue pour la fille le rôle d'un écran qui occulte la nature de son propre manque. Cette différence dans l'approche de la castration chez le garçon et la fille se laisse mieux cerner si l'on y applique la distinction des registres du symbolique et de l'imaginaire. Le garçon s'y introduit par le biais du symbolique : il fait jouer le *signifiant du manque* là où il rencontre le *manque de signifiant* le plus radical. La fille, elle, aborde le sexe opposé par une imaginarisation : elle accorde au pénis la fonction de signe d'une identité sexuée dont elle se sent privée.

Après avoir situé la manière dont fille et garçon entrent dans le complexe de castration, il reste à mesurer quelles sont les conséquences de ce complexe sur leurs structures œdipiennes respectives. Sur ce point, une dissymétrie essentielle va se révéler.

Pour le garçon, le complexe d'Œdipe est une formation primaire. Il est, dit Freud, « la première station que l'on reconnaît d'une façon certaine chez le garçon ». Cette situation est facile à comprendre puisque dans l'Œdipe, le garçon conserve l'attachement qu'il avait manifesté à l'objet investi alors qu'il n'était encore qu'un nourrisson : la mère. Y a-t-il une préhistoire à l'Œdipe masculin ? Rien n'est moins sûr. Freud, à ce propos, évoque diverses hypothèses : celle d'une identification amoureuse primaire au père, celle de l'activité masturbatoire de la prime enfance et le rôle qu'y tient l'énurésie, celle enfin des fantasmes originaires de scène primitive. Mais demeure dans tout cela « beaucoup d'inexpliqué », conclut-il, on ne peut donc parler d'une préhistoire de l'Œdipe chez le garçon comme on peut le faire dans le cas de la fille. Ce qui lui correspond chez le garçon est à peu près ignoré. Quant à la question de l'avenir du complexe d'Œdipe du garçon, la réponse est simple : il n'en a pas. Freud reprend ainsi la thèse qu'il a avancée dès 1923 dans « La disparition du complexe d'Œdipe[9] » : le complexe de castration, chez le garçon, fait littéralement voler en éclats le complexe d'Œdipe. Celui-ci n'est pas seulement refoulé sous la poussée de la menace de castration, mais, avance Freud, « dans les cas idéaux » il disparaît purement et simplement de l'inconscient, le surmoi venant prendre son relais. Cette thèse est véritablement stupéfiante et donne une idée de ce que serait la réalisation « idéale » vers laquelle glisse la pente de la logique inconsciente, si la névrose et le symptôme ne nous retenaient pas de la suivre. Heureusement, pourrait-on dire, les « cas idéaux » semblent moins fréquents que les cas névrotiques, car l'« idéal » en question ne promet pas mieux que la tyrannie du surmoi. La névrose, à cet égard, a pour fonction de maintenir un certain avenir au complexe d'Œdipe et par conséquent au désir inconscient.

La situation de la fille est plus compliquée, Freud l'annonce d'emblée : « Le complexe d'Œdipe de la petite fille recèle un problème de plus que celui du garçon. » Il faut, en effet, expliquer comment et pourquoi, la mère étant ici également le premier objet, la petite fille est conduite à y renoncer pour y substituer le père. Il en ressort que le complexe d'Œdipe, primaire chez le garçon, est secondaire chez la fille. Le complexe de castration joue donc un rôle dissymétrique chez l'un et l'autre sexe : il tend à faire disparaître l'Œdipe du garçon, et est au contraire l'origine de l'Œdipe pour la fille, c'est-à-dire l'origine du renoncement à la mère et de l'élection du père. La préhistoire de l'Œdipe féminin recouvre l'action de ce complexe de castration dans la relation de la fille à la mère. L'envie du pénis qui émerge lorsque la petite fille a vu le trait identifiant le sexe de son père, et qui lui ouvre le chemin du complexe de masculinité, n'est pas sans conséquence sur la façon dont la fille considère son premier objet, la mère, ni sur le jugement qu'elle porte sur son propre corps. Freud énumère quatre séries de ces conséquences.

La première est un *sentiment d'infériorité*, de moindre valeur : « Tout comme une cicatrice, chez la femme qui reconnaît sa blessure narcissique, s'installe un sentiment d'infériorité. » C'est donc au niveau du narcissisme, des appuis identificatoires, que l'envie du pénis traduit ses premiers effets. Sur ce plan, tout se passe comme si la fille ne pouvait appuyer son identification sexuée sur aucun trait distinctif au niveau du sexe. Elle commence alors à partager le mépris où l'homme tient le sexe féminin – ce sexe « raccourci » – et, ce faisant, se rend semblable au garçon dont elle adopte le jugement. Le paradoxe est ici patent : en se jugeant inférieure, elle se rend égale à l'homme par ce jugement même. Freud fait à ce propos un appel de note ironique : il fait remarquer que « c'est là le noyau de vérité de la théorie adlérienne » de la protestation virile – celle-ci trouvant son véritable fondement dans la réaction des filles face à la privation du pénis !

Deuxième conséquence de l'envie du pénis : le mode particulier selon lequel se constitue la *jalousie féminine*. Ici encore, nous sommes dans le registre du narcissisme, mais cette fois sous l'angle du rapport à l'image de l'autre. Freud renvoie son lecteur au démontage du fantasme « Un enfant est battu [10] », notamment à la première phrase de ce fantasme qui s'énonce : « Le père bat l'enfant dont je suis jalouse. » Il ajoute maintenant que : « L'enfant qui est alors battu-caressé peut n'être au fond rien d'autre que le clitoris. » Cet énoncé nécessite quelques mots de commentaire. Rappelons-nous que dans ce fantasme féminin ce sont toujours des garçons qui sont battus et que « être battu » y vaut comme équivalent de « être aimé ». Par conséquent, la petite fille s'identifie tantôt à celui qui est battu pour rejoindre la position de celui qui est aimé, tantôt à celui qui bat pour se venger du garçon qu'elle jalouse. Mais si, par ailleurs, l'enfant battu peut être identifié au clitoris, c'est celui-ci qui prend valeur de trait valant l'élection de l'amour. Que le clitoris soit battu-aimé veut dire qu'il n'est pas nécessaire d'être garçon affublé du pénis pour être aimé par le père, il suffit d'avoir le trait « raccourci » du clitoris. Ce fantasme recouvre donc un souhait : le souhait de voir élever le clitoris au rang de pénis, c'est-à-dire au rang de signe attirant la reconnaissance et l'amour du père. Cette équivalence tant souhaitée sous-tend la jalousie typiquement féminine. Une femme en jalouse une autre *comme elle jalouserait un garçon* : elle la jalouse de posséder, ou d'avoir l'air de posséder ce trait d'élection de l'amour qu'elle envie. Ce qui rend une femme jalouse, c'est moins que son amant désire d'autres femmes qu'elle, mais qu'il pense d'une autre femme qu'elle a « un petit quelque chose » qui la rend irrésistible. Ce « petit quelque chose », cet indice d'un signe qui capterait « magiquement » le désir de l'autre, les femmes ne cessent de le traquer chez les autres femmes.

Une autre conséquence de la découverte de la castration pour la fille est *le relâchement de la relation tendre à la mère en tant qu'objet*. C'est en effet la mère que la fille rend responsable de son manque de pénis, l'accusant de l'avoir mise au monde avec un bagage insuffisant. Ce reproche s'éclaire également à la lumière de la catégorie du signe dans laquelle la fille donne fonction au pénis. La fille pense que sa mère ne lui a pas donné un véritable organe génital comme au garçon, elle se sent donc dépourvue d'un signe indiscutable de sa propre identité sexuée. Le sexe féminin reste toujours « *unentdeckt* », non découvert, comme le dit Freud, et ce dans les deux sens, propre et figuré, du terme. Ce défaut d'identité ne laisse comme voie possible à l'identification féminine que l'identification à la mère. Mais précisément « maternité » n'est pas « féminité » et, au reste, l'identification à la mère est fondamentalement ambivalente puisque la mère est également privée de pénis, donc essentiellement dévaluée par la fille.

Enfin, l'envie du pénis provoque chez la fille une *intense réaction contre l'onanisme clitoridien* qui comporte désormais pour elle une humiliation narcissique insupportable. En d'autres termes, elle se refuse à encore tirer plaisir de ce sous-pénis qui ne vaut même pas comme soutien de son identité sexuée. Freud se lance ici dans un développement complexe où il met en rapport l'activité masturbatoire de la fille avec la dialectique activité/passivité. Il en conclut que l'humiliation narcissique qui vient gâter la masturbation jusqu'à provoquer son abandon constituerait finalement le levier qui pousse la fille à accepter la féminité. Il y a là, pour le moins, un paradoxe, dont on retrouvera le mécanisme, avec une autre argumentation, dans le texte de 1932 sur « La féminité[11] ». L'importance exclusive accordée à l'envie du pénis commence ici à trahir l'impasse où elle mène le raisonnement freudien. Freud, en effet, se trouve acculé à ce véritable exploit de devoir rendre compte du destin féminin à partir de la seule envie du pénis, c'est-à-dire, en somme, de devoir expliquer comment c'est le complexe de masculinité qui amène la fille à devenir féminine !

Ce développement de la féminité est censé se réaliser, selon Freud, dans la deuxième phase qui s'ouvre à la fille après la mise en place du complexe de castration, c'est-à-dire dans la phase où, déçue par sa mère, la fille se tourne vers son père, entrant ainsi dans l'Œdipe proprement dit. Cette phase s'inaugure par une métaphore. Le père se substitue à la mère et, par conséquent, le vœu d'enfant vient prendre la place du vœu du pénis : « Jusqu'ici, il n'a pas été question du complexe d'Œdipe, il n'avait d'ailleurs pas joué de rôle jusque-là. La libido de la petite fille glisse maintenant – le long de ce qu'on ne peut appeler que l'équation symbolique : pénis = enfant – jusque dans une nouvelle position. Elle renonce au vœu du pénis pour le remplacer par le vœu d'un enfant et, dans ce dessein, elle prend le père comme objet d'amour. La mère devient objet de sa jalousie : la petite fille est devenue une petite femme[12]. » Si nous rapportons ce bouleversement à la formule que Lacan nous donne de la métaphore, et plus spécialement de la métaphore paternelle, nous pouvons l'écrire comme suit :

1. la métaphore : $\dfrac{S}{\cancel{S}'} \cdot \dfrac{\cancel{S}'}{x} \rightarrow S\left(\dfrac{I}{s}\right)$

2. la métaphore paternelle (Lacan) $\dfrac{\text{Nom-du-Père}}{\text{Désir de la mère}} \cdot \dfrac{\text{Désir de la mère}}{\text{signifié au sujet}} \rightarrow \text{NDP}\left(\dfrac{A}{\text{Phallus}}\right)$

3. la métaphore freudienne $\dfrac{\text{Père}}{\text{Mère}} \cdot \dfrac{\text{Mère}}{\text{Pénis}} \rightarrow \text{Père}\left(\dfrac{A}{\text{enfant}}\right)$

A partir de là, Freud ne va cesser de se heurter à la question de savoir si ce passage de la première à la deuxième phase de l'Œdipe féminin comporte bien quelque chose de l'ordre d'une métaphore. Car la problématique féminine, il va le constater de plus en plus nettement, n'est pas autre chose dans son fond que le retour inéluctable de la relation ancienne à la mère. *Tout se passe en réalité comme si, pour la petite fille, le père ne se sub- stituait jamais tout à fait à la mère*, comme si c'était toujours cette dernière qui continuait à agir à travers la figure du pre- mier. Autrement dit, la question se pose de savoir si ce que Freud construit avec ces deux phases de l'Œdipe féminin relève de la métaphore ou de la métonymie.

La question est d'autant plus vive que le lien entre le pénis envié et l'enfant souhaité du père semble bien n'être lui-même qu'une métonymie, plutôt qu'une métaphore. En souhaitant recevoir un enfant du père, la fille, au fond, ne renonce pas du tout au pénis. Simplement, elle en cherche un équivalent. Qu'y a-t-il de mieux qu'un pénis sinon un enfant ? Ce passage du pénis à l'enfant ne semble pas réaliser la production d'un signifié nouveau – critère qui signe la métaphore. Que l'enfant consti- tue, à défaut du pénis, le signe de l'identité féminine n'est jamais qu'un espoir, voire un déni : la clinique nous enseigne ainsi que la maternité, de ce point de vue, s'accompagne fré- quemment d'une dépression, ou d'un contentement de façade, qui en dit long. Freud lui-même se heurtera à cet échec au fil de son élaboration. C'est pourquoi il devra conclure, dans les années 1937-1938[13], que l'envie du pénis présente chez la femme quelque chose d'irréductible, ce qui implique aussi bien que le retour à la mère, avec toute l'ambivalence de cette rela- tion, reste inéluctable dans le destin de la fille. Nous verrons comment l'enseignement de Lacan permet de trouver une issue à cette impasse.

Tout cela nous conduit à examiner en détail ce qui se passe dans la relation entre une fille et sa mère. Or, sur cette question capitale et déterminante du destin féminin, il est frappant que, mis à part les deux articles que Freud publie en 1931 et 1932[14], la littérature psychanalytique ne propose rien de vraiment consistant, au point que l'on pourrait aujourd'hui, plus de cin- quante ans après sa rédaction, maintenir ce propos inaugural de

Freud dans son texte « Sur la sexualité féminine » : « Tout ce qui touche au domaine de ce premier lien à la mère m'a paru si difficile à saisir analytiquement, si blanchi par les ans, vague, à peine capable de revivre, comme soumis à un refoulement particulièrement inexorable. Mais peut-être n'ai-je cette impression que parce que les femmes qui étaient analysées par moi pouvaient conserver ce lien même au père dans lequel elles s'étaient réfugiées depuis la phase de pré-Œdipe dont il est question. » La difficulté serait donc redoublée par le psychanalyste lui-même : non seulement le domaine est en soi particulièrement difficile à explorer, mais, de plus, son refoulement se trouverait renforcé par la position du psychanalyste dans la mesure où il prend la place de substitut paternel – ce qui était, on le sait, la tendance déclarée de Freud lui-même. L'explorateur se voit ainsi pris au piège de sa propre démarche. Par conséquent, une avancée dans cette question n'est envisageable qu'à condition de réinterroger et de redéfinir la position de l'analyste dans la cure avec une femme – ce qui ne veut pas dire, comme on pourrait le conclure trop rapidement, qu'il suffirait que l'analyste vienne en position de mère, plutôt que de père, pour que la difficulté soit levée.

Il est d'autant plus nécessaire de faire émerger dans l'analyse ce lien à la mère que, dit Freud, il existe une relation étroite entre la phase du lien à la mère et l'étiologie de l'hystérie, comme aussi bien la genèse de la paranoïa. Cette phase de pré-Œdipe acquiert ainsi une telle importance que Freud est amené à lancer cette formule qui tombe, en 1931, comme un véritable pavé dans la mare : « Comme cette phase permet toutes les fixations et tous les refoulements auxquels nous ramenons l'origine des névroses, il semble nécessaire de revenir sur l'universalité de la thèse selon laquelle le complexe d'Œdipe est le noyau des névroses [15]. » Freud avait déjà asséné un premier choc en 1925 lorsqu'il avait tranquillement avancé que, sous l'influence de la menace de castration, le complexe d'Œdipe pouvait être tout simplement rayé de l'inconscient [16]. Cette fois, il va plus loin encore dans la remise en question de l'Œdipe : les névroses, en tout cas du côté des filles, pourraient bien avoir leur source ailleurs ! La thèse étonne d'autant plus qu'à peine l'a-t-il énoncée, Freud la minimise en déclarant que personne n'est obligé de le suivre sur ce terrain.

Comment devons-nous apprécier aujourd'hui le terme de
« pré-œdipienne » par lequel Freud qualifie cette relation primaire à la mère ? Comment saisir cette relation mieux qu'en la
rapportant à celle qui lie l'enfant au premier Autre, l'Autre
maternel, celui que Lacan présente comme non encore dédou-
blé ou divisé par le lieu de la Loi [17] ? Il y aurait donc chez la fille
persistance d'une relation à l'Autre qui « normalement » est
rendue caduque par l'intervention de la métaphore paternelle. Il
nous faut ici avancer avec prudence, et ne pas nous presser de
tirer des conclusions trop générales. Il ne s'agit pas, bien sûr, de
soutenir que les filles ne seraient pas sujettes à la métaphore
paternelle – ce qui reviendrait à dire que les femmes sont psychotiques. Néanmoins, quelque chose de cet ordre se produit.
Le père ne s'impose pas vraiment comme métaphore dans le
destin féminin, ou plus exactement, la fille ne s'assujettit *pas
toute* à cette fonction de métaphore. Pour elle, l'instance paternelle ne fait pas disparaître, ne renvoie pas aux oubliettes, le
premier Autre maternel. Il semble que c'est plutôt en tant que
toujours susceptible de se ramener à une métonymie de la mère
que le père trouve sa place dans l'Œdipe féminin, retrouvant
ainsi le statut qui était initialement le sien : « En vérité, pendant
cette phase, le père n'est pas grand-chose d'autre pour la petite
fille qu'un rival gênant, même si l'hostilité contre lui n'atteint
jamais le degré de celle qui caractérise le comportement des
garçons envers leur père », écrit Freud [18].
  Cette limitation de la portée de la métaphore paternelle chez
la fille n'est pas inexplicable. En effet, si la fonction du père
consiste à introduire le sujet à la loi du phallus, et si ce signifiant
du phallus échoue, par définition, à signifier ce que serait la
féminité proprement dite, il en résulte que la signification
induite par la métaphore paternelle est toujours incomplète,
insuffisante à assigner à un sujet sa place de fille. L'identification phallique ne fait que souligner l'exclusion de l'être féminin
de la représentation. La fille ne peut donc que ressentir la limite
de cette métaphore, soit qu'elle la refuse, soit qu'elle en dénonce
l'aspect de mascarade. Par conséquent, si la fille – à moins d'être
psychotique – s'assujettit bien, tout comme le garçon, à la loi
phallique qu'instaure la fonction paternelle, il n'en reste pas
moins que cette loi, pour elle, n'opère pas partout : la fille se

situera à la fois dans la loi et, pour une part, hors la loi. Cette situation inconfortable n'est cependant pas sans procurer certains bénéfices. Il est vrai qu'il y a pour la fille une contradiction entre la voie que lui indique la métaphore paternelle et la position œdipienne proprement dite, car c'est au moment où elle est amenée à rejeter la mère comme objet d'amour, donc au moment où elle lui témoigne le plus d'hostilité, qu'elle devrait néanmoins s'identifier à elle pour occuper sa position féminine à l'égard du père. La difficulté propre à l'Œdipe féminin tient ainsi à ce qu'il implique que soit conservé, au titre de l'identification, l'élément qui doit être abandonné au titre d'objet d'amour.

On ne s'étonnera donc guère que Freud ait déployé tant d'efforts, en 1931-1932, pour tenter de saisir ce qui détermine le passage de la relation pré-œdipienne à la mère, vers la relation œdipienne au père. Voyons comment il aborde ce problème dans son texte « Sur la sexualité féminine ».

Il commence par y définir ce sur quoi porte le changement qui s'effectue au cours de ce passage de la première à la seconde phase de l'Œdipe féminin. La fille, dit-il, est alors amenée à changer non seulement d'*objet d'amour*, mais également de *sexe*. Le changement de sexe est ici plus significatif que la modification de l'identification sexuée qu'il avait relevée dans le cas de la jeune homosexuelle. Ce n'est pas seulement l'identification qui est en jeu, mais aussi la *jouissance* que le sujet obtient du sexe. En effet, la fille doit non seulement abandonner sa mère comme objet d'amour pour se tourner vers le père, mais simultanément abandonner la jouissance clitoridienne (qui, pour Freud, a un caractère masculin) au profit de la jouissance vaginale. Cette nouvelle thèse introduit d'ailleurs une nouvelle complication, qui n'échappe pas à Freud. De même que la mère, abandonnée comme objet d'amour, reste toujours présente comme pôle identificatoire dans la seconde phase, le clitoris continue, lui aussi, de jouer son rôle dans la vie sexuelle ultérieure de la femme. Il est clair que sur ce plan de la jouissance sexuelle, la substitution du vagin au clitoris ne s'opère pas tout à fait, en tout cas pas sur le mode de la métaphore. Il s'agit bien de deux zones sexuelles distinctes dont l'une (le clitoris) est liée à la relation à la mère – la « première séductrice » –, l'autre prenant sa valeur dans la relation au père. Mais la jouissance vagi-

nale ne remplace pas, à strictement parler, la jouissance du clitoris, elle s'y ajoute ou s'y connecte. De nouveau, nous avons
l'impression d'un lien métonymique plutôt que métaphorique.
C'est d'ailleurs là chose sue de tout temps ; il suffit de consulter quelque traité d'érotisme – qu'il nous vienne de l'ancienne
Chine, de l'Inde, ou de la Californie contemporaine – pour
constater qu'à ce clivage de la sexualité féminine, on a toujours
tenté de répondre en essayant de relier, de mettre en continuité
les deux organes sexuels féminins (ce qui implique qu'on les
conçoive comme connectés métonymiquement). Un exemple
récent, à la fois pittoresque et tragique, nous en est donné par une
élève très proche de Freud, Marie Bonaparte, qui, affectée
d'une frigidité irréductible, se soumit à une opération chirurgi-
cale consistant à rapprocher le clitoris de l'entrée du vagin.

Ainsi les deux changements qui devraient accomplir l'Œdipe
féminin paraissent tout à fait problématiques. Le choix amoureux et la vie conjugale des femmes témoignent d'ailleurs de
ces difficultés : « Par exemple, nous avons depuis longtemps
remarqué que beaucoup de femmes qui ont choisi leur mari
selon le prototype paternel, ou lui ont donné la place du père,
répètent sur lui dans le mariage leur mauvaise relation avec leur
mère. Le mari devrait hériter de la relation au père et il hérite en
réalité de la relation à la mère [19]. » Plutôt que d'une *substitution*
du père à la mère, il s'agit donc d'un *report* (*Überschreibung*,
dit Freud, soit le terme comptable désignant le fait de porter au
crédit de). La fille met au crédit de l'objet paternel les liens
affectifs qu'elle avait avec l'objet maternel. Mais quelle est la
cause de ce report ? Qu'est-ce qui justifie l'abandon de la mère
qui était pourtant si exclusivement aimée ? Et qu'est-ce qui lui
vaut la véritable haine que la fille lui voue tout en lui conservant
son amour ?

Pour répondre à ces questions, Freud énumère une série de
facteurs hétéroclites, certains étant propres à la vie sexuelle de
la petite fille, d'autres valant également pour le petit garçon.
Le premier d'entre eux est *la jalousie infantile* qui s'exerce à
l'égard des rivaux dans l'amour de la mère, le père faisant partie de ces rivaux. Ensuite, Freud envisage *la nature même de
l'amour infantile*, qui, sans mesure et sans but précis, est donc
condamné à être déçu. Mais l'un des facteurs les plus impor-

tants est le rôle du complexe de castration dans le destin de la fille ; Freud reprend ici les thèses qu'il avait avancées dans « Quelques conséquences psychologiques [...][20] », en classant les conséquences du complexe de castration féminin selon trois types d'attitudes : ou bien la fille renonce à toute activité sexuelle (réaction qui s'exprimera à l'âge adulte sous la forme de la dépression) ; ou bien elle entre dans le complexe de masculinité et maintient, dans le déni ou dans l'espoir, son envie d'un pénis semblable à celui du garçon ; ou bien elle suit la voie que Freud considère comme celle de la véritable féminité, et se tourne vers le père dans l'espoir de recevoir de lui un enfant symbolisant ce que la mère n'a pu lui donner.

Dans tous les cas, la petite fille ne peut que dévaloriser le sexe féminin et mépriser les femmes en général et sa mère en particulier. La blessure narcissique est redoublée par la découverte que la mère, elle non plus, ne possède pas le pénis.

Une quatrième raison de haïr la mère découlerait de *l'interdiction de la masturbation* que la mère imposerait à sa fille. Cette interdiction serait d'autant plus mal reçue que c'est le plus souvent par la mère elle-même, ou la personne qui en tient lieu, que la petite fille a découvert, à l'occasion de soins corporels qui lui étaient prodigués, le plaisir qu'elle peut tirer du clitoris. Que l'initiatrice du plaisir elle-même prétende maintenant le lui interdire ne peut que susciter la rancune de la petite fille – rancune qui resurgira plus tard, chaque fois que la mère se présentera dans son rôle de gardienne de la chasteté de sa fille, s'opposant à ce qu'elle ait une activité sexuelle libre. Enfin, un cinquième motif d'hostilité contre la mère, et peut-être le principal, est qu'elle n'a pas donné à sa fille *un véritable organe génital*, c'est-à-dire qu'elle l'a fait naître femme.

Mais à tous ces motifs, Freud en ajoute encore un, qu'il met à part des précédents qui, avoue-t-il, « paraissent insuffisants pour justifier l'hostilité finale » que la fille témoigne à sa mère. Ce motif est l'ambivalence qui marque les premières phases de la vie amoureuse : le lien de la petite fille à sa mère doit ainsi avoir comporté dès le départ autant de haine que d'amour. On objectera sans doute que le petit garçon ne doit pas se trouver dans une moindre ambivalence initiale à l'égard de sa mère ; oui, répond Freud, mais la différence est que le garçon peut liquider toute sa haine sur la personne de son père, ne gardant à l'égard de la mère que la part d'amour de ses premiers senti- ments. On le voit, cette dernière explication ne se situe ni dans le contexte des effets du complexe de castration, ni dans celui des déceptions que doit rencontrer la demande de la petite fille. Elle fait plutôt appel à ce qui serait une propriété caractéris- tique de la sorte d'amour qui lie une fille à sa mère.

Quel est le fondement de cette ambivalence amour-haine que la fille éprouve à l'égard de sa mère ? Suffit-il, pour en rendre raison, de faire état de la persistance d'une relation imaginaire, érotico-agressive, entre fille et mère ? Rappelons encore une fois que, pour la fille, la mère se présente à la fois comme un objet d'amour (un Autre), et comme un pôle d'identification (un autre). Comme la dame dont s'est éprise la jeune homo- sexuelle de Freud, elle a une « double nature ». Et si, pour le garçon, ce double statut peut être scindé par l'entrée en scène du père – l'identification passant du côté paternel et la mère restant objet d'amour –, pour la fille, l'identification à la mère semble être la condition à laquelle il serait possible de ne plus l'aimer – ce qui est tout à fait paradoxal. Mais ce paradoxe n'explique pas tout. Dans l'ambivalence à l'égard de la mère joue autre chose que la relation imaginaire, la suite du texte de Freud nous l'indique. En effet, le chapitre III de cet article pro- pose une reconstruction de la relation primaire mère-fille sur la base de la dialectique activité/passivité. A l'époque du lien exclusif à la mère, les buts sexuels de la fille sont, dit Freud, de nature active et de nature passive. Or ces deux pôles sont en conflit : « Il est aisé d'observer que dans tous les domaines de la vie mentale et pas seulement dans le domaine sexuel, une impression que l'enfant éprouve passivement fait naître chez lui la tendance à une réaction active. Il *cherche à faire lui-même* ce qui a été précédemment fait sur ou avec lui[20]. » En d'autres termes, il existe, à la base, chez l'être humain, une *révolte contre la passivité*. Cette révolte n'est pas autre chose que l'expression d'un *désir de séparation*. Dans le contexte où Freud nous emmène ici, soit au sein de la relation au premier Autre, cela signifie que la dialectique activité/passivité équivaut à une oscillation entre *être l'objet de la mère* et *prendre la mère pour objet* : c'est une lutte autour de l'objet, de la place de l'objet, où vont se distribuer les positions subjectives. Nous pouvons ins-crire les termes de ce conflit dans un diagramme où l'objet est situé à l'intersection des champs du sujet et de l'Autre :

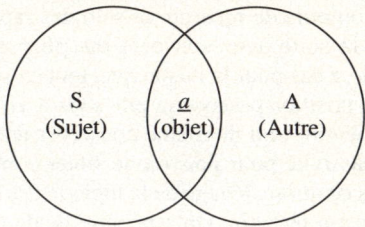

$$S \quad \underline{a} \quad A$$
(Sujet) (objet) (Autre)

Ce diagramme permet de lire l'enjeu de la révolte contre la passivité. En effet, ce n'est qu'à s'extraire de la position d'objet de l'Autre, d'objet de la mère, que la fille peut assurer sa position de sujet, à partir de laquelle c'est l'Autre lui-même qui devient son objet.

Mais le texte freudien nous enseigne que cette lutte aboutit à une nouvelle impasse, un nouveau paradoxe du destin féminin. En se détachant de la mère pour passer d'une position passive d'objet *a* à une position active où c'est la mère qui est mise en position d'objet, la fille, en somme, s'écarte de son destin puis-que, selon Freud, activité et masculinité s'équivalent. Pour l'exprimer en une formule : la fille, pour devenir un sujet, doit devenir masculine ! Freud en donne quelques illustrations en analysant les jeux favoris des petites filles : le jeu du docteur, le jeu de la maman, ou le jeu avec les poupées à propos duquel il fait cette remarque : « Le fait que les filles, contrairement aux garçons, préfèrent jouer avec leur poupée est habituellement pris comme signe d'une féminité éveillée de bonne heure. On n'a pas tort de le faire, seulement il ne faut pas oublier que c'est le côté actif de la féminité qui s'extériorise ainsi et que cette préférence de la fille témoigne vraisemblablement de l'exclu-sivité du lien à la mère avec négligence complète de l'objet-père[21]. » Tous ces jeux sont ramenés par Freud à leur matrice : la relation à la mère et la dispute qui s'y joue autour du pôle de la jouissance. « On veut dévorer la mère par laquelle on a été nourri », écrit-il dans un bel aphorisme. Cette relation primaire à la mère n'est donc en rien une fusion ni une communion : c'est au contraire une âpre lutte dont l'enjeu, à la limite, est de déterminer qui va dévorer l'autre.

Or, si cette lutte fait problème à la fille plus qu'au garçon, et si elle risque toujours de resurgir au sein des rapports qu'elle entretient par la suite avec son père ou, plus tard, avec les hommes, n'est-ce pas pour la raison que, tout en se séparant de la mère et de la position passive qu'elle a vis-à-vis de cette dernière, la fille devrait tout de même conserver une part de son aptitude à la passivité pour pouvoir se situer comme femme ? C'est du moins ce qui se dégage de la logique des réflexions de Freud sur le destin féminin. On rencontre là, de nouveau, une contradiction interne au processus qui devrait mener la fille à devenir femme : la fille doit abandonner la passivité pour se détacher de la mère, mais elle doit aussi conserver cette passivité pour s'attacher à son père.

Quel que soit l'angle par lequel on aborde le trajet que la fille doit parcourir, de la relation pré-œdipienne à la relation œdipienne, on se heurte toujours à la même objection. Que l'on considère ce passage du point de vue du changement d'objet, du changement d'identification, du changement de zone génitale ou du changement du mode de jouissance, on en arrive toujours à la conclusion que ces changements opèrent moins comme des *substitutions* que comme des *dédoublements*. Par conséquent, les caractères de la relation pré-œdipienne ne sont jamais vraiment éliminés, et toujours prêts à reprendre le dessus. Le destin de la fille apparaît ainsi comme celui d'une impossible métaphore ou d'une lutte permanente pour s'élever du registre de la métonymie à celui de la métaphore.

NOTES

1. S. FREUD, « La sexualité féminine », *La Vie sexuelle*.

2. S. FREUD, « Quelques conséquences psychologiques de la différence anatomique entre les sexes », *La Vie sexuelle*, p. 123-132.

3. S. FREUD, « Les théories sexuelles infantiles », *La Vie sexuelle*, p. 14-27.

4. S. FREUD, « L'organisation génitale infantile », *La Vie sexuelle*, p. 113-116.

5. Nous avons déjà relevé le sens figuré de ce terme.

6. S. FREUD, « L'organisation génitale infantile », *La Vie sexuelle*, p. 115.

7. S. FREUD, « Quelques conséquences psychologiques de la différence anatomique entre les sexes », *op. cit.*, p. 127 ; *G.W.* XIV, p. 24.

8. GRANOFF, *La Pensée et le Féminin*, Paris, Éd. de Minuit, 1976.

9. S. FREUD, « La disparition du complexe d'Œdipe », *La Vie sexuelle*, p. 117-122.

10. Voir chapitre précédent.

11. S. FREUD, « La féminité », *Nouvelles Conférences d'introduction à la psychanalyse*, *op. cit.*

12. S. FREUD, « Quelques conséquences… », *op. cit.*, p. 130.

13. Voir S. FREUD, « Analyse finie et indéfinie », *op. cit.*, et *Abrégé de psychanalyse*, Paris, PUF, 1970.

14. S. FREUD « Sur la sexualité féminine », *La Vie sexuelle*, p. 139-155, et « La féminité », *op. cit.*

15. *Ibid.*

16. S. FREUD, « Quelques conséquences… », *op. cit.* Voir ci-avant.

17. Voir J. LACAN, « D'une question préliminaire à tout traitement possible de la psychose », *Écrits*.

18. S. FREUD, « Sur la sexualité féminine », *op. cit.*

19. Id., *ibid.*, p. 144 ; *G.W.* XIV, 523.

20. Voir ci-avant.

21. S. Freud, « Sur la sexualité féminine », *op. cit.*, p. 149.

XI

Le devenir-femme

Pour décrire la relation de la fille à sa mère dont nous avons relevé avec Freud les points problématiques, Lacan a eu un mot fameux : le *ravage*. C'est qu'en effet cette relation a tous les traits d'une relation passionnelle dont les partenaires ne parviennent pas à trouver l'issue, sinon en termes de rupture. L'histoire d'une fille et de sa mère apparaît comme l'histoire d'une séparation toujours remise à plus tard. A suivre Freud, la raison en serait le double statut qu'occupe la mère dans la structure de la fille : à la fois objet d'amour et pôle d'identification, si bien que le moment où la fille hait le plus sa mère est aussi celui où elle doit s'identifier à elle. Nous y avons ajouté une autre justification, en mettant en question la fonction de métaphore que l'instance paternelle remplirait dans le cas de la fille. La substitution du père à la mère dans l'Œdipe féminin n'a pas en effet pour conséquence de produire le signifié nouveau qui serait attendu, soit le signe d'une identité proprement féminine. Face à cet échec – au moins partiel – de la métaphore paternelle, la fille a le choix entre trois solutions : ou bien elle accepte son défaut d'identité et se prête à la mascarade phallique à laquelle l'invite la loi du signifiant ; ou bien elle refuse ce qu'elle considère comme une défaite et s'entête dans une revendication de type hystérique ; ou bien encore, elle retourne à la phase antérieure et se barricade dans une position toute masculine, comme l'homosexuelle.

De cette incertitude quant au destin féminin, Freud propose un nouvel examen, un an après son article « Sur la sexualité féminine », dans une conférence dont le titre est, tout simplement, « La féminité [1] ». Il commence par donner à la féminité son

statut dans la réflexion – entendons, dans la réflexion structu-
rée par le mode de pensée masculin. C'est une énigme. « Les
hommes ont de tout temps médité sur l'énigme de la féminité. »
Et il ajoute que sur ce point, rien n'est à attendre des femmes qui
« sont elles-mêmes cette énigme ». Donc, d'un côté, la féminité
est un objet de pensée insaisissable, et de l'autre, pour les femmes elles-mêmes, elle fait partie du registre de l'être ineffable
qui n'a nul besoin d'être pensé pour être. L'énigme de la féminité a ainsi un double rôle, selon les sexes : pousse-à-la-parole
ou pousse-au-silence, elle fait parler les hommes et se taire les
femmes. Cela n'empêche pas Freud de saluer, quelques pages
plus loin, les mérites de travaux que quelques collègues femmes
(Mack-Brunswick, Lampl de Groot, Deutsch) ont publiés sur la
question.

Si la féminité apparaît à Freud comme une énigme, c'est
qu'elle n'est pas un donné de départ, en tout cas au niveau de
l'inconscient et de ses représentations : « Masculin ou féminin,
telle est la première différenciation que vous faites lorsque vous
rencontrez un être humain, et vous avez l'habitude de faire
cette distinction avec une assurance irréfléchie. » Rien de moins
assuré en effet. L'anatomie peut bien distinguer deux sexes,
elle n'en reste pas moins muette sur la détermination de ce qui
fait la virilité ou la féminité. Quant à la psychologie, elle utilise
les termes de masculin et de féminin pour signifier l'opposition
entre activité et passivité. Mais cette correspondance analo-
gique ne peut servir de critère au plan de la vie sexuelle de
l'être humain. Ainsi « la mère est à tout point de vue active à
l'égard de l'enfant et l'on peut même dire indifféremment, à propos de l'allaitement, qu'elle nourrit l'enfant aussi bien qu'elle
laisse l'enfant se nourrir d'elle[2] ». Freud doit donc remettre en
question l'équivalence qu'il avait soutenue jusque-là entre activité et masculinité d'une part, passivité et féminité d'autre part.
Ce dualisme ne suffit pas à exprimer la différence sexuelle au
niveau psychique. Tout au plus peut-on caractériser la féminité
par « une préférence pour des buts passifs. Ce qui n'est naturellement pas la même chose que la passivité : il peut être nécessaire de faire preuve d'une grande activité pour atteindre un but
passif[3] ». Cette question est l'énigme même de la féminité. Par
conséquent, le travail propre de la psychanalyse doit consister

non pas à décrire ce qu'*est* la femme – tâche insoluble –, mais
à rechercher comment la petite fille *devient* une femme, c'est-
à-dire « comment une femme se développe à partir de l'enfant
à dispositions bisexuelles[4] ».

La féminité, dont Freud fait l'objet de sa conférence, se présente donc comme un devenir et non comme un être. On ne
mesure pas assez la portée révolutionnaire de cette thèse qui, si
c'était le cas, ferait scandale aujourd'hui encore. Cela signifie
que, pour Freud, un certain nombre de filles ne deviennent
jamais des femmes mais qu'elles sont, ou restent, sur le plan
psychique, des hommes, tout simplement. La femme doit être
quasiment fabriquée par un long travail psychique. Un des dis-
ciples les plus proches de Freud, Ernest Jones, se refusera, en
1935, à admettre cette vision des choses, répondant à la question de savoir si les femmes sont des êtres *born* ou *made*, qu'il
serait impensable de considérer que la moitié de l'humanité
pourrait être *made*. Ce rejet de la découverte freudienne l'amè-
nera d'ailleurs à revoir complètement la théorie de la phase
phallique féminine dans un sens que Lacan a fort justement cri-
tiqué. Freud, lui, ne mâche pas ses mots puisqu'il place au point
d'origine du devenir-femme un moment où, dit-il, « nous
devons reconnaître que la petite fille est un petit homme[5] ». Par
exemple, elle partage absolument la conception que le petit garçon se fait de l'organe génital féminin, le percevant non comme
un autre sexe, mais comme le lieu d'une castration, d'un pénis
amoindri ou coupé. A cet endroit, Freud condense le résultat
de ses réflexions en une formule fameuse : « Il semble que le
vagin proprement féminin soit encore, pour les deux sexes, non
découvert[6]. » Ce qui ne veut pas dire, bien sûr, que l'existence
matérielle du vagin soit ignorée, mais qu'il n'est pas connu
comme autre chose qu'un phallus en creux.

Si la petite fille est d'abord un petit homme, on conçoit que
son évolution soit plus compliquée que celle du garçon. Pour
devenir une femme, elle doit surmonter deux difficultés qui
n'ont pas leur contrepartie chez le garçon : elle doit, ainsi que
Freud l'avançait déjà dans son étude « Sur la sexualité féminine », changer d'objet d'amour (passer de la mère au père)
et changer de sexe (substituer le vagin au clitoris). Or, cette
transformation n'a rien d'un processus « naturel » : il n'existe

aucune attirance automatique pour le sexe opposé qui guiderait la fille vers l'amour de son père. Ce n'est pas, comme chez les animaux, l'instinct qui commande le destin sexué, mais plutôt un artifice, un mécanisme psychique inconscient, bref un fait de culture plutôt que de nature. Ainsi, ce qui pousse la petite fille vers le père n'est pas l'attirance pour l'homme, mais la haine envers la mère. On connaît à présent l'analyse que Freud établit de ce mouvement de haine envers la mère. Il en reprend ici les articulations essentielles en accentuant le fait que les relations de la fille à sa mère sont des « *libidinosen Beziehungen* », des relations libidinales, actives et passives, dans lesquelles la mère joue un rôle capital d'initiatrice. C'est elle, en effet, qui, en donnant à l'enfant des soins corporels, a déclenché pour la première fois des sensations de plaisir dans les zones génitales. Le fantasme de séduction par le père, dont la fille fera éventuellement état plus tard, doit donc être ramené à son fondement qui est une séduction primaire par la mère.

Il faut donc, pour la petite fille comme pour le petit garçon, prendre pour point de départ *le désir de la mère* aux deux sens que peut prendre ce génitif : désir de la mère pour l'enfant, et désir de l'enfant pour la mère. Lacan l'a souligné dans son Séminaire sur « Les formations de l'inconscient[7] », il n'y a qu'une seule façon de désirer, quel que soit le sexe : celle qui émerge dans la relation à la mère. Le versant actif et le versant passif de ce désir correspondent aux deux sens dans lesquels peut être entendu le désir *de* la mère.

Dans le désir de la mère pour sa fille, l'enfant occupe d'abord la position de ce qui fait bouchon au manque qui cause le désir : l'enfant fait de sa mère une femme « pleine », une femme comblée. A ce stade, l'enfant – fille ou garçon – n'est encore qu'une partie du corps de la mère : même si l'accouchement a eu lieu, on peut dire que l'enfant n'est pas encore « mis au monde » en tant que sujet. Ce moment n'est cependant pas celui de la fusion paradisiaque que l'on a imaginée, car déjà dans ce premier temps la relation mère-enfant est grosse de conflits, ne fussent que les conflits internes à la mère. Ainsi est-il fréquent qu'une discordance se manifeste chez la mère entre la place et la fonction que l'enfant occupait dans son fantasme, durant la grossesse, comme enfant *imaginaire*, et celles qu'il tend à prendre en tant qu'enfant *réel*. Le désarroi des jeunes mères face au petit être qui les réveille de leur rêve est connu. L'enfant peut leur paraître un objet étrange, effrayant et inabordable, dont elles se sentent incapables de s'occuper quand il leur semble trop réel, c'est-à-dire trop étranger à la réalisation imaginaire qu'elles attendaient. Sans aller jusqu'à évoquer les cas extrêmes de délires *post-partum*, ou ceux où la jeune accouchée se désintéresse « inexplicablement » de son enfant nouveau-né, il suffit, pour s'en convaincre, de songer aux réactions affolées que suscite chez certaines femmes la moindre imperfection de leur bébé, ou aux dépressions plus ou moins prononcées que l'on constate régulièrement chez les mères dans les jours qui suivent l'accouchement.

Le désir de la mère pour l'enfant passe donc par une condition : c'est que l'enfant, en tant qu'objet *a*, soit revêtu d'un imaginaire qui permet à la mère de le méconnaître et de le supporter à la fois dans cette place d'objet. Cette condition, après tout, ne dit pas autre chose que l'alliance entre libido d'objet et libido du moi que Freud a établie à la fin de son étude « Pour introduire le narcissisme[8] » : pour être investi, l'objet doit être conforme au moi, autrement dit enveloppé dans une image narcissique. Cette image comporte déjà, par elle-même, une ouverture sur un au-delà du statut d'objet de la mère, car elle est tributaire de tous les manques qui ont guidé la mère vers tel et tel trait de son narcissisme. Elle constitue donc un premier point d'appui ou d'opposition pour le mouvement de « révolte contre la passivité » par lequel l'enfant va se chercher un point de repère dans le désir que la mère développe à son égard. On voit qu'à ce niveau élémentaire la relation mère-enfant est d'emblée triangulaire : elle se noue entre la mère comme Autre tout-puissant, l'enfant en tant qu'objet réel livré à la jouissance maternelle, et, à l'opposé de cette position réelle, l'enfant imaginaire où se dépose le narcissisme maternel, c'est-à-dire ce qui est censé voiler le manque ressenti par la mère.

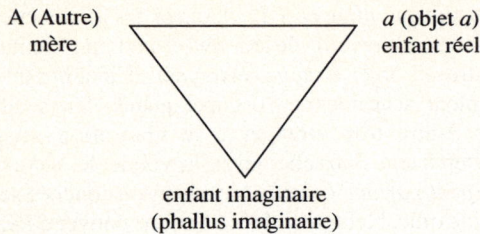

A (Autre)   a (objet a)
mère   enfant réel

enfant imaginaire
(phallus imaginaire)

Ce troisième pôle de la relation est gros de tout un développement. En effet, si l'enfant veut s'identifier à l'enfant imaginaire qui répondrait au manque de la mère, il ne peut que situer sa mère comme manquant de ce qu'il prend à charge de combler ; par conséquent, il ne peut qu'entamer l'idée de toute-puissance de ce premier Autre. Par cette brèche qui s'inscrit dans l'Autre maternel, l'instance paternelle peut trouver sa fonction de point d'arrêt et de référence du manque inscrit dans le désir de la mère. C'est du côté du père, en effet, que le phallus, seulement imaginaire dans la relation mère-enfant, peut recevoir son fondement symbolique. En ce qui concerne la fille, ce développement, quoiqu'il ouvre une issue à la dépendance maternelle, est à la source d'une profonde insatisfaction : tout ce qui lui est ici signifié comme point de repère se situe, en effet, dans le registre phallique et laisse dans l'ombre ce qu'il en serait de sa féminité.

On peut tenter d'inscrire dans ce triangle les tiraillements fondamentaux qui marquent le rapport pré-œdipien de la fille à sa mère. Entre A et *a*, la mère et l'enfant réel, prend place tout ce qui est du registre pulsionnel, soit la lutte entre le sujet et l'Autre autour de l'objet de jouissance. La relation de nourrissage en fournit une illustration avec ses multiples conflits : prendre ou recevoir le sein, dévorer ou être nourri, avaler ou cracher, etc. Entre l'enfant réel et l'enfant imaginaire, se déploie tout le registre des identifications. C'est là qu'il faut situer, par exemple, les jeux de la petite fille avec ses poupées, dont la visée est de fixer aussi bien une image de la mère qu'une image d'elle-même qui y réponde – relation ambivalente comme toute relation spéculaire. Enfin, entre la mère et l'enfant imaginaire, c'est l'ouverture à la problématique de la castration qui se dessine, ouverture plus ou moins marquée selon que le désir inconscient de la mère est plus ou moins déterminé par l'envie du pénis, c'est-à-dire selon que sa castration à elle est plus ou moins assumée.

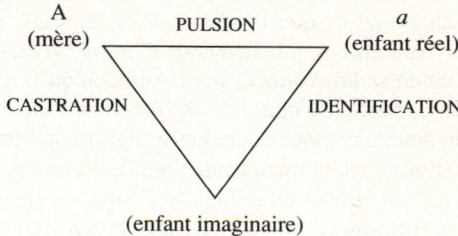

Comme nous l'avons déjà souligné dans le chapitre précédent, le point décisif dans cette construction est de déterminer pourquoi la séparation d'avec la mère est une tâche si difficile pour la fille. Car le garçon, lui aussi, doit passer par là et trouver du côté du père l'issue, le peu d'air qui lui permette de respirer, c'est-à-dire de se dégager de l'identification au phallus imaginaire où le fixe le désir maternel. Mais, ce faisant, il est vrai que le garçon trouve chez son père un appui à l'identification virile qui correspond à son sexe. L'entrée dans la castration s'accorde ainsi, pour le garçon, avec le processus de son identification masculine. Pour la fille, le problème est plus complexe. Lacan nous a appris qu'une identification imaginaire ne se fixe comme rassemblement du sujet que si elle peut s'appuyer sur un trait symbolique, « trait unaire » comme il l'appelle, sorte de signifiant minimal que le sujet puise chez l'Autre pour arrimer son identité. Or, la mère ne peut en aucun cas fournir à sa fille de trait unaire qui supporterait son identité de fille, pour la raison que le signifiant de l'identité féminine n'existe pas. C'est à ce manque radical dans l'Autre que la fille doit s'affronter. Ce défaut redouble en quelque sorte la castration féminine et en fait un manque abyssal à l'égard de la castration masculine : c'est le manque d'« un mot-absence », d'un « mot-trou, creusé en son centre d'un trou, de ce trou où tous les autres mots auraient été enterrés », comme le dit Marguerite Duras[9]. Tout ce que la mère peut fournir comme trait symbolique support de l'identification, c'est le phallus. Qu'elle l'ait – comme le croit d'abord l'enfant – ou qu'elle ne l'ait pas – comme il doit le découvrir –, cela implique qu'elle renvoie sa fille à un repère qu'elle peut lui signifier, mais qu'elle ne détient pas. On a sans doute là l'explication radicale de ce que la vie sexuelle féminine soit tellement axée sur l'amour et la demande d'amour, c'est-à-dire sur la demande de se faire donner par l'Autre ce qu'il n'a pas. Le manque de la mère, à l'égard de sa fille, doit donc être repéré comme un double manque : manque du signifiant d'une identité féminine d'une part, et manque du phallus d'autre part.

Un tel redoublement du défaut de l'Autre ne peut être ressenti par la fille que comme un véritable préjudice[10] qui donne à son complexe de castration sa connotation de violente hostilité à l'égard de la mère. Ce complexe se présente, en effet, de manière essentiellement différente de celui du garçon : si celui-ci a peur de perdre le signe de son identité sexuée, et par là de ne plus pouvoir être un homme, la fille, elle, doit découvrir qu'elle n'a jamais reçu, et ne recevra jamais, un tel signe. D'un côté, le complexe se déroule sous le signe de la menace, de l'autre, sous celui de l'envie et de la jalousie. A partir de cette découverte, trois voies sont ouvertes à la fille : la première est la voie névrotique de l'inhibition sexuelle, la deuxième la voie « caractérielle » du complexe de masculinité, la troisième, enfin, celle de la féminité.

La voie de la névrose s'inaugure par un abandon de la sexualité phallique, c'est-à-dire de la masturbation clitoridienne, l'organe concerné se trouvant frappé de dévalorisation à l'égard du pénis masculin. Plus encore, la mère et, en général, toutes les femmes subissent par ricochet cette condamnation dans l'esprit de la fillette. Ce qui nous indique – précision essentielle – que l'amour de la petite fille pour sa mère, dans la phase dite par Freud « pré-œdipienne », est amour de la *mère phallique*. Que celle-ci apparaisse châtrée, et c'en est fini de l'idylle. L'amour de la mère visait un Autre sans défaillance, un Autre non barré, en langage lacanien. On trouvera une expression quasi pure d'un tel amour infantile, et de la catastrophe que représente sa déception, dans les écrits autobiographiques de Mme Lou Andréas-Salomé, et dans son premier article psychanalytique. Elle y témoigne de la découverte de la castration maternelle sous la forme d'une allégorie : celle de la disparition, ou de la non-réponse, de Dieu [11]. Mais, comme le relève finement Freud, cette dépréciation de la mère et de la femme en général n'empêche pas la fille de se retrouver quand même identifiée à elle. Car, en abandonnant ou en réprimant la masturbation, « la fillette, pour ainsi dire, prend en charge le rôle de la mère à peine détrônée et dans son combat contre la jouissance elle lui exprime tout son mécontentement à l'égard du clitoris dévalué [12] ». Mieux encore, en renonçant à la masturbation, la fillette renonce en partie à la sexualité active : « La passivité prend le dessus, et le retournement vers le père devient prépondérant avec l'aide des motions pulsionnelles passives [13]. » Ce qui voudrait dire, dans l'esprit de Freud, que cette évolution favorise, dans une certaine mesure, la féminité – la névrose serait-elle donc la voie vers la féminité ? Une restriction s'impose ici, mais dont le caractère vague est bien embarrassant : il faut, pour que la féminité trouve appui dans ce renoncement à la masturbation, que « pas trop n'ait été perdu dans le refoulement ».

C'est bien là une des ambiguïtés de la position freudienne : il est nécessaire que la fille perde son activité phallique, mais pas toute cependant, il lui faut aussi la conserver en partie, juste assez pour soutenir la demande qu'elle va ensuite adresser au père. Car, écrit Freud, « le souhait avec lequel la petite fille se tourne vers le père est tout à fait le vœu originaire du pénis dont la mère l'a frustrée et qu'elle attend maintenant du père. La position féminine n'est cependant vraiment établie que lorsque au souhait du pénis se substitue le *souhait de l'enfant* – l'enfant, selon une vieille équivalence symbolique, prenant la place du pénis. N'oublions pas que bien antérieurement la petite fille, au cours de la phase phallique introublée, s'était souhaité un enfant ; c'était le sens de ses jeux avec les poupées. Mais ce jeu n'était pas vraiment l'expression de sa féminité, il était au service de l'identification à la mère en vue de remplacer la passivité par l'activité. Elle jouait à la mère et la poupée était elle-même ; elle pouvait alors faire à l'enfant tout ce que la mère lui imposait à elle de faire. Ce n'est que par le canal du souhait du

pénis que l'enfant-poupée devient un enfant du père et à partir
de là, le but le plus solide du désir féminin[14] ». Ce passage
indique clairement comment, dans la pensée de Freud, c'est
finalement l'envie du pénis qui permet à la fille de devenir
féminine en la détournant de la mère vers le père. Point de vue
paradoxal, qui justifie que Freud considère ce vœu du pénis
comme « exquisement féminin ».

On soulignera par ailleurs une autre faiblesse du raisonnement freudien : en se fiant à l'identification maternelle (et
même si celle-ci, de la première à la seconde phase, oscille du
pôle de la mère phallique à celui de la mère châtrée) pour guider la fille vers la réalisation de sa féminité, il remet en somme
les clefs de la féminité aux bons soins du désir d'être mère. *Le
devenir-femme se confond ici avec un devenir-mère.* Le vœu
d'enfant qui est censé donner une réalisation symbolique au
vœu initial du pénis signifie finalement que Freud accorde
symboliquement à l'enfant le rôle de signifiant de l'identité
féminine, à défaut d'un autre signe. Cette thèse, il faut bien le
reconnaître, ne tient pas à l'épreuve du réel de notre clinique.
Au reste, le cas de sa jeune homosexuelle ne démontrait-il pas
que, une fois parvenue à la position œdipienne à l'égard du
père, la fille peut aisément se trouver précipitée à nouveau dans
la relation pré-œdipienne pour peu que l'enfant, attendu symboliquement du père, soit accordé réellement par celui-ci à une
autre ? Cette position à l'égard du père, que Freud considère
comme une « position de répit », paraît donc bien précaire.
Freud ne semble pas l'ignorer puisque, en examinant la voie du
complexe de masculinité, il indiquera lui-même que la fixation
au père est susceptible de se défaire ; d'autre part, il évoquera,
sur la fin de sa conférence, les multiples problèmes que la
femme rencontre dans sa vie sexuelle, lorsqu'elle passe de sa
fixation au père à l'amour d'autres hommes – problèmes où
l'on verra à chaque pas resurgir la fixation primitive à la mère.

La seconde voie de réaction à la découverte de la castration
maternelle consiste en la formation de ce que Freud décrit
comme *le complexe de masculinité*. Contrairement à la voie
précédente, la fillette y accentue sa masculinité, s'accroche à
l'activité masturbatoire, et se réfugie dans une identification à
la mère phallique ou au père. Cette attitude influence le choix

d'objet de la fille dans le sens de l'homosexualité manifeste, quoique celle-ci ne découle pas, à vrai dire, en ligne directe de la masculinité infantile (elle n'a de sens que comme régression, plus tardive, à partir d'une déception infligée par le père).

Sur ce point, un article tout à fait remarquable de Karen Horney permet d'éclairer un certain nombre de points difficiles de la conception freudienne de ce complexe de masculinité. Cet article, intitulé « De la genèse du complexe de castration chez la femme [15] », est d'autant plus passionnant qu'il date de 1922 : il est donc postérieur à l'analyse du cas de la jeune homosexuelle, mais antérieur aux textes ou Freud développe ses thèses sur la préhistoire de l'Œdipe féminin. Ces thèses, K. Horney les explicite pourtant dans son travail, devançant Freud tant sur l'importance à donner à la relation primaire à la mère, que sur les renversements qui s'opèrent, au cours du complexe de castration féminin, dans les objets d'amour et les identifications. L'auteur veut répondre à la question de savoir si le complexe de masculinité que l'on rencontre chez certaines femmes – et pas seulement des homosexuelles – doit être attribué exclusivement à l'influence de l'envie du pénis et à l'insatisfaction qui en découle. Karen Horney va montrer que non, que le complexe de masculinité provient en réalité d'une déception occasionnée par le père, et qu'il est donc postérieur au passage que la petite fille effectue de la mère vers le père, bref qu'il constitue une déviation et une régression dans l'Œdipe proprement dit de la fille.

L'auteur a ainsi observé que les femmes qui manifestent un fort complexe de masculinité ont « d'abord tenté de résoudre le complexe d'Œdipe normalement, en conservant leur identification primitive à la mère et, comme la mère, en prenant le père comme objet d'amour ». Comme Freud le découvrait avec stupéfaction à la fin d'« Un enfant est battu », complexe de masculinité et fixation au père ne sont pas antinomiques. En fait, le complexe de masculinité est l'émergence d'une relation primitive à la mère au sein même de la relation au père. Horney cite ainsi le cas d'une patiente chez qui l'on trouvait de nombreux fantasmes de viol où les violeurs étaient tous des images du père ; toutefois, observe-t-elle, ces fantasmes n'étaient que « la compulsion de répétition d'un fantasme primitif dans lequel la

patiente, qui jusque tard dans la vie se sentait ne faire qu'un
avec sa mère, avait expérimenté avec elle l'acte de complète
possession sexuelle ». Dans d'autres cas encore, la fille construit un fantasme de viol par le père, à partir d'une identification
(amoureuse ou hostile) avec la mère.

De tels fantasmes ne peuvent qu'être déçus par la réalité :
c'est la mère qui bénéficie des désirs sexuels paternels et qui
reçoit des enfants. D'où, chez la fille, un sentiment de déception à l'égard du père, et de jalousie à l'égard de la mère. Cette
déception peut avoir pour effet que la fille renonce non seulement à sa revendication amoureuse à l'égard du père, mais aussi
à son désir d'enfant. Elle est alors ramenée régressivement à
l'envie du pénis : c'est là, selon Horney, le complexe de masculinité proprement dit. Mais l'auteur apporte une précision
supplémentaire : l'abandon du père en tant qu'objet d'amour
s'accompagne d'une identification avec lui. Nous avons donc là
le modèle de la situation où la relation amoureuse est transfor-
mée en identification, lorsque la demande d'amour est déçue
(schéma que l'on trouvait déjà dans le cas de la jeune homosexuelle). Cette identification au père n'est pas à confondre
avec le désir d'être un homme, elle est le désir de jouer le rôle
du père. La fille va en adopter une série de traits : elle choisit la
même profession que lui, se comporte à l'égard de sa mère de
la même façon que lui, tousse comme lui, etc., mais cela sans
en arriver nécessairement à un choix d'objet homosexuel complet (c'est toute la nuance entre le cas de Dora et celui de la jeune
homosexuelle).

En faisant ainsi la démonstration que le ressort du complexe
de masculinité n'est pas à rechercher dans l'envie du pénis –
puisque celle-ci a pour effet de guider la fille de la mère vers
le père –, mais bien dans la déception que la fille rencontre
dans sa relation au père, Karen Horney minimise la fonction,
que Freud considère comme centrale, de la haine que la fille
éprouve pour la mère, qu'il s'agisse de la haine agressive pour
la rivale phallique, au stade où la petite fille se croit encore un
petit homme, ou de la haine méprisante pour la femme castrée,
au stade où elle a découvert la castration et se tourne vers le
père. Mais cette approche du complexe de masculinité ne permet pas de résoudre le paradoxe du destin féminin selon lequel

c'est l'envie du pénis qui pousserait la petite fille vers son devenir-femme. D'autant moins qu'en reportant cette envie sur le
père, la fille ne pourra forcément que rencontrer une déception
– celle-là même dont témoigne Elisabeth von R., par exemple.
Dans ces conditions, comment la fille pourrait-elle échapper au
complexe de masculinité ?

Freud lui-même ne semble guère plus avancé dans la résolution de ce problème, comme en témoignent les dernières pages
de sa conférence sur « La féminité ». Il doit convenir que l'ins-
tauration de la féminité reste toujours à la merci d'une résurgence de la masculinité primitive de la fille. Si bien, conclut-il,
qu'« une part de ce que nous, les hommes, nous appelons
"l'énigme de la femme" dérive sans doute de cette expression
de la bisexualité dans la vie féminine [16] ». Cette oscillation entre
les deux phases de l'Œdipe, donc entre les deux objets d'amour
et les deux identifications qu'elles comportent, se marquera tout
au long de la vie sexuelle de la femme. Si le choix amoureux
d'une femme est soumis, tout comme celui de l'homme, à un clivage entre choix d'objet par étayage et choix d'objet narcissique,
ce clivage y est, en outre, compliqué par l'oscillation masculi-
nité-féminité. Ainsi une femme choisira-t-elle un homme, soit
selon le modèle paternel (choix objectal), soit selon le modèle
narcissique (choix narcissique). Dans ce second cas – qui est le
plus fréquent, selon Freud – l'homme élu sera semblable à celui
que la petite fille aurait voulu devenir au temps pré-œdipien.
Mais si le choix se fait selon le modèle paternel, on constate qu'il
ne tarde pas à laisser réapparaître la mère à travers le père : « Le
mari qui n'avait d'abord hérité que du père prend avec le temps
la succession de la mère [17] », et reçoit, par conséquent, toute
l'hostilité que la fille avait autrefois éprouvée à l'égard de sa mère.

Cette résurgence de la relation à la mère, au sein de la vie
amoureuse de la femme, constitue pourtant, selon Freud, la
condition même du couple et du bonheur conjugal : sa réussite
ne dépend que d'une redistribution correcte des identifications.
Si la femme a tendance à retrouver une mère en la personne
de son mari – même s'il est initialement choisi sur le modèle
paternel –, l'art du couple consisterait quasiment à inverser les
rôles, et à faire en sorte que le mari vienne occuper la place de
l'enfant et la femme celle de la mère. La naissance d'un premier

enfant peut, dit Freud, avoir cet effet de mutation dans l'identification. Mais, fondamentalement, « le mariage lui-même n'est
pas vraiment assuré tant que la femme n'a pas réussi à faire de
son homme son enfant et à agir envers lui comme sa mère [18] ».

A ce terme du raisonnement freudien, il est curieux que se
dessine une sorte d'hypothétique convergence entre les deux
complexes d'Œdipe respectifs du garçon et de la fille, en ce sens
que l'achèvement du premier et l'inachèvement du second
conjoindraient finalement l'homme et la femme dans la célébration de la mère : « Dans cette identification (de la femme à la
mère), elle gagne son attrait pour l'homme dont le lien œdipien
à la mère s'enflamme alors jusqu'à l'énamoration [19]. » A cet
espoir d'une réconciliation, que l'on devine pourtant orageuse,
Freud met cependant encore une réserve. Car le plus souvent,
c'est le fils qui obtiendra ce que l'époux n'aura pas réussi à
conquérir pour lui-même. Il en résulte que l'impression finale
que laisse le texte freudien reste plutôt celle d'un écart irrémédiable entre l'amour de l'homme et celui de la femme.

Il nous faut donc constater que la fin de l'élaboration
freudienne sur la féminité est une impasse, et qui plus est
une double impasse : celle du devenir-femme, et celle, consé-
quente, du couple, où le devenir-mère fait primer la relation mère-fils sur la relation femme-mari. Cet échouage de la
problématique féminine sur la maternité comme réalisation
symbolique du vœu du pénis ouvre la porte aux spéculations
quasi délirantes d'une Hélène Deutsch, par exemple, qui fera de
la maternité *la* réalisation de la femme, et de l'accouchement le
modèle de la jouissance spécifiquement féminine. Il est vrai
que de telles errances sont d'autant plus encouragées par
l'approche freudienne que celle-ci laisse dans l'ombre la
question de la sexualité féminine proprement dite. Car bien
qu'ayant noté une série de traits particuliers dans le mode du
choix amoureux féminin, dans le dédoublement de l'organe
sexuel, et dans le mode de satisfaction de la pulsion, Freud ne
parvient pas à formuler la spécificité de la sexualité féminine,
ni à élucider le symptôme de la frigidité sexuelle dont il relève
lui-même la fréquence chez les femmes. Ces points d'ombre
expliquent que la doctrine freudienne sur la féminité et la pratique de l'analyse qui s'y conforme strictement se heurtent à

deux rocs incontournables dans l'analyse des femmes : l'envie du pénis et la demande d'amour.

Il n'est pas interdit de penser que c'est dans la mesure où Freud ne dit rien, ou presque, du désir et de la jouissance chez les femmes, que leur défaut d'identité prend une place si importante dans sa réflexion. En maintenant, tant dans sa conférence sur « La féminité » que dans son article « Sur la sexualité féminine », qu'il n'y a *qu'une seule libido*, au service de la fonction sexuelle féminine aussi bien que masculine, Freud sauvait sans doute un point de doctrine ancien ; mais il ne faisait que déplacer le problème en ajoutant que cette libido connaît des buts, c'est-à-dire des modes de satisfaction, actifs et passifs. S'il n'y a pas de libido spécifiquement féminine, il y aurait donc tout de même un mode de satisfaction plus proprement féminin, ou au moins une préférence pour un tel mode. Le couple activité-passivité, dont nous avons souligné l'importance dans les tout premiers travaux de Freud [20], réapparaît ainsi quarante ans plus tard. Mais, notons-le, il réapparaît sans que son contenu ni sa dialectique aient reçu la moindre précision dans l'intervalle : sa signification reste toujours aussi obscure. Freud lui-même paraît bien mesurer cette imprécision puisque, dans son texte « Sur la sexualité féminine », il convient que « c'est en l'existence de tendances libidinales ayant des buts passifs que réside le reste du problème ». Mais le paragraphe se conclut sur ce constat, qui n'est plus réexaminé par la suite. De même, dans sa conférence sur « La féminité », il se borne à dire que l'explication du rapprochement entre la sexualité féminine et la satisfaction passive doit sans doute être recherchée au niveau biologique : l'objectif de reproduction serait confié à l'agression masculine et donc plus ou moins indépendant du consentement de la femme [21].

Par ailleurs, le fait que les femmes possèdent deux organes génitaux distincts reste pour Freud hautement problématique. Nous avons déjà souligné la faiblesse de l'idée selon laquelle l'un de ces organes – le vagin – devrait se substituer à l'autre – le clitoris –, alors même que, dans l'avancée de Freud, le vagin reste, en tant que sexe, méconnu. Pourquoi les femmes devraient-elles en quelque sorte sacrifier le clitoris au vagin ? – sinon parce que Freud ne peut concevoir le devenir-femme que comme un deve-

nir-*toute*-femme, c'est-à-dire comme une élimination complète
de la sexualité phallique. Il est clair que ce projet confine à un
idéal – « idéal » désignant ici non un but à atteindre, mais la marque d'un rêve. Cet idéal est sans doute lié à la problématique de
Freud lui-même, à la position de son désir à l'égard de la femme.
De cette problématique, qui marque la naissance et l'essor de la
psychanalyse, il est bien difficile de dire quoi que ce soit qui aille
au-delà de l'hypothèse. Il est permis cependant de se rappeler
qu'au départ de son œuvre, Freud avait avoué le désir de soumettre la puissance du sexe féminin à la loi et à la raison[22]. Le
désir de domination et d'*Aufklärung* s'appuyait donc sur un postulat, que l'on voit resurgir à l'entrée de la conférence sur « La
féminité » : la féminité est une *énigme*. Une telle assertion ne
peut que nous renvoyer à la figure d'Œdipe – non pas à celle de
l'époux de Jocaste, mais à celle du déchiffreur d'énigme qui
s'affronte à la figure femelle du sphinx.

Peut-être Freud avait-il besoin de préserver cette figure
de sphinx pour soutenir son désir de déchiffrage ? Peut-être
l'aimait-il en tant qu'énigme (tout en la haïssant pour la même
raison) ? Plusieurs passages de son œuvre le laisseraient penser,
de ce poème à Fliess que nous avons déjà commenté, jusqu'aux
allusions aux déesses-mères dans *Moïse et le monothéisme*, en
passant par le rêve des Trois Parques, le thème des trois coffrets
et l'étude sur la *Gradiva*. Tous ces textes nous montrent que si
Freud n'a pas cessé de dénoncer le côté mystérieux, irrationnel,
voire dangereux, de la féminité – spécialement en tant que liée
à la mère –, il n'a pas cessé non plus, du même mouvement, de
la maintenir dans son statut d'énigme et d'obscurité. De ce
point de vue, on peut dire que le désir de Freud rejoint, structu-
rellement, le désir hystérique de Dora face au corps de Mme K.
– à la fois adoratrice subjuguée, et fouilleuse de dictionnaire
avide de savoir. Il est vrai que l'on peut se demander s'il est,
radicalement, d'autre désir qu'hystérique.

Peut-être trouverons-nous une clef, ou au moins un indice de
solution de cette problématique, dans la fameuse lettre que
Freud adresse en 1936 à Romain Rolland, où il décrit un trouble
qu'il avait éprouvé trente ans auparavant, en 1904, alors qu'il
visitait l'Acropole. Freud raconte qu'étant enfin parvenu à voir
l'Acropole – l'un de ses plus chers désirs, depuis fort longtemps

–, il s'est trouvé, en somme, devant quelque chose « de trop beau pour être vrai ». Au point qu'il était obsédé par la pensée que ce qu'il voyait pouvait n'être pas réel. *Faut-il croire à la réalité de ce qu'on voit ?* C'est bien là le dilemme du petit garçon lorsqu'il découvre la zone génitale féminine, comme Freud lui-même nous l'a appris. En tout cas, pour le croire, le garçon est forcé de passer par le détour d'une longue élaboration : celle des théories sexuelles infantiles qui mélangent le vrai et le faux, la lumière et l'ombre. Ce mi-dire de la vérité, que l'homme élabore et que la femme incarne, est la seule approche possible que nous ayons du réel. Et il n'y a aucune raison de penser que la théorie psychanalytique elle-même pourrait échapper à cette règle. Cela implique que la démarche analytique doit s'avancer jusqu'à interroger ses propres vérités, ou les concepts qui paraissent y fonctionner comme des vérités. Il convient notamment de réexaminer de ce point de vue toute la théorie de la castration.

La relecture de Freud à laquelle nous invite l'enseignement de Lacan permet de poser que cette théorie de la castration est, en elle-même, un mi-dire, et qui a une certaine fonction. N'est-ce pas finalement la théorie de la castration et le primat du phallus sur quoi elle s'appuie, qui situent et protègent la féminité comme mystère ? – la théorie est à la fois masque et révélateur de l'objet qu'elle cerne.

Par conséquent, si l'on veut avancer dans cette question de la féminité au-delà du point où Freud l'a poussée, il faut nous interroger tout d'abord sur ce qui fait de la féminité une énigme, et sur ce qui nous pousserait à cultiver une telle énigme plutôt qu'à la résoudre. La vie de l'être parlant tient peut-être à ce que le voile ne soit pas levé sur ce mystère. C'est du moins ce que laissent penser les discours, des hommes et des femmes aussi bien, sur ce qu'*est* et sur ce que veut une femme. Le désir d'une femme reste toujours une question, mais chacun des partenaires en tire profit : le manque de réponse sur ce point fonctionne comme pousse-à-désirer. De même, que sa jouissance ne puisse jamais être arrimée à un signe sûr et sans ambiguïté garantit que l'on en demande et redemande encore. A ce marché de dupes, ni l'offre ni la demande ne risquent de s'éteindre : c'est moins le jouir qui y est négocié que le « plus-de-jouir ». Que se pro-

duit-il en effet lorsque, au nom d'une vérité plus réelle, les partenaires veulent sortir du semblant ? Observons cet homme qui
se plaint d'habitude que les femmes ne lui manifestent pas assez
leur désir, qu'elles lui cachent l'essence de leur jouissance,
voire lui mentent sur son existence ou son intensité. Qu'une
femme, en réponse, sorte de cette cachette qu'il dénonce,
qu'elle lui manifeste un désir sans détour ou lui dise sa jouissance en termes dénudés, et l'on verra cet homme, pris de panique ou de dégoût, prendre la fuite. La prostituée trouve ici sa
fonction universelle : conventionnellement déléguée au rôle de
celle qui fait semblant de désirer et de jouir, elle est celle dont
tout le monde est sûr qu'elle ment. La catastrophe serait qu'elle
ne mente pas, qu'elle jouisse vraiment du pénis qu'elle attrape
au vol. C'est pourquoi l'on peut considérer la prostituée comme
l'authentique gardienne du mystère féminin et par là comprendre le respect universel dont elle bénéficie.

Ce culte de la femme comme lieu d'une cachette a été fort
bien repéré par Perrier et Granoff dans leur article de 1960 sur
« Le problème de la perversion chez la femme et les idéaux
féminins [23] ». Ce texte remarquable souligne combien c'est à la
façon d'un objet en creux que la femme est conçue dans l'esprit
masculin : un phallus en creux, semblable à un doigt de gant
retourné. Car c'est bien dans la mesure où une femme est prise
pour l'incarnation même du phallus qu'elle fait mystère et ne
peut être dévoilée. Il y a là une véritable *interdiction*, que Lacan
évoque dans son article sur « La signification du phallus », lorsqu'il fait allusion aux fresques de la villa de Pompéi : « C'est
pourquoi le démon de l'Aidos (Scham) surgit dans le moment
même où dans le mystère antique, le phallus, est dévoilé *(cf.* la
peinture célèbre de la villa de Pompéi) [24]. » Nous possédons, du
reste, un témoignage clinique de ce qui se passe dans le cas où
cet interdit est levé : se produit alors ce qu'on appelle l'accès
maniaque. Le maniaque est un sujet pour qui le voile s'est
déchiré ; le phallus n'est plus pour lui une question au terme
insaisissable, mais un savoir que lui ont légué les ratages de son
Œdipe. Savoir empoisonnant, toxique, puisqu'il est savoir du
vide que camoufle la mascarade de la « comédie humaine ». Il
sait, lui, que le phallus n'est que semblant. De ce fait même, il
est victime d'un trop de savoir qui le fait exclure du lien social.

Il ne lui reste qu'à se faire le porte-parole de cette dérision, de ce vide pudiquement recouvert par le phallus, en témoignant par ses discours et par ses actes qu'il n'y a, du côté de la femme, rigoureusement rien à respecter.

Dès lors, entre la méconnaissance qui statufie la femme en énigme, et le trop de savoir qui fait du maniaque un non-dupe condamné à l'errance, une question se pose : avons-nous, par l'analyse, à lever le voile du mystère de la féminité ? Ou devons-nous nous contenter de saisir les raisons qu'a le sujet de maintenir ce voile ? Cette question relève de l'éthique de la psychanalyse avant d'intéresser sa technique. La fin d'une analyse peut-elle être identifiée à une révélation, à un « bas-les-masques » ? La clinique de la manie, que nous évoquons, devrait inciter à la prudence. Et Lacan, n'a-t-il pas lui-même attiré l'attention sur la fréquence des effets maniaco-dépressifs de certaines fins d'analyse ? Dès lors, s'il y a quelque chose de l'ordre d'une *révélation* au terme d'une analyse, il convient de préciser que cette révélation ne peut porter que sur ce que Lacan appelle le *mi-dire* de la vérité. Ce que l'analyse doit révéler au sujet c'est que la vérité ne peut jamais se dire *toute*.

NOTES

1. S. Freud, « La féminité », *op. cit*. Ce texte a été, jusqu'à il y a peu, présenté au public francophone dans une traduction si négligée, que nous en avons refait nous-même une, que nous citerons au fil de ce chapitre en renvoyant au texte allemand original, *G.W.* XV, p. 119 sq.

2. Id., *ibid.*, G.W. XV, p. 122.

3. Id., *ibid.*, p. 123.

4. Id., *ibid.*, p. 124.

5. Id., *ibid.*, p. 126.

6. Id., *ibid*.

7. J. Lacan, Séminaire *Les Formations de l'inconscient* (inédit).

8. S. Freud, « Pour introduire le narcissisme », *La Vie sexuelle*, p. 81-105.

9. M. Duras, *Le Ravissement de Lol V. Stein*, p. 54.

10. S. Freud, « Pour introduire le narcissisme », *op. cit.*, p. 133.

11. Voir Lou ANDRÉAS-SALOMÉ, *Ma vie*, Paris, PUF, 1977, et, « D'un premier culte », in *L'Amour du narcissisme*, Paris, Gallimard, 1980.

12. S. FREUD, « La féminité », *G.W.* XV, p. 136.

13. Id., *ibid.*, p. 137.

14. Id., *ibid.*

15. K. HORNEY, « De la genèse du complexe de castration chez la femme », *La Psychologie de la femme*, Paris, Payot, 1969.

16. S. FREUD, « La féminité », *G. W.* XV, p. 140.

17. Id., *ibid.*, p. 143.

18. Id., *ibid.*

19. Id., *ibid.*

20. Voir chapitres précédents.

21. *Sic.* – Chacun sait aujourd'hui que l'extension des méthodes contraceptives, et le développement des recherches génétiques tendent, au contraire, à prouver que « l'agression masculine » compte de moins en moins dans la poursuite de l'objectif de reproduction.

22. Voir ci-avant, chapitres II et III.

23. PERRIER et GRANOFF, « Le problème de la perversion chez la femme et les idéaux féminins », *La Psychanalyse*, Paris, PUF 1964, vol. 7, p. 141-199.

24. J. LACAN, « La signification du phallus », *Écrits*, p. 692.

XII

Des jouissances

Nous avons montré comment la logique de l'élaboration freudienne sur la féminité conduit à une impasse : l'Œdipe féminin y apparaît sans autre avenir qu'une régression à la phase pré-œdipienne de relation à la mère. Il s'impose donc que nous reprenions l'examen de cette question sous un autre angle que celui choisi par Freud. C'est ce que Lacan entreprend, dans son Séminaire *Encore*, en 1972. Dans ce projet, il s'appuie sur deux constats. Il remarque tout d'abord que, tant chez Freud que chez ses élèves, la question de la sexualité féminine, et plus précisément de la jouissance sexuelle de la femme, est restée quasiment intouchée, laissant le champ libre aux débats les plus scabreux sur l'opposition entre jouissance clitoridienne et jouissance vaginale. D'autre part, prenant acte de l'échec de Freud à fonder le devenir-femme sur la structure de l'Œdipe féminin, il dénonce l'idée commune selon laquelle la fille serait dans l'Œdipe comme un poisson dans l'eau : il fera plutôt valoir que la féminité est la problématique d'un être qui ne peut s'assujettir entièrement à l'Œdipe et à la loi de la castration. Dans cette visée, Lacan mettra l'accent moins sur la question de l'*identité* féminine que sur celle de la *jouissance féminine*, et moins sur la *castration* et la revendication qui en découle que sur la *division* que le primat du phallus introduit chez la fille.

Pour nous initier à ces nouvelles propositions, il convient cependant de repérer comment elles sont annoncées, préparées par l'avancée de l'enseignement de Lacan, dans les années qui précèdent le Séminaire *Encore*. C'est, en effet, dans le fil d'une élaboration, d'un *work in progress*, que la question de la féminité vient à se poser à Lacan : au fil des années, ce travail déplace le pôle central de son questionnement du registre du désir à celui de la jouissance. En 1958, dans ses « Propos directifs pour un congrès sur la sexualité féminine [1] », Lacan s'était tenu à un constat d'échec et à l'énumération des problèmes qui seraient à élucider pour aborder la sexualité féminine. Le paragraphe V du texte est particulièrement incisif : sous le titre de « L'obscurité sur l'organe vaginal », Lacan dénonce l'impuissance de la psychanalyse à éclairer ce qu'il en est de la jouissance féminine, alors même que, par sa référence fondamentale au sexuel, elle semblait promettre d'en démonter tout le secret. « La nature de l'orgasme vaginal garde sa ténèbre inviolée », note-t-il, pour remarquer aussitôt l'inconsistance sur ce point des contributions provenant des psychanalystes du sexe féminin. En conclusion, écrit-il, « un congrès sur la sexualité féminine n'est pas près de faire peser sur nous la menace du sort de Tirésias ». Il lui faudra quinze ans pour se risquer à répondre aux questions qu'il formulait ainsi en 1958. Il en viendra alors à articuler quelques thèses, dont nous proposerons ici un énoncé général et provisoire avant d'en poursuivre l'examen approfondi :

1. la féminité se spécifie par un dédoublement de la jouissance, qui ne se ramène pas simplement à l'opposition vagin-clitoris (la problématique féminine trouvant ainsi son ressort fondamental dans le processus d'une division, plutôt que d'une castration seulement) ;

2. il convient donc de reconsidérer la conception freudienne de l'unicité de la libido, la sexualité féminine ne se structurant pas de la même manière que la sexualité masculine ;

3. si mystère il y a du côté féminin, c'est dans la mesure où la Femme est censée suppléer à l'inexistence de l'Autre au niveau du sexe – l'énigme recouvre ainsi de brouillard l'absence du rapport sexuel ;

4. la problématique féminine découle des modalités selon lesquelles la fonction du phallus s'exerce au niveau de l'inconscient comme la fonction d'un signifiant, et de la manière dont les sujets se déclarent assujettis à sa loi.

L'articulation de ces thèses et de leurs soubassements suppose que nous les situions dans le contexte du développement général du Séminaire *Encore*. Celui-ci présente comme une élaboration reliant deux termes *a priori* opposés : le *signifiant* et son effet de signifié d'une part (donc la fonction phallique), et la *jouissance* d'autre part. C'est à l'intersection de ces deux champs que vient se poser la question de la féminité, précisément dans la mesure où elle révèle en quoi ces deux champs soit se recouvrent, soit se disjoignent. Ces termes de signifiant et de jouissance ne sont pas, en 1972, nouveaux dans le discours de Lacan ; ils ont déjà toute une histoire. Il importe donc, pour mieux les cerner, de les situer dans certains textes antérieurs à *Encore*, notamment dans les deux textes fondamentaux que sont « La signification du phallus[2] », et « Subversion du sujet et dialectique du désir dans l'inconscient freudien[3] ».

Les premiers mots du Séminaire *Encore* comportent ce que l'on pourrait appeler *un engagement éthique*, qu'il est utile de rappeler ici car il ouvre le débat en traçant les limites du terrain où la féminité sera interrogée. Faisant allusion à son Séminaire sur *L'Éthique de la psychanalyse*[4], Lacan déclare qu'il pourrait en dire un peu plus sur ce sujet, car il s'est aperçu depuis que son cheminement était de l'ordre d'un « je n'en veux rien savoir ». De quoi ne voulait-il rien savoir ? De la jouissance. Le Séminaire sur *L'Éthique*, qui tourne autour des notions de souverain bien, de plaisir et de satisfaction, serait donc à revoir, à restructurer à partir de la notion de jouissance. *C'est la jouissance qui fait barrière au savoir*, c'est elle qui fonde le « je n'en veux rien savoir ». D'où surgit une question : y a-t-il un savoir possible sur la jouissance ? Mais de quelle jouissance s'agit-il, et de quel savoir ? Dès la première leçon, Lacan pose le terme de jouissance comme distinct à la fois du *Lust* freudien (plaisir ou désir, selon l'équivoque), et du concept de satisfaction. La jouissance, dit Lacan, c'est ce dont parle le droit : jouir d'une chose, c'est pouvoir en user jusqu'à en abuser – abus que le droit, précisément, a l'ambition de limiter. La notion d'usufruit, par exemple – qui réunit l'usage et le fruit –, signifie que l'on ne peut user d'un bien que jusqu'à un certain point : on peut manger le produit, les intérêts, mais pas le capital. Le droit réglemente ainsi le jouir en le limitant aux frontières de l'utile. La jouissance se définit, *a contrario*, comme ce qui s'oppose à l'utile : c'est, dit Lacan, *ce qui ne sert à rien*. La jouissance se pose donc comme une instance négative qui ne se laisse ramener ni aux lois du principe du plaisir, ni au souci de l'auto-conservation, ni au besoin de décharger l'excitation. On a là une conception très large, à l'intérieur de laquelle il y a lieu de situer la notion plus étroite de jouissance sexuelle. Car l'idée de Lacan est que *la jouissance sexuelle est par elle-même une limitation de la jouissance en général*. La jouissance sexuelle fait limite, parce qu'elle dépend du signifiant ; c'est en effet le signifiant qui introduit la dimension du sexuel chez l'être humain – à savoir l'organisation phallique et la concentration qu'elle implique sur un organe que le signifiant isole du corps.

La dialectique qui s'engage entre la jouissance (en général) et la jouissance sexuelle (ou phallique) peut être corrélée au rapport entre l'*être* et le *signifiant*, que Lacan évoque en opposant Aristote et Bentham, c'est-à-dire une philosophie de l'être et une philosophie de la fiction [5]. Cette distinction prend sa véritable portée à considérer le renversement que Lacan introduit dans le rapport de ces deux termes : l'être, soutient-il, n'est pas préalable au signifiant, il est produit par lui. Le langage ne doit pas être tenu pour une superstructure qui viendrait se plaquer sur l'être, sur le réel, mais il est l'outil qui façonne et détermine cet être. Ce renversement des relations entre réel et symbolique, et, de là, entre jouissance et jouissance sexuelle, forme le nerf central de tout le Séminaire. Pour en saisir l'importance, il nous faut d'abord revenir aux premières élaborations de Lacan sur la jouissance : celle que « Subversion du sujet et dialectique du désir […] » propose dès 1960.

L'une des questions centrales de ce texte de 1960 est celle de savoir comment l'être humain tire jouissance du sexuel, et comment l'analyse peut donner un accès à cette jouissance sexuelle alors même que, selon Freud, la castration y ferait obstacle. Est-ce la castration qui nous empêche de jouir ? Lacan ne le croit pas, et il démontre, dans « Subversion du sujet […] », que c'est au contraire grâce à la castration que le registre de la jouissance sexuelle nous est ouvert. Il corrige ainsi la conception à laquelle se prêtait le développement freudien de *Totem et tabou*. Le mythe freudien paraît indiquer, en effet, que seul celui qui n'est pas châtré, à savoir le père primitif, peut jouir, en ce sens qu'il peut posséder toutes les femmes ; quant aux fils, ils se voient divisés entre l'envie de jouir comme le père et la crainte d'être châtrés par lui. On sait que, croyant trancher ainsi leur ambivalence, ils finissent par se résoudre à tuer le père ; cet acte accompli, ils jouissent encore moins qu'auparavant puisqu'ils s'interdisent eux-mêmes, plus rigoureusement encore, la jouissance qu'ils convoitaient, en instituant les règles du tabou. Dans la conception freudienne ce sont donc le complexe d'Œdipe et le complexe de castration qui s'y insère qui font barrière à la jouissance – la menace de castration devenant le roc incontournable sur lequel bute la fin de l'analyse. Lacan, lui, trouve le moyen de déjouer cette impasse en complexifiant la notion de jouissance.

Il avance ainsi, dès « Subversion du sujet […] », qu'il faut distinguer *deux types de jouissances*, et que, dans ce contexte, la jouissance que Freud attribue au père primitif ne peut pas être identifiée à la jouissance sexuelle proprement dite. Celle-ci, pour Lacan, apparaît en effet comme une découpe opérée dans le champ de la jouissance qui serait, primordialement, affaire de l'*être* comme tel. De cette jouissance de l'*être*, le langage – et plus spécifiquement le signifiant du phallus – a pour effet de nous séparer, nous ouvrant par cette coupure le champ d'une nouvelle jouissance, qui n'est plus liée à l'être mais bien au *semblant*. Il existe une jouissance corrélée à l'être, à cet être qui reste en défaut par rapport au signifiant et au mode d'existence du sujet de la chaîne signifiante. Cette jouissance supporte le « je suis » en tant qu'il n'est pas entièrement symbolisé dans le « je pense ». Elle justifie qu'il y ait de l'être et que celui-ci subsiste ; elle est la réponse à la question : « Pourquoi y a-t-il de l'être plutôt que rien ? » L'univers n'a pas d'autre raison d'être et de continuer à être que la jouissance : « Que suis-je ? Je suis à la place d'où se vocifère que "l'univers est un défaut dans la pureté du Non-Être". Et ceci non sans raison car à se garder cette place fait languir l'être lui-même. Elle s'appelle la Jouissance, et c'est elle dont le défaut rendrait vain l'univers », écrit Lacan[6]. Cette jouissance-là nous est, bien entendu, quasiment inaccessible, car, ne correspondant à aucun désir du sujet, elle résiste à toute saisie et à tout raisonnement signifiant. Les populations qui se reproduisent n'ont aucune idée de leur jouissance à être qui, du reste, se manifeste la plupart du temps sous l'aspect de la souffrance.

Mais cette jouissance de l'être n'est pas la jouissance sexuelle. Et, pour tout dire, la jouissance sexuelle a pour effet de nous l'interdire. La jouissance sexuelle, en effet, n'est pas quelque chose où nous entrons par notre être, mais bien par le signifiant. Or l'organisation signifiante présente ce trait, qui forme la base de l'élaboration freudienne de la castration, qu'un signifiant y manque : celui qui rendrait compte du sexe féminin comme tel. Il n'y a qu'un seul signifiant de la sexuation : le phallus, et par conséquent, au niveau du discours inconscient, il n'y a pas de rapport formulable entre deux sexes opposés. Pour l'inconscient, l'Autre sexué n'existe pas, la Femme ne reçoit pas de fondement à son être. La jouissance sexuelle, par conséquent, en s'articulant au signifiant phallique, exclut que l'on jouisse d'un être féminin comme tel. Cet interdit est à entendre dans l'équivoque du mot : inter-dit. La jouissance de l'être – spécialement de l'être féminin, de l'Autre sexué comme tel – ne peut pas se dire, elle est rejetée dans ce qui subsiste entre les dits, à titre d'indicible, de hors-langage : « Ce à quoi il faut se tenir, c'est que la jouissance est interdite à qui parle comme tel, ou encore qu'elle ne puisse être dite qu'entre les lignes pour quiconque est sujet de la Loi, puisque la Loi se fonde de cette interdiction même[7]. »

Le signifiant du phallus introduit ainsi une division de la jouissance. Le signifiant révèle là une double fonction : d'un côté, il interdit la jouissance, de l'autre, il la permet. C'est ce que Lacan ramasse en une formule concise dans la dernière phrase de son texte : « La castration veut dire qu'il faut que la jouissance soit refusée, pour qu'elle puisse être atteinte sur l'échelle renversée de la Loi du désir[8]. » La jouissance interdite par le signifiant est la jouissance infinie, celle que Freud supposait au père primitif et dont le principe pourrait s'énoncer : tout homme peut jouir de toute femme. Le primat du phallus implique en effet l'impossibilité du rapport de sexe à sexe, d'un « être mâle » à un « être femelle », n'autorisant le rapport que dans le registre du semblant : « C'est la seule indication de cette jouissance dans son infinitude qui comporte la marque de son interdiction, et, pour constituer cette marque, implique un sacrifice : celui qui tient en un seul et même acte avec le choix de son symbole, le phallus[9]. » Cela veut dire aussi bien que le signifiant du phallus fait objection à ce que l'on puisse parler chez l'être humain d'un *instinct sexuel*, au sens d'une attirance automatique de tout homme vers toute femme et réciproquement. La découverte freudienne a précisément consisté à repérer que c'est à défaut d'un tel instinct que la sexualité prend chez l'être humain son importance si anomalique ; à l'unification du concept de sexualité, il oppose sa dissémination en une série de pulsions partielles dont aucune n'est, par essence, génitale.

Ces quelques mots de commentaire permettent d'éclairer l'étage du graphe que Lacan construit dans « Subversion du sujet [...] [10] » :

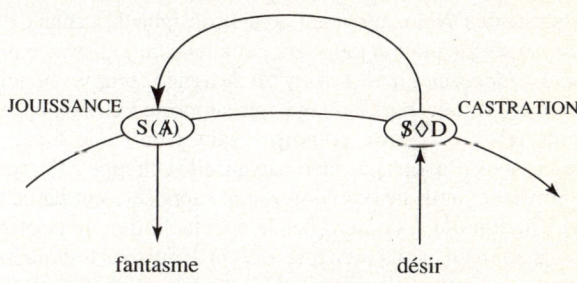

où ($ ◊ D) = la série des pulsions partielles, et

S(Å) = le signifiant d'un manque dans l'Autre.

Cette ligne du graphe doit, pour se lire, être mise en parallèle avec l'étage inférieur, où Lacan articule le rapport du signifiant au signifié et à la signification :

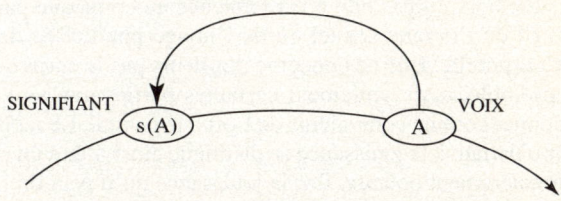

où A = le lieu du trésor des signifiants, et

s(A) = la ponctuation où se constitue la signification au fil du déroulement de la chaîne signifiante.

L'étage supérieur du graphe prend dès lors le sens suivant : la signification résultant du jeu des pulsions partielles fait défaut. Autrement dit, rien ne vient unifier ces pulsions en une pulsion sexuelle globale qui rendrait compte du rapport d'un sexe à l'Autre sexe, ce dernier n'étant représenté par aucun signifiant.

Cette dialectique entre deux jouissances, amorcée en 1960, reçoit tout son développement dans le Séminaire *Encore*, où elle va servir de fondement à une mise en place de la problématique de la féminité. Le signifiant du phallus y est repris dans sa double valeur, de *cause finale* pour la jouissance de l'être ou jouissance de l'Autre, comme Lacan la désigne désormais, et de *cause originelle* pour la jouissance sexuelle ou jouissance phallique. La *jouissance de l'Autre* y est désignée comme une jouissance para-sexuée, hors langage, que supporte l'être ou le corps comme tel, c'est-à-dire comme vivant plutôt que mort. De celle-ci, nous n'avons pas idée puisqu'elle échappe à l'emprise du signifiant : nous ne pouvons que la supposer, soit parce que nous l'imaginons à contempler le spectacle que nous offrent certains animaux, soit parce que nous la déduisons logiquement du creux de certains discours, tels ceux des psychotiques ou de certains mystiques. On verra comment c'est cette jouissance de l'Autre que Lacan va – avec bien des nuances – réintroduire du côté féminin. S'y oppose la *jouissance phallique*, soit la jouissance sexuelle, qui, elle, est bien déterminée par le langage puisque tributaire du signifiant du phallus – au point que Lacan, par moments, l'appelle une jouissance « sémiotique ». Cette jouissance-là part donc du manque-à-être, plutôt que de l'être, et se situe hors-corps : elle n'est rattachée au corps que par le mince fil de l'organe sexuel ou de l'image phallicisée de la forme corporelle. Elle ne concerne d'ailleurs pas le corps dans son ensemble, mais seulement certaines parties qui peuvent fonctionner comme équivalents de l'organe génital. Le rapport de l'être parlant à la jouissance se distingue ainsi d'être un rapport foncièrement boiteux. Car la jouissance qu'il peut tirer de la relation sexuelle n'est jamais celle qu'il faudrait, en ce sens qu'elle témoigne toujours de la disjonction du corps et du sexe et fait constamment objection à ce que s'établisse, d'un sexe à l'autre, un véritable rapport sexuel.

Que l'on puisse ainsi tracer la voie d'une continuité entre la distinction des jouissances que Lacan introduisait en 1960, et sa reformulation en 1972, ne doit pas cependant masquer la rupture qui sépare ces deux conceptualisations. En effet, une modification capitale est apportée, dans le Séminaire *Encore*, quant au sens dans lequel fonctionne l'interdit qu'une jouissance (la phallique) fait porter sur l'autre (la jouissance de l'Autre). Cette modification est d'autant plus importante qu'elle permet à Lacan de resituer la jouissance féminine à sa juste place par rapport à la problématique de la castration. En 1960, Lacan semblait poser l'être et la jouissance infinie qu'il soutient comme préalables au signifiant et à la jouissance phallique que celui-ci fait exister. Dans cette approche, le signifiant phallique vient en quelque sorte coloniser un être déjà là, à qui il imposerait ses limites. Mais, dans les années 1970, il renverse cette problématique des rapports entre l'être et le signifiant, et, par conséquent, des rapports entre les deux jouissances. *L'être, à présent, n'est plus conçu comme préalable au signifiant, mais bien comme produit par lui*. En d'autres termes, sans le signifiant, rien n'existerait, pas même l'être. Ainsi, après avoir noté que le langage nous fait supposer, que nous le voulions ou non, un en-deçà et un au-delà de lui-même, Lacan, dans la quatrième leçon d'*Encore*, apporte cette précision : « Supposer un en-deçà – nous sentons bien qu'il n'y a là qu'une référence intuitive. Et pourtant, cette supposition est inéliminable parce que le langage, dans son effet de signifié, n'est jamais qu'à côté du référent. Dès lors, n'est-il pas vrai que le langage nous impose l'être et nous oblige comme tel à admettre que, de l'être, nous n'avons jamais rien ? Ce à quoi il faut nous rompre, c'est à substituer à cet être qui fuirait le *par-être*, soit l'être *para*, l'être à côté[11]. » Autrement dit, l'être, dans lequel tout un courant de la philosophie a cru discerner la réalité fondamentale, n'est qu'un signifié induit par le signifiant, ne fût-ce que par le verbe être. Mais le véritable réel, le référent, doit être situé à côté de ce signifié (c'est là que Lacan place l'objet *a*). Il s'en déduit que l'idée d'une réalité pré-discursive n'est qu'un rêve : « Il n'y a aucune réalité pré-discursive, affirme Lacan, chaque réalité se fonde et se définit d'un discours[12]. » Plus précisément encore, l'être est un effet de signifié du discours du maître, soit de cette forme de discours où le signifiant reçoit la fonction de com-

mandement. Lacan équivoque d'ailleurs sur ce terme, en soulignant que la dimension cachée du discours du maître est celle
du signifiant *m'être*, du signifiant qui a prétention de me donner un être.

Ce que l'on pourrait désigner comme jouissance de l'être est
donc une notion tout à fait ambiguë. En tout cas, il serait vain
de vouloir en faire une catégorie préalable au signifiant ou indé-
pendante de ses déterminations. Évoquant l'*Éthique à Nicomaque*, Lacan se pose en objecteur d'Aristote et en défenseur de
Bentham : « Ce que cherche Aristote, et cela a ouvert la voie à
tout ce qu'il a ensuite traîné après lui, c'est ce qu'est la jouissance de l'être [...]. L'être – si l'on veut à tout prix que je me
serve de ce terme – l'être que j'oppose à cela [...] c'est l'être de
la signifiance[13]. » Si l'être est ainsi produit par (et non préalable
à) la signifiance, si le supposé en deçà du langage se révèle
être son au-delà, il convient de reconsidérer la relation des
deux jouissances. La jouissance de l'être, de l'Autre comme tel,
n'est-elle pas, finalement, produite comme son au-delà par la
jouissance sexuelle, c'est-à-dire par la fonction phallique ?
L'inter-dit de la jouissance ne consiste-t-il pas, plutôt qu'en
l'exclusion d'une jouissance primaire, en l'évocation, entre les
dits, de l'espoir d'une Autre jouissance, plus complète, plus
corporelle – une Autre jouissance qui serait notamment attribuée
aux femmes ? Telle est la question centrale du parcours de
Lacan dans ce Séminaire.

Que l'on puisse envisager ainsi de situer la sexualité féminine, au moins pour une partie, dans un au-delà de la fonction
phallique, comme corrélée à une Autre jouissance que la jouissance dite sexuelle, tient également à la manière dont Lacan,
dans ce même Séminaire, réinterprète la notion freudienne de
bisexualité, pour reformuler la différence entre la position masculine et la position féminine à l'égard du sexe. Comme à son
habitude, Lacan ramasse ses élaborations sur ce point en quelques formules, « mathématisées », qu'il regroupe en un tableau
connu sous le nom de « schémas quantiques de la sexuation[14] »,
que voici :

HOMME (L'UN)	FEMME (L'AUTRE)
$\exists x.\overline{\Phi x}$	$\overline{\exists x.\overline{\Phi x}}$
$\forall x.\,\Phi x$	$\overline{\forall}x.\,\Phi x$
$\Phi \longleftarrow$	$S(\cancel{A})$ $\uparrow$ $\cancel{L}a$

La colonne de gauche du tableau décrit la structure de la position dite masculine dans la sexualité, position dont le signifiant majeur est, comme on le verra, le signifiant de l'Un ; la colonne de droite rend compte de la position dite féminine, dont le signifiant clef est celui de l'Autre. Précisons d'emblée que cette division ne correspond nullement à la différence anatomique entre les sexes, mais qu'elle indique une division du sujet en deux moitiés, le choix de la position subjective se déterminant dans le discours même du sujet, parfois à l'encontre de son anatomie. Dans chacune de ces colonnes s'inscrivent une série d'écritures qui toutes concernent une fonction unique : la fonction Φx qui affirme que ce qui se rapporte à la sexualité relève de la fonction du phallus (Φ), de quelque côté que l'on se situe. La différence de position ou d'identification sexuée ne s'institue chez les parlêtres, hommes et femmes, que par la manière dont ils s'insèrent comme sujets dans cette fonction. Ce n'est donc pas la fonction Φx, la loi phallique, qui, par elle-même, les fait différents, mais bien la position subjective dans laquelle ils s'y déclarent assujettis.

Les formules qui rendent compte de ces diverses formes d'insertion dans la Loi comportent deux types de signes, deux types de « quanteurs » : les quanteurs existentiels, $\exists x$ et $\overline{\exists x}$ (qui se lisent, respectivement, « il existe un », et « il n'existe pas un »), et les quanteurs universels, $\forall x$ et $\overline{\forall x}$ (qui se lisent respectivement, « pour tout x », et « pour pas-tout x »). Le petit x désigne, dans chacune de ces formules, le sujet.

Ainsi le côté masculin, dans la partie supérieure gauche du tableau, se voit-il défini par deux formules :

$\exists x.\overline{\Phi x}$: il existe un sujet pour qui la fonction Φ ne fonctionne pas, autrement dit il existe un homme qui s'inscrit en faux contre la castration ;

∀x . Φx : pour tout sujet, il est vrai que Φx fonctionne, autrement dit : tout homme est soumis à la castration.

La contradiction entre ces deux formules n'est qu'apparente.
Leur relation, plutôt que contradictoire, relève du rapport entre
la règle et l'exception : l'exception non seulement confirme la
règle, mais, plus radicalement encore, lui donne son fondement[15]. Cette double définition rend compte du mythe freudien
d'Œdipe tel qu'il est exposé dans *Totem et tabou*. L'exception,
le sur-mâle, le seul qui échappe à la castration, évoque le père
primitif freudien qui peut jouir de toutes les femmes – ou de la
femme-toute –, moyennant quoi tous les autres, ceux qui se
déterminent comme fils, sont frappés de castration.

Cet « au-moins-un » – Lacan l'écrit parfois « hommoinsun »
– qui échappe à la castration, nous le rencontrerons le plus fréquemment dans la bouche des femmes, des hystériques notamment, dont il incarne le vœu : il est le seul, en effet, qui pourrait
donner corps à l'existence d'un rapport sexuel, le seul qui serait
de taille à désirer et à jouir de toute femme, le seul donc à fonder, du point de vue mâle, l'identité correspondante du sexe
féminin. Face à ce point idéal du « vrai homme », tous les mâles
font peu ou prou figure de dégonflés. Pas un seul, parmi eux,
n'aime vraiment les femmes, comme nous le rappellent quoti-
diennement nos analysantes homosexuelles. C'est cependant
de cette impuissance constitutive que les mâles reçoivent leur
identité d'hommes. Tel est le message du mythe freudien : du
fait de l'exception du père fondateur, vient au jour le clan, c'est-
à-dire l'ensemble des fils castrés. La castration fonctionne donc
visiblement comme limite et réassurance de la position masculine. Elle est le prix à payer pour pouvoir se dire homme et être
reconnu tel, avec à l'horizon la nécessité qu'au-moins-un
puisse y échapper, ou, pour chaque homme, qu'il puisse lui arriver, une fois au moins, de dépasser cette impuissance.

Cette dialectique entre ∃x . Φx et ∀x . Φx permet de rendre
compte du succès, avéré chez les femmes autant que chez les
hommes, du mythe de Don Juan. Qui est Don Juan ? – sinon
l'incarnation même du vœu féminin aussi bien que de l'identification masculine : l'homme qui frémit à la vue ou à l'odeur de
toute femme. On notera d'ailleurs que, dans plusieurs versions
de ce mythe, le personnage de Don Juan se moque du père, et

reconnaît d'autant moins la loi paternelle qu'il prétend lui-même faire loi.

Du côté de la position féminine, dans la partie supérieure droite du tableau, nous avons également deux formules :

$\overline{\exists x} . \Phi x$: il n'existe pas de sujet pour qui la fonction Φx ne fonctionne pas, autrement dit, il n'y a aucune femme qui ne soit pas assujettie à la castration ;

$\overline{\forall x} . \Phi x$: pour pas-tout sujet il est vrai que Φx fonctionne, autrement dit, la femme est pas-toute soumise à la castration.

La première de ces écritures indique qu'il n'existe pas, du côté féminin, de figure fondatrice d'un ensemble de femmes : aucune femme ne fait exception à la règle, en s'inscrivant en faux contre la castration. Nous avons là un vide, un manque, auquel fait écho le signifiant $S(\cancel{A})$, signifiant du trou dans l'Autre. Aucune femme, aucune « sur-femme », n'est à même de fonder l'existence d'un sexe non phallique. Que l'on songe à ce propos aux figures classiques de la femme dans nos cultures : toutes sont des figures phalliques (c'est d'ailleurs ainsi, en tant que métaphores délirantes du phallus, qu'elles resurgissent dans les élaborations des sujets psychotiques). La figure de la Vierge, par exemple, ne suffit pas à soutenir un ensemble féminin (*cf.* le fantasme des Amazones), pas plus que celle de la Mère, de la Sœur, de la Prostituée ou de la Star. Lacan donne ici formulation logique aux conséquences que nous avons tirées du développement de l'œuvre freudienne à propos de l'absence d'une identité féminine ou de la non-découverte du vagin comme sexe non phallique.

Puisque aucune femme ne s'inscrit en faux contre la castration, puisque l'exception fait défaut, la règle également manque : il n'existe pas de clan des femmes, pas d'ensemble fermé qui se donne une loi commune de ce côté. Les sujets qui se rangent de ce côté ont dès lors à choisir entre deux voies : ou bien ils refusent ce manque de fondement, ou bien ils l'acceptent. S'ils le refusent, ils ne peuvent que se ranger de l'autre côté du tableau, du côté où $\forall x . \Phi x$, pour trouver l'abri d'une identité. Telle est la voie de l'envie du pénis lorsqu'elle évolue en complexe de masculinité. Cela signifie que pour se définir comme membres d'un ensemble fermé, pour faire corps, les femmes n'ont d'autre solution que de se dire châtrées, comme les hommes[16]. L'autre voie est nouvelle : elle est l'issue que Lacan propose à l'impasse de l'Œdipe féminin à laquelle a abouti la doctrine freudienne. Cette voie part du constat que La Femme n'existe pas, et en tire la conséquence que les femmes ne sont qu'un ensemble ouvert et doivent donc être comptées une par une. Elles ne font pas Un, au sens où les hommes se rassemblent, mais demeurent dans leur infinitude. De plus, chaque « une » ne s'inscrit que partiellement, pas-toute, dans la fonction phallique, donc dans la fonction sexuelle telle qu'elle est mise en place par le signifiant. Ici encore, il n'y a pas de véritable contradiction entre les deux formules définissant la position du sujet. La première ($\overline{\exists x} . \overline{\Phi x}$) dit qu'aucune n'échappe à la castration ; la seconde ($\forall x . \Phi x$) précise que, tout en n'y échappant pas, elle ne s'y assujettit cependant que partiellement. La féminité se révèle dans une division à l'égard de la castration : une femme se dédouble, plutôt que de s'unifier, sous le signifiant « femme ». Cela se traduit, dans la partie inférieure du tableau, par le fait que la femme – dont il faut barrer le « la », puisque « la » Femme n'existe pas –, a rapport, dans sa sexualité, aussi bien au signifiant phallique qu'un homme peut incarner pour elle, qu'au signifiant de l'Autre, de l'Autre qui n'existe pas au niveau de la jouissance.

Cette division de la position féminine n'exerce pas seulement sa détermination au plan de l'identité du sujet, mais également au plan de sa jouissance. Que le phallus ait pour effet de scinder, plutôt que d'unifier, la position féminine vaut aussi dans la jouissance dite phallique. Dans cette position, une femme éprouve qu'une part d'elle-même est prise dans la jouissance phallique, l'autre se situant dans ce que Lacan appelle « jouissance de l'Autre » ou « jouissance du corps » Voilà donc située – de manière plus sûre que dans le conflit entre clitoris et vagin – cette fameuse jouissance féminine qui a tant fait couler d'encre ! Que l'on se garde cependant de tirer des conclusions hâtives, car les réflexions de Lacan à ce propos sont d'une complexité et d'une subtilité exceptionnelles. Bien entendu, il ne s'agit nullement, dans son esprit, de réédifier par ce biais une essence féminine dont il ne cesse de dire qu'elle est inexistante. Il n'est pas question de faire de cette Autre jouissance le trait féminin par excellence, ce qui reviendrait à rétablir deux ensem-

bles fermés : d'un côté, pour les hommes, la jouissance phallique, et de l'autre côté, pour les femmes, la jouissance du corps.

De cette jouissance autre que la jouissance phallique, on ne
sait rien. On ne peut donc que la supposer. Certaines femmes –
pas toutes – disent en effet l'avoir éprouvée, et certains mystiques nous ont, par leurs témoignages, suggéré qu'il y aurait
une jouissance au-delà de la jouissance phallique. Mais peut-
être n'est-ce là qu'une idée, une production imaginaire. Quoi
qu'il en soit, le fait que cette Autre jouissance se situe hors-langage la rend impossible à dire, donc l'expose à demeurer dans
le registre de la croyance. Il semble en effet qu'il nous faille
prendre ce point de départ pour aborder la question : partons de
la croyance en une jouissance Autre, et demandons-nous ce qui
la soutient. Allons jusqu'à demander s'il est possible de ne pas
y croire… Il ne fait pas de doute, en effet, que l'énigme qu'une
femme représente pour un homme tient, pour une large part, à
ce qu'il lui suppose une jouissance autre que la sienne, sans
pouvoir cependant la cerner. Il s'agit de ne pas y croire, de
démonter le processus de cette croyance, mais incontestablement, une tendance s'oppose à une telle destitution. D'où vient
cette tendance ? N'est-ce pas que, fondamentalement, nous
sommes tous insatisfaits de la jouissance phallique ? Il est clair
que celle-ci ne convient pas au rapport sexuel, qu'elle est par
elle-même objection à la jouissance du corps de l'Autre.

Sans doute est-ce ce caractère hypothétique de la jouissance
de l'Autre qui amène Lacan à faire usage de formules particulièrement complexes, comme dans ce passage, capital pour
l'articulation que nous essayons de saisir : « La jouissance,
donc, comment allons-nous exprimer ce qu'il ne faudrait pas à
son propos, sinon par ceci – s'il y en avait une autre que la
jouissance phallique, il ne faudrait pas que ce soit celle-là […].
Qu'est-ce que ça désigne, *celle-là* ? Est-ce que ça désigne ce
qui, dans la phrase, est l'autre, ou celle dont nous sommes partis
pour désigner cette autre comme autre ? Ce que je dis là se soutient au niveau de l'implication matérielle parce que la première
partie désigne quelque chose de faux. S'il y *en avait une autre*,
mais il n'y en a pas d'autre que la jouissance phallique – sauf
celle sur laquelle la femme ne souffle mot, peut-être parce
qu'elle ne la connaît pas, celle qui la fait pas-toute. Il est faux

qu'il y en ait une autre, ce qui n'empêche pas la suite d'être vraie, à savoir qu'il ne faudrait pas que ce soit celle-là. [...] Supposez qu'il y en ait une autre – mais justement il n'y en a pas[17]. » Dans cette relation d'implication matérielle, se trouve la clef de notre énigme. S'il y en avait une autre... mais qu'est-ce qui nous amène à faire une telle supposition ? C'est la jouissance phallique, par son côté partiel, hors-corps, qui nous mène à penser à un au-delà, à un « plus » ou à un « autre chose ». Après tout, n'est-ce pas une propriété fondamentale du signifiant, dans la mesure où il est coupure, délimitation d'un bord, que d'évoquer autre chose que ce qu'il dit et de produire ainsi, littéralement, son au-delà ? N'est-ce pas une propriété essentielle du signifiant du phallus – qui, dans la langue, désigne les effets de signifié – que de faire voile et, par conséquent, de faire croire à un au-delà du voile, à une présence cachée de l'ordre de l'être ?

La supposition d'une Autre jouissance apparaît donc comme un effet, voire l'effet le plus radical, du signifiant du phallus. C'est, nous semble-t-il, la solution à laquelle incline Lacan lorsqu'il précise que cette Autre jouissance, hors-langage, est, par rapport à la jouissance phallique, non *complémentaire*, mais *supplémentaire*[18] : elle n'est évocable et situable qu'à partir de la castration. Il ne peut donc être question d'une jouissance du corps de l'Autre qu'à partir de la jouissance sexuelle limitée par l'organe. Il ne peut être question d'une jouissance non phallique qu'à partir de la fonction phallique : « Ce n'est pas parce qu'elle est pas-toute dans la fonction phallique qu'elle n'y est pas du tout. Elle y est *pas* pas du tout. Elle y est à plein. Mais il y a quelque chose en plus[19]. » Cet en-plus n'apparaît que comme marge de la castration : il faut en passer par celle-ci pour qu'un bord se dessine au-delà duquel une place se creuse pour un au-delà. Mais ce produit de la castration est vide, inconsistant, sauf à lui donner consistance imaginaire.

Cette hypothèse permet d'éclairer une certaine homosexualité que l'on peut bien tenir pour structurelle de la position féminine. La partie inférieure du tableau que nous commentons indique bien que du côté de L̸a femme, la division de la jouissance se joue entre deux pôles : celui du phallus (Φ) que l'homme peut incarner pour elle, et celui de S (A̸), ce qui manque comme signifiant dans l'Autre, soit le sexe féminin lui-même, pôle qui se situe évidemment du côté féminin. Qu'une femme ne tire pas toute sa jouissance de son partenaire, mais qu'elle en reçoive, en plus, une part de son propre sexe en tant que celui-ci n'est pas-tout phallique, assigne un statut spécial à l'homosexualité féminine. A vrai dire, c'est de manière impropre que l'on parle d'homosexualité à ce niveau : cette soi-disant homosexualité semble bien, au contraire, être l'hétérosexualité la plus radicale, dans la mesure où c'est l'hétérogénéité de la femme au phallus qui est interrogée par le rapport ($\mbox{\sout{L}}a \rightarrow S(\mbox{\sout{A}})$). Que la part proprement féminine de la jouissance s'articule à $S(\mbox{\sout{A}})$, au-delà de l'apport phallique que fait le partenaire, veut dire qu'une femme jouit d'elle-même en tant qu'Autre à elle-même. Le partenaire homme ne peut, bien entendu, que se sentir frustré de cette jouissance-là, car de sa position de mâle, il n'a pas accès à cette béance où une femme occupe la place de l'Autre qui manque.

Pour l'homme, le rapport à la partenaire femme se réduit au fantasme. Que Lacan en écrive la structure ($\mbox{\sout{S}} \lozenge a$) indique que pour l'homme une femme ne vaut jamais, en dernière instance, que comme objet *a*, c'est-à-dire comme objet partiel à l'égard de ce que serait le corps de l'Autre. C'est d'un regard, d'une voix, d'une peau, de bouts de corps plus ou moins fétichisés, que l'homme jouit, et jamais (sauf à se mettre en position féminine) du corps féminin comme tel dans sa radicale altérité. On ne s'étonnera guère que la satisfaction qu'il en tire se mélange toujours d'une certaine anxiété : quand bien même a-t-il joui et fait jouir sa partenaire, il n'est jamais assuré de l'avoir possédée, c'est-à-dire d'avoir participé à sa jouissance à elle. Lacan donne de cette situation un paradigme calqué sur le célèbre paradoxe de Zénon : « Achille et la tortue, tel est le système du jouir d'un côté de l'être sexué. Quand Achille a fait son pas, tiré son coup auprès de Briséis, celle-ci, telle la tortue, a avancé d'un peu, parce qu'elle n'est *pas toute*, pas toute à lui. Il en reste. Et il faut qu'Achille fasse le second pas, et ainsi de suite[20]. » Cette éternisation du rapport de l'homme à la femme, en tant que toute, a pour commune conséquence une certaine misogynie. Si l'homme a tendance à concevoir la féminité comme un secret, et qu'il la voit se dérober à son attente, il n'a plus qu'à mettre ce secret au compte d'un mensonge : la féminité, dans son esprit, n'est plus mi-dire de la vérité mais mensonge, elle n'est plus double mais duplice. Le film que Luis Buñuel a tiré d'un roman de Pierre Louÿs sous le titre *Cet obscur objet du désir* illustre à merveille cette dialectique et l'affolement, autant que le dépit, qu'elle entraîne. On y voit la division féminine conçue du point de vue du héros masculin comme la duplicité d'un être qui, tantôt recherche avec avidité la jouissance sexuelle, et tantôt se refuse absolument à l'homme. Celui-ci en devient d'autant plus enragé qu'il ne parvient plus à se débarrasser de son objet : la jeune femme en question le suit partout sans être pour autant davantage à sa merci. Devrait-il se résigner à suivre l'indication de son domestique qui lui fait part de son avis sur la question en un aphorisme : « La femme est un sac d'excréments », et se charger de ce fardeau empoisonnant, en faire son symptôme ? L'explosion finale par laquelle Buñuel conclut sa leçon, après que l'homme a marqué son intérêt fasciné pour le travail d'une femme qui recoud la déchirure d'une robe de mariée tachée de sang, nous laisse penser que la cause la plus radicale du terrorisme pourrait bien, après tout, n'être que la rage impuissante de l'homme devant l'impossibilité du rapport sexuel. La bombe ne serait qu'une façon désespérée de faire exister le trou que l'homme ne parvient pas à concevoir. L'hypothèse paraîtra moins fantaisiste qu'elle n'en a l'air si le lecteur veut se souvenir que Freud lui-même avait remarqué que l'un des premiers jeux du petit garçon, à l'époque où il est confronté à l'énigme de la sexualité, consiste à faire des trous dans les objets qui l'entourent[21].

NOTES

1. J. LACAN, « Propos directifs pour un congrès sur la sexualité féminine », *La Psychanalyse*, vol. 7, repris dans *Écrits*, p. 725-736.

2. J. LACAN, « La signification du phallus », *Écrits*, p. 685-695.

3. J. LACAN, « Subversion du sujet... », *Écrits*, p. 793-827.

4. J. Lacan, Séminaire *L'Éthique de la psychanalyse* (1960).

5. Voir J. LACAN, *Le Séminaire*, livre XX, *Encore*, p. 10-11.

6. J. LACAN, « Subversion du sujet... », *op. cit.*, p. 819.

7. Id. *ibid.*, p. 821.

8. Id., *ibid.*, p. 827.

9. Id., *ibid.*, p. 822.

10. Id., *ibid.*, p. 817.

11. J. LACAN, *Le Séminaire*, livre XX, *Encore*, p. 44.

12. Id., *ibid.*, p. 33.

13. Id., *ibid.*, p. 66-67.

14. Id., *ibid.*, p. 73.

15. Lacan a très tôt, dès son Séminaire sur *L'Identification* (inédit), fait référence en ce sens à la logique de Peirce.

16. C'est bien ce qui indigne les mouvements féministes qui n'ont pourtant d'autre cri – de désespoir et de reconnaissance à la fois – que le mot « castration ».

17. J. LACAN, *Le Séminaire*, livre XX, *Encore*, p. 56.

18. Id., *ibid.*, p. 68.

19. Id., *ibid.*, p. 69.

20. Id., *ibid.*, p. 13.

21. S. FREUD, « Les théories sexuelles infantiles », *La Vie sexuelle*, p. 21.

XIII

Altérité du corps

Le débat que Lacan poursuit avec Freud au long du Séminaire *Encore* ouvre une issue à l'impasse où Freud a conduit la problématique de la féminité en la ramenant à l'impossible satisfaction de l'envie du pénis. En fondant la position féminine sur une division qui est plus radicale que la castration, puisque la castration forme l'une de ses deux branches, Lacan parvient à contourner le roc qu'elle représentait au terme de la doctrine freudienne. Pour Lacan, la castration n'est plus l'obstacle sur lequel la femme doit échouer, elle prend au contraire la valeur d'une voie qui indique par elle-même son au-delà. Pour saisir cette articulation, il nous faut maintenant porter notre attention sur le chapitre v du Séminaire *Encore*, où Lacan soutient la discussion, non seulement avec Freud, mais aussi avec Aristote.

Cette leçon s'ouvre sur une phrase qui situe d'emblée le débat dans le contexte de la jouissance, et de la jouissance d'un être déterminé comme parlant – parlêtre, l'appellera parfois Lacan – qui, du fait même de cette jouissance, dit *avoir* un corps : « Tous les besoins de l'être parlant sont contaminés par le fait d'être impliqués dans une autre satisfaction [...] à quoi ils peuvent faire défaut [1]. » L'autre satisfaction dont il s'agit est celle qui se supporte du langage, satisfaction non du besoin de l'organisme, mais de la parole, de ce qui se dit et de ce qui ne se dit pas. Nous avons déjà relevé que le besoin de se nourrir, par exemple, est, chez l'homme, totalement subverti par la jouissance de manger du signifiant : c'est l'énoncé du menu qui nous fait désirer, et nous ouvre un appétit au-delà de l'appétence. L'autre satisfaction prend naissance dans la transmutation de l'objet du besoin en objet cause du désir : le sein maternel, gros de lait, devient le vide autour duquel la bouche se met à appeler. Cette incidence est manifeste dans la sexualité. Certaines femmes hystériques, par exemple, ne tolèrent de relations sexuelles qu'avec ceux qui leur déclarent leur amour. Elles témoignent ainsi que la sexualité est autre chose qu'un besoin de décharge, qu'elle n'acquiert sa spécificité humaine que dans l'au-delà du besoin.

Cette autre satisfaction, Lacan n'hésite pas à la référer à Aristote et à son *Éthique*, qui était mise en exergue dans la première leçon d'*Encore*. Si nous pouvons faire défaut, c'est-à-dire nous mettre en faute, par rapport à cette autre satisfaction, il convient de préciser que cette dernière ne prend elle-même toute son importance que faute d'une autre jouissance qui, elle, ne dépendrait pas de la parole. Lacan cadre ainsi en quelques mots la démarche de l'*Éthique à Nicomaque*. Si cette œuvre cherche à cerner ce qu'il en est de la jouissance et de la conduite que l'homme de bien doit adopter à son égard, elle laisse dans l'ombre le point de savoir en quoi Aristote, en l'écrivant, faisait lui-même preuve d'une certaine position à l'égard de la jouissance. De quoi jouissait-il, et de quoi s'abstenait-il de jouir, en écrivant l'*Éthique à Nicomaque* ? En cherchant à longueur de pages ce qu'est la jouissance de l'être, Aristote glisse inéluctablement dans une autre satisfaction : parler de la jouissance, c'est forcément déplacer la jouissance dans la parole, c'est se livrer à une jouissance qui consiste en l'articulation même des signifiants.

Cet exemple permet de dégager une stratification à trois niveaux : la satisfaction des besoins, la jouissance de la parole, la jouissance de l'être.

D'un niveau à l'autre, traîne une certaine *faute*. La satisfaction des besoins reste en défaut par rapport à la jouissance de la parole qui, elle-même, est en faute par rapport à la jouissance de l'être. Cette faute est inéluctable : elle est inhérente à la parole, au mécanisme du signifiant, où le signifié est toujours en défaut à l'égard du référent. La jouissance de la parole – qui est notre seul appareil pour aborder la réalité – est ainsi affectée d'un vice central : elle est ce qui fait obstacle à ce qu'il y ait du rapport sexuel. La jouissance de la parole, autrement dit, comporte le ratage d'une autre jouissance. C'est ce que Lacan précise lorsqu'il dit : « L'univers, c'est là où, de dire, tout réussit », ajoutant immédiatement : « [...] réussit à faire rater le rapport sexuel, de la façon mâle[2]. » Ainsi la jouissance qu'Aristote éprouve à articuler le signifiant dans le discours de l'*Éthique à Nicomaque* constitue la cause même de son impuissance à cerner la jouissance de l'être par ces mêmes signifiants.

La division qui s'introduit ici est au cœur de notre interrogation sur la féminité. Lacan précise en effet qu'il y a deux façons de faire rater le rapport sexuel : une façon mâle, et puis une autre qui, elle, s'élabore du pas-tout (et non pas de l'univers, du tout) et qu'il explorera en interrogeant le rapport de la femme à Dieu.

La façon mâle de rater le rapport sexuel, donc de faire défaut à la jouissance de l'Autre ou du corps comme tel, provient de ce que l'exercice de la parole dont jouit le mâle ne peut produire, au titre de partenaire sexuel, qu'un objet phallicisé, l'objet a – et non un Autre sexué, inexistant au niveau du signifiant. « Le ratage, c'est l'objet », constate Lacan[3]. Autant dire que la fonction phallique Φx se confond, du côté masculin, avec la fonction du fantasme. C'est pourquoi, de ce côté, la jouissance phallique est à la fois celle qu'il faut (c'est un impératif signifiant), et celle qu'il ne faut pas (c'est une faute à l'égard d'une autre jouissance). Le registre du « falloir » se confondant avec celui du « faillir », la jouissance phallique a ainsi pour principe de rendre la femme insaisissable pour l'homme. Cependant, comme nous l'avons souligné au chapitre précédent, cette Autre jouissance qui ne dépendrait pas de la fonction de la parole n'est qu'une pure supposition : il n'y en a pas d'autre, dit Lacan. Par conséquent, la relation entre ces deux registres, du côté mâle, s'organise ainsi : il est *faux* qu'il y ait une autre jouissance, donc *faute* de cette autre, il *faut* que la jouissance phallique soit – ce « il faut » prenant l'accent d'un commandement surmoïque.

Que Lacan fonde cette jouissance phallique dans la jouissance de la parole indique que la jouissance sexuelle n'est pas si facile à cerner qu'on pourrait le croire. En fait elle est systématiquement méconnue, et notamment dans l'acte sexuel. Lacan va même jusqu'à avancer que l'acte sexuel n'est qu'un malentendu à l'égard de la jouissance ! – ce qui constitue, convenons-en, un point de vue sensationnel en ce siècle sexologique : « C'est le corps parlant en tant qu'il ne peut réussir à se reproduire que grâce à un malentendu de sa jouissance.

C'est dire qu'il ne se reproduit que grâce à un ratage de ce qu'il veut dire, car ce qu'il veut dire – à savoir, comme le dit bien le français, son sens – c'est sa jouissance effective. Et c'est à la rater qu'il se reproduit – c'est-à-dire à baiser. C'est justement ça qu'il ne veut pas faire, en fin de compte. La preuve, c'est que, quand on le laisse tout seul, il sublime tout le temps, à tour de bras […][4]. » La jouissance phallique ne doit donc pas être confondue avec ce qui se produit dans le lit des amants – on ne peut en tout cas l'y restreindre. L'une des révélations fondamentales de l'expérience analytique consiste en ce recentrage de la jouissance dite sexuelle : son espace est moins le lit, que le dit. C'est la raison pour laquelle elle est refoulée et méconnue par le sujet : elle ne suffit même pas à ce qu'il rencontre convenablement son partenaire au lit ! Bien au contraire est-elle au principe de l'échec du lit : « Le refoulement ne se produit qu'à attester dans tous les dires, dans le moindre des dires, ce qu'implique ce que je viens d'énoncer, que la jouissance ne convient pas – *non decet* – au rapport sexuel. A cause de ce qu'elle parle, ladite jouissance, lui, le rapport sexuel n'est pas[5]. »

Une femme n'est pas moins insatisfaite qu'un homme de cette absence de rapport sexuel. Mais du côté féminin autre chose que l'objet du fantasme vient suppléer ce défaut. Qu'est-ce qui prend ainsi la place de ce que, dans son tableau de la sexuation, Lacan note par S($\cancel{A}$) ? C'est Dieu, avance-t-il. Encore faut-il saisir ce qu'il entend par ce terme qui n'est évidemment pas réductible au Dieu de la foi chrétienne. « Dieu » désigne ici l'Autre, insignifiable comme tel par la parole, est concerné par ce que Lacan appelle jouissance de l'Autre. Car l'Autre dont il s'agit dans cette jouissance n'est pas l'Autre de la parole – ce qui serait une façon de situer la jouissance phallique –, mais l'Autre en tant qu'il aurait – au conditionnel – consistance *réelle* au-delà de sa dimension de langage. La jouissance féminine – ou tout au moins supposée aux femmes – se relie ainsi à une autre face de l'Autre, celle où il est inexistant au plan signifiant, celle de l'Autre sexué. C'est ainsi un véritable retournement que propose Lacan en identifiant Dieu à cette face de l'Autre en tant qu'Autre sexe : « Pour moi, il me paraît sensible que l'Autre, avancé au temps de l'Instance de la lettre, comme lieu de la parole, était une façon, je ne peux pas dire de laïciser, mais d'exorciser le bon vieux Dieu. [...] Je m'en vais peut-être plutôt vous montrer en quoi justement il existe, ce bon vieux Dieu. Le mode sous lequel il existe ne plaira peut-être pas à tout le monde, et notamment pas aux théologiens qui sont, je l'ai dit depuis longtemps, bien plus forts que moi à se passer de son existence. [...] Cet autre, s'il n'y en a qu'un tout seul, doit bien avoir quelque rapport avec ce qui apparaît de l'autre sexe[6]. »

A cet endroit du texte, Lacan fait une allusion, peu explicite, à son Séminaire sur l'*Éthique* et à ce qu'il y a avancé à propos de l'amour courtois. Or quelle était, à ce propos, la leçon de ce Séminaire si ce n'est que le chevalier ou le poète y fonde un statut tout particulier de la Dame ? La Dame de l'amour courtois est élevée, au-delà de sa fonction d'objet, au rang de ce que Lacan appelle alors « la Chose » et qui n'est qu'une première approche de ce qu'il désigne dans la suite par $S(\bar{A})$. En d'autres termes, l'amour courtois élève la Dame au niveau de l'Autre réel absolu, en soi inaccessible ; mais il faut bien apercevoir que cet Autre est en même temps parfaitement vide, dénué de consistance. Il occupe la place de ce qui serait l'objet global, non partiel, de l'objet qui manque pour que l'on puisse parler d'une pulsion sexuelle complète (au lieu de plusieurs pulsions partielles). La construction de cette figure de la Dame absolue, de la Femme, n'est possible qu'à la laisser vide de toute spécification. Nous retrouvons là la notion d'« être de la signifiance », que Lacan oppose à l'être déjà là, préalable au signifiant, à quoi toute une philosophie a cru, Aristote en tête. Le signifiant engendre l'être, comme le poète courtois engendre la Dame, et comme la position féminine dans la sexuation engendre « Dieu ». C'est suivant ce modèle d'engendrement, plutôt que sur celui d'une antinomie, que nous tenterons de résoudre la question qui nous intéresse ici, celle du rapport entre la jouissance phallique et la jouissance féminine, ou entre l'Autre comme lieu de la parole et l'Autre comme Autre sexe. Le raisonnement suivi par Lacan s'articule selon cette séquence : c'est de ce qu'il existe dans l'Autre, en tant que lieu de la parole, un signifiant $S(\bar{A})$ qui dit qu'il y a du trou, que ce trou peut être supposé réel et repéré comme tel. Par exemple, c'est parce que la langue comporte des mots comme « indicible » ou « innommable », que se creuse une place où peut exister *réellement* de l'indicible ou de l'innommable. C'est pourquoi la jouissance féminine est conçue par Lacan comme *supplémentaire* par rapport à la jouissance phallique, à la jouissance de la parole.

La complexité de cette relation d'un Autre (comme lieu symbolique) à l'Autre (comme réel supposé à partir du symbolique) est difficile à concevoir, car il reste vrai, par ailleurs, qu'il n'y a pas d'Autre de l'Autre. Lacan ne se cache pas cette difficulté qui ne peut que ranimer l'interrogation fondamentale sur la nature du signifiant. Ainsi écrit-il en conclusion : « Comme tout ça se produit grâce à l'être de la signifiance, et que cet être n'a d'autre lieu que le lieu de l'Autre que je désigne du grand A, on voit la biglerie de ce qui se passe. Et comme c'est là aussi que s'inscrit la fonction du père en tant que c'est à elle que se rapporte la castration, on voit que ça ne fait pas deux Dieu, mais que ça n'en fait pas non plus un seul[7]. » Tout ce développement repose donc sur l'ambiguïté du statut de l'Autre, et du statut de la féminité par rapport à cet Autre. Cette ambiguïté tient à ce que, en tant que lieu du signifiant, l'Autre contient un signifiant, $S(\cancel{A})$, qui signifie qu'il ne contient pas tout, que tout ne peut pas se dire. Cela implique-t-il qu'il y ait, effectivement, autre chose ? Là est toute la question. Or, la féminité se définirait précisément par son rapport à $S(\cancel{A})$, à ce trou dans l'Autre symbolique, laissant penser qu'elle puisse être Autre que ce que dit l'inconscient, Autre que ce que peut nommer la chaîne signifiante organisée en A par la loi du phallus et de la castration. C'est ce qui place La Femme au plan de l'Autre radical, de l'Autre réel sexué, dont l'inconscient ne peut rien dire sinon le manque. Nous n'avons donc pas deux Autres – puisque un seul existe –, mais pas non plus un seul – puisque l'inexistence symbolique du second a autant d'importance que l'existence du premier.

Si « Dieu » s'en mêle, selon Lacan, c'est que le statut ambigu de la féminité est lourd d'un appel à l'être – à un être qui trouverait son fondement ailleurs que dans le lieu de la parole, qui aurait donc une autre consistance que celle de l'être de la signifiance. Bref, la féminité pose inéluctablement la question de l'Autre. Comment maintenir cet appel vide ? Comment une femme peut-elle se contenter d'une inconsistance ? Dans sa jouissance en effet, ou tout au moins dans la part de sa jouissance qui dépasse la référence phallique, une femme ne peut que vouloir pour partenaire un être qui se situe lui-même au-delà de la loi du phallus. Ce vœu l'entraîne à glisser, de sa position de *pas-toute* châtrée, vers le point de mire où il y en aurait un qui serait *pas du tout* châtré, ($\exists$x. $\overline{\Phi x}$), c'est-à-dire la place où l'homme deviendrait Dieu et par conséquent une femme, La Femme. C'est par ce biais du rêve d'un Etre suprême qui la ferait toute Femme qu'une femme a tendance à répondre au trou qui s'ouvre en S($\cancel{A}$), comme l'homme, de son côté, y répond par l'objet de son fantasme.

Ce tiraillement entre La Femme et l'Autre peut s'analyser, nous allons tâcher de le montrer, comme celui du rapport d'un sujet au corps. L'appréhension du corps par le sujet révèle en effet les deux mêmes polarités que nous avons repérées en ce qui concerne l'Autre : lieu où s'inscrit le signifiant, et à ce titre existant et repérable comme être de la signifiance, et d'autre part consistance réelle sexuée et innommable comme telle. La disjonction entre l'Autre du désir, qui existe, et l'Autre de la jouissance, qui n'existe pas, se reproduit ainsi au niveau du corps.

On ne s'en étonnera guère, si l'on veut bien apercevoir qu'en dernière analyse, l'Autre dont parle Lacan, dans tous les sens que prend ce terme, est fondamentalement, pour le sujet, le corps. Une telle formule peut surprendre ceux qui ont cru comprendre que, pour Lacan, l'Autre serait l'inconscient. Mais Lacan n'a jamais avancé une telle formulation ; il a dit que l'Autre est *le lieu* de l'inconscient, il a parlé du *lieu de l'Autre*. Que l'on ne voie pas là simple tournure, voire préciosité gratuite à mettre au compte d'un style que l'on croit « ampoulé ». Les préciosités de Lacan ne sont pas plus gratuites que celles des Précieuses, elles ont tout leur poids. Que veut dire l'énoncé que l'Autre est un lieu, et seulement un lieu ? Et quel est ce lieu ?

Cette question nous renvoie au fondement même de la dépendance de l'homme au signifiant, et aux effets du signifiant sur son être. Il est clair que le fait d'être pris dans le langage implique pour l'être humain une perte au niveau du corps – tant de son corps que du corps de l'Autre. Cette perte apparaît comme une *perte d'être* dont la langue porte la trace : on ne dit pas de l'homme qu'il *est* un corps, mais bien qu'il *a* un corps. Du fait qu'il parle, l'être humain n'est plus un corps :

une disjonction s'introduit entre le sujet et son corps, celui-ci devenant une entité extérieure dont le sujet se sent plus ou moins séparé. Le sujet, que l'effet du langage porte à l'existence, est, comme tel, distinct du corps. Lui reste donc la charge de l'habiter, ou d'atteindre celui de l'Autre. Mais il ne peut le faire que par le biais du signifiant car c'est celui-ci qui, pour commencer, nous dit que nous avons un corps, voire nous induit dans l'illusion d'un corps primordial, d'un être-corps préalable au langage. Le langage s'interpose constamment entre le sujet et le corps. Cette interposition constitue à la fois un accès et une barrière : accès au corps en tant que symbolisé, et barrière au corps en tant que réel.

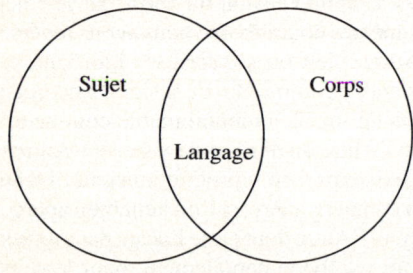

L'être corporel de l'animal humain devient ainsi inaccessible, ou tout au moins hors de portée d'un accès direct, non médiatisé. Nous n'avons pas idée du « se jouir » du corps, sinon indirectement, par l'imaginaire que nous projetons sur les animaux ou les plantes, ou par déduction logique à partir du langage. Nous ne saisissons ce qu'est un corps que dans la mesure où nous le découpons et l'organisons avec le signifiant – mécanisme que la conversion hystérique pousse jusqu'à sa caricature. Cela ne veut pas dire que le corps n'ait aucune réalité. Le corps réel subsiste, bien sûr, mais nous devons nous rendre à l'évidence : nous ne sommes pas vraiment *dedans*. Le plus souvent, au contraire, nous nous cognons à ce réel du corps comme à un mur extérieur et impénétrable : nous nous heurtons à un obstacle, nous nous blessons, nous tombons, nous apprenons par un examen l'existence d'une maladie insoupçonnée, etc. Seules ces rencontres ponctuelles nous révèlent que notre corps est aussi un organisme étranger à l'idée que nous en avons.

Cette disjonction a sa conséquence. Si le langage opère un évidement de l'être du corps, celui-ci devient, de ce fait même, un lieu vide de substance, où s'opèrent une série d'inscriptions signifiantes. La clinique psychanalytique permet ainsi de mettre en évidence un principe opérant, de tout temps, dans la culture : la notion de zone érogène, le processus du symptôme de conversion ou le mal psychosomatique rejoignent dans leurs singularisations la généralité de pratiques symboliques comme la circoncision, le tatouage, etc. Dans cette mesure, on peut avancer que l'Autre de Lacan se confond avec le corps en tant que lieu d'inscription, tissu de signifiants d'une part, et d'autre part, en tant qu'être réel, reste hors de portée du nommable, insymbolisable. Cette distinction des deux faces du corps est cohérente avec la dialectique des jouissances. Ce n'est pas parce que l'Autre ou le corps *n'existe* pas en tant que réel qu'il est éliminable : sa non-existence signifiante constitue un mode d'être singulièrement irréductible. De fait, le sujet n'a pas de rapport formulable avec le corps comme tel : ce dernier est toujours un reste au-delà de ce qui peut se dire du corps. Entre le sujet et le corps, la relation semble donc analogue à celle d'Achille et de la tortue, que Lacan évoque au début de son Séminaire[8].

On voit ainsi se mettre en place un strict parallèle entre trois séries de deux termes : l'homme et la femme, le sujet et l'Autre, le sujet et le corps, ces trois relations étant illustrées par le paradoxe de Zénon. Qu'Achille ne rejoigne jamais la tortue, que le sujet ne rejoigne jamais le corps, ne signifie pas que ni la tortue, ni le corps ne sont là. Ils sont bien réels, mais se situent dans une autre dimension que celle où se meut Achille : au-delà du pas, au-delà du trajet signifiant de plus en plus minutieux par lequel il tente de les rejoindre. Quelle est cette dimension, autre que celle du pas ? C'est celle qu'évoque la notion de nombre réel, à savoir la limite : « Un nombre a une limite, et c'est dans cette mesure qu'il est infini. Achille, c'est bien clair, ne peut que dépasser la tortue, il ne peut pas la rejoindre. Il ne la rejoint que dans l'infinitude[9]. » Cette limite est exactement ce que Lacan désigne, dans le rassemblement des signifiants de l'Autre en tant que lieu symbolique, par S($\mathbb{A}$). S($\mathbb{A}$) dit qu'il y a de l'innommable, du trou, du hors-langage, bref de l'altérité radicale. Ce signifiant fait ainsi contrepoids à un autre signifiant clef, que Lacan évoque à plusieurs reprises dans *Encore* et auquel il a consacré presque tout son séminaire de l'année précédente [10], à savoir le signifiant « Un ». Ces deux termes, S(Ⱥ) et Un, forment les deux pôles entre lesquels il est impossible d'écrire un rapport, les deux points irrémédiablement distincts dans la signifiance qui fondent l'impossibilité du rapport sexuel.

Pourquoi Achille poursuit-il la tortue, pourquoi l'homme cherche-t-il inlassablement la Femme, pourquoi le sujet se démène-t-il pour rejoindre son corps ? Parce que la signifiance dont ils dépendent leur offre le signifiant « Un » – ce signifiant dont il n'y a d'autre signifié que celui que Lacan explicite par l'affirmation énigmatique « Y'a d'l'Un ». Alors que S(Ⱥ), le signifiant de l'innommable, laisse être du hors-langage, le signifiant Un, lui, suggère au sujet qu'il pourrait *s'unir* à ce hors-langage, qu'il pourrait, voire qu'il devrait (effet de commandement du signifiant-maître) ne faire qu'un avec la femme ou avec le corps. Cette bipolarité nourrit un conflit irréductible, inhérent à l'ordre symbolique. L'être parlant ne peut qu'être tiraillé entre ces deux points de fuite que lui présente le langage, entre le signifiant de la division, et celui de l'unité : une part de l'être s'échappe inéluctablement, et pourtant, le sujet se voit commandé de se fondre dans l'être. Que peut faire, dès lors, Achille avec sa tortue, l'homme avec la femme, le sujet avec le corps ? Mis à l'épreuve de la division, le vœu d'unité ne peut que se diffracter selon les équivoques qui jouent sur l'Un. A défaut de faire Un avec la femme, l'homme ne peut que prendre les femmes une par une comme Don Juan (l'univers s'éparpille en une infinité d'unités), ou s'identifier, c'est-à-dire s'uniformiser à une femme, comme la perruche amoureuse de la veste de Picasso [11] (l'union se transforme en uniformisation imaginaire).

L'hétérogénéité des deux jouissances recouvre celle du sujet et du corps. Si une femme peut incarner le corps auquel le sujet cherche vainement à s'unir c'est que la femme, ou le corps de la femme, vaut comme métaphore de l'Autre auquel il n'y a pas de rapport signifiable : comme l'Autre, la femme est décomplétée, pas-toute soumise à la loi signifiante [12]. Mais, insistons une nouvelle fois sur ce point, l'idée d'une jouissance du corps comme tel, ou d'une jouissance spécifiquement féminine reste une *idée*, c'est-à-dire un effet du signifiant. Le corps est un produit du langage ; la jouissance du corps est un produit de la parole. La nature, en somme, ne préexiste pas à la culture : les cellules, les atomes, les protides, les lipides sont sans doute là avant le langage, mais ils ne forment *corps* qu'à partir du langage, c'est-à-dire à partir du moment où le signifié d'un corps, comme entité, vient à se formuler. Si le signifiant nous interdit l'accès au corps comme tel, s'il l'expulse hors du champ de ce dont nous pouvons, comme sujets, jouir, il est cependant à l'origine de ce corps et de la jouissance qui lui est supposée ; en un mot, c'est le signifiant qui crée le corps tout en l'interdisant. Cette contradiction découle du conflit, interne à l'ordre symbolique, entre l'Un et l'Autre, entre l'exigence de l'unité et celle de l'altérité. Il faudrait faire Un avec l'Autre… mais en cas de réussite, il n'y aurait plus d'Autre, et en cas d'échec, c'est l'unité qui s'effondre.

Ce principe d'hétérogénéité irréductible entraîne le ratage fondamental de l'acte sexuel. De celui-ci, Lacan avait déjà donné une définition tout à fait radicale dans son Séminaire sur *La logique du fantasme* : « En somme, la sexualité telle qu'elle est vécue et qu'elle opère peut-être fondamentalement présentée à partir de ce que nous repérons dans l'expérience analytique comme un "se défendre" de donner suite à cette vérité qu'il n'y a pas d'Autre de l'Autre[13]. » Si les hommes et les femmes couchent ensemble c'est, en effet, qu'ils veulent « encore » s'unir à l'Autre réel, même s'ils sont censés savoir que celui-ci est hors de portée. Car l'horizon de la jouissance est de jouir de l'Autre, du corps de l'Autre comme tel. La jouissance dite sexuelle y fait obstacle, elle est défense contre la jouissance de l'Autre ou du corps, dans la mesure où le sexuel nous vient du langage et en reçoit sa détermination phallique. Celle-ci se plaque sur le corps réel, quelle que soit son anatomie, avec plus ou moins de bonheur. Ce qu'on appelle le sexe, c'est-à-dire le phallus, doit être repéré comme hors-corps (puisque de nature signifiante) : c'est un signifiant qui vient s'inscrire du dehors sur le corps. Il fait ainsi écran à notre vœu de jouir du corps de l'Autre comme tel. Un corps, dit Lacan,

« cela ne se jouit que de le corporiser de façon signifiante [14] ».
La jouissance du signifiant qui s'interpose entre le sujet et le
corps de l'Autre, lui en barre l'accès : telle est la loi de castration, la fonction Φx à laquelle tout sujet est soumis. L'acte
sexuel du coït prend dès lors figure d'un éternel acte manqué où
ne cesse de se vérifier l'absence de rapport sexuel, l'échec à
réunir le sujet et l'Autre comme corps. La satisfaction qui en
résulte ne peut mieux se définir que comme manque à la jouissance du corps et retour à la jouissance de l'organe. Lacan
donne à cela un joli nom : jouissance de l'idiot – « idiot »
devant être entendu selon sa racine grecque – c'est-à-dire jouissance qui se passe de l'Autre.

Post coïtum omne animal triste, dit la maxime ; mais elle doit
être corrigée en ce sens que seul l'être parlant a une raison fondamentale d'en éprouver quelque tristesse : pour lui seul en
effet, la visée de l'Autre et l'échec à l'atteindre peuvent prendre
sens. Le langage, en somme, ne tient pas ses promesses : il
nous fait croire à l'Autre et du même coup nous le retire ; il
évoque l'horizon d'une jouissance du corps, mais nous la rend
inaccessible. La jouissance sexuelle ne peut qu'être connotée
d'insatisfaction. Le plaisir que nous en récoltons au passage
n'est sans doute pas négligeable, mais encore faut-il convenir
de son paradoxe : il est aussi ce qui nous interdit de nous satisfaire vraiment. La jouissance du corps de l'Autre reste donc au-
delà des limites de l'acte sexuel. De cette jouissance-là, on ne
jouit jamais que « mentalement », dit Lacan [15].

Et pourtant cet Autre, ce corps fuyant comme la tortue
d'Achille, est bien là et bien réel ! Reprenons notre questionnement par un autre biais, non plus à partir du sujet, mais à partir de l'Autre lui-même. Dans ce déplacement de la question, le
terme de « jouissance féminine » va pouvoir trouver sa seule
réalité. Achille, c'est entendu, ne rejoint pas sa tortue, il ne fait
que s'en approcher petit pas par petit pas dans l'infinitude ; le
sujet ne peut s'unir au corps, il ne s'y introduit que signifiant
par signifiant ; l'homme, enfin, n'arrive pas à jouir du corps de
la femme qu'il ne peut prendre toute : il ne l'attrape jamais
qu'une par une, et chacune, morceau par morceau, partie de
corps par partie de corps. L'Un de l'unité, l'Un-Tout, est forcé
de se dissoudre dans l'Un de la différence, l'Un singulier. Mais

pendant ce temps, que se passe-t-il du côté de la tortue ? Alors que son partenaire s'épuise à la rejoindre, qu'éprouve le corps de la femme ? Si le sujet ne peut jouir de l'Autre, celui-ci jouirait-il, de son côté, d'une jouissance que le premier ne parvient pas à s'approprier ? Formulée en ces termes, notre interrogation se sert de l'équivoque qui plane sur l'expression « jouissance *de* l'Autre ». Nous l'avions, jusqu'ici, entendue au sens objectif du génitif ; prenons-la maintenant dans son sens subjectif, c'est-à-dire dans le sens où c'est l'Autre qui jouit.

La perversion nous offre le biais le plus commode pour aborder cette question : ce dont on jouit, cela jouit-il aussi, et d'une jouissance plus grande ? La problématique perverse, dans sa visée de corruption de l'Autre, ne cesse d'articuler et de vérifier cette supposition que la vraie jouissance découle de la position d'être joui, plutôt que de celle de jouir. Qu'on relise Sade, et l'on verra que la pointe de son œuvre désigne la jouissance du côté de la victime plutôt que chez le bourreau qui, lui, se signale par son étrange apathie. Un passage de l'admirable livre de Pierre Klossowski *Sade mon prochain* nous paraît jeter sur la position du pervers un éclairage dont nous nous servirons de manière plus générale. Il la repère comme un essai de *subjectivation de l'Autre* : « La représentation d'avoir un corps propre est de toute évidence spécifique de la perversion : bien que le pervers sente l'altérité du corps étranger, ce qu'il ressent le mieux c'est le corps d'autrui comme étant le sien ; et celui qui est de façon normative et institutionnelle le sien, comme étant réellement *étranger à lui-même*, c'est-à-dire étranger à cette fonction insubordonnée qui le définit. Pour qu'il puisse concevoir l'effet de sa propre violence sur autrui, *c'est au préalable dans un autrui* qu'il habite ; dans les réflexes du corps d'autrui il vérifie cette étrangeté : l'irruption d'une force étrangère à l'intérieur de « soi ». Il est à la fois au-dedans et au-dehors [16]. » En d'autres termes, la jouissance du bourreau sadien se situe moins dans la décharge finale par où « la posture se rompt » que dans le moment où, durant la torture, le bourreau cherche à se situer à la place de la victime. La scène a pour fonction de permettre au bourreau de jouir du corps du supplicié, certes, mais au sens subjectif de l'expression plutôt qu'au sens objectif. On en déduira que l'acte sadique, de ce point de vue, se soutient d'un fantasme masochiste.

Cette subjectivation de l'Autre apparaît plus évidente encore dans le scénario masochiste. L'homme qui se fait humilier, injurier, fouetter par sa comparse, cherche en réalité à lui prendre sa place de femme. Il ne s'offre comme objet à une mise en scène typique du fantasme masculin que pour éprouver ce qui subsisterait de jouissance non maîtrisée par ce fantasme. La question que le masochiste met à l'épreuve de sa pratique est celle de savoir ce qu'éprouve le corps dont l'autre jouit à coups de fouet ou de signifiant : ce corps jouit-il aussi ? et jouit-il au-delà de ce qui lui est procuré par l'instrument qui le marque ? Oui, répond le masochiste. Mais cette jouissance qu'il atteste n'est évidemment pas transmissible à sa partenaire qui, elle, occupe la position habituellement dévolue à l'homme, c'est-à-dire la position d'Achille vis-à-vis de la tortue. La jouissance *de* l'Autre, si elle est soutenue d'un point de vue *subjectif*, reste donc impossible du point de vue objectif : le non-rapport sexuel est ainsi vérifié.

Il peut paraître paradoxal que nous abordions le champ de la jouissance féminine par le biais de la perversion masculine. Ce détour nous est cependant imposé du fait que, de cette jouissance du corps – au sens subjectif du génitif –, les femmes ne nous disent rien, comme Lacan ne cesse de le souligner avec un dépit non camouflé. A défaut de révélations venant de la bouche des femmes elles-mêmes, il ne nous reste qu'à nous tourner vers les discours des pervers, qui nous proposent une sorte de caricature mimétique de la jouissance féminine. Au reste, on notera que la première fois que Lacan a abordé cette question de la jouissance du corps, c'est par le biais de la jouissance de l'esclave qu'il l'a située [17]. Il avance par ailleurs, dans *Télévision*, cet énoncé de principe : « [...] si l'homme veut *La* femme, il ne l'atteint qu'à échouer dans le champ de la perversion [18]. » Si l'homme atteint La femme, cette atteinte reste donc un échec puisqu'elle se borne à une simple permutation des positions. Que le masochiste fasse l'Autre, ou fasse la Femme, n'institue pas pour autant le rapport sexuel [19].

Cette parenté entre la visée de la position perverse – spécialement celle du masochiste – et la position subjective féminine dans la jouissance éclaire le malentendu de la psychanalyse post-freudienne autour de la notion d'un *masochisme propre-*

ment féminin. Comme si les femmes aimaient particulièrement souffrir et être humiliées ! Cette idée, communément reçue chez bon nombre de psychanalystes, ne peut en aucun cas être tenue pour une conception de Freud lui-même. Celui-ci cite bien le « masochisme féminin » comme l'une des trois formes du masochisme, mais il le fait au sein d'un raisonnement qui doit être restitué. Ainsi le masochisme se présente-t-il, selon Freud, « comme mode de l'excitation sexuelle, comme expression de l'être de la femme, et comme norme du comportement dans l'existence *(behaviour)*. En fonction de cela, on peut distinguer un masochisme *érogène*, un masochisme *féminin,* et un maso-chisme *moral*[20] ». Mais il faut remarquer que, comme dans « Un enfant est battu », c'est à l'analyse du fantasme pervers que Freud se réfère. C'est dans le scénario pervers du maso-chiste qu'il repère une « expression de l'être de la femme », et non dans le comportement de la femme qu'il trouve une expres-sion de l'être du masochiste. La position subjective du maso-chiste dans son fantasme est en effet une « position caractéris-tique de la féminité », dit Freud, raison pour laquelle il dit avoir nommé « masochisme féminin » cette forme de masochisme. Il ne s'agit donc pas, dans l'esprit de Freud, de soutenir que les femmes trouveraient leur plaisir dans la douleur – idée dont on trouvera le développement chez une Hélène Deutsch ou une Jeanne Lampl de Groot – mais plutôt de repérer en quoi l'homme masochiste manifeste quelque chose de l'ordre d'une position féminine : c'est sa position de sujet qui est féminine, et non pas l'intrication de la douleur dans le plaisir. Le sens de l'expression « masochisme féminin » n'est donc pas que la femme soit masochiste, mais bien que le masochiste est femme ou s'efforce de l'être.

A partir de cette remise en ordre, quelle distinction poser entre les deux formes de clivage qu'impliquent respectivement la position perverse et la position féminine ? Dans les deux cas, le sujet se voit divisé entre deux versants : l'un où la castration est reconnue et subjectivée, l'autre où elle n'est ni reconnue ni subjectivée. En quoi la non-reconnaissance (le déni) de la cas-tration chez le pervers diffère-t-elle cependant de sa non-sub-jectivation (le pas-tout) chez une femme ? Cette question revient à celle de savoir quelle distinction *logique* sépare les deux parties du tableau lacanien de la sexuation. Ce tableau nous montre en effet que d'un côté, le clivage s'effectue entre l'assujettissement à la castration ($\forall x . \Phi x$) et la négation de la castration ($\overline{\exists x} . \overline{\Phi x}$), alors que de l'autre, il s'opère entre l'affirmation d'un non-assujettissement partiel ($\overline{\forall} x . \Phi x$) et la négation de la négation de la castration ($\overline{\exists x} . \overline{\Phi x}$). La position masochiste, quoi qu'elle ait de commun dans sa visée avec la position féminine, en reste donc distincte : elle n'en est qu'une caricature. Cette différence apparaît mieux si nous relevons que le pervers, lui, croit à l'Autre, à la jouissance subjective de l'Autre, tandis qu'une femme n'a pas à y croire – simplement se trouve-t-elle à la place où la question de l'Autre se pose. Pour le masochiste, la barre n'est jamais vraiment inscrite sur l'Autre et il faut, par conséquent, rejouer sans cesse le scénario où l'Autre reçoit cette marque de son partenaire. Alors que ce dont témoigne une femme, c'est bien du caractère inamovible de cette barre, c'est-à-dire de *l'impossible subjectivation du corps comme Autre*. Le pervers paraît pouvoir se glisser dans la peau de ce corps Autre comme une main dans un gant ; les femmes, elles, ne cessent de dire que ce corps ne leur va pas comme un gant, qu'il leur est Autre à elles aussi, et que la jouissance qui peut s'y produire leur reste étrangère et non subjectivable. D'où l'angoisse de dépersonnalisation – ou, pour employer le terme qui nous semble ici pertinent : de *désubjectivation* – qui envahit une femme lorsqu'il lui arrive, on ne sait pourquoi, d'éprouver cette jouissance. Car comme *sujet*, elle ne peut dire et subjectiver que son rapport à Φ, et non au corps comme tel.

Le discours mystique d'une sainte Thérèse d'Avila, lorsqu'elle dit être « emportée », « ravie », prise dans un « rapt » irrésistible, n'est sans doute pas moins caricatural que le scénario masochiste. Poussée à ce point de désubjectivation, une femme n'a plus d'autre point de repère que de s'adresser à Dieu, à l'Être suprême qui se situerait au-delà de Φx. Cet appel à Dieu – qui, dans le cas de Thérèse d'Avila, rencontre sa réponse – permet de saisir cette formule de *Télévision* qui fait pendant à celle selon laquelle « L'homme n'atteint *La* femme qu'à échouer dans le champ de la perversion » : « Une femme ne rencontre L'homme que dans la psychose. » Appliqué à Thérèse d'Avila, cet énoncé ferait ressortir la fonction que la religion a joué pour elle : fonction de symptôme permettant de contenir, avec une certaine réussite, une psychose dont elle donne tous les signes. Mais il nous faut ici reprendre en son entier le passage de *Télévision* où cette formule est introduite : « [...] une femme ne rencontre L'homme que dans la psychose. Posons cet axiome, non que L'homme n'ex-siste pas, cas de La femme, mais qu'une femme se l'interdit, pas de ce que ce soit l'Autre, mais de ce qu'"il n'y a pas d'Autre de l'Autre", comme je dis. Ainsi l'universel de ce qu'elles désirent est de la folie : toutes les femmes sont folles, qu'on dit. C'est même pourquoi elles ne sont pas toutes, c'est-à-dire pas folles-du-tout, arrangeantes plutôt : au point qu'il n'y a pas de limites aux concessions que chacune fait pour *un* homme : de son corps, de son âme, de ses biens[21]. » A l'appel qui surgit en S (A̸) – soit l'appel à un partenaire pour la jouissance du corps –, une femme, en général, s'abstient de répondre. Sauf dans le cas de la psychose, une femme ne rencontre pas Dieu, ni le surhomme : elle se l'interdit, dit Lacan, elle renonce à ce qu'il y ait un Autre de l'Autre qu'elle-même incarne.

Cette fonction de l'interdiction posée sur l'Homme avait déjà été repérée chez Freud comme l'élément clef de la vie amoureuse féminine[22]. Si les femmes renoncent ainsi à l'Homme, avec un grand H, c'est pour préserver, en somme, leur position de sujet, pour ne pas glisser sur la pente de la désubjectivation (ce que Freud pointe comme *sujétion* sexuelle)[23]. Elles se montrent prêtes à tout afin que leur homme reste *un* homme, et ne soit pas L'Homme. Cela les amène, en fin de compte, à donner leur soutien au fantasme mâle et à en épouser la domination phallique. D'où la suite du texte de *Télévision* : « Elle se prête à la perversion que je tiens pour celle de L'Homme. Ce qui la conduit à la mascarade qu'on sait, et qui n'est pas le mensonge que des ingrats, de coller à L'Homme, lui imputent[24]. »

Quelle est la portée de ce revirement de la position féminine ? Il signifie que si la jouissance sexuelle fait le ratage de la jouissance du corps de l'Autre, les femmes sont bien placées pour savoir que le pire serait que ça ne rate pas. La jouissance sexuelle, parce qu'elle est avant tout jouissance du signifiant, implique sans doute une pénible disjonction entre le sujet et le

corps, mais le sujet au moins y trouve une place, que la jouissance du corps risquerait d'abolir. Il est normal qu'une femme
tienne à préserver sa division et, corrélativement, qu'elle tienne
à la castration de l'homme, puisque c'est la condition de sa subjectivité de femme. Ce faisant, elle se prête à la mascarade, fait
l'Autre qui n'existe pas, et permet à l'homme de méconnaître l'objet de son fantasme. Ainsi « faire l Autre » définirait le
mieux la position féminine, comme « faire l'homme » spécifie
la position hystérique. Finalement, on attend d'une femme
qu'elle collabore à ce qu'il n'y ait pas de rapport sexuel, sinon
dans le semblant, parce qu'elle sait, elle, que si les hommes
n'étaient pas castrés et les femmes pas divisées, si le rapport
sexuel pouvait se nouer, ce serait la catastrophe subjective.

NOTES

1. J. LACAN, *Le Séminaire*, livre XX, *Encore*, p. 49.

2. Id., *ibid.*, p. 53.

3. Id., *ibid.*, p. 55.

4. Id., *ibid.*, p. 109.

5. Id., *ibid.*, p. 57.

6. Id., *ibid.*, p. 65.

7. Id., *ibid.*, p. 71.

8. Id., *ibid.*, p. 13.

9. Id., *ibid.*

10. J. LACAN, *Le Séminaire*, livre XIX, *...ou pire* (inédit).

11. Voir J. LACAN, *Le Séminaire*, livre XX, *Encore*, p. 12.

12. On notera que cette thèse pointe déjà entre les lignes du Séminaire
sur la lettre volée, texte bien antérieur à *Encore* : voir *Écrits*, p. 11-61.

13. J. LACAN, *Le Séminaire*, livre XIV, *La Logique du fantasme* (inédit),
séance du 25-1-1967.

14. J. LACAN, *Le Séminaire*, livre XX, *Encore*, p. 26.

15. J. LACAN, *Le Séminaire*, livre XIX, *...ou pire* (inédit), séance du
8-3-1972.

16. P. KLOSSOWSKI, *Sade mon prochain*, Paris, Le Seuil. 1967, p. 47.

17. J. LACAN, le Séminaire, *La Logique du fantasme* (inédit).

18. J. LACAN, *Télévision*, Paris, Le Seuil, 1974, p. 60.

19. De cet échec de la position perverse, on trouvera une illustration
dans le livre de Philippe Sollers, *Femmes*, dont le héros, croyant qu'à faire

semblant comme les femmes, il pourrait passer du côté de l'Autre sexe, se voit constamment ramené à la jouissance de l'idiot. Lui reste la voie de décréter que l'Autre c'est la mort, et que le reste n'est qu'imposture, ou encore de croire en Dieu : façon de rétorquer aux femmes que la vérité sur la féminité n'est pas moins trompeuse que la croyance en Dieu.

20. S. FREUD, « Le problème économique du masochisme », *Névrose, psychose et perversion*, p. 289.

21. J. LACAN, *Télévision*, p. 63.

22. Voir S. FREUD, « Sur le plus général des rabaissements de la vie amoureuse », in *La Vie sexuelle*, p. 55-65, notamment p. 62.

23. La littérature nous donne un exemple d'une femme qui n'y renonce pas et en devient monstrueusement folle : c'est la « Penthésilée » de H. von Kleist. Voir H. von KLEIST, *Penthésilée*, Paris, Aubier-Montaigne, 1974. Le terme allemand que l'édition française a traduit par « sujétion » est très fort : *Hörigkeit* signifie littéralement « esclavage ».

24. J. Lacan, *Télévision*, *op. cit.*, p. 64.

XIV

L'amour et la femme

Dans les réflexions que nous avons proposées sur la dialectique des deux jouissances – du signifiant et du corps – nous avons laissé en suspens un terme qu'il convient à présent de mettre en placc, d'autant qu'il s'agit d'un terme essentiel du développement du Séminaire *Encore* : l'amour. Quelle est la place, la fonction et la nature de l'amour dans le rapport boiteux du sujet à la sexualité ? Comment s'insère-t-il parmi les termes déjà repérés du désir, de la jouissance et du plaisir ? Enfin, pourquoi l'amour aurait-il un statut privilégié, à en croire Freud, dans la problématique de la féminité ? C'est par cette dernière interrogation que nous aborderons le problème.

Si la division de la jouissance entre jouissance du signifiant (ou du phallus) et jouissance du corps (ou de l'Autre) recouvre celle que le langage instaure entre le sujet et le corps, et si, d'autre part, la position féminine consiste à n'être pas-toute soumise à la loi phallique, donc pas-toute cernée par la jouissance du signifiant, il faut en déduire que le destin d'une femme est d'être *pas-toute sujet*. Pas-toute sujet signifie qu'une femme n'est pas-toute déterminée par son inconscient. Mesurons l'empan de cette conclusion. A l'exemple de Maître Eckhart, qui soutenait que la femme n'a pas d'âme, l'analyste serait-il conduit par Lacan à dire que la femme n'a pas d'inconscient ? Disons, non qu'elles n'en ont pas, mais qu'elles en manquent – avec, pour conséquence immédiate, qu'elles en redemandent. Que la jouissance de l'Autre – au sens subjectif du génitif – soit insubjectivable, ainsi que nous l'avons souligné, permet en effet de donner un nouvel éclairage à la demande féminine que Freud interprétait comme envie du pénis. Ce qu'une femme demande,

c'est bien de subjectiver cette part insubjectivable d'elle-même
que représente son corps. A qui le demander ? – sinon au psychanalyste, c'est-à-dire à celui dont la fonction consiste à prendre pour partenaire le sujet, le sujet de l'inconscient. Car ce que
veut une femme, en dernière instance, c'est recevoir un supplément d'inconscient – ce supplément qui lui permettrait d'exister comme sujet là où elle n'est qu'un corps jouissant. Telle est,
nous semble-t-il, la lecture à donner du passage, plutôt énigmatique, du Séminaire *Encore*, que nous reproduisons ici : « ... si
la libido n'est que masculine, la chère femme, ce n'est que de
là où elle est toute, c'est-à-dire là d'où la voit l'homme, rien que
de là, que la chère femme peut avoir un inconscient. Et à quoi
ça lui sert ? Ça lui sert, comme chacun sait, à faire parler l'être
parlant, ici réduit à l'homme, c'est-à-dire – je ne sais si vous
l'avez bien remarqué dans la théorie analytique – à n'exister
que comme mère. Elle a des effets d'inconscient, mais son
inconscient à elle – à la limite où elle n'est pas responsable de
l'inconscient de tout le monde, c'est-à-dire au point où l'Autre
à qui elle a affaire, le grand Autre, fait qu'elle ne sait rien, parce
que lui, l'Autre, sait d'autant moins que c'est très difficile de
soutenir son existence – cet inconscient, qu'en dire ? sinon à tenir
avec Freud qu'il ne lui fait pas la partie belle[1]. »

Une femme n'a d'inconscient que « de là où elle est toute »
et rien que de là, donc seulement dans la mesure où elle se
range à la formule du tout, de l'univers masculin, où $\forall x . \Phi x$:
pour tout sujet joue la loi de la castration. Les femmes ne
seraient donc sujets d'un inconscient que dans la mesure où
elles se définissent comme castrées, c'est-à-dire pour autant
qu'elles se voient elles-mêmes dans la position où les placent
les hommes. Concluons-en que la division féminine – que
Lacan écrit par la barre qu'il place sur le La de L̷a femme – est
constitutive d'un autre clivage que celui du sujet de l'inconscient $\math
ot{S}$. Le L̷a signifie qu'une femme est divisée entre ce qu'elle
est comme sujet $\math
ot{S}$, d'une part, et ce qu'elle est comme non-
sujet, voire comme non subjectivable, d'autre part. Or, la psychanalyse ne peut que s'adresser au sujet de l'inconscient. Il en
résulte logiquement qu'une femme s'y révèle comme pas-toute
analysable, puisque pas-toute sujet. Ce constat est d'autant plus
fâcheux qu'à moins d'être hystérique – cas où une femme, jus-

tement, fait l'homme – une femme vise précisément à se faire reconnaître comme femme, c'est-à-dire à faire reconnaître l'existence d'un sujet féminin. On voit quelle subtilité nécessitera l'analyse d'une femme. Quelle peut être, en effet, la réponse de l'analyste à la demande féminine ? Elle ne peut consister qu'en une invitation à laisser parler « l'être parlant », c'est-à-dire à laisser parler l'homme – ou tout au moins le phallique – en la femme concernée. L'analyse ne laisserait-elle donc à une femme d'existence possible – entendons : d'existence de sujet d'un inconscient – que comme homme ou comme mère ? Voilà à quoi il faudrait se résoudre, si Lacan n'indiquait, par le terme qu'il note S($\cancel{A}$), que l'inconscient lui-même est pas-tout, et que, par conséquent, la réponse de l'analyste ne peut pas être *toute* phallique. Lacan, sur ce point, se démarque subtilement de la position freudienne. Le sujet n'est certes affilié à l'inconscient que dans la mesure où il est représenté par la métaphore du phallus. Mais le signifiant S($\cancel{A}$) qu'introduit Lacan et qui inscrit le pas-tout diviseur de la position féminine n'est pas comme le phallus le signifiant qui représente le sujet, (S1), mais l'autre, (S2), l'autre signifiant de la formule « un signifiant représente le sujet pour un autre signifiant ». S($\cancel{A}$) est le signifiant *pour* qui tous les autres signifiants représentent le sujet.

Dans ce « pour qui », s'ouvre la dimension que Freud désignait comme le « devenir-femme ». Mais comment le saisir ? Ce signifiant autre ne peut en effet qu'être toujours en fuite devant le premier, et rester ainsi perpétuellement comme à l'horizon de la chaîne où joue le primat phallique. Et le dialogue de l'analyste et de l'analysante risque de reproduire la poursuite d'Achille et de la tortue : à chaque fois qu'Achille-l'analyste opère, à chaque fois que l'interprétation fait exister le sujet, la tortue-analysante fait un petit pas qui, pour jouer sur l'équivoque, signifie un petit pas-tout. A chaque fois qu'elle est reconnue, la « chère femme », comme dit Lacan, s'échappe. C'est pourquoi l'analyse d'une femme comporte, de manière toute spéciale, une interrogation sur la fin de l'analyse : plus le dispositif analytique fonctionne, plus elle en veut « encore ». C'est pourquoi aussi la problématique du transfert y prend régulièrement un tour aigu – spécialement quand la situation met en présence une femme et un analyste homme. Car c'est dans cette situation que la relation amoureuse qui se noue dans l'analyse exige absolument que le transfert soit repéré comme révélation de la vérité de l'amour.

Pour repérer la place et la fonction que Lacan accorde à l'amour, il convient de remarquer que le Séminaire *Encore*, dans son développement général, s'articule sur la distinction de deux registres : d'une part, celui de la jouissance et du signifiant, et d'autre part, celui de l'amour et du semblant. Ces deux versants sont distincts, et cependant liés indissolublement. Lacan fait ainsi entendre, dès la première leçon de ce Séminaire, que c'est de la faille qui marque le registre de la jouissance, soit de la non-existence de l'Autre sexué comme tel, que part la demande d'amour. Et il ajoute immédiatement que « l'amour, certes, fait signe, et il est toujours réciproque [2] ». Cet énoncé suffit à ce que la séparation des deux registres soit repérée et à ce que l'on distingue comment l'amour cherche à réaliser la rencontre qui, du côté de la jouissance, s'avère impossible. Si la jouissance est attachée au *signifiant*, l'amour, lui, dépend du *signe :* distinction essentielle qui imposera à Lacan, tout au long du Séminaire, d'interroger la nature du signifiant et, plus précisément, de se demander ce qui, dans le registre du signifiant, peut « faire signe ». D'où ses nombreuses réflexions sur la fonction du signifiant-maître et sur les rapports du signifiant et de la lettre qui émaillent son développement. D'autre part, l'amour est posé comme réciproque, alors que la jouissance, nous l'avons déjà souligné, est par définition non réciproque : les deux sens que peut recevoir le génitif de l'expression « jouissance de l'Autre » ne se recouvrent pas. Cela veut-il dire que le rapport mis en place dans l'amour pourrait remédier à l'absence du rapport sexuel qui se révèle dans la jouissance ? Nous verrons que si l'amour vise effectivement à suppléer le défaut du rapport sexuel, le rapport qu'il établit n'est cependant pas « sexuel », et ce, pour deux raisons. La première est que la relation amoureuse ne noue pas le rapport d'un sujet à un corps, mais celui d'un sujet à un autre sujet ; la seconde est que l'amour est fondamentalement a-sexué : « Quand on aime, il ne s'agit pas de sexe », dit Lacan.

On pourrait s'étonner que le développement d'*Encore* ne comporte aucune référence au *Phèdre* de Platon, dont la lecture parallèle accompagne pourtant à merveille les réflexions de

Lacan. De quoi s'agit-il, en effet, dans le *Phèdre*, sinon d'une interrogation portant sur la conjonction de l'amour et du discours – sous ses deux aspects de parole et d'écrit –, de l'amour et du semblant, l'alliance de ces deux termes finissant par trouver sa raison dans une éthique du Bien-dire. La conception de l'amour que Socrate y expose ne coïncide certes pas avec celle de Lacan, mais son développement manifeste plus d'une convergence avec l'élaboration de celui-ci. La thèse essentielle de ce dialogue de Platon est celle-ci : si l'on veut interroger ce qu'il en est de l'amour, il s'agit de bien parler. Or, à quoi tient le fait de « bien parler » ? A la position que le sujet doit occuper dans la parole, répond Socrate. Faute de bien parler, c'est-à-dire faute d'être présent comme sujet dans son discours, le sujet ne peut que manquer la nature de l'amour ; cet échec mène au mensonge et à la tromperie, devient une faute dont il ne reste plus qu'à porter la culpabilité.

Cette démonstration s'opère en quatre temps. Le premier est celui que nous appellerons le temps du discours faux. Phèdre a mis Socrate au défi de faire un meilleur discours que Lysias, orateur en renom, qui a fait l'éloge du désir maîtrisé, en soutenant que l'on doit accorder ses faveurs à celui qui n'aime pas plutôt qu'à celui qui aime. Socrate entame ainsi un premier discours où il développe l'idée que l'homme amoureux est plus malade, donc plus sensible que celui qui n'aime pas. Mais il ne parvient pas à mener ce discours à son terme : il s'interrompt au beau milieu de son développement, avec l'envie de prendre la fuite, tant il a honte de ses propres paroles. Une voix l'arrête cependant, l'empêche de se dérober et lui intime de faire pénitence pour ce mauvais discours. S'ouvre alors le deuxième temps du dialogue, celui de l'expiation de la faute. Socrate découvre que son sentiment de culpabilité provient d'une faute à l'égard du discours même qu'il a tenu, et s'oblige à se rétracter par une palinodie où il fait l'éloge de l'amour. Il a médit, il va maintenant s'efforcer de bien-dire, ce qui implique en premier lieu de rejeter l'illusion de maîtrise que Lysias étend de la composition du discours à la relation amoureuse elle-même. Dans un troisième temps, Socrate entreprend de faire un nouveau discours sur l'amour dont la thèse est à l'opposé de celle qu'il avait d'abord soutenue. Nous ne nous étendrons pas ici

sur les développements de cet exposé qui mériterait certainement quelques commentaires, notamment quant à la conception de la vérité qu'avance Socrate (il pense qu'elle peut se dire
toute), ou quant au rôle privilégié qu'il fait jouer à la Beauté
dans le déclenchement de ce qu'il appelle « la vague du désir ».
Relevons seulement que l'idée de l'amour à laquelle aboutit ce
discours est celle de l'amour narcissique : « Dans son amant,
ainsi qu'en un miroir, c'est lui-même qu'il voit[3]. » En conclusion, il ressort qu'il n'y a de vérité accessible à propos de
l'amour qu'au prix d'un bien-dire. Il faut donc interroger ce qui
caractérise le fait de parler ou d'écrire de belle façon[4], et formuler les conditions auxquelles doit répondre le discours qui se
donne pour but de dire, non le vraisemblable, mais le vrai, du
discours qui veut, non pas persuader, mais mener à la découverte d'un savoir. Tel est l'objet du quatrième temps de ce dialogue, où Socrate, se définissant comme le tenant d'une « sorte
divine d'amour », introduit un nouveau développement. Il se
propose en effet de révéler la vraie nature de l'amour dont il
était question dans son deuxième discours. Il la situe au-delà de
la relation narcissique qui lie les amants, puisqu'elle est *amour
du discours* lui-même[5]. De là suit toute une discussion sur ce
qui distingue la réthorique de la dialectique ; il en résulte que
pour Socrate, il n'y a pas de rhétorique qui vaille – c'est-à-dire
qui soutienne un rapport à la vérité – sans dialectique : en
d'autres termes il n'y a pas de bien-dire qui ne s'appuie sur un
savoir quant à l'*objet* du discours. On retrouvera là les deux
versants lacaniens du signifiant et de l'objet.

La démarche du *Phèdre* permet d'éclairer et d'ordonner les
réflexions sur l'amour dont Lacan parsème son Séminaire
Encore. Car les trois versants de l'amour que Socrate y distingue sont en rapport étroit avec les registres que Lacan lui-
même sépare dans son approche, ou plutôt ses approches, de la
question. Ils correspondent aux trois catégories du réel, du symbolique et de l'imaginaire. Du côté de l'imaginaire, l'amour se
manifeste comme amour narcissique, relation spéculaire où
l'amant aime l'image de lui-même que l'autre lui renvoie
comme un miroir, relation qui est elle-même commandée par le
lien de l'aimé avec les dieux et le monde des idées. Au niveau
symbolique, l'amour des beaux discours lui-même se subdivise

en deux plans opposés. D'un côté, l'amour du discours tel que le pratiquent les sophistes ou les logographes, et qui n'est qu'amour du signifiant-maître, c'est-à-dire du signifiant en tant qu'impératif d'unité : mis en position maîtresse, le signifiant commande ici d'unifier, de rendre semblables, dans l'art de la controverse, des choses pourtant opposées[6]. De l'autre côté, l'amour du discours dont Socrate se réclame n'est amour du signifiant que dans la mesure où celui-ci lui permet de cerner un objet, une réalité qui échappe aux assimilations et confusions qu'opère le signifiant-maître[7]. Par là se révèle une fonction réelle de l'amour où l'Un visé n'est pas celui de l'unification chère aux sophistes, mais l'Un de la différence, de l'unité à quoi le statut de l'objet se résout.

Cette triplicité se retrouve chez Lacan : au fil du Séminaire *Encore*, c'est bien sur ces trois versants de l'imaginaire de l'identification, du symbolique du signifiant-maître, et du réel de l'objet qu'il tente de situer l'amour et le semblant qui en règle le processus. Car dans chacun de ces trois registres – imaginaire, symbolique ou réel –, l'amour vise l'Autre mais n'en atteint jamais qu'un semblant auquel il tente de donner consistance. L'amour cherche à cerner l'être de l'Autre, dont la division de la jouissance a révélé la faille. Par cette exigence de l'être, il est lié à l'ontologie, fait remarquer Lacan[8]. Mais de cet être, l'amour en fait ne réalise jamais qu'un semblant d'être.

C'est sur le plan imaginaire que ce mouvement paraît le plus manifeste. A ce niveau, l'amour se confond avec l'identification au semblable. Et, comme Lacan l'illustre par son apologue de la perruche amoureuse de Picasso[9], cette identification ne tient que dans la mesure où « l'habit promet la ménade », c'est-à-dire dans la mesure où l'image de l'autre nous fait espérer qu'elle abrite un contenu consistant. Ainsi que le savent les faiseurs de mode, on suppose un beau corps et, pourquoi pas, un bel esprit à une femme bien habillée. Mais quel est ce contenu, cet être qui fait tenir l'image ? L'analyse démontre qu'il se réduit à l'objet *a*, par exemple à un regard ou à une voix, soit à un reste du corps. L'image de l'autre, $i(a)$ ne fait donc que recouvrir *a*, avec quoi il n'est pas d'union possible, en tout cas pas d'union sexuée puisque l'objet est, par essence, a-sexué.

Sur le plan symbolique, la parole d'amour a également pour

visée de saisir l'être de l'Autre. Cette parole s'analyse essentiellement comme un « tu es… », ou un « sois… ». Elle est liée
au fonctionnement de ce que Lacan appelle le signifiant-maître,
c'est-à-dire le signifiant en tant qu'il prétend donner consistance d'être au sujet. Lacan écrit ainsi : « […] l'amour vise
l'être, à savoir ce qui, dans le langage, se dérobe le plus – l'être
qui, un peu plus, allait être, ou l'être qui, d'être justement, a
fait surprise. Et j'ai pu ajouter que cet être est peut-être tout
près du signifiant *m'être*, est peut-être l'être au commandement, et qu'il y a là le plus étrange des leurres. N'est-ce pas
aussi pour nous commander d'interroger ce en quoi le signe se
distingue du signifiant [10]. » Le signifiant-maître vient donc ici,
sur le plan symbolique, à la même place de semblant que celle
qu'occupe l'habit au niveau imaginaire. La parole d'amour
isole un signifiant qui serait censé désigner l'être de l'aimé,
l'être qu'il serait avant tout discours où il s'aliène comme sujet ;
mais croire qu'un signifiant puisse donner consistance à un être
pré-discursif revient précisément à être victime de l'illusion que
produit le signifiant-maître, et à méconnaître le fait que c'est
une propriété du signifiant que de suggérer qu'il y ait de l'être.
Cette méconnaissance s'appuie sur une confusion : celle qui
prend un signifiant (qui ne fait que représenter un sujet pour un
autre signifiant) pour un signe (qui est signe de quelque chose,
donc supporte un être). L'être fuit le signifiant qui n'a jamais
que des effets de signifié. D'où le paradoxe inhérent à l'interrogation fondamentale du parlêtre : « Qui ou Que suis-je ? »
Toute réponse à cette question, se tissant à partir du signifiant,
ne peut qu'accroître mon désêtre et rendre plus impérative
encore la question de mon être. Il faudrait *m'être*, mais je ne
suis pas là où je parle.

   L'exigence de la parole d'amour se voit dès lors elle-même
condamnée à l'infinitude, ne pouvant que rater indéfiniment
l'être de l'Autre. Dans ce ratage, cependant, quelque chose
vient au jour, qui n'est ni une chose ni un être, mais un sujet.
L'expérience analytique de l'amour de transfert permet ainsi
de révéler une autre vérité de l'amour que celle de la visée de
l'être. Si l'amour supplée au rapport sexuel, ce n'est pas, en
définitive, en instituant un rapport à l'être de l'Autre, comme
cela en a l'air, mais en posant un rapport de sujet à sujet. La fin

de la quatrième leçon du Séminaire *Encore* comporte, en ce sens, une redéfinition de la nature du signifiant-maître à partir de l'expérience analytique. Lacan y avance qu'il est faux, en dernière instance, de croire que le signe soit simplement signe de *quelque chose*. La fumée n'est pas seulement le signe du feu ; elle est aussi, et avant tout, signe du fumeur, autrement dit signe *d'un sujet :* « Le signe n'est donc pas le signe de quelque chose, mais d'un effet qui est ce qui se suppose en tant que tel d'un fonctionnement du signifiant. Cet effet est ce que Freud nous apprend, et qui est le départ du discours analytique, à savoir le sujet[11]. » Par conséquent, l'amour doit lui aussi être redéfini, non plus comme visée de l'être, mais comme visée du sujet : « Dans l'amour, ce qui est visé, c'est le sujet, le sujet comme tel, en tant qu'il est supposé à une phrase articulée, à quelque chose qui s'ordonne ou peut s'ordonner d'une vie entière[12]. » C'est l'amour de transfert qui impose cette division, puisqu'il démontre que l'analysant ne tombe amoureux de son analyste – et, sur ce point, ni Lacan ni Freud ne reculent à dire que c'est d'amour véritable qu'il s'agit – que parce qu'il suppose un sujet au savoir qui le concerne lui.

Ainsi, à l'impossible conjonction du sujet et du corps qui se vérifie dans la jouissance, l'amour supplée en changeant les termes du rapport. La relation de sujet à sujet qu'il établit a pour copule le savoir que chacun suppose à l'autre – savoir qui porte sur ce que je suis quand je m'adresse à l'autre. La réciprocité supposée à l'amour fait ici problème : si chacun suppose à l'autre un savoir inconscient, et à ce savoir un sujet, rien ne dit que ces deux savoirs et ces deux inconscients se recouvrent, ni qu'ils fassent Un. Cela arrive, mais ponctuellement[13]. La parole d'amour tend à faire de cette contingence une nécessité : parce qu'il arrive, ponctuellement, que le rapport à l'Autre cesse de ne pas s'écrire, il faudrait qu'il ne cesse pas de s'écrire, qu'il s'écrive encore et encore, toujours…

Cette dialectique de l'amour, au niveau symbolique, est d'autant plus sensible au sujet qui se réclame de la position féminine dans la sexuation, que le rapport de sujet à sujet, et de savoir inconscient à savoir inconscient, serait susceptible de répondre à la demande féminine que nous avons caractérisée comme celle de se faire doter d'un supplément d'inconscient, supplément qui la ferait sujet là où précisément elle ne l'est pas. On ne s'étonnera pas que les femmes interrogent systématiquement l'amour, ni qu'elles le réclament à leur interlocuteur. Il faut qu'on les aime et qu'on le leur dise, moins par une exigence narcissique qu'à cause de cette défection subjective dont elles sont marquées en tant que femmes. Si elles veulent être aimées, ce n'est donc pas parce que ce vœu rejoindrait une passivité naturelle à la féminité, comme le croyait Freud, mais parce qu'elles veulent être faites sujets là où le signifiant les abandonne. Que l'amour vale pour certaines comme condition nécessaire au fait de pouvoir jouir sexuellement de leur partenaire peut dès lors se comprendre dans le sens où la jouissance sexuelle, à la différence de la jouissance du corps, concerne précisément le sujet.

Mais le mouvement de l'amour ne produit pas seulement ses effets au plan imaginaire et au plan symbolique : il doit aussi être situé au niveau du réel. A ce troisième niveau, il prend place et fonction à l'égard de la foncière antinomie que l'inconscient fait émerger entre le désir et la jouissance. De cette antinomie, nous pourrions avancer une formule en disant que si le désir est toujours désir de l'Autre, la jouissance n'est jamais jouissance de l'Autre (sinon par accident). Encore faut-il préciser qu'il ne s'agit pas du même Autre dans les deux cas. Le désir met en jeu le rapport du sujet à l'Autre symbolique, c'est-à-dire à un Autre sans substance, pur lieu du signifiant où la parole du sujet trouve son fondement ; alors que dans la jouissance, c'est le corps de l'Autre réel qui est appelé, et raté, le rapport se réduisant au lien que le fantasme établit entre le sujet et l'objet *a*. Cette oscillation du sujet entre l'existence d'un Autre purement symbolique et désincarné dans le désir, et l'inexistence d'un Autre comme corps dans la jouissance, creuse une faille où s'engouffre l'amour réel. A ce niveau, l'amour s'adresse bien à l'être. Il est élection d'un être en qui le désir et la jouissance trouveraient leur continuité, c'est-à-dire d'un être à l'égard duquel le désir ne fonctionnerait plus comme barrière contre la jouissance. Cet être, toutefois, reste insaisissable, comme en perpétuelle dérobade. Dans ce glissement par où l'être s'échappe, un obstacle fait limite et appui à la fois aux visées de l'amour : ce que Lacan nomme « l'(a) mur ». Ce terme équivoque se décompose aisément : d'une part, l'objet *a*, et, d'autre part, le mur que cet objet dresse devant la saisie de l'être. Au niveau du réel, l'amour se réduit donc, sans le savoir, au rapport à l'objet du fantasme. C'est ce qui fait d'ailleurs la fonction mortelle de l'amour et son aptitude à virer à la haine. En effet, à se heurter à l'(a) mur, le sujet voit monter son exaspération, car de l'être de l'aimé(e), il n'obtient jamais que quelques signes ou quelques restes. Comment, dès lors, mieux le saisir qu'en le réduisant à l'état de cadavre, ou bien en le dévorant, en l'ingurgitant réellement ? Comment mieux posséder l'aimé qu'en le perdant ? Les toutes dernières lignes du Séminaire *Encore* ouvrent cette perspective peu réjouissante où l'amour rejoint la pulsion de mort dans ce qu'elle a de plus destructif.

Cette conjonction de l'amour et de la mort est sans doute inhérente à la passion. Celle-ci comporte un élan vers le partenaire qui ne s'arrête certes pas à la limite que serait « vouloir son bien ». A ce niveau du réel, l'amour va au contraire jusqu'à la mort du partenaire, sa formule pouvant s'énoncer en ces termes : *avoir son être, même s'il doit n'être plus.* C'est pourquoi l'on peut opposer la dialectique réelle de l'amour et sa dialectique symbolique. Si cette dernière s'exprime, dans la parole d'amour, par le vœu que cela dure toujours, que ça ne cesse plus de s'écrire, ce qui se produit sur le plan du réel aboutit, à l'opposé, à un : *il faut que ça cesse.* Le film japonais *L'Empire des sens* a illustré ce mouvement de manière saisissante. Nous pourrions en rapprocher la façon dont Lacan, dans *Encore*, situe l'origine de l'amour, lorsqu'il dit que l'amour est « du miam-miam », il part du ventre.

Ces quelques réflexions donnent un aperçu de la complexité de ce que l'on nomme d'un seul terme, l'amour, et de sa fonction dans la sexualité. Ses trois points de visée, ou les trois formes du semblant sur lesquelles il se fixe – l'image, le sujet et l'être – se situent dans des registres différents et ne présentent aucune continuité. Cette dispersion laisse le champ libre à la variété des amours. Mais peut-être un projet commun traverse-t-il néanmoins ces trois plans. Lacan avance, dans *Encore*, que « quand on aime, il ne s'agit pas de sexe ». Cette formule ne nous paraît pas pouvoir être réduite au constat que la sexuation, mâle ou femelle, de l'être aimé est accessoire dans

le mouvement de l'amour. Il nous semble – et les avancées ultérieures du Séminaire de Lacan nous le confirment – que cette
affirmation doit être entendue de la manière la plus large, au
sens où l'amour comporte, par essence, le projet de *faire échec
au sexe*. L'amour, en somme, dit non à la sexualité telle qu'elle
est déterminée par le sens sexuel inconscient. Que celui-ci
exclue strictement qu'il puisse y avoir un rapport sexuel est ce
que l'amour ne cesse de contester. Son échec à soutenir cette
contestation, au moins à long terme, à l'épreuve du réel, est
secondaire à l'égard du message dont il est porteur. Insuccès de
l'inconscient [14], l'amour se fonde d'une rencontre, d'une rencontre réussie, pour soutenir qu'il est possible – et, de là, nécessaire – de faire échec au désir inconscient dont la loi est la rencontre toujours manquée. Par sa nature, l'amour tend à se placer
au-delà de la répétition : il serait ce qui ne rate pas. L'expérience de l'analyse, comme la tradition littéraire, prouve que
cette réussite n'est pas nécessairement ce que le sujet désire,
qu'elle est parfois plus éprouvante que le ratage que l'inconscient nous impose. Mais la loi de l'inconscient dit-elle tout ?

Cette question nous mène à reprendre nos réflexions dans
le souci de vérifier s'il est un bien-dire possible sur l'amour.
On conviendra que parler de l'amour est la chose la plus difficile qui soit si l'on veut y mettre un peu de rigueur. Lacan lui-
même, dès le début de la seconde leçon d'*Encore*, se défend
d'un tel projet : « Ce que je dis de l'amour, c'est assurément
qu'on ne peut en parler. *Parlez-moi d'amour* – chanson-
nette [15] ! » De cette impossibilité, Lacan donne même la raison
en posant, au fil de son Séminaire, deux énoncés absolument
contradictoires et pourtant vrais tous les deux. En effet, si
« l'amour s'adresse au savoir », il semble bien qu'inversement,
le savoir échoue toujours à s'adresser à l'amour, ce qui
l'amène à déclarer aussi que « l'amour n'a rien à faire avec le
savoir ». Tenter de parler de l'amour risque donc de se réduire
à dire n'importe quoi, le principe de non-contradiction semblant ne pas valoir en cette matière. De fait, quand on parle de
l'amour, on ne sait pas de quoi l'on parle et plus on en parle,
moins on en sait. Telle est la première leçon à tirer du *Banquet*
de Platon. Ce n'est pas une raison pour nous taire, comme
nous le conseillerait un Wittgenstein, et ce, d'autant moins

que, comme psychanalystes, nous ne cessons de nous offrir à l'amour.

En tant que phénomène, l'amour est à la fois quelque chose d'évident et quelque chose d'insaisissable. Il comporte une certitude indiscutable, autant qu'un doute infini. De plus, au sein même du champ de la psychanalyse, il apparaît aussi bien comme la condition sans laquelle l'expérience n'est pas possible, que comme la résistance fondamentale qui menace de la rendre impossible. Comment trouver une issue à ces contradictions ? D'abord en distinguant deux niveaux de questionnement, suivant ainsi l'exemple de Socrate, tant dans le *Phèdre* que dans *Le Banquet*. S'agissant de l'amour, il y a lieu en effet de déterminer non seulement ce qu'il est, mais aussi ce à quoi il sert. Peut-être le repérage de son utilité dans le champ de la sexualité nous fera-t-il mieux cerner ce qu'il est. Par ailleurs, en ce qui concerne sa nature, il n'est pas déplacé de rappeler la maxime fameuse selon laquelle on n'éprouverait pas d'amour, si l'on n'en avait pas déjà entendu parler. En d'autres termes, l'amour est d'abord un mot, un *signifiant* qui produit toutes sortes d'effets de *signifié* dans un registre qui s'étend, dirons-nous, de la bêtise à l'épouvante. Mais a-t-il un *référent* ? Rien n'est moins sûr.

Comme nous l'avons montré, ce référent serait précisément ce que la langue ne permet pas de formuler, soit le rapport sexuel dont l'impossibilité forme le point d'ombilic du discours inconscient. Mais qu'il n'y ait pas de rapport sexuel, comme le répète Lacan, ne veut pas dire que le rapport sexuel n'existe pas... parfois ; cela signifie qu'il est impossible, *dans le dire*, de poser l'énoncé général : il y a du rapport sexuel, c'est-à-dire un rapport de complémentation d'un sexe à l'autre sexe. Si la formule de cette impossibilité est que le rapport sexuel « ne cesse pas de ne pas s'écrire », cela n'empêche pas – l'exception confirmant la règle – qu'il arrive, au hasard de la rencontre, qu'il « cesse de ne pas s'écrire ». A ce titre le « je sais bien, mais quand même... », dont Octave Mannoni avait proposé de faire le paradigme de la perversion [16], nous paraîtrait tout aussi propre à formuler le principe de l'amour. On sait d'ailleurs que, selon Freud, l'amour a la force de rétablir, entre les amants, les perversions ou les désirs et comportements pervers qui ailleurs sont refoulés. Y a-t-il là plus qu'une rencontre (qui peut d'ailleurs être simplement imaginée) ? C'est en tout cas le vœu que comporte l'amour et la déclaration d'amour : ...encore ! ...toujours ! Autrement dit : que l'exception devienne la règle ! Mais ici, la *certitude* de la rencontre retourne à la *croyance*, mélangeant deux facettes hétérogènes du temps. : celle de l'instant et celle de la durée. Cela n'implique pas non plus que ce vœu échoue toujours dans le réel, mais bien que voulant faire loi de ce qui est par essence hors-loi, il emporte quelque chose de l'ordre d'un *défi* – ce qui, de nouveau, ouvre une porte sur la perversion.

C'est d'ailleurs par rapport à la notion de Loi qu'il nous paraît le plus fécond de réfléchir à la problématique de l'amour et d'interroger sa fonction au regard de la position féminine. Une héroïne à la mode, la Carmen de Bizet, clame que « l'amour n'a jamais connu de loi ». Cette vérité, connue de tout temps, distingue strictement l'amour de l'amitié qui, à l'inverse, fleurit et s'entretient du culte de la loi. Ce thème était déjà central dans le célèbre *Banquet* de Platon, où il apparaît explicitement dans le discours de Pausanias, et implicitement dans l'entrée en scène d'Alcibiade. L'amant, soutient Pausanias, est le seul à avoir le privilège de pouvoir transgresser deux lois fondamentales de la société athénienne : celle qui régit l'esclavage et celle qui concerne la foi accordée aux serments. Notons-le, ce ne sont pas n'importe quelles loi : ce sont celles qui règlent la condition du sujet et la foi due à sa parole. Par contre, dit Pausanias, les bien-aimés, c'est-à-dire les jeunes garçons, eux, sont non seulement soumis à la Loi mais aussi à la surveillance policière de leurs pédagogues. D'où le développement pervers d'un discours dont la logique est la suivante : puisque seuls les pédagogues peuvent approcher les jeunes garçons sans entrave, nous, les amants, devenons pédagogues et persuadons-nous que c'est par amour de l'enseignement que nous nous approchons d'eux. Et si, ce faisant, les amants trompent le désir de savoir des jeunes garçons, personne ne s'en alarmera car « il est beau d'être trompé » quand c'est pour une noble cause. L'amant de Pausanias est donc un hors-la-loi qui se sert de la loi et la met de son côté. Quant à Alcibiade, son entrée fracassante dans la demeure d'Agathon constitue par elle-même une sorte de scandale, que confirme ensuite le bouleversement qu'il impose aux règles qui ont jusque-là régi l'assemblée des convives. C'est qu'Alcibiade est le seul dans ce groupe à soutenir explicitement une parole d'amour, et non un discours *sur* l'amour. Par sa bouche, l'amoureux parle, et cette position le place hors la loi. Il n'en est pas moins esclave – telle est d'ailleurs la raison de sa rage contre Socrate, qu'il aimerait réduire, à son tour, à l'esclavage de la dépendance amoureuse.

Il est évident que la position de hors-la-loi où se situent les amants ne les met pas à l'abri de la contrainte. Comme chacun le sait, si c'est l'amour, et non le désir, qui fait loi entre les amants, c'est « cœur pour cœur, dent pour dent », autrement dit : la loi du talion, la rétorsion duelle à l'état pur. Ce rapport complexe de l'amour à la loi – et radicalement à la Loi du désir articulée à la prohibition de l'inceste – constitue le thème constant de la littérature qui y fonde le caractère fatal de l'amour. A lire, par exemple, *Tristan et Iseut*, *Roméo et Juliette* ou la *Penthesilée* de Kleist, on trouvera toujours le même défi et le même drame. Tristan et Iseut s'aimeront quoique celle-ci soit l'épouse du père adoptif de Tristan : le philtre sera plus fort que l'interdiction de l'inceste. Quant à Roméo et Juliette, leur lien indissoluble s'affirme au mépris de l'opposition légendaire de leurs clans, les Montaigus et les Capulets. Enfin, la loi divine des Amazones a beau interdire à celles-ci de choisir leur adversaire, le reine Penthésilée, se réclamant d'un commandement maternel, élira tout de même Achille. Dans tous les cas le sort des amants est le même : Tristan est exilé, Iseut livrée aux lépreux ; Roméo est banni ; Penthésilée mise hors la loi et rejetée de sa tribu. Tous et toutes franchissent la limite que Lacan désigne par « l'entre-deux-morts » – la mort, à défaut de la Loi, leur offrant le seul lieu où se rejoindre.

La Juliette de Shakespeare énonce dans les termes les plus explicites ce franchissement de la loi auquel aspire l'amour. Elle nous révèle en effet que ce que conteste l'amour n'est rien d'autre que la loi du signifiant comme telle et la fonction centrale qu'y remplit le Nom-du-Père :

> O Roméo, Roméo ? Pourquoi es-tu Roméo ?
> Renie ton père et abdique ton nom ;
> ou, si tu ne le veux pas, jure de m'aimer
> et je ne serai plus une Capulet.

[…]
Ton nom seul est mon ennemi.
Tu n'es pas un Montaigu, tu es toi-même.
[…]
[…] Oh ! sois quelque autre nom !
Qu'y a-t-il dans un nom ? Ce que nous appelons une rose
embaumerait autant sous un autre nom.
[…]
Roméo, renonce à ton nom ;
et à la place de ce nom, qui ne fait pas partie de toi, prends-
moi toute [17].

On ne peut mieux dire le vœu dont l'amour voudrait faire
règle, en lieu et place de la loi de la castration : renie ton père
et prends-moi *toute* à la place de ton nom. Le rejet de la loi de
la castration est ici appelé au nom d'une autre loi, plus forte,
plus réelle : c'est l'être de Roméo que veut Juliette (comme le
parfum de la rose), et qu'il sacrifie son nom. Réciproquement
– puisque l'amour est réciproque, dit Lacan – ce serait l'être-
femme de Juliette que prendrait Roméo. La fonction de l'amour
apparaît ici comme déni du *pas-tout* qui caractérise la position
féminine. Juliette, dans l'amour, veut *ne pas être pas-toute* soumise à la loi signifiante de la castration, n'y être *pas du tout*
soumise ; autrement dit, elle veut se situer, avec Roméo, sous le
régime de l'exception, du seul – ici, du seul couple – qui
échappe à la Loi : $\exists x . \overline{\Phi x}$.
Cette fonction de l'amour révèle cependant son paradoxe.
L'exception qu'elle appelle, loin de s'opposer à la Loi, a pour
effet, nous l'avons souligné, de fonder véritablement cette Loi.
Au reste, d'un point de vue logique, il n'est pas pensable de
pouvoir écrire $\exists x . \overline{\Phi x}$, si Φx n'est pas d'emblée donné. Dans le
mythe de *Totem et tabou*, ce sont les fils, unis par leur com-
mune castration, qui désignent le père primitif comme hors-
la-loi. Autrement dit, il n'y a de hors-la-loi imaginable qu'au
regard de la Loi. Il faut donc reconnaître que la Loi est au fondement de l'amour, comme le signifiant est au fondement de
l'idée de l'être. L'amour ne peut donc objecter à la castration et
au pas-tout féminin, que dans la mesure où il s'origine de notre
soumission à cette limite : c'est l'ordinaire de la castration qui
rend l'amour si extra-ordinaire.

En ce sens, notons que la loi privée qu'il voudrait faire prévaloir sur la loi commune n'est jamais sans porter trace de celle-ci. Le mouvement d'échappée à la Loi, dès le moment où il s'est déclaré, tend irrésistiblement à se légaliser. A l'extrême, dans les cas purs de passion amoureuse que nous présentent les œuvres littéraires que nous avons citées, c'est la mort qui vient exercer la fonction de limite normalement dévolue à la castration, ou encore la folie, plus ou moins caractérisée (comme dans certains romans de Marguerite Duras). Mais le plus communément, l'amour finira par se ramener au protocole d'un contrat, qu'il s'agisse du contrat sadomasochiste ou du contrat de mariage.

Examinons à présent la question de l'amour au sein même de l'expérience analytique et les essais de théorisation de la fonction qu'il y joue. Il est frappant que l'œuvre freudienne, dans son développement, se laisse analyser comme une tentative de « légaliser » l'amour, spécialement l'amour de transfert. Freud, en effet, s'efforce de le ramener par l'interprétation à une expression du désir sexuel refoulé. Mais cette tentative échoue, bien que Freud, entre 1904 et 1920, n'ait pas reculé à renverser diamétralement sa conception de la dialectique entre la pulsion sexuelle et l'amour. En effet, dans le cours de l'œuvre freudienne, deux théories se succèdent, absolument opposées, sur les relations entre l'amour et la pulsion.

En 1905, dans les *Trois essais sur la théorie de la sexualité*, est soulignée la disjonction entre les pulsions partielles et l'amour. Freud place d'un côté les pulsions sexuelles, partielles et partialisantes, dont l'objet n'est qu'un ersatz en soi indifférent et interchangeable, et de l'autre côté le courant de l'amour qui, lui, se définit par sa visée de globalité et par la surestimation où il tient un objet déterminé. Le terme clef de cette première construction est celui d'*auto-érotisme*. La phase auto-érotique est en effet celle où l'objet pulsionnel tout autant que l'objet du choix amoureux émergent en tant que tels, comme sein perdu pour la pulsion, comme représentation globale de la mère interdite pour l'amour. Ce clivage éclate ensuite dans les articles que Freud consacre, en 1910 et en 1912, à la « Psychologie de la vie amoureuse », où il en arrive à poser la notion d'une impuissance psychique généralisée. Cette notion a pour effet de signifier, tant dans le registre du désir sexuel que dans celui de l'amour, la nécessité d'une insatisfaction que le sujet, d'ailleurs, entretient soigneusement. Freud ne peut cependant expliciter davantage cette découverte, dans la mesure où il reste attaché au concept de satisfaction qui – quoi qu'il ait écrit, dès 1905, à propos du mot d'esprit – demeure tributaire de l'idée d'un apaisement du besoin conçu sur le modèle de l'enfant s'endormant repu sur le sein maternel. N'ayant pas discerné dans cette « insatisfaction » l'appel à un au-delà de la satisfaction, c'est-à-dire le registre de ce que Lacan nomme « jouissance », il ne fut pas en mesure de pousser plus loin ses réflexions.

La seconde théorie freudienne de l'amour et de la pulsion voit le jour en 1920 dans l'essai sur l'« Au-delà du principe de plaisir ». Elle est diamétralement opposée à la première puisque, à présent, la notion de pulsion sexuelle se voit reconstruite sur le modèle même de l'amour : les deux termes, jusqu'alors tout à fait distincts, se confondent dans le concept d'Éros. On mesure d'ailleurs le contraste qui sépare ces deux approches, en suivant, dans les préfaces successives et dans l'introduction au chapitre Ier des *Trois essais* [...], la portée que donne Freud à cette notion platonicienne de l'Éros : repoussoir en 1905, elle devient référence maîtresse en 1920. Mais avant de caractériser cette nouvelle théorie, il convient de repérer ce qui l'a précédée et qui rend raison d'un tel revirement. Quels sont les tournants de l'œuvre freudienne entre 1905 et 1920 ? Nous isolerons ici, d'une part, l'introduction de la notion de narcissisme (en 1914) et, d'autre part, deux textes fort contradictoires sur l'amour de transfert (en 1912 et 1915).

La notion de narcissisme, et le nouvel objet qu'elle promeut, à savoir le moi, n'a pas seulement pour visée d'élucider la problématique de la paraphrénie. Elle cherche aussi à résoudre le clivage entre l'amour et la pulsion sexuelle sur lequel Freud s'est arrêté dans ses « Contributions à la psychologie de la vie amoureuse ». Pour le dire rapidement, le moi devient ici médiateur entre l'objet de la pulsion sexuelle et l'objet du choix amoureux, entre le sein perdu et la mère interdite. Le moi permet ainsi d'établir entre la pulsion sexuelle et l'amour une sorte de relation de vases communicants : il unifie le morcellement pulsionnel et absorbe la représentation de la mère. Cette voie de résolution prend d'autant plus d'importance pour Freud qu'à lire ses deux articles successifs sur le transfert, on devine qu'au sein même de sa pratique de psychanalyste, il se voit de plus en plus confronté à un obstacle incontournable : l'amour qui éclate dans le transfert. En 1912, Freud se fie encore à un principe simple : l'amour de transfert est une expression du désir sexuel refoulé, il est une répétition. Dans cette conception, le transfert peut être résolu par l'interprétation analytique, la résistance qu'il oppose peut être liquidée. Mais, en 1915, Freud doit convenir que ce principe d'interprétation est inefficace et que l'amour de transfert comporte un poids de réel irréductible et ininterprétable. Lorsque nous disons au patient que l'amour qu'il nous porte n'est que la répétition travestie d'un désir sexuel refoulé, nous ne lui disons pas toute la vérité. Il faut donc conclure que l'amour de transfert ne peut se ramener entièrement au processus de la pulsion sexuelle. Mais de cette part irréductible qui fait que l'amour est *pas-tout sexuel*, Freud ne sait que faire, car il veut poursuivre son élaboration dans le sens d'une confusion de l'amour et de la pulsion, et d'une identification du transfert à la répétition.

Son effort aboutit, dans « Au-delà du principe du plaisir », à une théorie qui regroupe amour et pulsion sous la notion d'Éros, et qui s'appuie, non plus sur l'auto-érotisme, mais sur le narcissisme. Dans ce cadre, la pulsion sexuelle se voit redéfinie comme un processus unificateur (et non plus partialisant) opposé à la fragmentation de la pulsion de mort, de la même façon que l'amour est opposé à la haine. Quant à l'amour de transfert, sa part ininterprétable est désormais repoussée du côté de la « réaction thérapeutique négative », du masochisme primordial, voire d'une orientation démoniaque de l'existence. Notons par ailleurs que, dans le même mouvement, l'introduction de la notion de narcissisme a aussi pour effet de gommer le côté incisif du terme de « *surestimation* » par lequel Freud caractérisait au départ le choix amoureux, pour lui substituer celui d'*idéalisation ;* entre ces deux termes, toute la distance qui sépare une métaphore d'une formation imaginaire passe ainsi aux oubliettes.

Le trajet parcouru par l'enseignement de Lacan et son aboutissement en forme de non-aboutissement nous invite à res-

taurer, sur ce point encore, la vérité du premier Freud. Chez
Lacan se succèdent également deux conceptions de la relation
entre l'amour de transfert et la pulsion sexuelle ; mais cette succession s'effectue dans le sens inverse de celui qu'elle suit chez
Freud. Lacan, en effet, a commencé par identifier le transfert et
la répétition, puis, à partir de son Séminaire sur « Le transfert »,
il a de plus en plus nettement dissocié ces deux termes, jusqu'à
faire séminaire sur « l'insu-que-sait de l'Une-bévue ». Ces deux
conceptions ne s'appuient pas sur la même référence théorique.
Si, dans la première, le point de référence est le phallus, et la
formule de l'amour : « L'amour, c'est donner ce qu'on n'a pas »,
la seconde tient compte des formulations d'*Encore* concernant
la position féminine, et prend pour référence le signifiant du
manque dans l'Autre, S(Ⱥ). Il en résulte une nouvelle formule
de l'amour : « L'amour, c'est de la poésie. » Cette référence à
la poésie et à la métaphore vide de sens qui la caractérise invite
évidemment à réexaminer toute la problématique de l'interprétation en psychanalyse. Lacan, pour sa part, ne s'y est pas vraiment aventuré, estimant qu'il n'était « pas poâte assez »… Ce
petit *a* qui s'insère dans la fonction du poète indique que Lacan
voyait l'avenir de l'interprétation du côté de l'objet *a* et de la
coupure, plutôt que du côté de la poésie et du trou du sens.
Autrement dit, en ce qui concerne l'amour, Lacan pensait
devoir accentuer plus ce qui le limite, soit l'(a) mur, que le
gouffre qui l'appelle, soit S(Ⱥ).

D'une telle interprétation, peut-être n'avons-nous pas de
meilleur exemple que la réponse que Socrate fait à Alcibiade à
la fin du *Banquet*. Socrate non plus n'était pas poâte assez. Bien
qu'il admire la prouesse verbale d'Agathon, il se contente, lui,
de faire le vide, c'est-à-dire de ne pas substantifier l'objet
d'amour. Il l'a fait dire par Diotime : l'amour a pour fonction de
combler un vide ; c'est pourquoi lui, Socrate, se refuse à être
objet aimable, bouche-trou – ce qui n'implique pas, par ailleurs,
qu'il se refuse à aimer. Le savoir de Socrate concernant l'amour
est celui-ci : il sait qu'il n'y a littéralement rien à savoir de
l'amour, et que tout ce qui prétend combler ce vide n'est que
tromperie. Aussi, quand Alcibiade veut le forcer à produire
l'*agalma*, cette merveille qu'il a cru discerner en Socrate, et qui
a pour lui valeur d'insigne même du pouvoir de l'amour[18],

Socrate ne peut que décliner sa proposition. En me proposant la beauté de ton corps en échange de l'invraisemblable beauté que tu as aperçue en moi, lui dit-il en substance, tu me suggères un marché de dupes : tu veux échanger du cuivre contre de l'or. Mais la véritable dupe est Alcibiade. Car en voulant duper Socrate, il méconnaît sa propre illusion qui le pousse à cette tentative de séduction ; il croit réellement que Socrate a quelque chose à lui donner, cet *agalma-fétiche* dont il attend la toute-puissance, c'est-à-dire la racine même du savoir qu'il suppose à Socrate. Mais, lui rétorque Socrate, « examine les choses, homme excellent, avec plus de soin, de peur que je te reste caché, moi qui ne suis rien [19] ». A ce point, Socrate va désigner en quelque sorte le mur de l'(a) mur : il se fait absent, pur creux, n'ayant d'autre pouvoir et fonction que d'offrir une résonance au désir de celui qui s'adresse à lui. Quant à l'objet, il s'en sépare, renvoyant Alcibiade à Agathon et lui désignant en ce dernier l'*agalma* qu'il voulait lui arracher. Agathon, $A\gamma\alpha\theta\omega\upsilon$, la signification de ce nom dans la langue grecque retient notre attention. Socrate signifie ainsi à Alcibiade que l'objet de son fantasme, l'objet qui a causé son discours séducteur n'est qu'un *trésor* au sens le plus banal du terme : il est non seulement le trésor de Socrate, dans la mesure où Agathon est le mignon de ce dernier, mais aussi celui dont le nom signifie « les richesses ». Le message dernier de Socrate est donc celui-ci : ce qui te fait désirer et qui fait limite à l'empan de ton amour, c'est la richesse, le plein, et non pas la pauvreté, le vide que je suis moi. Eh bien ! si tu veux la richesse, la voici à côté de moi. Ce faisant, Socrate disjoint l'objet *a* auquel le fantasme donne consistance, du vide de S(Ⱥ) que cet objet cherche à combler – ce vide qui, pour Socrate, constitue la véritable cause de l'amour et du discours amoureux, et qu'il s'évertue à incarner en se faisant absent.

NOTES

1. J. Lacan, *Le Séminaire*, livre XX, *Encore*, p. 90-91.

2. Id., *ibid.*, p. 11.

3. Platon, *Phèdre*, 255 d., *Œuvres complètes*, trad. Léon Robin, Paris, Les Belles Lettres, 1978.

4. Id., *ibid.*, 258 d.

5. Id., *ibid.*, 266 b.

6. Id., *ibid.*, 261 c, d, e ; 262 a ; 263 a, b, c.

7. Id., *ibid.*, 262 ; 270 d, e.

8. J. Lacan, *Le Séminaire*, livre XX, *Encore*, p. 33 et 40.

9. Id., *ibid.*, p. 12.

10. Id., *ibid.*, p. 40. Voir aussi p. 33 et 53.

11. Id., *ibid.*, p. 48.

12. Id., *ibid.*

13. Les phénomènes de « télépathie » bien connus des amoureux trouvent là leur source.

14. Allusion au titre d'un des derniers séminaires de Lacan : « *L'insu-que-sait de l'Une-bévue s'aile à mourre* ».

15. J. Lacan, *Le Séminaire*, livre XX, *Encore*, p. 17.

16. O. Mannoni, *Clefs pour l'imaginaire*, *op. cit.*

17. W. Shakespeare, *Roméo et Juliette*, acte II, scène II.

18. Plutarque raconte qu'Alcibiade allait au combat en se protégeant d'un bouclier portant non pas ses armes, mais tout simplement la figure d'Éros. Voir Plutarque, *La Vie des hommes illustres*, « Vie d'Alcibiade », Pléiade tome I, Paris, 1951.

19. Platon, *Le Banquet*, 219 a.

XV

De la mascarade à la poésie

La position féminine que nous avons cernée au cours des chapitres précédents vaut comme métaphore de l'Autre en tant que celui-ci est impossible à rejoindre, en tant qu'il reste toujours Autre. Une femme reste donc, en tant que femme, radicalement hors de portée du sujet, y compris du sujet qui se range dans la position féminine. Plus exactement, la féminité ne peut s'atteindre ou se désigner que par le biais d'un semblant. Être femme, c'est, qu'on le veuille ou non, faire semblant d'être femme. Ce rapport au semblant n'est pas ce que l'on croit trop facilement, une coquetterie ou un mensonge. Il est d'abord affaire de structure puisque c'est le langage qui situe la femme au-dehors de ce qui peut se dire. Comment une femme peut-elle s'accommoder de cette position qui, faute d'essence signifiable comme telle, ne peut s'affirmer que dans l'artifice ? Comment faire reconnaître la féminité par un semblant en soi non féminin ? Une femme est ainsi conduite à devoir réaliser que « c'est pour ce qu'elle n'est pas qu'elle entend être désirée en même temps qu'aimée[1] ». Sur ce point, comme précédemment sur la question de la jouissance de l'Autre, c'est encore l'examen d'une perversion masculine qui nous éclairera. En effet, rien mieux que la problématique du travestisme ne peut nous renseigner sur les rapports de la féminité et du semblant. Nous choisissons pour l'illustrer un cas accessible à chacun puisqu'il fait partie de la littérature : celui de l'abbé de Choisy dont les *Mémoires*, non dénués de qualité littéraire, sont d'un grand intérêt pour le psychanalyste[2].

Curieux homme que cet abbé François-Timoléon de Choisy, qui vécut de 1644 à 1724, au siècle de Louis XIII et de

Louis XIV, et mena impunément, du point de vue légal tout au moins, une vie de prêtre travesti en femme. Sans doute pouvait-il faire valoir qu'il n'était pas une exception : il avait en effet un illustre comparse, dont il était d'ailleurs fort proche, en la personne du propre frère de Louis XIII, « Monsieur », l'homme le plus efféminé du royaume et qui n'aimait rien tant que s'exhiber vêtu en femme. La mère de l'abbé de Choisy, qui avait ses grandes entrées à la cour, contribua d'ailleurs à l'éducation pour le moins particulière que l'on offrit à Monsieur. On habitua celui-ci, dès son plus jeune âge, à adopter les manières des filles afin que, plus tard, complètement féminisé, il abandonne facilement le trône à Louis XIV. Le projet, imaginé et organisé par la propre mère du jeune garçon, et soutenu par Mazarin, réussit parfaitement : Louis devint roi de France, tandis que Philippe, « Monsieur », se contenta de régner sur un imaginaire royaume féminin. Madame de Choisy y collabora activement et fit prendre à son fils les mêmes habitudes, afin qu'il puisse mieux faire sa cour à Monsieur. Cette femme n'était pas n'importe qui. Elle était d'abord une précieuse – connue à l'époque sous les surnoms de Clélie ou de Charite. Elle était ensuite une intrigante de première force, quoique, à la longue, elle ait fini par perdre son influence à la cour. Après avoir participé à la féminisation de Monsieur, elle parvint à être nommée préceptrice particulière du jeune Louis XIV et se mêla à toutes les intrigues de la cour où elle fut vite respectée, redoutée et trahie. Elle tenait une correspondance régulière avec une série de rois, de reines et de princesses des divers pays d'Europe et même avec la sultane d'Istanbul. Menant grande vie, donnant des fêtes fastueuses, elle servait d'entremetteuse aux amours illégitimes de la cour. Quant à elle, on ne lui connaît pas de liaison – sans doute préférait-elle – trait typiquement hystérique – aimer par procuration. Du père de François-Timoléon, par contre, on ne sait quasiment rien, sinon qu'il était absent. Haut fonctionnaire du roi, ses missions l'appelaient constamment à l'étranger ou loin de Paris. Ses brefs passages par le domicile conjugal lui suffirent néanmoins à donner à sa femme deux garçons et cinq filles, tous précédant François-Timoléon de plusieurs années. Ce dernier est, en effet, un enfant tardif : sa mère a déjà plus de quarante ans à sa naissance.

Dès son plus jeune âge, Madame de Choisy l'habille en fille. A partir de l'âge de cinq ou six ans, elle lui fera porter des corsets serrés, destinés à lui élever la gorge et à lui affiner la taille. Elle lui applique sur le visage des lotions qui empêchent le poil de se développer, etc. Le garçon conservera ces habitudes jusqu'à l'âge adulte où, sans doute guidé par le signifiant plus que par la vocation, il décidera de prendre la robe. Mais la robe du prêtre ne peut contenter cet habitué de fanfreluches. Il raconte, dans ses *Mémoires*, comment en quelques mois il modifia progressivement sa tenue trop austère jusqu'à en faire une véritable toilette féminine et à obtenir que désormais on l'appelle « Madame ». Son curé est parmi les premiers à adopter cette habitude. Le plus grand plaisir de l'abbé de Choisy consiste en effet à s'entendre dire qu'il est « une belle dame » et à être aimé comme telle. L'amour qu'il entend susciter ainsi par la beauté n'est pas étranger à l'amour de Dieu que, comme prêtre, il est censé propager. C'est en effet d'une véritable *adoration* qu'il s'agit, dans laquelle les parures qu'il exhibe ne valent que comme signes de son altérité absolue : « Quand je me suis trouvé à des bals et à des comédies, avec de belles robes de chambre, des diamants et des mouches, et que j'ai entendu dire tout bas auprès de moi : "Voilà une belle personne", j'ai goûté en moi-même un plaisir qui ne peut être comparé à rien, tant il est grand. L'ambition, les richesses, l'amour même, ne l'égalent pas, parce que nous nous aimons toujours mieux que nous n'aimons les autres[3]. »

Le voilà donc abbé à Saint-Médard, costumé en femme pour faire la quête au cours des offices – tâche traditionnellement confiée aux femmes. Il en obtient grand succès. Il nous raconte d'ailleurs ses aventures avec autant de complaisance qu'il devait en mettre à paraître dans le monde. Les multiples anecdotes qu'il nous conte frappent par l'insistance méticuleuse avec laquelle il décrit, à longueur de pages, sa toilette, ses bijoux, sa coiffure et tout ce qu'il offre au regard de ses adorateurs et adoratrices. Il obtient un jour cette remarque énamourée d'une jeune fille : « Ah ! Madame […] peut-on vous voir sans vous aimer[4] ! » Il en profite d'ailleurs, car l'abbé a une vie amoureuse bien fournie : il utilise les familiarités affectueuses en usage entre femmes pour séduire les jeunes filles innocentes et entrer dans leur lit sans avoir à les conquérir. Son affaire faite, il peut se réjouir du double consentement, si l'on peut dire, obtenu de sa maîtresse. La jeune Charlotte, qui fut l'une de ses premières liaisons durables, lui fait ainsi cette confidence qu'il s'empresse de rapporter : « Je ne me suis point défendue, me disait-elle un jour, comme j'aurais fait contre un homme : je ne voyais qu'une belle dame, et pourquoi se défendre de l'aimer ? Quels avantages vous donnent les habits de femme ! Le cœur de l'homme y est qui fait ses impressions sur nous, et d'un autre côté, les charmes du beau sexe nous enlèvent tout d'un coup et nous empêchent de prendre nos sûretés[5]. » Ce genre de déclaration ne peut que conforter notre héros dans sa certitude que le charme est *tout* du côté du « beau sexe ». Quant à lui, il aime moins sa Charlotte qu'il ne s'aime lui-même – ou faut-il dire : elle-même ? Freud y trouverait sans doute une preuve du narcissisme particulièrement vif qu'il tient pour une caractéristique de la féminité[6]. Notons cependant que si l'abbé de Choisy s'aime davantage qu'il n'aime ses amies, l'objet de son amour ne vaut que par l'altérité qu'il lui suppose : il s'aime lui-même en tant que ce « lui-même » féminisé est l'Autre. Il est, en réalité, le premier séduit par le charme de l'image fémi-nine qu'il déploie.

Mais il pousse la fantaisie plus loin encore puisque ayant obtenu l'amour de Charlotte, il la convainc de se coiffer et de se costumer en garçon. Ce double travestissement l'amène à faire cette étrange remarque : « Ainsi j'eus le plaisir de l'avoir souvent garçon, et comme j'étais femme, cela faisait le véri-table mariage[7]. » Rien de plus véritable, en somme, que le masque, ou plutôt l'échange des rôles par où chacun des parte-naires va faire l'Autre. La logique de l'abbé de Choisy est ainsi poussée un peu plus loin que celle d'un chevalier d'Éon, pour qui le travestissement en femme vaut comme condition néces-saire à ce qu'il puisse fournir la preuve qu'il est un homme. Choisy ne veut croire et faire croire que ce que les yeux voient (l'apparence féminine), alors que le chevalier d'Éon, au con-traire, veut démontrer que le sexe n'a rien à faire avec le visible. Pour le premier l'apparence est seule véritable, pour le second elle est toute trompeuse au point qu'il refuse même son appa-rence masculine. Cette différence suffit d'ailleurs à ce que nous puissions attribuer à Choisy une position féminine – il est femme parce que l'évidence lui suffit à faire la différence des sexes –, et du chevalier d'Éon, par contre, une position masculine – il est homme parce qu'il ne peut croire ce qu'il voit.

Ayant ainsi échangé les habits – qui font le moine aussi bien que la moinesse – avec son amie Charlotte, l'abbé de Choisy aime se faire voir au lit avec celle qu'il appelle désormais « son cher mari ». Il va même, au cours d'une fête privée, jusqu'à organiser un simulacre de cérémonie de mariage avec sa partenaire. Jouant toujours sur le fait que, pour son public, il est censé donner le change, il aime convoquer toute une assemblée pour assister à son coucher. Là, étendu dans le lit, avec sa favorite, il fait mine de l'embrasser comme une grande sœur baiserait sa petite sœur, ou une mère sa fille, tandis que, par-dessous les draps, il lui fait des caresses beaucoup plus précises. Le regard de l'assistance décuple évidemment son plaisir, ce qu'il exprime en une formule qui dit tout : « Il est bien doux de tromper les yeux du public[8]. » Il jouit de voir l'autre dupe de La femme – jouissance chez lui étroitement articulée à un savoir, car il sait au départ que la féminité n'est qu'un trompe-l'œil. Et ce n'est qu'en surprenant le regard de l'autre, victime de ce trompe-l'œil, qu'il peut lui-même s'en déprendre, c'est-à-dire ne pas se prendre tout à fait pour La femme comme il le ferait s'il était psychotique.

Qu'est-ce que l'abbé de Choisy défie de la sorte ? Est-ce l'autre qu'il met au pied du mur de le démasquer comme homme ? N'est-ce pas plutôt le réel de la féminité qu'il provoque ? « On n'eût jamais deviné que je n'étais pas une femme », confie-t-il à un endroit. Cette phrase contient l'aveu de sa perversion au niveau le plus structural. Elle signifie en effet qu'il s'agit pour lui, non de prouver que l'on ne pourrait démasquer l'homme qu'il est réellement, mais, plus subtilement, qu'il est impossible de démasquer la femme comme telle. Pourquoi ? parce qu'elle n'est *que masque*, du moins est-ce ce qu'il s'évertue à démontrer. Un dialogue, qui a lieu la première fois où, jeune abbé, il reçoit à souper habillé en femme, est révélateur de ce statut inamovible du masque féminin pour lui : « – Désormais, me dit Madame d'Usson, je vous appellerai Madame. Elle me tourna et me retourna devant M. le curé, en lui disant : – N'est-ce pas là une belle dame ? – Il est vrai, dit-il ; mais elle est en masque. – Non monsieur, lui dis-je, non ; à l'avenir je ne m'habillerai plus autrement[9]. » Sa dénégation a pour visée d'affirmer l'identité entre le masque et l'être de la femme. Ainsi Choisy, comme le masochiste, cherche à adopter la position féminine. Ce qui les sépare, c'est que le masochiste veut s'approprier la *jouissance*, c'est-à-dire le *corps*, qu'il suppose à la femme, tandis que l'abbé de Choisy veut se voir attribuer l'*amour* qu'elle suscite, c'est-à-dire le *semblant* qui le déclenche. La féminité n'est aimée que pour son apparence trompeuse, voilà ce qu'il vise à prouver. C'est pourquoi il s'affiche à son tour comme trompeur – la pointe extrême de son fantasme étant que, démasqué, c'est-à-dire reconnu comme trompeur, l'autre n'en soit que davantage séduit, et lui que davantage aimé.

Sa nouvelle, *La Marquise-marquis de Banneville*[10], illustre ce projet. Ce récit est l'histoire d'un garçon habillé en fille (la marquise) qui tombe amoureuse *(sic !)* d'un jeune marquis qui se révèle, le soir des noces, tout aussi trompeur : il n'est, à son tour, qu'une fille déguisée en garçon. Ce thème de la tromperie réciproque, dont la réciprocité s'avoue au moment où sont mis bas les masques, fera sans doute penser à l'histoire des amoureux du bal de l'Opéra que raconte A. Allais[11] et que Lacan apprécia particulièrement. Mais si le récit d'Alphonse Allais culmine dans un cri d'horreur, la nouvelle de l'abbé de Choisy, au contraire, fait du moment de la révélation des sexes réels des protagonistes un moment de bonheur qui s'enchaîne sans rupture avec la mascarade qui le précède. Rien là de surprenant, puisque la logique perverse de l'auteur vise à scotomiser littéralement toute découverte de la castration. Deux passages de cette nouvelle méritent d'être épinglés : celui de la rencontre entre la fausse marquise et le faux marquis, et celui du dialogue où la marquise tente d'obtenir la main du marquis. Dans les deux cas, la dimension de la tromperie, mise en avant comme telle, est sensible. Ainsi, lorsque la marquise – qui est, en réalité, un jeune garçon travesti depuis son plus jeune âge – voit pour la première fois le marquis au cours d'une représentation à la Comédie, elle le trouve d'autant plus beau garçon qu'il porte un justaucorps fort coquet, des boucles d'oreilles de diamants et trois ou quatre mouches sur le visage. « Voilà un beau garçon », s'exclame-t-elle à l'adresse de sa compagne. « Il est vrai, lui réplique celle-ci, mais il fait le beau, et cela ne sied point à un homme. Que ne s'habille-t-il en fille [12] ? » Or, il apparaîtra à la fin du récit que ce garçon si plaisamment féminisé est en réalité une fille travestie en garçon. Cette réalité, au fond, est sans importance, car c'est le travestissement même qui commande le désir de nos deux héros. Choisy le fait dire, de manière explicite, à la marquise lors de la scène où se décide leur mariage. Le marquis se défend en avançant que son interlocuteur ne le connaît « que par un extérieur souvent trompeur »… « Et c'est ce que j'en aime », rétorque-t-elle immédiatement [13]. Son amour ne pourra donc pas être déçu lorsqu'elle mesurera jusqu'où s'étend la tromperie que son comparse avoue ici à demi-mot.

Cet éloge de la tromperie, auquel Choisy consacre sa vie aussi bien que son œuvre, est typique d'une position perverse. Si c'est bien la féminité qui en fait l'objet, elle n'y apparaît toutefois que sous le régime de la caricature. Car il convient ici de distinguer deux versants du semblant : celui du *trompe-l'œil*, qu'illustre l'abbé de Choisy, et celui de la *mascarade*, où se reconnaît la féminité. Ici encore le clivage pervers se sépare de la division propre à la position féminine. Tout en se faisant passer pour femme, ou mieux pour semblant de femme, Choisy n'en est pas moins homme : simplement, il coupe les communications entre ces deux versants de sa subjectivité. Sa vie n'est que la réalisation de ce clivage. Ainsi déclare-t-il, au début de ses *Mémoires*, que son existence a consisté en une perpétuelle oscillation entre le jeu et le travestissement : ou bien il faisait la femme, ou bien il jouait et redevenait homme, et ce, jusqu'à la ruine. Femme comblée ou homme ruiné, tels sont les termes de son clivage subjectif. Il n'est pas sans intérêt, à ce propos, de relever la fortune considérable de la famille de Choisy était due au grand-père de notre abbé, Jean de Choisy. Celui-ci avait réussi à séduire le surintendant des finances d'Henri III par une mascarade : alors qu'il était renommé pour sa force au jeu d'échecs, il s'était laissé battre par le surintendant qui l'emmena ensuite avec lui à la cour où il entama une brillante carrière. Ainsi la bonne fortune du nom de Choisy était-elle liée à la tromperie d'un homme qui se laisse perdre au jeu. Fatalement, ce qui

avait été ainsi gagné devait être perdu par les générations suivantes : Madame de Choisy et son fils s'y dévouèrent, car ils
étaient grands joueurs tous les deux.

Le clivage pervers de l'abbé de Choisy, comme du masochiste que nous avons évoqué plus haut[14], est donc éminemment subjectif. Il est clivage interne au sujet, $\cancel{S}$, alors que la
division féminine se joue entre $\cancel{S}$ et un en-plus non subjectivable. Cette différence oriente deux recherches qui ne se recouvrent pas : si le pervers vise effectivement à localiser ce hors-
sujet féminin, et échoue à l'atteindre, une femme, elle, cherche
à échapper à cette part en-plus, et à la subjectiver.

Nous opposerons ainsi à la logique du transvestiste les enseignements qui se dégagent d'un texte célèbre, et pourtant trop
peu lu, de Joan Rivière sur « La féminité en tant que mascara-
rade[15] ». Ce court article est absolument sensationnel, d'autant
que, publié en 1929, il précède les deux grandes contributions
de Freud sur « La sexualité féminine » et « La féminité »,
qui datent, elles, de 1931 et 1932. Joan Rivière y énonce
d'emblée sa thèse : « Les femmes qui aspirent à une certaine
masculinité peuvent revêtir le masque de la féminité pour éloi-
gner l'angoisse et éviter la vengeance qu'elles redoutent de la
part de l'homme. » Faire la femme, ou en revêtir les apparences,
peut donc être une façon détournée d'affirmer sa masculinité. Or
cette masculinité féminine, précise l'auteur, n'est pas expli-
cable par une simple bisexualité qui serait inhérente à tous et à
toutes : il ne s'agit pas d'une tendance innée, mais du résultat
d'une interaction de conflits, et notamment d'une réaction
contre l'angoisse. La féminité ne serait-elle alors qu'un pare-
angoisse posé, comme un voile, sur une fondamentale monosexualité masculine ?

L'auteur illustre son propos par le récit d'un cas, « un type
particulier de femme intellectuelle », dit-elle, c'est-à-dire une
de ces femmes qui semblent exceller dans tous les domaines à
la fois, donnant l'image d'une féminité accomplie : brillantes
dans leur profession, bonnes épouses, excellentes mères, et par-
faites maîtresses de maison à la fois. La femme dont Joan
Rivière expose le problème est ainsi engagée dans une carrière
de propagandiste militante où elle obtient un grand succès, tout
en ayant parfaitement réussi son mariage et en tenant son rôle

de femme d'intérieur. Tout serait parfait, si elle ne souffrait d'un symptôme, qui survient chaque fois qu'elle est amenée à parler en public, ce à quoi sa profession l'oblige fréquemment. Malgré ses qualités intellectuelles, ses facultés de s'adresser à un auditoire et de répondre aux questions, elle est, à chaque fois, au cours de la nuit qui suit la conférence qu'elle a donnée, saisie de la crainte d'avoir commis un impair, et éprouve le besoin urgent de se faire rassurer. Ce besoin la conduit, de manière compulsive, à solliciter les avances d'hommes qu'elle rencontre à l'issue des réunions où elle a ainsi tenu le rôle principal. De ces hommes, elle attend moins un compliment sur la valeur de ses exposés que la manifestation d'un désir sexuel. L'analyse démontre, de plus, qu'elle s'adresse à un type particulier d'hommes, substituts de la figure du père qui est lui-même un intellectuel.

Dans un premier moment d'élucidation, l'analyse montre que la jeune femme s'identifie à son père par son travail, mais, en même temps, entre en rivalité avec lui. Au cours de ses conférences, elle se veut supérieure aux hommes qui représentent la figure paternelle, mais sollicite leurs faveurs immédiatement après. Joan Rivière explique cette double attitude en supposant que dans ses conférences, sa patiente exhibe le phallus qu'elle aurait dérobé à son père et qu'ensuite, craignant que son père ne se venge, elle s'offre à lui sur le plan sexuel pour assurer son impunité. Après avoir brandi le phallus, elle se déguise, en somme, en femme castrée. Des fantasmes de jeunesse et des rêves faits en cours d'analyse viennent confirmer cette interprétation. Ainsi, chez cette patiente, la féminité est portée comme un masque destiné à camoufler sa masculinité et à éviter les représailles de la part des hommes qui se sentiraient dépouillés de leurs attributs. Cette femme se conduit, dit Joan Rivière, « tout comme un voleur qui retourne ses poches et exige qu'on le fouille pour prouver qu'il ne détient pas les objets volés ».

Mais une question surgit alors : si la féminité peut servir de masque dissimulant la masculinité (la position phallique), comment distinguer entre féminité vraie et déguisement ? L'auteur s'avance jusqu'à déclarer qu'elle ne maintient pas qu'une telle différence existe : « Que la féminité soit fondamentale ou

superficielle, elle est toujours la même chose. » Le problème
de la patiente concernée ne serait donc pas celui d'une féminité
fausse, mais plutôt celui de l'utilisation qu'elle fait de cette
féminité : elle en use comme d'une *défense* contre l'angoisse
plutôt que comme d'un mode de *jouissance* primaire. A l'appui,
l'auteur cite d'autres cas analogues. Celui d'une femme d'intérieur qui sait tout faire à la maison, y compris les tâches les plus
typiquement masculines, mais qui, lorsqu'elle doit faire appel
à un homme de métier, se sent contrainte de faire la bête devant
lui, « en faisant des suggestions d'un air naïf et innocent »,
comme si elle ne savait pas ce qu'il y a lieu de faire. Ou encore,
celui d'une femme professeur d'université qui, lorsqu'elle doit
faire cours devant un auditoire de collègues, s'habille de
manière particulièrement féminine et adopte un ton désinvolte
et badin, qui lui vaut les reproches de ses collègues : « Elle se
sentait obligée de transformer cette situation, où elle tenait un
rôle masculin, en un "jeu", en quelque chose de *pas vrai*, en
une "blague" », commente Joan Rivière.

De là, l'auteur en revient au premier cas et ajoute à son
observation quelques traits qui vont donner toute sa portée à la
notion de mascarade féminine. Elle rapporte d'abord que l'attitude de sa patiente vis-à-vis des autres femmes n'est pas moins
problématique que celle qu'elle a vis-à-vis des hommes : elle se
sent en effet en constante rivalité avec toutes les femmes, surtout lorsqu'elles sont jolies ou ont quelques prétentions intellectuelles. Pour qu'elle soit à l'aise, il faut qu'elle puisse se sentir supérieure. Ainsi, qu'elle soit si bonne maîtresse de maison,
ou si brillante dans sa profession, s'explique par la conviction
qu'elle y trouve de surpasser sa mère. Ici apparaît l'autre face
de son Œdipe : derrière la relation au père et aux porteurs du
phallus, la relation à la mère et ses connotations de rivalité et de
haine. Une nouvelle perspective s'ouvre alors sur ce cas, impli-
quant un remaniement de l'interprétation par laquelle l'auteur
a, jusque là, cherché à le résoudre. Il apparaît en effet que, si
cette femme veut se faire reconnaître comme possédant le phallus paternel, pour ensuite se faire pardonner par l'exhibition
d'une féminité de parade, c'est qu'elle veut pouvoir restituer
ce qu'elle a le sentiment d'avoir volé – et, plus précisément, le
restituer à la mère. Elle ne s'identifie au père et ne prend sa

place et ses insignes masculins que pour pouvoir les mettre à la disposition de sa mère. Cette femme est ainsi toujours prête à rendre service à des femmes plus faibles qu'elle ; elle y trouve, comme le repère finement Joan Rivière, « une somptueuse récompense » sous forme de gratitude et de « reconnaissance ». Le symptôme de cette femme aurait, par conséquent, une visée plus complexe que celle de la rassurer contre le risque de vengeance de la part des hommes dont elle prend la position : au-delà de ce premier but, elle cherche à obtenir une reconnaissance du côté de la mère.

Le mécanisme de ce symptôme est donc un mécanisme en deux temps. Il faut d'abord qu'on la reconnaisse comme possédant le phallus afin qu'ensuite, dans le second temps, elle puisse s'en séparer. Ramené à sa structure, ce processus mérite-t-il encore qu'on l'appelle un symptôme ? La question vaut d'être posée, car cette structure nous paraît recouvrir la demande émanant de la position féminine en tant que telle. C'est une double reconnaissance qui y est mise en question : la première, la reconnaissance de la possession du phallus, ne sert qu'à ce que la seconde puisse s'instituer. Il faut que la femme ait le phallus, ou plutôt en donne l'illusion, pour qu'elle puisse ensuite se présenter comme donnant ce qu'elle n'a pas, et qu'elle soit ainsi reconnue comme femme. Entre ces deux temps prend place le moment d'angoisse au cours duquel sa crainte n'est pas tant de perdre le phallus que d'être prise, au contraire, pour son véritable détenteur. Ainsi le but poursuivi par cette femme consiste-t-il finalement à se faire reconnaître comme n'ayant pas le phallus. Mais elle ne peut y parvenir que par ce mode indirect : pour faire reconnaître qu'elle ne l'a pas, elle doit passer par un moment où elle fait mine de l'avoir. Ce premier moment, après tout, n'est pas moins trompeur que le second, car fondamentalement, c'est le phallus qui est le masque par excellence, le voile jeté sur le trou innommable.

Nous trouvons là, sous forme de deux temps successifs, ce que Lacan note comme les deux équations réglant la position féminine dans son tableau de la sexuation : 1) $\overline{\exists}x . \overline{\Phi x}$, 2) $\overline{\forall}x . \Phi x$.

Premier temps : elle n'existe pas sans l'avoir ; elle n'existe pas comme femme si elle ne s'assujettit pas à la fonction du phallus. Deuxième temps : mais elle n'est pas-toute assujettie à cette fonction. Ce qui prend tournure de symptôme névrotique chez la femme dont parle Joan Rivière, c'est qu'elle ne peut appréhender ce « pas-toute » que sous la forme d'un *préjudice* que lui infligerait l'autre femme, ou sous la forme d'un *don* qu'elle consentirait à l'homme. D'où son idée de rendre le phallus et d'obtenir, par cette reddition, la reconnaissance de sa féminité. Elle met en scène une conception de la féminité comme sacrifice. L'angoisse qu'elle évite de la sorte est plus fondamentale que la crainte que le père ne se venge. Joan Rivière ne s'y trompe pas en rapportant finalement cette angoisse à la relation à la mère : « Mais il est plus difficile pour elle de se protéger contre la vengeance de la femme que contre celle de l'homme ; ses efforts pour apaiser et dédommager sa mère ne suffiront jamais : ces moyens sont usés jusqu'à la corde et finiront par l'user elle-même. » La boucle de la répétition se referme. Une fois reconnue comme n'ayant pas le phallus, il faut qu'elle le rende à la mère et aux femmes, afin que celles-ci n'aient pas l'air châtrées. Pourquoi est-il nécessaire que la mère soit phallicisée ? N'est-ce pas que l'angoisse de cette patiente, au-delà de la castration, vise l'horreur de la femme, c'est-à-dire cette position où une femme, à commencer par la mère, aurait à se définir en dehors de toute référence au phallus ? Sa seule réponse contre cette angoisse fondamentale est le désir d'être castrée et reconnue comme telle. La castration lui sert à ne pas devoir affronter une position « purement féminine » où, hors-castration, elle serait tout simplement impossible à reconnaître comme sujet. La division que la mascarade fait ainsi jouer entre deux polarités, non castrée et castrée (le restituant), semble avoir pour fonction de masquer la division plus fondamentale que Lacan désigne dans sa formule du pas-tout.

Parvenus au terme de ce trajet qui nous a fait explorer les divers angles sous lesquels se pose la problématique féminine, il est temps que nous revenions à notre question de départ et que nous dressions le bilan des réponses que l'expérience analytique nous incite à lui donner. Que veut une femme ? Nous avons, au long des lignes qui précèdent, distingué les trois versants sur lesquels prend consistance un vœu proprement féminin : celui de l'identité et du trait auquel elle se fixe, celui de l'Œdipe et de la fonction symbolique qu'y remplit l'instance paternelle, et celui de la sexualité et du clivage qu'y subit la jouissance.

La première thématique que nous avons dégagée des réflexions de Freud autour de la féminité est celle d'une *identité manquante*. La différenciation qui s'inscrit au niveau psychique est tout, en effet, sauf une différenciation entre deux sexes comme tels. Le phallus fonctionnant comme référence unique, la féminité ne peut se poser que comme un devenir incertain et non comme un donné. Nous avons relevé que ce devenir, chez Freud, oscille entre un devenir-mère et un devenir-passive, et qu'il est conditionné par deux polarités essentielles : celle de l'envie du pénis et celle du narcissisme. A défaut d'identité de départ, la femme se voit constamment exposée à fétichiser le pénis comme signe fondateur de l'identité de l'autre, ou à développer des identifications, tant masculines que féminines, dont la leçon est qu'une femme ne peut saisir la féminité qu'indirectement, par le biais d'un artifice.

L'Œdipe féminin constitue la seconde problématique rencontrée par l'œuvre freudienne, qui y révèle une difficulté supplémentaire par rapport à l'Œdipe du garçon. La question est de déterminer si la relation au père peut vraiment se substituer, pour une fille, à la relation initiale à la mère. Nous avons relevé combien le passage de la mère au père avait chez la fille tendance à valoir comme juxtaposition *métonymique* plutôt que comme substitution *métaphorique*. Le problème de l'Œdipe féminin devient ainsi celui de savoir s'il y a un inconscient féminin, et jusqu'où il s'étend. Le statut du vœu d'enfant qui doit, selon Freud, prendre la place de l'envie du pénis ne nous a pas paru moins incertain : métaphore ou métonymie ? Sa valeur semble tout aussi flottante. Lacan, en définissant la position féminine comme pas-toute soumise à la loi de l'inconscient, éclaire cette incertitude, tout en confirmant l'ambiguïté fondamentale de la féminité. D'où l'extrême ambivalence qui marque l'apparente revendication des femmes à l'égard du père. Elles réclament « du père », certes, et elles en veulent d'autant plus qu'il n'y en a jamais assez (ou qu'il n'est jamais assez métaphore) pour renvoyer définitivement la mère aux oubliettes de la préhistoire. L'hystérique n'a donc pas tort de dénoncer l'impuissance structurelle du père pour la fille – elle s'égare simplement à vouloir à tout prix la réparer. Aucun père ne sera jamais assez père pour satisfaire ce vœu, quoi qu'ait pu en attendre Freud, tout entiché qu'il était de sa croyance au père tout-puissant. En fait, c'est bien à l'inexistence de ce père sublime qu'est suspendu le sort de la féminité. Lacan le souligne, en mettant en valeur le rôle de Dieu comme adresse ultime de la position féminine, et de l'Homme comme pôle fantasmatique. Le premier ne risque pas de descendre de son ciel. Quant au second, il est de règle qu'une femme se l'interdise lorsqu'il lui arrive de le rencontrer.

Enfin, l'examen de la sexualité féminine proprement dite fait surgir une troisième problématique. Ici encore, l'élaboration freudienne se termine en impasse, et toujours pour les mêmes raisons : le changement de sexe (substitution du vagin au clitoris) et le changement du mode de satisfaction (substitution de la passivité à l'activité) que Freud voudrait élever au rang de métaphores, semblent bien ne pas dépasser la connexion métonymique. Lacan, en reposant cette problématique non comme celle d'une *métaphore*, mais comme celle d'un *supplément* ouvrant un au-delà de la sexualité phallique, permet de déjouer cette impasse. Le partage qu'opère ce supplément ne s'effectue pas entre deux organes (vagin et clitoris), ni entre deux grammaires pulsionnelles (activité et passivité), mais relève plutôt de la division entre le langage et le corps, entre le symbolique et le réel. La place d'une Autre jouissance, qui s'évoque à partir de la position féminine, reste cependant pure supposition dont il n'y a de formule que négative : la femme n'étant pas-toute dans la jouissance phallique, une part d'elle-même devrait se situer ailleurs. Mais, étant hors-langage, la jouissance de l'Autre reste insubjectivable et, par conséquent, cause d'une angoisse moins maîtrisable que l'angoisse de castration.

De l'ensemble de ces trois problématiques, il résulte qu'à soutenir l'interrogation de la féminité, on s'expose à rencontrer, au-delà de la dialectique du signifiant et de la castration, un insignifiable, un insubjectivable, dont il ne peut y avoir trace dans l'inconscient que sous la forme de l'ombilic, du trou. De ce trou, Lacan propose une notation – ce qui constitue un véritable tour de force – en écrivant S($\cancel{A}$), le signifiant de ce qui manque dans l'Autre en tant que lieu du symbolique, c'est-à-dire le signifiant de ce que l'Autre ne dit *pas tout*. Mais c'est précisément ce défaut de symbolisation qui est à l'origine de la peur, voire de l'horreur, que peut susciter la féminité, tant pour les femmes que pour les hommes, bien plus que la castration. Un terme freudien, qui semble aujourd'hui quelque peu tombé en désuétude, pourrait retrouver à ce propos un renouveau de sens : on pourrait, en effet, resituer la notion de *névrose d'angoisse* chez les femmes à partir de cette division qui fait de la féminité une oscillation entre la castration et le trou où aucun sujet ne peut s'inscrire comme sujet. A l'égard de cette béance, il est clair que toutes les angoisses de castration, toutes les angoisses phobiques ou hystériques ne sont encore que des barrières, des protections contre une angoisse plus fondamentale qui n'est pas, en elle-même, liée à la loi ni à la castration.

Insignifiable, non subjectivable, trou dans l'Autre… toutes ces expressions cherchent à cerner le problème de la féminité comme celui d'un manque radical d'inconscient, d'un manque de refoulement (puisque seul le signifiant peut être refoulé), donc d'un défaut de sexualisation. Il s'en déduit que si une femme veut, comme tout être parlant, se faire reconnaître comme sujet, elle ne peut que se heurter à ce point de manque où il n'est plus de sujet reconnaissable parce qu'il n'y a plus de signifiant pour en tenir lieu. On avancera donc que ce que veut une femme, c'est que quelque chose vienne à la place de ce signifiant manquant, qu'un point d'appui lui soit fourni précisément là où l'inconscient la laisse en plan. Cette revendication peut emprunter plusieurs voies.

La première est celle de l'*hystérie*. L'hystérique fuit l'irreprésentable de la féminité. Elle se met à l'abri du phallus et s'en revêt comme d'une carapace. Et elle ne tarde pas, bien sûr, à ressentir cette armure phallique comme une prison. Au reste, l'impérialisme phallique n'est jamais assez étendu, jamais assez maître du corps pour qu'elle s'en contente.

La *mascarade* qu'a isolée Joan Rivière constitue une autre voie. Ici, le sujet tend à s'accepter comme non phallique, mais il ne peut le faire que sous la forme d'un abandon, d'une cession : elle ne l'a pas, ou plutôt elle ne l'a plus, parce que l'ayant eu, elle a bien voulu s'en défaire. La mascarade réalise une mise en scène imaginaire du pas-tout : la représentation de la femme castrée y fonctionne comme *signe* valant protection contre le défaut de *signifiant* de la féminité.

Une troisième voie possible semble s'ouvrir, pour certaines femmes, dans l'*amour*. Que certaines femmes tiennent tellement à être aimées, et plus précisément à ce qu'on leur *dise* qu'on les aime, s'explique par le rapport de sujet à sujet que la déclaration d'amour tend à établir. Dans l'amour, à la place du signifiant manquant de la féminité, est appelé un sujet – le sujet supposé par le partenaire. Cette substitution est d'autant plus aisée qu'il existe une identité de structure entre la Femme et le Sujet lacanien. Ni l'un ni l'autre n'existent comme tels en tant que signifiants ; ils ne sont que *représentés* par un signifiant pour un autre signifiant. Quant à ce qu'ils *sont*, ce n'est jamais que la place laissée vide, inter-dite, entre deux signifiants. L'ennui est que l'amour ne consiste pas seulement en ce rapport qui s'établit par la parole : il comporte aussi son versant réel sur lequel, comme nous l'avons montré, il rencontre sa limite. D'où la tendance, qu'illustre l'amour courtois, à s'en tenir au versant symbolique de l'amour : « C'est une façon tout à fait raffinée de suppléer à l'absence de rapport sexuel, en feignant que c'est nous qui y mettons obstacle [...]. L'amour courtois, c'est pour l'homme, dont la dame était entièrement, au sens le plus servile, la sujette, la seule façon de se tirer avec élégance du rapport sexuel[16]. »

Il y aurait encore une autre voie, plus malaisée à cerner par les concepts analytiques, celle de la *création*. La création, en effet, n'est pas autre chose que la production d'un *signifiant nouveau* à la place du signifiant manquant. Nous avons développé ailleurs[17] l'idée que toute création est, à l'origine, tentative de réponse à l'inexistence de La Femme. Mais ce qui distingue cette tentative, c'est que le signifiant nouveau créé par l'artiste ne cherche pas à combler le trou laissé béant par S($\mathptt{A}$), mais au contraire à le révéler et à le faire opérer comme tel. Nous renverrons à ce propos à l'exemple du potier que Lacan, dans son Séminaire sur l'*Éthique de la psychanalyse*, élève au paradigme[18]. Le potier tourne son pot autour du vide qu'il creuse en son centre, comme l'architecte élève ses murs autour de volumes vides. Ce que crée l'artiste est peut-être moins la paroi, qu'il nous offre en trompe l'œil, que le vide qu'elle sculpte. Un

Maurice Blanchot rend cette problématique sensible dans le domaine de la littérature. Cette question est d'autant plus cruciale dans son rapport à la féminité que les femmes, comme chacun sait, ont une relation particulière à la création du fait qu'elles peuvent enfanter : comme si elles seules avaient le pouvoir de créer *directement* sans devoir faire l'effort d'une sublimation. Pourquoi, en effet, ne pas donner à l'enfantement la portée d'une authentique création ? L'homme n'intervient ici qu'à titre d'instrument, comme le pinceau du peintre [19]. Est-il sûr que nous devions suivre absolument Freud lorsqu'il affirme l'équivalence pour la femme de l'enfant et du pénis ? L'enfant n'est-il pas d'abord tentative de produire un signifiant qui prenne la place de S($\cancel{A}$), avant de se rabattre sur sa signification phallique ? Quoi qu'il en soit, il semble qu'il s'agisse là d'une création ratée, en ce sens que le signifiant nouveau qu'elle met au jour ne représente pas la femme en tant que *femme*, mais la fait exister comme *mère*.

Le tableau de la question étant ainsi brossé, que pouvons-nous dire de la fonction de la psychanalyse à l'égard de ce que veut une femme ? Nous avons déjà fait remarquer combien cette interrogation marque l'origine de la psychanalyse en tant que pratique. Freud, en somme, a inventé ce signifiant nouveau qu'est le psychanalyste, en réponse aux sollicitations que lui adressaient ses hystériques. *Que veut une femme ? – Un psychanalyste, répond Freud.* Reste à peser ce qu'implique une telle réponse, à vérifier en quoi elle peut valoir comme réponse et à quelles conditions.

Nous avons jusqu'ici soutenu que la position féminine, n'étant pas-toute soumise à la loi signifiante de la castration, peut être appréhendée comme celle d'un manque d'inconscient et que, par conséquent, il est logique d'en déduire qu'une femme veuille tout d'abord recevoir un supplément d'inconscient. On pourrait analyser en ces termes la situation où Freud s'est trouvé avec ses premières hystériques : la demande d'interprétation qu'une femme vient soumettre à l'analyste n'est-elle pas, avant tout, une demande d'inconscient ? Qu'on relise en ce sens le cas d'Emmy von N., dans le discours de laquelle nous avons relevé une série de séquences qui, toutes, mènent au point d'ombilic, à l'innommable. En se faisant psychanalyste, en mettant en pratique l'interprétation analytique, Freud, incontestablement, a répondu à la demande : il a fourni de l'inconscient. La pratique psychanalytique a ainsi vu le jour et elle a obtenu de brillants résultats… jusqu'à un certain point. Il est clair, en effet, que la psychanalyse a laissé intact le noyau de l'hystérie, comme l'énigme de la sexualité féminine, ou encore la nature de l'amour du transfert. Freud en déduisait qu'il rencontrait chez ses patientes un roc inébranlable : l'envie du pénis. Mais ces dernières lui rétorquaient que c'était lui, Freud, qui était irréductible sur ce point. Peut-être n'avaient-elles pas tout à fait tort. La réponse de Freud – le psychanalyste – consiste en effet à donner à la femme un partenaire qui s'efforce de ramener son discours à du *refoulé*, à soutenir ensuite que ce refoulé est du *sexuel*, et à tenir ce sexuel pour structuré par le concept de phallus et le complexe de *castration*. On peut à présent faire le bilan de près de cent ans de pratique psychanalytique. Le système d'interprétation que nous venons de situer très grossièrement fonctionne, certes, et obtient des résultats certains, mais cela tant qu'il s'applique au cadre de ce qui est refoulé. Si l'on sort de ce cadre, on se heurte à un impossible à interpréter (c'est d'ailleurs la raison pour laquelle Freud n'était pas partisan de proposer la psychanalyse aux psychotiques).

Or, si la féminité fait tellement énigme, si Freud a échoué à en percer le secret, n'est-ce pas précisément parce qu'elle nous confronte à autre chose que du refoulé ? Seul le signifiant peut être refoulé. Et si La femme n'existe pas, pour reprendre la formule de Lacan, si le signifiant de la féminité fait défaut, il faut en déduire que la féminité ne peut faire partie du refoulé : quelque chose est là impossible à refouler. En nous référant à la distinction introduite par Lacan dans son Séminaire sur *Les Quatre concepts fondamentaux de la psychanalyse*, nous avancerons que la féminité ne relève pas du refoulement, mais de la censure[20]. Freud, au fond, s'est acharné à *refouler la féminité* et, ce faisant, à tenter de la sexualiser – au sens phallique de ce terme. Ce parti pris l'a amené à se heurter, en 1931 et 1932, à un véritable mur qu'il désigne comme une frigidité féminine inébranlable. Et si cette frigidité n'était qu'un moyen, pour certaines femmes, de manifester qu'il y a dans la sexualité féminine une part de jouissance qui résiste obstinément à la sexualisation ?

Lacan, lui, tient compte non seulement du refoulement, mais aussi de la censure. Par le signifiant qu'il note S($\cancel{A}$), il indique que l'inconscient a une limite, qu'il ne dit pas tout – en d'autres termes, que tout n'est pas refoulé ni sexualisé. La féminité, dans l'élaboration de Lacan, n'est pas refoulable, sauf à passer par la voie de la mascarade. Interroger la féminité exige que l'on prenne en considération un non-interprétable, en tout cas au sens freudien de l'interprétation. Mais peut-être y aurait-il une autre voie pour l'interprétation que celle du sens sexuel ?

Partant de ce trou qu'inscrit S($\cancel{A}$), soit l'inexistence d'un signifiant du sexe féminin, le problème du psychanalyste devient celui de son non-savoir, ou plutôt du savoir qui fait qu'il sait qu'il ne sait pas. Qu'une femme demande un supplément d'inconscient le met en demeure de savoir qu'il n'y a aucune réponse positive à ce vœu car l'Autre, en tant que lieu du signifiant, n'est pas « équipé » pour y répondre. Comment procéder pour que ce défaut ne se transforme pas en impasse ? Comment faire jouer le défaut du signifiant dans le discours comme une issue, plutôt que comme un arrêt ? Lacan lui-même, après s'être véritablement cassé la tête, durant les dernières années de son Séminaire, pour tenter de produire le *signifiant nouveau* qui pourrait remédier au vide laissé par S($\cancel{A}$), dut convenir qu'il tournait en rond : « Il m'est arrivé quelquefois de dire, à l'imitation du peintre célèbre – *Je ne cherche pas, je trouve*. Au point où j'en suis, je ne trouve pas tant que je ne cherche. Autrement dit, je tourne en rond[21]. » De là l'idée qu'il lance, comme un mot scandaleux, selon laquelle la psychanalyse serait une *escroquerie*. Le mot est à prendre avec prudence bien sûr. Il nous ramène à la dialectique du semblant, entre tromperie et mascarade. Lacan veut dire par là que la psychanalyse paraît promettre un sens (le sens sexuel), mais que ce sens s'avère finalement ne pas se boucler. L'escroquerie n'est pas tant celle du psychanalyste que celle du signifiant lui-même, « ce S_1 qui paraît promettre un S_2 », dit-il. Si nous appliquons cette formule à la question qui nous occupe, nous obtenons : ce sexe phallique qui paraît promettre un autre sexe... Ainsi, l'équivoque, cette propriété fondamentale qu'a le signifiant de prendre un double sens, serait la cause la plus radicale de notre croyance à la féminité comme autre sexe.

Le mouvement de l'inconscient, le sens qu'il imprime au discours, prend par lui-même la direction de la mascarade. Le terme de l'analyse consisterait, dès lors, moins à saisir ou à localiser la féminité, qu'à amener le sujet à réaliser que cette volonté de saisie et de localisation soutient en elle-même la duperie que l'inconscient lui fait subir. La problématique obscure de deux sexes, d'un masculin qui cherche son répondant en un féminin toujours ailleurs, se construit à partir d'une sorte d'effet de bluff induit par la nature du signifiant. Le phallus – le signifiant qui désigne les effets de signifié en général – n'est pas autre chose que ce message : quelque chose n'est jamais tant là, symboliquement, que lorsqu'il est absent. Un sexe en appelle un autre, exactement dans la mesure où un signifiant S_1, par essence, en appelle toujours un autre S_2. Mais la psychanalyse n'a pas à donner consistance à cet Autre : ce serait redonner du sens au sens, alors qu'il s'agit de faire saisir au sujet que le sens se crée dans le processus signifiant lui-même, et qu'il n'y a pas de sens du sens. La psychanalyse, en d'autres termes, n'a pas pour but de suivre le mouvement de l'inconscient, mais de trouver une issue à ce mouvement, c'est-à-dire de faire en sorte que ça change.

Dans cette optique, la féminité vaut, dans la production du sens, comme l'utopie majeure du signifiant. L'analyste n'a pas à lui donner consistance par l'interprétation [22], il doit répondre du point où le sens a une chance de se dérober. L'analyste doit situer la fonction de l'interprétation elle-même comme partie intégrante de l'escroquerie signifiante qui commande le fonctionnement de l'inconscient. Mais comment répondre de S($\mathrm{\cancel{A}}$) sans en boucher la béance ? La question est d'autant plus cruciale que Freud, lui, croyait absolument au sens du discours inconscient et que l'usage qu'il nous a laissé de l'interprétation ne peut que consolider ce sens, jusqu'à mener aux impasses de la féminité. Comment amener un sujet à réaliser qu'il ne demande un supplément d'inconscient que dans la mesure où déjà il croit et adhère au sens de l'inconscient – qui pourtant ne dit pas tout ?

Dans son Séminaire de 1977, Lacan offre une indication de ce que pourrait être l'interprétation psychanalytique pour qu'une issue s'y ouvre à ce que nous n'hésiterons pas à appeler le radotage de l'inconscient. A l'escroquerie du sens, il oppose en effet la référence à la *poésie* : « Comment le poète peut-il réaliser ce tour de force, de faire qu'un sens soit absent ? », se demande-t-il. Peu après, il invite son auditoire à trouver dans l'écriture poétique la dimension de ce que pourrait être l'interprétation psychanalytique. Plutôt que de chercher un signifiant nouveau qui viendrait à la place du trou laissé dans l'inconscient par le manque de S (Ⱥ), l'analyste devrait répondre par « un mot vide », modelé sur la poésie « qui est effet de sens, mais aussi bien de trou ». Ce qui n'est pas interprétable en termes de castration pourrait donc faire partie de l'intervention de l'analyste sous forme d'une pratique du non-sens ? Laissons ouverte cette interrogation, car ce que nous propose ici Lacan n'est qu'une indication. Pour sa part, il enchaînait immédiatement en livrant cette confidence plutôt pathétique : « il n'y a que la poésie, vous ai-je dit, qui permette l'interprétation. C'est en cela que je n'arrive plus, dans ma technique, à ce qu'elle tienne. Je ne suis pas poâte assez. »

Nous laisserons donc au poète le soin de nous dire le mot de la fin. Dans l'un de ses poèmes en langue française, Rainer-Maria Rilke évoque assez bien le vide où nous voulons ici conjoindre féminité et non-sens :

> Figure de femme, sur son sommeil
> fermée, on dirait qu'elle goûte
> quelque bruit à nul autre pareil
> qui la remplit toute.
> De son corps sonore qui dort
> elle tire jouissance
> d'être un murmure encor
> sous le regard du silence [23].

NOTES

1. J. LACAN, « La signification du phallus », *Écrits*, p. 694.

2. *Mémoires de l'abbé de Choisy habillé en femme*, Paris, Mercure de France, 1966. Voir aussi Geneviève Reynes, *L'Abbé de Choisy ou l'ingénu libertin*, Paris, Presses de la Renaissance, 1983.

3. Id., *ibid.*, p. 292.

4. Id., *ibid.*, p. 298.

5. Id., *ibid.*, p. 298.

6. S. FREUD, « Pour introduire le narcissisme », *La Vie sexuelle*, p. 94-95.

7. ABBÉ DE CHOISY, *op. cit.*, p. 300.

8. Id., *ibid.*, p. 346.

9. Id., *ibid.*, p. 291.

10. Ce texte est reproduit dans l'ouvrage, déjà cité, de Geneviève Reynes.

11. A. ALLAIS, « Un drame bien parisien », *Ornicar ?*, n° 28, p. 151-155.

12. Geneviève REYNES, *op. cit.*, p. 301.

13. Id., *ibid.*, p. 306.

14. Voir ci-avant p. 226 et suiv.

15. Joan RIVIÈRE, « La féminité en tant que mascarade », *International Journal of Psychanalysis*, X, 1929, p. 303-313 ; trad. fr. *La Psychanalyse*, vol. VII, p. 257-270.

16. J. LACAN, *Le Séminaire*, livre XX, *Encore*, p. 65.

17. S. ANDRÉ, « Le symptôme et la création », *La Part de l'œil*, revue de l'Académie des Beaux-Arts de Bruxelles, 1985.

18. J. LACAN, Séminaire, *L'Éthique de la psychanalyse*.

19. On se réjouira de constater, dans ce contexte, l'étymologie du mot « pinceau ».

20. J. LACAN, *Le Séminaire*, livre XI, *Les Quatre concepts fondamentaux de la psychanalyse*, *op. cit.*, p. 28-29. Cette distinction a été reprise bien à propos par Michèle Montrelay dans son article « Recherches sur la féminité », in *Critique*, Paris, Éd. de Minuit, 1970.

21. J. LACAN, Séminaire du 15 mars 1977, in *Ornicar ?*, n° 17/18, p. 7.

22. Que cette consistance soit phallique ou extra-phallique est ici secondaire.

23. Rainer-Maria RILKE, « La dormeuse », in *Poèmes en langue française*, *Œuvres complètes*, tome II, p. 498, Paris, Le Seuil, 1972.

Bibliographie

ABRAHAM (K.), *Œuvres complètes*, Paris, Payot, 1966, notamment :
– « Aspects de la position affective des fillettes à l'égard de leurs parents » (1916).
– « Manifestations du complexe de castration chez la femme » (1920).
– « Une théorie infantile de la genèse du féminin » (1923).
ANDRÉAS-SALOMÉ (L.), *L'Amour du narcissisme*, Paris, Gallimard, 1980.
ANDRÉAS-SALOMÉ (L.), *Ma vie*, Paris, PUF, 1977.
ASSOUN (P.-L.), *Freud et la femme*, Paris, Calmann-Lévy, 1983.
BONAPARTE (M.), *Psychanalyse et Biologie*, Paris, PUF, 1952.
– « Les deux frigidités de la femme » (1933).
– « Passivité, masochisme et féminité » (1935).
CHOISY (F.-T., abbé de), *Mémoires de l'abbé de Choisy habillé en femme*, Paris, Mercure de France, 1966.
D'AVILA (T.), *Œuvres complètes*, Bruges, Desclée de Brouwer, 1964.
DEUTSCH (H.), « La psychologie de la femme », in *La Psychanalyse*, n° 7, Paris, PUF, 1964.
DOLTO (F.), « La libido génitale et son destin féminin », in *La Psychanalyse*, n° 7, Paris, PUF, 1964.
– *Sexualité féminine*, Paris, Scarabée & C°, 1983.
DURAS (M.), *Le Ravissement de Lol V. Stein*, Paris, Gallimard, 1964.
– *Le Vice-Consul*, Paris, Gallimard, 1966.
– *L'Amour*, Paris, Gallimard, 1971.
ÉON (C. d'), *Mémoires du Chevalier d'Éon*, Paris, Grasset, 1935.
FLIESS (W.), *Les Relations entre le nez et les organes génitaux féminins présentées selon leurs significations biologiques*, Paris, Le Seuil, 1977.
FREUD (S.), *Lettres à W. Fliess*, in *La Naissance de la psychanalyse*, Paris, PUF, 1973.
– « Quelques considérations pour une étude comparative des paralysies motrices organiques et hystériques » (1892), *G. W.* t. I, repris in *Résultats, Idées, Problèmes*, Paris, PUF, 1894.

– *Études sur l'hystérie*, G.W. t. I, trad. fr., Paris, PUF, 1967.
– « Les psychonévroses de défense » (1894), *G. W.* t. I, trad. fr. in *Névrose, Psychose et Perversion*, Paris, PUF, 1973.
– « L'hérédité et l'étiologie des névroses » (1896), *G. W.* t. I, trad. fr., in *Névrose, Psychose et Perversion*, *op. cit.*
– « Nouvelles remarques sur les psychonévroses de défense » (1896), *G. W.* t. I, trad. fr., in *Névrose, Psychose et Perversion*, *op. cit.*
– « L'étiologie de l'hystérie » (1896), *G. W.* t. I, trad. fr., in *Névrose, Psychose et Perversion*, *op. cit.*
– « La sexualité dans l'étiologie des névroses » (1898) *G. W.*, t. I, trad. fr., in *Résultats, Idées, Problèmes*, *op. cit.*
– *L'Interprétation des rêves* (1899), *G. W.* t. II, trad. fr., Paris, PUF, 1967.
– *Trois essais sur la théorie de la sexualité* (1905), *G. W.* t. V, trad. fr., Paris, Gallimard (Idées), 1962.
– « Fragment d'une analyse d'hystérie (Dora) » (1905), *G. W.* t. V, trad. fr., in *Cinq psychanalyses*, Paris, PUF, 1954.
– « Les théories sexuelles infantiles » (1908), *G. W.* t. VII, trad. fr., in *La Vie sexuelle*, Paris, PUF, 1969.
– *Délire et Rêve dans la Gradiva de Jensen* (1908), *G. W.* t. VII, trad. fr., Paris, Gallimard, 1949.
– « Les fantasmes hystériques et leur relation à la bisexualité » (1908), *G. W.* t. VII, trad. fr. in *Névrose, Psychose et Perversion*, *op. cit.*
– « Considérations générales sur l'attaque hystérique » (1909), *G. W.* t. VII, trad. fr., in *Névrose, Psychose et Perversion*, *op. cit.*
– « Le trouble psychogène de la vision dans la conception psychanalytique » (1910), *G. W.* t. VIII, trad. fr., in *Névrose, Psychose et Perversion*, *op. cit.*
– *Totem et Tabou* (1912) ; *G. W.* t. VIII, trad. fr., Paris, Payot, 1965.
– « La dynamique du transfert » (1912), *G. W.* t. VIII, trad. fr., in *La Technique psychanalytique*, Paris PUF, 1970.
– « Le thème des trois coffrets » (1913), *G. W.* t. X, trad. fr., in *Essais de psychanalyse appliquée*, Paris NRF, 1933.
– « Pour introduire le narcissisme » (1914), *G. W.* t. X, trad. fr., in *La Vie sexuelle*, *op. cit.*
– « Observations sur l'amour de transfert » (1915), *G. W.* t. X, trad. fr., in *La Technique psychanalytique*, *op. cit.*
– *Leçons d'introduction à la psychanalyse* (1916-1917), *G. W.* t. XI, trad. fr., Paris, Petite Bibliothèque Payot.
– « Contribution à la psychogenèse de la vie amoureuse : le tabou de la virginité » (1918), *G. W.* t. XIII, trad. fr. in *La Vie sexuelle*, *op. cit.*

– « Un enfant est battu » (1919), *G. W.* t. XII, trad. fr., in *Névrose, Psychose et Perversion*, *op. cit.*

– « L'inquiétante étrangeté » (1919), *G. W.* t. XII, trad. fr., in *Essais de psychanalyse appliquée*, *op. cit.*

– « Sur la psychogenèse d'un cas d'homosexualité féminine » (1920), *G. W.* t. XII, trad. fr., in *Névrose, Psychose et Perversion*, *op. cit.*

– « Au-delà du principe de plaisir » (1920), *G. W.* t. XIII, trad. fr., in *Essais de psychanalyse*, Paris, Petite Bibliothèque Payot, 1981.

– « L'organisation génitale infantile » (1923), *G. W.* t. XIII, trad. fr., in *La Vie sexuelle*, *op. cit.*

– « Le problème du masochisme » (1924), *G. W.* t. XIII, trad. fr., in *Névrose, Psychose et Perversion*, *op. cit.*

– « La disparition du complexe d'Œdipe » (1924), *G. W.* t. XIII, trad. fr., in *La Vie sexuelle*, *op. cit.*

– « Quelques conséquences psychologiques de la différence anatomique entre les sexes », *G. W.* t. XIV, trad. fr., in *La Vie sexuelle*, *op. cit.*

– « Le fétichisme » (1927), *G. W.* t. XIV, trad. fr., in *La Vie sexuelle*, *op. cit.*

– « Sur la sexualité féminine » (1931), *G. W.* t. XIV, trad. fr., in *La Vie sexuelle*, *op. cit.*

– « La féminité », in *Nouvelles Conférences d'introduction à la psychanalyse*, *G. W.* t. XV, trad. fr., Paris, Gallimard, 1984.

– « Analyse finie et indéfinie », *G. W.* t. XVI, trad. fr., *Revue française de psychanalyse* 1938-1939, n° 1.

– « Le clivage du Je dans le processus de défense », *G. W.* t. XVII.

FERENCZI (S.), *Œuvres complètes*, t. III, Paris, Payot, 1974, notamment :

– « Difficultés techniques d'une analyse d'hystérie » (1919).

– « Phénomènes de matérialisation hystérique » (1919).

– « Tentative d'explication de quelques stigmates hystériques » (1919).

– « Psychanalyse d'un cas d'hypocondrie hystérique » (1919).

– « La "matérialisation" dans le globus hystérique » (1922).

GRANOFF (V.), *La Pensée et le Féminin*, Paris, Éditions de Minuit, 1979.

GRANOFF (W.) et PERRIER (F.), « Le problème de la perversion chez la femme et les idéaux féminins », in *La Psychanalyse,* n° 7, Paris, PUF, 1964 ; réédité in *Le Désir et le Féminin*, Paris, Aubier-Montaigne, 1979.

GRODDECK (G.), *Un problème de femme*, Paris, Mazarine, 1979.

HORNEY (K.), *La Psychologie de la femme*, Paris, Payot, 1969.

IRIGARAY (L.), *Ce sexe qui n'en est pas un*, Paris, Éd. de Minuit, 1977.

– *Et l'une ne bouge pas sans l'autre*, Paris, Éd. de Minuit, 1979.

ISRAËL (L.), *L'Hystérique, le Sexe et le Médecin*, Paris, Masson, 1979.

JONES (E.), « La phase précoce du développement de la sexualité féminine » (1927), in *La Psychanalyse*, n° 7, Paris, PUF, 1964.

– « La phase phallique » (1933), in *Journal psychanalytique d'une
   petite fille*, Paris, Denoël, 1975.

KLEIN (M.), *Essais de psychanalyse*, Payot, 1989.

– « L'amour, la culpabilité et le besoin de réparation », in Klein (M.)
   et Rivière (J.), *L'Amour et la Haine*, Paris, Petite Bibliothèque
   Payot, 1982.

KLEIST (M. von), *La Marquise d'O...*, Paris, Aubier-Montaigne, 1970.

– *Penthésilée*, Paris, Aubier-Montaigne, 1974.

KLOSSOWSKI (P.), *Sade mon prochain*, Paris, Le Seuil, 1967.

KOFMAN (S.), *Aberrations, le devenir-femme d'Auguste Comte*, Paris,
   Flammarion, 1978.

– *L'Énigme de la femme*, Paris, Galilée, 1980.

– *Le Respect des femmes*, Paris, Galilée, 1982.

LACAN (J.), *Écrits*, Paris, Le Seuil, 1966, notamment :

– « Intervention sur le transfert » (1951).

– « La signification du phallus » (1958).

– « Propos directifs pour un Congrès sur la sexualité féminine » (1960).

– « Subversion du sujet et dialectique du désir dans l'inconscient freudien » (1960).

– *Le Séminaire*, notamment :

– Livre VII, *L'Éthique de la psychanalyse*.

– Livre VIII, *Le Transfert*.

– Livre XIV, *La Logique du fantasme*, inédit.

– Livre XIX, *...ou pire*, inédit.

– Livre XX, *Encore*, Paris, Le Seuil, 1975.

– Livre XXIV, « L'Insu que sait de l'Une-bévue s'aile à mourre », in
   Ornicar ?

– *Télévision*, Paris, Le Seuil, 1974.

– « L'étourdit », in *Scilicet*, n° 4, Paris, Le Seuil, 1973.

LAMPL DE GROOT (J.), *Souffrance et Jouissance*, Paris, Aubier-Montaigne, 1983.

LE CHAPELAIN (A.), *Traité de l'amour courtois*, Paris, Klincksieck,
   1974.

LEMOINE (E.), *Partage des femmes*, Paris, Le Seuil, 1976.

LOUŸS (P.), *La Femme et le Pantin*, Paris, Albin Michel, Livre de
   Poche, 1959.

MASSON (J.-M.), *Le Réel escamoté*, Paris, Aubier, 1984.

MELMAN (C.), « A propos des "Études sur l'hystérie" », in *Lettres de
   l'École freudienne de Paris*, n° 15, 1975.

MONTRELAY (M.), « Recherches sur la féminité », in *Critique*, juillet
   1970, Paris, Éd. de Minuit, 1970.

NELLI (R.), *L'Érotique des troubadours*, Paris, 10/18, 1974.

PLATON, *Phèdre*, trad. Léon Robin, Paris, Les Belles Lettres, 1933.

– *Le Banquet*, trad. Léon Robin, Paris, Les Belles Lettres, 1929.

PERRIER (F.) « Psychanalyse de l'hypocondriaque », in *La Chaussée d'Antin*, t. I, Paris 10/18, 1978.

REIK (T.), *La Création de la femme*, Bruxelles, Éditions Complexe, 1975.

REYNES (G.), *L'abbé de Choisy ou l'ingénu libertin*, Paris, Presses de la Renaissance, 1983.

RIVIÈRE (J.), « La féminité en tant que mascarade » (1929), in *La Psychanalyse*, n° 7, Paris, PUF, 1964.

SACHER-MASOCH (L. von), *La Vénus à la fourrure*, Paris, Éd. de Minuit, 1967.

SAFOUAN (M.), *Études sur l'Œdipe*, Paris, Le Seuil, 1974.

– *La Sexualité féminine dans la doctrine freudienne*, Paris, Le Seuil, 1976.

SCHUR (M.), *La Mort dans la vie de Freud*, Paris, Gallimard, 1975.

SHAKESPEARE, *Roméo et Juliette*, in *Théâtre complet*, Mulhouse, éd. Rencontre, 1969.

WAJEMAN (G.), *Le Maître et l'Hystérique*, Paris, Navarin/Seuil, 1982.

Table

RÉALISATION : ATELIER GRAPHIQUE DES ÉDITIONS DE SEPTEMBRE
IMPRESSION : HÉRISSEY À ÉVREUX
DÉPÔT LÉGAL : OCTOBRE 1995. Nº 25314 (70717)